玉色

YU SE

唐大伟
——
著

陕西师范大学出版总社

图书代号：WX20N1393

图书在版编目（CIP）数据

玉色 / 唐大伟著．— 西安：陕西师范大学出版总社有限公司，2020.8

ISBN 978-7-5695-1728-6

Ⅰ．①玉… Ⅱ．①唐… Ⅲ．①长篇小说－中国－当代 Ⅳ．①I247.5

中国版本图书馆 CIP 数据核字（2020）第 109971 号

玉色

YU SE

唐大伟 著

出 版 人	刘东风
责任编辑	王淑燕
特邀编辑	黎 靖
责任校对	高 歌
封面设计	王 鑫
出版发行	陕西师范大学出版总社 （西安市长安南路 199 号 邮编 710062）
网 址	http://www.snupg.com
印 刷	唐山富达印务有限公司
开 本	787mm×1092mm 1/16
印 张	20
字 数	359 千
版 次	2020 年 8 月第 1 版
印 次	2020 年 8 月第 1 次印刷
书 号	ISBN 978-7-5695-1728-6
定 价	59.00 元

目 录
Contents

引 子 ...001

第一章 玉在深山双飞客 ...003

第二章 千丝万缕玉引线 ...061

第三章 心事欲说语还休 ...095

第四章 长风万里玉门关 ...137

第五章 千年磨砺润有方 ...162

第六章 脱胎玉质独一品 ...203

第七章 节外生枝旧时怨 ...230

第八章 一片丹心梦不成 ...253

第九章 国玉匠心总关情 ...279

第十章 功成名遂不负勤 ...300

玉色

引子

佟一琮工作室里，最引人注意的是一张他老娘的照片。这照片远远超过了他亲手设计和雕琢的各种精美玉器，更像是一块看着朴质实则价值连城的原石。

每个人一进门就能看到它，就这么醒目、夺目。

这张和真人差不多大小的半身照里，当时只有四十几岁的老娘衣着朴素，发髻轻绾，似笑非笑。两道细弯眉古典又温柔，一双杏眼的眼角略微向下，写着年深月久地心引力的强大。老娘脸上最好看的是鼻子，立体又端庄，即使做整容手术也不一定能达到这样的效果。老娘的嘴唇紧紧抿着，一如她在生活中常见的样子。

佟一琮已经很久没有见过老娘了。

母子最后一次见面是在他的工作室剪彩的那一天。那天之后，老娘就失踪了。之后，他一直在寻找老娘。他去过很多地方，拿出手机里的照片问过很多人，可是，每次都是失望而归。后来，他接受了老爹的说法，“她不想回来，谁都找不到”。

可是，他的心里仍然盼望着，老娘会在某一天，突然出现在他的面前，轻轻地抱抱他，或者什么也不做，只是安安静静地坐在他的身边，陪着他，就好。

他想亲口对老娘说：“老娘，我真的好想你！”

从小，佟一琮最怕老娘。老娘话少，不啰唆，从没骂过他。可他觉得老娘身上有股子劲儿，他说不清道不明的劲儿。

老娘看事通透，经常三言两语地点拨他。他当时觉得不太懂，也不相信。经多年后的事实验证，老娘的“先知”是正确的。而这是生活经验，还是智慧通达，佟一琮也说不清楚。

第一件事，发生在佟一琮周岁时。按照东北这边的规矩，孩子周岁了，一定要抓周。于是小佟一琮左手拿了一块石头，那是岫玉中的籽料河磨玉，现在这块玉做成的平安扣就系在他的脖子上；右手拿了块石头，是岫玉中的山料黄白老玉，现在这块玉做成的摆件正放在佟一琮的工作室。

据说，当年老爹看到他抓了两块玉石，气得七窍生烟。发誓绝不让他当玉匠，要改改佟家的风水命脉。老娘在一边咯咯地笑了，说道：“命是天定的，这孩子生在玉乡，注定有玉缘。”说完，老娘又皱起眉头说道：“只是，唉……”一声“唉”后，她一言不发了。老爹听完，脸色铁青，两只不大的眼睛射出的寒光像两把利剑，无论谁碰上了，必定受伤。

第二件事，是佟一琮的一个梦。他在梦里拥有了自己的工作室，上面赫然写着“大师”二字，这让他又惊又喜又愧。醒后，他便将梦中所见的景色、环境、房舍，包括室内装饰一一画出，并在上面写上“佟一琮工作室”六个字。

老娘看后，写了十六个字：梦里依稀，求者戚戚，闽者为伴，天地澄明。

佟一琮问老娘是什么意思。老娘说：“心心念念的事，或早或晚都会实现。因为你会不停地向那个方向走，一直走。”

佟一琮盼着老娘重新回到自己的身边。

第一章 玉在深山双飞客

1

佟一琮的第一件玩具是一块石头，是玉石，岫玉。

佟一琮是满族人，镶黄旗。祖上什么时候到的辽宁岫岩，还是压根儿就是土生土长的岫岩人，佟一琮不清楚。大概是长到十来岁时，他第一次问了老爹佟瑞国，当时坐在水凳上的佟瑞国眼睛一瞪，骂道："小兔崽子，净问没用的事，谁让你进来的，滚出去！"

岫岩玉雕匠人都是坐在水凳上琢玉，一代又一代，一年又一年。一辈辈的玉匠都是这么走过来的。

佟一琮最爱看老爹在水凳上对着玉石雕刻，看到了心里就欢喜、快活，觉得那玉石可真美。原石美，做成了玉器、玉件就更美，美得透骨，美得抓人的魂。可老爹不让他看，更讨厌他在琢玉时问东问西，特别是涉及祖宗的问题。

经历过老爹一次次的瞪眼、发脾气，甚至抡起木棒之后，佟一琮索性不再问了，反正问了也是白问，佟瑞国根本不会给他答案，也许佟瑞国压根儿就不知道答案。

老爹佟瑞国只迷两样：一迷琢玉，只琢岫玉；二迷安玉尘，他的老婆，佟一琮的老娘。

关于祖宗问题，佟一琮如果再问，轻者惹来一顿骂，重者惹来一顿打。他聪明，才不捅那马蜂窝呢，爱谁谁，爱哪儿来哪儿来，哪儿来不一样？

哪儿来也是在岫岩生岫岩长的，填表的时候，写上籍贯辽宁鞍山岫岩就可以了，谁会去查祖宗十八代呢？再说了，哪儿能比岫岩好呢？

没读大学以前，准确地说，没正式走出大山以前，佟一琮觉得岫岩哪儿都好，山好水好人也好。春天的青山碧水、柳绿花红，冬天的白雪映日、苍山雄阔，各时有各时的景色，各处有各处的特点。人也纯粹朴实，与人相处，个儿顶个儿都是掏心掏肝，不藏半分心机。

那个时候，佟一琮想，到哪里找这么好的地方、这么好的人呢？岫岩多好啊，还找什么桃花源？这不就是现实版的桃花源吗？

当然，在他心里最好的还是岫玉，不管是普通岫玉、多彩花玉，还是带着石头外皮的河磨玉、绿白相间极似翡翠的甲翠，没有一样不招他喜爱。岫玉里，做了一辈子玉匠的老爹最喜欢的是河磨玉，河磨玉外表或者灰白，或者黄褐，或者赭红，内里的玉肉细嫩润滑。佟一琮最喜欢的是花玉，花玉色彩斑斓艳丽，颜色变化多端，这些特点是别的玉石没有的，是最能考验玉雕师造诣和灵活性的上等玉雕材料。

上了大学，从大山里出去之后，佟一琮的想法变了。他终于懂得小时候学会的那些成语，诸如“井底之蛙”“孤陋寡闻”之类的意思，外面的世界光怪陆离、五光十色，机会多，平台大，有数不尽的发展机会。

岫岩太封闭，不仅缺少一条当时还没有的高速公路，最封闭的还是根深蒂固不愿意改变的思想。思想大了，格局大了，天地才能大，岫岩才能出去，宝贝岫玉才能出去，才能像维密天使一样吸引全世界的眼球，引领全世界的时尚。

想到这点，佟一琮便耿耿于怀，一脸的愤愤不平，就像自己看中的姑娘，要多水灵有多水灵，要多漂亮有多漂亮，可愣是有人说这姑娘是村姑，没见过世面，又土气又俗气！他不愿意听到别人拿村姑来形容岫玉，岫玉好着呢，距今七千到五千年前的红山文化就用上了岫玉，红山文化出土的玉龙，就是用河磨玉做成的，造型夸张、奇特，兼具写实与抽象手法，同时又有着无法言说的神秘感。岫玉就是缺少一个更大的平台展现自身的价值。

这就好比听过的一句话：位置决定价值。同样的一个岫玉件，摆在岫岩的小档口和摆在大都市的奢侈品柜台里，价位何止相差百倍千倍！好东西就应该有好价值，但这个平台在哪里，怎么能实现价值的最大化，对于当时的佟一琮来说，只是一个不明确的模糊念头，一个说不清道不明的念想。

不过，佟一琮心里认定一件事：得让别人认可他也认可的事，这样才能真正体现出岫玉的价值。至于这个“别人”是谁，佟一琮也说不清楚，是买玉的人、做玉的人，还是将来把岫玉真正推广出去的人？

辽宁岫岩素有“八山半水一分田”之称。佟一琮打记事起就听人念叨这句话，上高中时他在心里画了个问号，另外半分是什么？答案是：半分道路和庄园。

占了八分的山是岫岩人的衣食父母，山多就有宝贝，宝贝换来柴米油盐，换来数起来哗哗响的人民币。别处山里常有的宝贝，岫岩的山里都有，蘑菇、核桃、榛子、松子和林蛙……样样都不少。别的山里没有的宝贝，岫岩也有，那就是岫玉。

岫玉有名，列为全国四大名玉之一。

玉有灵性，古来就有种种的传说。人们说出各种吉祥话也都要带上“玉”字，像什么“琼浆玉液”“冰清玉洁”“如花似玉”“亭亭玉立”“金童玉女”等，就连夸奖小伙子帅气，都要讲上一句“玉树临风”，夸小姑娘则会说上一句“小家碧玉”。可见玉在人们心中的地位之高。

在岫岩，上了年纪的老人说，让孩子们玩玉，是为了沾沾那份天地之气、那份灵秀之气，人是浊物，可玉通灵，沾了灵气，孩子们聪明。

在岫岩，别人家的孩子玩玉，爹妈都由着他们的性子，爱怎么玩就怎么玩，玩出花样来是本事，是能耐。岫岩的孩子哪有不玩玉的，不玩玉的孩子还是岫岩的孩子吗？在岫岩，十几岁的玉雕徒弟到处都是。

可到了佟一琮这儿就变了。只要佟一琮的手沾上了玉，佟瑞国立即眼睛一瞪，眉毛耸立，也不说为啥不行，只是怒气冲冲地扔出三个字：“不许碰！”

佟一琮第一回听见没当回事，挨了顿揍；第二回听见，也没当回事，又挨了顿揍；第三回听见老爹怒气冲冲地吼，吓得七魂没了三魂，浑身打战。佟瑞国对儿子是真骂真打，只要是随手能抄起的家伙，逮着什么都会落到佟一琮身上，不管脑袋还是屁股，挨上了就是青一块紫一块的。

佟瑞国的火暴脾气，除了老婆安玉尘，没人压得住。

佟一琮觉得老娘安玉尘是全世界最俊的女人。要说哪儿俊，他还真说不清楚，就觉得老娘和别的女人不一样，那双眼睛里像是汪着山泉水，清得能照见人心。而且老娘心灵手巧，别人家孩子穿上什么新衣裳，只要让安玉尘瞧见了，没几天，高仿版的衣服就穿在了佟一琪、佟一琮姐弟俩身上。对了，还有干妹穆小让身上。虽说穆小让是干妹，可在佟一琮的心里，和亲妹差不多。他总是让着她，当她是个长不大的小丫头。而老娘也把她当成了自家的成员，那份宠爱比亲生儿女更甚。

从小，佟一琮和姐姐佟一琪的穿着在同学中就是最好的。佟一琮对这事不是特别在意，男孩子嘛，最在意的永远是玩，或者吃。女孩子就不同了，佟一琪可是要炫耀显摆一番的。每每穿了件新衣服，她准会把那两只羊角辫梳得高高的，像要翘到天上去。佟一琪长大后更爱美了，看到漂亮衣裳就挪不动步，看到化妆品和漂亮首饰也挪不动步。

佟瑞国说就是安玉尘给穿出来的，给惯出来的。

安玉尘说："哪有女人不爱美的，我姑娘就应该漂亮。"

佟一琮觉得姐姐佟一琪很爱美，站在人群里挺招风的。可她和老娘一比就逊色多了，单是那点火就着的性子，就能要了人命。但是，老姐居然遇到了韩风那样惯着她的男人。可见，这世间的人也好，物也好，都是一物降一物，有着定数。自小到大，能降住他的人多了，老爹、老娘、老姐，还有小不点儿丫头穆小让，他家的"编外"成员。

佟一琮认为，老娘最让人赞赏的是性子，不温不火、不急不缓，就按着自己的节奏走。再急再恼的事，到了安玉尘这里，也像石子投进了深湖，至多瞧见眉毛蹙到一起，没人见过安玉尘发脾气。

佟一琮小时候以为老娘没脾气，不会生气，年龄稍大点儿，他看明白了，老娘不是不生气，是生气时和别人不一样。

安玉尘生气了，那双原本圆溜溜的眼睛会弯成月牙，笑眯眯地看着人，别人都以为她在笑，实际上她是在生气。她生气显露在说话的语气语调上，脸上笑着，语气语调却是凉的、冰的、寒的，嗖嗖地冒凉气，直接把人拉进北方的寒冬腊月。佟瑞国最怕安玉尘的眼睛弯成月牙，一看见那样的眼风，他的火气瞬间被灭掉。只要安玉尘在，佟一琮即使玩不着玉石，但肯定也挨不着打。

对于佟一琮玩玉这件事，安玉尘的态度是由着佟一琮的性子。这一点，她和岫岩其他家长对孩子玩玉的态度并没有差别。佟一琮甚至能从老娘的眼神里发现一丝丝鼓励的意味，虽然老娘表现出来的并不明显。

佟瑞国的态度截然相反。佟一琮玩玉如果被佟瑞国发现，就只有一个字——打。往死里打！

可是，小孩子的记性哪有那么好？看到别人玩玉，佟一琮心痒手痒，踮着小脚削尖了脑瓜往前凑，说来也怪，只要是看着玉，摸着玉，他就觉得全身的毛孔都打开了，用时髦的话说就是幸福感爆棚，用东北话说是"浑身舒坦”。

这种幸福感通常会在佟瑞国那里被硬生生地截断。佟瑞国只要发现佟一琮亲近玉，便会劈头盖脸地一顿胖揍，丝毫不给他申辩的机会。

佟一琮小时候梗着脖子，愤怒地问：“为什么别人可以玩玉，我不能玩？凭什么？”

佟瑞国也不讲道理，硬生生道：“就凭我是你老子！”

渐渐地，佟一琮懂了，“凭什么”这三个字就不是儿子问爹的话。在佟家，当爹的说啥，就得是啥。大家长的权威，谁敢藐视？

不让玩玉，佟一琮也有自己的玩法，反正他不会让自己的小日子过得像白开水一样无色无味。小孩子哪里有闲得住的，总得让身子忙着，手脚忙着，才有意思。

佟一琮喜欢看画，不管是美术课本上的画、书上的插图，还是年画、小人儿书，他都愿意看，看了就在心里琢磨，哪儿画得好，要是自己画怎么去画，怎么画更好看。他也确实有点画画的天赋。但凡是他见了的东西，三下两下就能描出个样来，活灵活现的，家里的猫狗鸡鸭都被他画到了纸上。

因为画画，佟一琮也挨过打。那次，他在家里的白墙上胡乱涂鸦，还美其名曰“抽象派艺术创作”，整面墙很快就布满了彩色粉笔的痕迹。

佟瑞国发现时，他已经画了一整面墙。佟瑞国抄起一根木棒，追着佟一琮满院子飞跑。父子俩一个前一个后，一个叫着“爹要打死我啦，快来救命啊”，一个骂着“小兔崽子，看我今天不打折你的腿”……

可能因为挨了棒子。过了一阵子，佟一琮的注意力又转移了。他迷上了跟邻居王太奶学剪纸，每天一得空，他就往邻居王太奶家钻，缠着人家教他剪纸。王太奶是岫岩剪纸的高人，是非物质文化遗产传人。

王太奶并不愿意教他，说：“小伙子学这个干啥？这是丫头爱学的玩意儿。”

他说：“王太奶，你教我呗。我可喜欢了呢！”

王太奶说：“不行，我得忙活呢，鸡鸭还没喂呢！”

他说：“我帮你喂，你教我就行。”

王太奶被他逗得哭笑不得，说道：“你这一根筋的劲儿随谁呢？”说完，她开始手把手地教他。一来二去，他便也学会了。只是，他剪出来的不如王太奶剪出来的那样精细，王太奶剪出来的蝴蝶翅膀颤巍巍的，像要飞起来似的。

佟一琮还自学了二胡，这是受家里的影响。老爹喜欢拉，老娘喜欢听，听多了看多了，他就也试着拉，慢慢地也就学会了，《凤阳花鼓》《摘椒》《赛马》他都爱拉。有时候听到了流行歌曲，他嘴巴里哼哼着，便用二胡拉出了曲调。他拉二胡不讲什么指法，凭的是感觉，如果觉得走了音，就继续找，找来找去，音就对了，也算是无师自通了。

佟一琮喜欢上学，学校里小伙伴多。可是他不爱读课本，他总觉得课本太没劲儿了，好像就是为了拿个高分才学的，“考考考，老师的法宝；分分分，学生的命根”，多么无奈的现实。分数真的是他的命根，如果拿到高分，老爹喜笑颜开，褶子里都是笑容；如果没考好，肯定会挨打。为了少挨打，他就尽量拿高分。

他爱读闲书。闲书总比课本有意思得多。他把那些好词好句记在本子上，读到高中时，小本子攒了一纸箱。图书馆闲书多，没事的时候，佟一琮一坐就是一天，逮到什么读什么。反正只要不是课本，他都有兴趣读。岫岩图书馆的老馆长跟他特熟，每次见到他都喜欢得不得了，不停地说着“孺子可教也”。

佟一琮最喜欢的，当然还是玉石，他常想：要是让我玩玉石，画画、剪纸、二胡什么的，我都不玩了。

不过，一个月里，有两天是例外。在这两天里，他就算玩了玉石，也不会挨打。这是佟一琮发现的一个秘密。

每月的农历初一、十五两天，老娘安玉尘都会突然不见了踪影，而每到这时，佟瑞国就会没着没落的，不停地拉二胡。这样的日子他只拉两首曲子：《二泉映月》和《长相思》。二胡声一响起，弄得佟家上下悲悲惨惨、凄凄切切，连院子里的鸡鸭鹅都跟着发蔫儿。

事后，他问老娘干啥去了。

安玉尘只说是去姥姥家了。

佟一琮从小就没见过姥姥家的亲人。姥姥家在哪儿？老娘的亲人都什么样？佟一琮一无所知，在他看来，这是佟家最大的秘密。关于这事，他问过奶奶、老爹、老娘和姐姐佟一琪，甚至问过邻居家牙齿都掉光了的王太奶。没有人能给他答案。老娘的身世是个谜，姥姥家是个谜，一个他永远也解不开的谜。

不过谜没解开不要紧，至少，每个月里的那两天佟一琮都可以漫山遍野地看玉石，走进河沟里摸玉石，或者干脆到玉石摊子看制作后的玉器成品。那是他最快活的时光。

那些摆弄玉石的老人都认识佟一琮，也知道他爹不让他玩玉，见了就会逗他：“佟一琮，今天来玩了？不怕你爹打你了？”

佟一琮眼睛盯着玉，头也不抬地答：“今天没人管！”

有时看得上瘾，第二天，他又悄悄地去了玉石摊子，看看谁家又做出了什么新鲜的小玩意儿。他自以为神不知鬼不觉，却招来了佟瑞国的一顿打。

挨打不是光彩的事，出了大山，佟一琮没和别人说过，他本身就不是个多话的人，这个性格，随了老娘安玉尘。

但凡事都有个例外，他还是讲给了一个外人，那人就是程小瑜。

那年，佟一琮二十三岁，读大四。地点是岫岩的小河沟，沟里的水是温泉水，清澈温和，水下的石头滑溜溜的。佟一琮猜测，说不准那里面就有上好的河磨玉。

那是他从男孩儿变为男人的第一次，他清楚程小瑜是他的第一个女人，但他不清楚自己是程小瑜的第几个男人。曾经，他为这事耿耿于怀，后来心思就淡了，第几个不重要，重要的是，程小瑜是他佟一琮的女人，心和身都系在他佟一琮身上。

程小瑜是佟一琮的大学同班同学，班花、系花、校花。

程小瑜漂亮，和一个叫冰冰的影视明星长得特像，虽然没有那种强大的气场，小清新却可以打出一百分。特别是她的皮肤，白里透粉，用“艳若桃花”来形容绝对不过分。用邻居王太奶的话说，小脸蛋掐一把能冒浆。如果非要挑出不足，也就是个头了。程小瑜属于娇小玲珑型的，身高不到一米六，从外表看，是个典型的江南女子，一颦一笑间露出的都是娇羞。佟一琮最清楚，那绝对是蒙人的假象，这个女人骨子里写着野和媚，可那野和媚谁能看得到呢？也只有他佟一琮。想到这儿，他的嘴角不自觉地翘了上去。幸福啊，不光是猫吃鱼，狗吃骨头，还有你喜欢的那个女人正巧也死心塌地地喜欢着你，能变着花样地气你，又能变着花样地哄你，让你的那颗小心脏又疼又痒，扑腾腾地乱蹦乱跳，软软的身子挨过来让你酥到骨头里。

大学开学第一天，佟一琮就瞄上了程小瑜，他的瞄是偷瞄，看上一眼，心能怦怦乱跳半天。程小瑜冲他微微一笑，佟一琮的魂就飞上了天，觉得血液流动的速度比高铁动车还要快。末了才发现，人家程小瑜的笑是给别人的，他那颗情窦初开的青涩小心脏像被人从云彩上摔到了地下，还要踩上两脚，拧巴几下。

不光是佟一琮一个人是这种状态，班上、系上、学校里的男生们都知道程小瑜，追着绕着往她身边凑，盼着能得到她的一点点垂青。忽喜忽悲、忽冷忽热、忽近忽远，是程小瑜送给男生们的日常礼物。

佟一琮知道，在若干的追求者当中，自己并没有什么优势。要论家庭条件，自己是正宗农字号子弟，班里、系里的富二代、官二代比比皆是；要论个人条件，佟一琮只能算是中等，一米七八的个头，黑皮肤，程小瑜身边，玉树临风者大有人在，小鲜肉成排成团；若论才气，明里暗里写给程小瑜的信和纸条，雪花一样地飞来飞去，女生宿舍楼下，卖弄诗文者不止一例两例。

追女孩子这事，就像各地的招商引资口号一样，没有条件创造条件也要上，没有优势创造优势也要上。佟一琮的优势就在于他的厚脸皮，厚脸皮是他的自嘲，是比较难听的说法，好听的说法是执着、坚持，是“铁杵磨成针”的毅力。

程小瑜从大一开始就没断过男朋友，那些男朋友的使用期通常是三个月，最短的只有两个星期。但无论程小瑜的男朋友是谁，佟一琮都一直以哥们儿自居，不离不弃地陪在程小瑜身边。

在别人眼里，他就是个备胎。可他自己觉得，备胎怎么了？备胎有备胎的机会。爱本来就是一个人的事，我爱就成了，碍着别人什么事了。我备胎，我乐意！

事实上，他也有自己的小狡猾，只有以哥们儿的角度走近，才能和程小瑜保持最长久的关系，才能最深入详细地了解程小瑜，才能有机会让自己一举获胜。

果然，几年下来，程小瑜的男友走马灯一样换了一个又一个。铁杆儿哥们儿佟一琮却始终待在程小瑜身边，成为不变的护花使者。程小瑜在班里、系里、校里的女性朋友只有屈指可数的几个，大多数女生对程小瑜充满了羡慕嫉妒恨，看向她的眼神都不太友善，送给她的笑容里也隐藏着敌意。程小瑜不理会那些眼神和敌意，照样我行我素。其实，她这样并没有错，人本来就应该为自己活着，而不是活在他人的评价和眼光里。

这样一来，佟一琮这个哥们儿更显出珍贵。程小瑜渐渐地习惯了生活中有佟一琮，习惯了佟一琮静悄悄的陪伴。她毫无保留地把自己的事，桩桩件件都讲给佟一琮，让他帮着分析，帮着拿主意。佟一琮也不小气，从男生的角度一一分析，逐个破解，每当他的主意得到程小瑜的认可，程小瑜都会猛地一拍他的肩膀：“虫虫，我太佩服我自己了，竟然能交下你这样的好哥们儿！”“虫虫”是程小瑜给佟一琮起的绰号，倒是和他的名字谐音。

程小瑜问过佟一琮，“琮”是啥意思？佟一琮告诉她，琮是一种内圆外方的筒形玉石，是古时候的礼器之一。

程小瑜说：“那不就是敬天的东西吗？一琮……这名字看上去平常，意义倒不小呢！玉琮是什么时候开始有的？汉代还是唐代？”

佟一琮说：“最早的玉琮见于安徽潜山薛家岗第三期文化，考古学家说是五千多年前的。照片在网络上能找到，号称玉琮王。”

程小瑜说：“那我叫你玉琮？”

佟一琮说：“别，你还是叫我虫虫吧，我喜欢听你这样叫。”他把这个绰号看成程小瑜对他的昵称。不，是爱称。

程小瑜说：“我是小鱼，你是虫虫，看来，你注定是我的食物啦！”

佟一琮笑着，也不反驳，因为他知道，自己确实是让程小瑜吃定了。

有一次，微醉的程小瑜兴奋之情难以自控，抱过佟一琮的脑袋，在他的额头上狠狠地亲了一下。那一下之后，佟一琮三天没洗脸！还有一次，佟一琮在新年晚会上表演了一首二胡连奏，班里顿时掌声雷动，程小瑜和全班的女生一起每人给了佟一琮一个拥抱。除此之外，两人在肢体上还真没有太多的亲密接触。

佟一琮亲眼见证了程小瑜数次的恋爱和分手。在渐渐深入的接触中，他慢慢发现了程小瑜表面傲气下的那份脆弱，发现了在看似游戏的恋爱中，程小瑜其实并没有向任何人真正敞开过心扉。一个自小父母分离，在爷爷奶奶的娇惯宠爱下长大的女孩儿，自傲下隐藏着不愿意让人发现和触碰的自卑。他对程小瑜的感情从最初单纯的喜欢变得复杂，怜惜和疼爱夹在其中。

隐隐地，他有种预感，总有一天，程小瑜会成为他的女朋友，不，是成为他的女人！

那天，雪后初晴，宿舍的哥们儿都出去了，难得清净，佟一琮手里握着那个黄白老玉制作的手把件，望向窗外。

窗外，前几天被白雪覆盖的地面，在阳光的照射下渐露本色。他心生感慨，这世间还有比阳光和温暖更强大的力量吗？当阳光普照之时，温暖会融化所有的冰冻，哪怕那冰冻藏在最阴冷的角落里。即使程小瑜是块冰，他佟一琮也要用温暖将她慢慢融化，让她化成水，还要慢慢给她加热，热得烫人。

大四上学期结束时，程小瑜和一个富二代男朋友分手了。甩开前男友的手，程小瑜直接拉住了佟一琮的手，一脸得意地离开，后脑勺上写着“姑奶奶不在乎”！

到了没人的地方，她扑进佟一琮的怀里哭得梨花带雨。

那天，佟一琮和程小瑜谈了几个小时，从小饭馆转移到咖啡厅，最后到了公园的小角落，从下午 3 点到半夜 11 点多。还差五分钟又是新的一天了，程小瑜眼泪汪汪地说：“虫虫，我决定了，还是你来做我男朋友吧！”

当时风很大，月色朦胧，并不是个确定恋爱关系的好天气。在佟一琮的梦想中，这样的时刻，天气应该是晴朗的，最好再有点儿桃花绿叶之类的，或者有洒着清辉的月亮。不过，天气是不是适合并没有关系，重要的是，关系确定了，梦想成真了，备胎终于转正了！

佟一琮轻轻咬了下自己的舌尖，疼。

确定不是做梦，他鼓足了勇气，左手慢慢地抚上了程小瑜的香肩，右手从程小瑜的细腰上一厘米一厘米地往下滑。刚刚被自己牙齿咬过的舌头也没闲着，径直撬开了程小瑜的香唇。程小瑜没有佟一琮想象中的那样半推半就，反而极力迎合。这给了佟一琮莫大的鼓励，手、唇一起用力，弄得程小瑜娇喘连连。这是佟一琮第一次听到程小瑜发出这种声音，霎时脑子发酥、身子发胀，抚在程小瑜身上的两只手更加有感觉。

可怕的事就在这时发生了，程小瑜含住了佟一琮的耳垂，舌尖像蛇一般探进了他的耳朵里。呼吸轻柔，吻得佟一琮酥酥痒痒的，他霎时觉得天旋地转，一个趔趄，险些跌倒，幸好怀里紧紧抱着程小瑜，才站住了。

程小瑜先是一愣，接着咯咯地笑了起来，停不住地花枝乱颤。好一会儿才止住，别有意味地问：“虫虫，这是……你的初吻？”

当时是半夜，程小瑜看不清佟一琮的脸色，要不然，一定会看到他一脸的窘相。事实上，那确实是佟一琮的初吻。面对程小瑜的突然打住，佟一琮后悔，盼了几年才盼来美人入怀，怎么这么没出息，哆嗦什么呀？

程小瑜情绪转变得特别快，说道：“我们回去吧！再晚宿管那个老修女又要骂人了。”

佟一琮没回答，一把拽过程小瑜，狠狠地堵住了程小瑜的唇，像是要把亏了几年的吻一起补上。

窗户纸一捅破，佟一琮和程小瑜就像两块橡皮膏，天天粘在一起。不过，两人的亲昵也仅限于亲吻拥抱。佟一琮心里惦记着再进一步，可每到关键时刻，程小瑜就会叫“咔”。她这样做，反而让佟一琮安心，他更相信自己的判断。真实的程小瑜和别人嘴里的程小瑜是不同的两个人，表面随意，实际上，她有自己的底线和原则，无人可以例外，这何尝不值得赞赏呢？

毕业前，佟一琮正儿八经地把程小瑜请到了西餐厅，拿出大半个月的生活费，两人一人来了一份剔骨牛排，外加两杯咖啡，一份蔬菜水果沙拉，两份小点心。这样的伙食标准对当时的佟一琮来说是一份不小的支出，可他觉得值得，他只是想给程小瑜一份美好的毕业纪念。

果然，程小瑜懂得他的心意。两人边吃边聊，他的眼睛一直看着她，她的眼睛也一直看着他。两颗年轻的心，装的全是对方，完全忽略了身边的一切。世界就是对方，对方就是世界。

程小瑜吃完最后一口牛排，突然掉下了眼泪，说：“虫虫，你是个用心的好男人，我真感动……谢谢你大学这几年一直陪着我。”

佟一琮伸手擦掉程小瑜脸上的泪水，他见不得女人掉眼泪，特别是自己喜欢的女人，见到了，心里疼得能拧出水。他本来是想让她开心的，怎么能让她掉眼泪呢！他愿意她笑，微笑、大笑、坏坏的笑，哪一样都是那么美、那么好。

佟一琮说：“小瑜，不哭，下个月，我带你到岫岩见我父母吧！”

佟一琮没敢提去见程小瑜的父母，程小瑜的爹妈在她很小的时候就离婚了，把她扔给了爷爷奶奶，除了给她拿些钱，一直对她不闻不问。程小瑜跟佟一琮讲过，将来的婚姻她要自己做主。可佟一琮知道，自己这边不行，还得请示爹妈。而且，他觉得只有这样做了，才能显示出自己的认真和真诚。他对程小瑜是认真的、走心的，他盼望着她成为他的妻子，领到大红的结婚证书，“程小瑜”这三个字可以和他写在一个户口簿上。

程小瑜站起身，坐到佟一琮身边，趴在他的怀里抽泣起来，说：“虫虫，你对我真好，我就知道没选错人。”

两人商量之后，便有了程小瑜的第一次岫岩之行。

和岫岩越接近，程小瑜的心情越忐忑，情绪也越来越焦躁不安。动车上，她脸上的笑容越来越少，蹙着的眉、不停敲动的手指、不停变换的坐姿，都让她的紧张显露无遗。准媳妇儿见公婆大概都是这样的状态吧，至少在中国的领土上，都是一样的情况。

佟一琮安慰道："别紧张，就当旅行了，就当绿色山村几日游了。游完了，咱就挥挥衣袖，不带走一片云彩。"

程小瑜这才笑了。可笑过之后，紧张仍在继续。

事实上，佟一琮的心里压根儿就没底。他不知道，父母对这个未来的儿媳妇儿会是什么样的态度，程小瑜对自己的家又会是什么样的态度。虽说婚姻自主，但又有几个人能够忽视父母的意见呢？现代的年轻人，都陷在一个循环里，没对象时被催婚，有了对象各种挑剔，终于不挑了，可能还会有各种状况出现。走进婚姻前，像取经一样，历经种种磨难。婚姻后，究竟能过成什么样，也是一个未知数，闪婚闪离绝对算不上什么新闻了，这样的例子在身边比比皆是。他们的岫岩之行能顺利吗？程小瑜这个漂亮媳妇儿能入得了传统父母的法眼吗？程小瑜能接受他在深山里的家吗？他们的以后，会幸福吗？……

佟一琮的家人对于程小瑜到来的态度让佟一琮一阵喜一阵惊。

佟瑞国对程小瑜的到来非常欢迎，把带有岫岩特色的菜肴一一端了上来。铜火锅、羊汤、山鸡炖山菇、干煸蛾蛹、薄栎叶饼、山野菜等，弄了满满一桌子。程小瑜并没有第一次上门的拘谨，表现得落落大方、彬彬有礼，一个劲儿地夸奖菜好吃，脸上全是笑容。

安玉尘也显得热情，但话少，比平时还少。

佟一琮看了老娘的样子，心里没底，悄悄问道："妈，你看咋样？"

安玉尘的眼睛弯成了月牙。

佟一琮心里咯噔一下，完了，指定没好话。佟一琮、佟一琪、佟瑞国都怕安玉尘把眼睛弯成月牙，看似在笑，实际上指定是另有说法。但安玉尘却说："挺好。"佟一琮的心顿时放下了，悄悄地在心里说了句"妈呀，吓死我了"。抬眼一看，安玉尘的眼睛更弯了，从初十的月亮变成了初三的月亮，接着叹了口气："儿子，你没想过小让？小让从小就跟你好，你也事事让着她。"

佟一琮说："小让是个小屁孩儿，和我亲妹妹一样。我和小让……不可能。老娘可不能乱点鸳鸯谱。"

老娘说："小让是个小屁孩儿，是你的跟屁虫。可她也是你的开心果啊！"

佟一琮说："开心果也是个臭丫头，她呀，还是留着给您当闺女吧！"

老娘说："儿子，我总觉得，这个小瑜和你不是一路人，你俩性子不一样。”

佟一琮说：“那不正好互补了吗？是最佳搭档。”

老娘说：“适合搭档的，可不一定适合做夫妻。”

佟一琮说：“老娘，您不是说婚姻自主吗？”

老娘不言语了。

佟一琮转过头问老姐佟一琪：“姐，咋样？俏不？”

佟一琪冷眼一瞥：“俏？一眼就看出妖来了，像妖精！”

佟一琮没好气道：“你才妖精呢！瞧瞧韩风让你迷的，都找不着北了。就你那臭脾气，也不知道他看上你哪儿了。”

佟一琪翻了个白眼：“我哪儿都不好，可他乐意呀，他就愿意拿我当小祖宗供着，气死你！”

佟一琮说：“程小瑜是妖精，我也乐意！”

姐弟俩在一起没有不吵的时候，佟一琮早已习惯了老姐的冷嘲热讽，在他老姐的眼里，他身上就没有优点，他的东西没有一样入得了眼，他的女人，自然也入不了眼。

不过，老姐怎么说佟一琮都不介意，不生气。他太了解老姐的性子了。佟一琪典型的刀子嘴豆腐心，嘴上说着程小瑜妖里妖气，饭桌上挨着样地给程小瑜夹菜，愣是把她碗里的饭菜堆成了座小山。佟一琮在一边偷偷地笑，知道老姐还是向着自己的，她还是那个自己挨了欺负能拔刀相助、抡起板砖撵得几个小子疯跑的老姐。

出人意料的是，向来对佟一琮持反对意见的佟瑞国，竟然也对程小瑜赞不绝口。背地里，他拉过佟一琮，道：“儿子，这回眼睛长得挺正。这姑娘，好，看着就有福相。商量商量，适当的时候，就把结婚的事给定了。结婚之后，你俩就到外面闯荡去，闯出一方天地，将来老爹老娘也跟着你们到外面长长见识。”

佟一琮嘿嘿直乐，心说老爹性子太急了，这可是程小瑜第一次来佟家！

来到岫岩的第二天，佟一琮带程小瑜到外面转，美其名曰：绿色山城一日游。

佟一琮说：“得空了，我再带着你去鞍山，鞍山的千朵莲花山、二一九公园，还有温泉，都是顶好的去处，咱先看岫岩。”

岫岩有山有水有风景，最有看头的还是玉石市场。

在佟一琮读大学的几年里，岫岩的玉石市场已经从露天摆摊变成入室进厅，他知道程小瑜喜欢热闹，光是那些小玉件就够她看的了。去的路上，佟一琮给程小瑜讲岫玉、玉石王等一系列精灵古怪的传说，讲得神采飞扬。

程小瑜说："虫虫，除了岫玉，没发现什么东西能让你这样专注。"

佟一琮一脸坏笑道："谁说的？还有你呢！"

程小瑜扬起了拳头，那场景和电影里的一样，特恶俗，特玛丽苏，可佟一琮觉得特美，美得他脸上全是藏不住的笑。

岫岩的玉石市场有些年头了，清朝末年，民国初期，岫岩就有了由琢玉作坊和玉铺组成的玉石街。关于那段历史，佟一琮小时候听爷爷讲过。那时的玉石街都是前店后厂的作坊，可也是卧虎藏龙的地界。当年的长兴玉、兴记、德聚兴等八家玉铺是关东有名的"岫玉八大家"。

虽然被称作"八大家"，但当时雕刻的多是些小物件，像烟嘴、镯子之类的，只有极少的几家能做些中型的人物、花鸟、走兽摆件。这倒不是匠人们的技艺不行，而是雕玉的工具和现在相比差太多了。

二十世纪五六十年代，玉石街消失了。直到二十世纪七八十年代，岫岩县城汽车站前有了玉石早市一条街，早上五六点钟开市，8 点钟左右闭市，经营时间虽然只有两三个小时，倒也红红火火。

县城的两个市场是佟一琮读大学时才建起来的，规模较大，管理规范。一个是 1992 年建的荷花玉石市场，销售中低档玉件；一个是 1993 年建的玉都玉石市场，销售的是高档玉石。

已经在外面读书的佟一琮知道，与同样靠原料占领市场的云南瑞丽玉石市场、云南滕冲玉石市场，还有靠雕刻加工取胜的揭阳玉石专业市场、平阳玉石专业市场、镇平玉石专业市场相比，岫岩的玉石市场无论在市场规模、所处地位，还是发展现状上，都稍稍差了一截。

那时，他还不懂得经济学，若是懂了，可能会有更深一层的理解和观点。知识和眼界会局限视野的广度和深度，这是谁都无力反驳的事实。商业就是布局，这和下围棋是一样的道理。先天的布局不足，需要后天的不断弥补。岫玉在商业社会里，当然也要布局，这是一门技术。

关于玉石平台这个念头，时不时地会在他的心里泛起。

这两个市场离佟一琮家不远，两人边走边说话，本来手拉着手，佟一琮看到熟人，离得老远就把程小瑜的手给松开了，本来就黑的一张脸变成黑红色。熟人过去了，佟一琮瞧瞧程小瑜的脸色，仍旧挂着笑，这才放下了悬着的心，再伸手拉住程小瑜，程小瑜轻轻地挣了一下，像是有些嗔怪，只是一挣，便又让他握在了掌心。

荷花玉石市场里经营的多是小玉件，来来往往全是人，年轻人走得快，风风火火，看货谈价，拿货闪人。也有些上了年纪的人，走路慢悠悠的，见到了喜欢的宝贝，从衣兜里取出手电筒和放大镜仔细地欣赏。

程小瑜第一次到玉石市场，看到各种各样的玉石摆件、玉石首饰，眼睛瞬间不够用了，从这处跳到那处，又从那处闪到另一处。她使劲儿拽着佟一琮的手，兴奋地说："虫虫，怎么有这么多的宝贝呀，太漂亮了！你怎么不早跟我讲啊，早讲我大一就跟你来了。岫玉好美啊，我要戴岫玉的首饰，手镯、耳环、胸坠、项链……我全要！"

佟一琮说："谁说我没讲过，是你没上心。我不是说过嘛，中国四大名玉，新疆的和田玉、辽宁岫岩的岫玉、河南南阳的独山玉和陕西西安的蓝田玉，各领风骚。咱班上同学都知道我家这儿产岫玉，我以前还送过你一个玉观音呢，我给别人的都是普通岫玉，给你选的是上好的黄白老玉，那可是透闪石！"

"你当时怎么不说？我都没当好东西，回去我再好好找找，戴在身上，片刻不离。"程小瑜不懂什么是黄白老玉，但知道佟一琮给她的一定是最好的。她脑子转得快，行动更快，也不管玉石市场里有多少人瞧着，对着佟一琮的脸颊亲了一下，佟一琮弄了个满脸红，生怕这一幕被谁看了去。佟家几代人都是玉匠，这里认识他的人太多了，两人之间亲密的举动绝对不能现场直播。

程小瑜走到一个摊位前停了下来，拿起摆在上面的一堆玉镯中的一只，问："这个多少钱？"

没等摊主回答，佟一琮就拽走了程小瑜。

程小瑜觉得莫名其妙，嘟囔着："你让我看看，这回我不让你送，我自己送自己还不行吗？那么好看的玉镯，我好喜欢。"

佟一琮停下来，两手握着程小瑜的小手，哭笑不得。

"小瑜，你根本不明白，那些玉镯是岫玉中质地最差、做工最粗的玉镯。那都是糊弄不懂行的，都是残次品。"

程小瑜的脸立刻红了，小声嘟囔着："人家不是不懂嘛，人家看什么都好看，你也不给人家讲一讲……都怪你！"

佟一琮指着远处一位拿着手电筒、放大镜的老爷子，说："行啦，都怪我！姑奶奶，别撒娇了……看到没？那才是真正的行家。"

程小瑜的目光中写着质疑。

佟一琮解释道："只有真正的买家才会那么仔细地看玉、验玉，寻找真正的好玉。选玉的学问大着呢，不是谁拿着放大镜、手电筒都能看出来的。颜色、透明度、水头、质地、净度都得细看，无绺、无絮、无裂、无杂质的才是好玉。"

程小瑜显然对佟一琮的讲解没有多少兴趣，眼睛盯着四处的玉件，目光跳来闪去，很少停留。

佟一琮对程小瑜格外细心，看出程小瑜盯着的玉件多是些花哨粗制的作品，没有什么上乘之作。虽然从小受到老爹的限制，不许接触玉，但毕竟整天在玉石堆里泡着，耳濡目染也算略知一二。本来他是想借机讲一些这方面的知识给程小瑜的，毕竟岫岩人都懂玉，以后程小瑜是岫岩的媳妇儿，懂一点这方面的知识，和人家交流起来，也有话聊。回头瞧瞧程小瑜的表情，他不禁在心里摇了摇头，知道程小瑜只是看个热闹，再讲下去，反而会影响她的兴致，干脆闭上嘴巴。

他更清楚，这事怪不得程小瑜，哪一个外乡人到了岫岩玉石市场的状态都和程小瑜差不多，毕竟不是从事这个行当的，也不是专门的玉石收藏家，看个热闹，图个乐呵，过个眼瘾，至多再买上几件作为纪念或是送给新亲旧友，买卖双方皆大欢喜。

2

佟一琮和程小瑜从荷花市场转向玉都玉石市场，随意走进一家玉石商行。

商行的正门挂着一幅牌匾，上面写着"福岫轩"三个大字。推门进去，中式装修风格，雕梁画栋，精刻细琢，每一处都透着古朴内敛。一件件玉器摆放得错落有致，玉器展示区里往里走是一处开放式茶室。茶室门口是一副对联，上面写着："玉为玥，温润恬益非凡物；心似晶，沁透善美无价比"。

佟一琮心里一动。

店里摆放着中国传统造型的红木家具，长方形茶几上是一套看似简朴、实质工艺考究的紫砂茶具。不难看出，店主除了精通玉石，更是茶道中人。

再往里走，则是财神爷的领地。做生意，不可能没有财神爷的专属位置，所有人对此都习以为常。

此时，店里回荡着《渔舟唱晚》的古曲声，把店里店外隔成了两个世界。

一个世界安静，一个世界喧闹。

店里安静得甚至有些冷清，除了一位三十岁左右的店员一脸笑意地迎接他们俩，再没有别的客人了。

程小瑜转了一圈，觉得店里摆着的玉件确实漂亮，她说不出哪里好，可是能感觉得出设计和作品都很好，不过，价位也实在是高得吓人。她悄悄吐了下舌头，小声问佟一琮："这么冷清，东西又这么贵，这家店能挣钱吗？"

佟一琮小声答："这你就不懂了，这种经营高档玉石的大店，三年不开张，开张顶三年！"

程小瑜显然被这个说法吓着了，目光不再闪来跳去，仔细地观察起那些精致的玉石，再怎么不懂行，是好东西还是坏东西，程小瑜那么聪明的人，肯定能看得出。让她特别好奇的是眼前这件玉件上的链子是怎么做出来的，一环套着一环，一环接着一环，明明是硬硬的玉石，怎么看上去软软的、柔柔的，像是风一吹，那链子就能动起来、飘起来。她的眼睛盯着玉件，嘴巴招呼着佟一琮："虫虫，你来看一下，这个好特别。这样的链子是怎么做的？"她招呼了一声，没人回应，再招呼，还是没人回应。

转过头，她看到了令她惊讶的一幕。

佟一琮正站在一块玉石前，一动不动，一双眼睛像被玉石粘住了一样。

程小瑜瞬间忘记了刚才的提问，呆立着，一时不知道怎么办才好。

此时，佟一琮透过玉石表层，赫然看到了玉石里面斑斓瑰丽的色彩。让人惊奇的是，那些色彩仿佛要冲破外面的岩层喷涌而出。佟一琮自小就喜欢花玉，但像眼前这块花玉的成色确实不多见，称得上精品中的精品，让人惊讶的不光是这一点，那么多的色彩糅杂交融在一起，仍然保持着各自分明，实在是不可多得的精品！

程小瑜被他的状态惊呆了。他专注的神情和眼神是她从来没见到过的，仿佛和她完全在两个世界！

眼前的佟一琮不像是在看一块石头，而像在看一个人，而且两者之间正在进行着秘密的、不为外人所知的交流。佟一琮脸上的神情是程小瑜从来没有见过的，深情、专注、全身心投入。

过了一会儿，程小瑜终于缓过神儿来，她担心佟一琮是不是着了魔，要不然好好的一个人，怎么对着块石头就成了痴呆？

程小瑜轻轻地拉了拉他。

佟一琮没动。

程小瑜又拉了拉。

佟一琮还是没动。

…………

现在不光是程小瑜，就连那位三十多岁的店员也被佟一琮的神情给吓住了，两个女人你看看我，我看看你，不知如何是好。

程小瑜的心里涌出了一个念头：完了，佟一琮入魔了！

这时，一个声音突然打破了室内的寂静。

“一琮，什么时候回来的？”一个五十多岁、衣着朴素、面貌慈祥的女人从店铺的后门走了进来。

佟一琮这才回过神儿来，笑着说：“索阿姨，我昨天刚回来。真巧，竟然能遇到您。我给您介绍一下，这是我女朋友程小瑜。这家店，您也熟悉？”

索阿姨说：“这是我新开的店。真是巧了，我一般很少过来的，一过来就看到你们了。来，你们两个过来坐，尝尝老树普洱茶。”

佟一琮看了一眼那副对联，明白了第一眼见到时自己心里那份说不出的感觉。那对联分明已经指明了主人，谁又能比索姨更配得上这副对联呢？

完成了介绍的例行过程，佟一琮和索阿姨坐下来边喝茶边探讨起了眼前的那块玉石。

程小瑜的心安稳下来，再打量佟一琮，好像刚刚那一幕根本没发生。在程小瑜看来，让佟一琮着迷的那块玉石实在没有什么特别之处，外表看上去和摆在其他档口的差不太多，圆圆滚滚的。可为什么他会那么专注，为什么像丢了魂一样呢？

程小瑜心中不解，佟一琮和那位索阿姨却谈得眉飞色舞。

佟一琮说：“索姨，您这块石头真是上好的花玉，要是我没看错，里面共有红、褐、橙、黄、绿、白六种颜色。”

索阿姨一脸的惊讶，问：“你居然能看出来有几种颜色？橙色连我都一直没看出来。”

佟一琮说：“在里面呢，一整条的橙色，我怎么敢骗您呢！”

索阿姨叹息了一声：“后生可畏啊……多好的胚子，和玉有缘，可惜了，你爹不让你碰玉……我还记得，你小时候也像现在这样，最喜欢花玉，看一眼就能说出里面都有什么颜色。你画画还好，又爱读书，底子厚，不像我们这一辈，书读得太少。年轻时不懂得，上了年纪就知道了，没文化是要吃亏的，而且是大亏。你不琢玉，真是可惜了。”

佟一琮嘿嘿一乐，道：“那时，我还能看出里面装的是山水、花鸟还是人物呢！现在不行了，只能看出里面有什么颜色。这块玉真是上等的好料，不知道您打算怎样设计？”

索阿姨说：“我想了很久，设计一个就推倒一个，你有什么好想法？”

佟一琮摇摇头，不作回答，他虽然不太清楚这块玉的价值，但清楚每位玉雕大师都有自己独特的创意和思路，有些话不能信口开河。内心深处，他倒是对索阿姨的这份信任感激不尽。所谓“做玉先做人，修艺先修人”，索阿姨能在玉雕界成名成角，凭借的不仅仅是雕工技艺，更有做人的高深修为，索阿姨能向他这个后生晚辈提问，本身就有一种胸怀和姿态。按照佟一琮最初的直觉，这块玉应该雕成人物，索阿姨笃信佛学，他猜测，最终这块玉石百分之百会雕成一尊观音像，而玉石中的那块红色，必然会成为观音顶上的那轮红日。至于这尊观音什么时候才会真容得现，则是不得而知。凡事都有定数，特别是这么有灵性的玉石。索阿姨心里对这块玉石的设计应该早已经成型，犹豫的应该是具体细节。她想从佟一琮这里寻到的，只是一个同自己一致的设想。可佟一琮不会说出来，一来他不想影响索阿姨的设计思路，二来是不敢更不能班门弄斧，最后一点则是佟一琮对自己眼光的不确定，毕竟他对玉石的接触同索阿姨相比，实在是太小儿科了。

程小瑜没兴趣听这些，坐了片刻，便起身继续欣赏起那些玉石。她明白，这里面陈列的玉石，比在玉石市场档口里看到的那些，不知道要好上多少倍！每一件都像是有了灵魂，光洁润泽，又好像在讲着什么故事。看了一会儿，她的目光开始游离，不时地望向店门口。

佟一琮看出程小瑜待得无聊，又说了几句，便找了个理由起身告辞。索阿姨一再挽留，并说改天一定要请他们全家吃饭，有件重要的事情要和佟瑞国说，事情和佟一琮有关。佟一琮虽然好奇，但也没多问，并不是碍于程小瑜在场，而是他猜得出，商量的事情一定与玉石有关，要不然索阿姨不会这样郑重。但与玉石有关的事，他自己哪里做得了主，佟家的事，还得是老爹佟瑞国说了算。

出了店门，佟一琮才对程小瑜讲起这位索阿姨的身份。索秀珏十五岁起从事玉雕，十六岁进京，师从北派玉雕名师，玉雕的素活、人物、动物、花鸟，从设计到雕刻，无一不精。在岫岩玉雕界，索秀珏是唯一的一位女性泰斗级人物，身兼中国玉雕大师和中国工艺美术大师双重身份。索秀珏对佟一琮的喜爱，源于佟一琮的老娘安玉尘，两人情同姐妹。佟一琮隐约知道，老娘对索秀珏好像有过救命之恩，其中的内情，他却不清楚。只是他能够感觉到，索秀珏对他确实是高看一眼，厚爱一层，凡事都有个照应。

佟一琮确实是个玉石迷，佟瑞国那样拦着吓着，也没挡住他对玉石的痴迷，更没挡住岫岩玉雕大师们对他的喜爱。就说这位索秀珏，她是看着佟一琮长大的，自他小时候起，就说他是个玉界奇才。她为佟瑞国的决定耿耿于怀，说他将一个玉界奇才掐死在摇篮中了。

佟瑞国说，有得有失，有失有得。说得像是禅语，可这得是什么，失是什么，佟瑞国却不肯对别人讲，哪怕是有一次和几位好友喝得云山雾罩了，也不肯吐出一个字。只是嘴里不停念叨，为什么要这么安排？别人顺着他的醉话问，安排什么？他倒清醒了，吐出三个字："说不得。"

关于这些，佟一琮都想讲给程小瑜听，但看到她心不在焉的样子，话在舌尖打了个滑又咽了下去。

程小瑜对佟一琮说："我觉得你妈有些怪，总是笑眯眯的，眼睛笑得弯弯的，像是……怎么说才准确呢？你妈身上好像有仙气？也不对，反正就是不接地气的意思。"

佟一琮哈哈大笑起来："老娘一辈子和庄稼打交道，还不接地气？不过，你这么一说，我也觉得我妈是挺怪的。你说吧，我爹脾气多火暴，沾火就着，可到了我妈那里，什么火气都没了。"

程小瑜说："那是你爹爱你妈，事事让着她，人家老两口感情好！"

佟一琮笑得直嚷肚子疼："你以为我爹妈是小年轻呀，我就从来没听这个字从他俩嘴里说出来过。不过我知道，我爹心里装着的全是我老娘。"

程小瑜拉着佟一琮，缠着他讲他父母的爱情故事。

佟一琮讲不出来。

关于父母的故事，他所知甚少，索性讲起了玉妖的故事。其实岫岩人管那个故事的主角叫玉娘娘。佟一琮觉得当娘娘不如当妖好，当妖自在，少了束缚，自小听来的那些故事里凡是叫娘娘的，虽然端庄美丽，可是个个都过得孤寂冷清，反倒是那些妖，美艳无比、精灵古怪、快活自在，于是故事的主角到他嘴里就成了妖。

程小瑜思维跳跃，突然问："玉妖和玉石王是不是一回事？"

玉石王是岫岩一宝，也是国家的宝贝，佟一琮跟程小瑜炫耀，说得天上有地下无的。其实佟一琮炫耀的不光是玉石王，从普通岫玉到花玉、甲翠，再到河磨玉、老玉，他都用自己那些微薄有限的知识讲了讲。程小瑜听得云里雾里的，并不上心。这边佟一琮说得嘴角起沫，那边程小瑜老鼠啃纸一样地嗑着瓜子。一直到谈起玉石王，程小瑜才扔下了手里的瓜子，静静地听着，不时还问上一两句，显然是走了心了。

现在，程小瑜那双水汪汪的大眼睛盯住佟一琮，想让佟一琮带她去看看玉石王。佟一琮自然唯命是从，拉起程小瑜上了一辆出租车。玉石王在深山，离玉石市场远着呢，别看两个人都穿着运动鞋，真要是步行上山，佟一琮受得了，程小瑜可受不住，就是程小瑜受得住，佟一琮也舍不得让她吃那份苦，现在程小瑜是他的心尖尖。

程小瑜一路上就在想，被周总理亲自批示的国宝究竟什么样？佟一琮说得吓人，重量有二百多吨，自己体重才八十多斤，一块玉石顶得上多少个自己的重量？还有深绿、绿、浅绿、白、黑、黄、红七色，那得多炫目！光是玉石市场里的那些东西都让她眼花缭乱了，玉石王得是什么样，还不让人看傻了！

上山的路不好走，陡峭不平，出租车颠来颠去。程小瑜的身子一会儿挤向佟一琮，一会儿晃向另一边。

车座硬邦邦的，硌得佟一琮屁股疼，看到程小瑜一张粉脸露出痛苦，心里过意不去，一个劲儿地说对不起，问她疼不疼，难受不难受。

程小瑜说："跟我还客套？"

佟一琮不说话，拉起程小瑜的手，拽到嘴边，牙齿轻轻一咬，心里微醉，像是喝了二两老酒。

程小瑜说："你看这山上多美，早来山上多好！"程小瑜的家在平原，那里一马平川，一下子到了山区，她觉得哪儿都新奇。初夏时节的绿意在平原看是平面的，在山上看却是立体的，重重叠叠，深深浅浅，高低错落，连空气都沾上了绿色，呼吸间透着清爽。而且越往上走，白云越纯粹，蓝天越炫目。

佟一琮从小就喜欢山上，喜欢看看绿，摸摸石，在山上撒欢儿。此刻他紧紧地握着程小瑜的小手，心里特踏实。

出租车没到目的地就停下了。

再往上的路，更陡更窄，只能步行。这话不用司机师傅解释，佟一琮心里像明镜似的，他径直交了钱下车。佟一琮和程小瑜手拉着手，边说话边上山，倒也可以应付。

偶尔看到一只松鼠闪过，程小瑜惊喜连连，抱住佟一琮说："松鼠的样子好可爱，要不咱们养一只吧！"

佟一琮笑道："听过养猫、养狗、养鸽子的，养松鼠，真没听过。"

程小瑜说："人家逗你玩呢！"

佟一琮心里高兴，仿佛后脑勺都透着笑意。他指着前面说："小瑜，你看！"

程小瑜抬头，原本活泼的眼光变得痴痴呆呆的，仿佛世间万物都消失了。太阳透过贴着山顶的白云，映射出耀眼的光芒，慈祥柔和而又无比高贵的光束如同舞台上的追光灯，照耀着那块赫然耸立的形状不规则的巨大玉石。这玉石要几十个人手拉手才能环住，最高处有几层楼那样高，外面的表皮和山体颜色差不多，都是黄褐色的，露出的玉色却是色彩斑斓，果然和佟一琮说的一样，深绿、绿、浅绿、白、黑、黄、红，整整七种色彩，每一种色彩都是那样温润。

在玉石王面前，程小瑜觉得自己变小了、变矮了，变得像山间的一株小草，只想依偎在上面。大自然究竟拥有什么样的神奇力量，才会孕育出这样的奇石，外表普通，内里繁复。

她一步步地走向玉石王，当手指尖触摸到玉石时，她顿时感觉清凉沿着指尖蔓延，渗透皮肤，融入血液，流遍全身，一种从未有过的神圣和激动让她的手指微微发抖，接着身子也跟着抖起来，轻轻叫着："虫虫。"

佟一琮忙从后面抱住了她，脸颊紧贴在她的耳侧，轻轻地叫了声："小瑜。"

程小瑜的目光依旧粘着玉石王，舍不得眨眼，她说："太神奇了，太伟大了！这是天赐的圣物，大山的神物！和玉石王一比，我们太渺小了，都是芸芸众生，凡夫俗子。可是……我心里有点儿怕。"

佟一琮没有回答，他只是紧紧地抱着程小瑜。他理解程小瑜的怕，因为，每一个来到玉石王面前的人都会有不同的感受。程小瑜今天见到玉石王的景象与佟一琮的又有不同。

佟一琮第一次来，是在一个深秋。

那时佟一琮读小学三年级，本应该南方才有的绵绵细雨，却在北方的岫岩黏黏糊糊、没完没了地下了起来。如果是有诗情的人看到了，会觉得雨丝缠绵至极，比如有首诗里就写到雨巷，还有撑着油纸伞的丁香姑娘。

佟一琮不喜欢这样的雨，他觉得这样的雨让自己心烦，下得一点儿也不畅快，太粘人了。

那天，老爹为了同一个原因暴打他。一气之下，倔强的他冒雨跑出了家。记不清楚跑了多久，也记不清楚跑的哪条路，他只是凭着感觉，向前，向前。

他只想离开家，离开老爹，离得远远的，让他们永远都找不到自己……

最后，他跑上了山。

下雨天，山路滑，佟一琮一会儿脚下打个滑，一会儿摔一跤，可他不觉得疼、不觉得怕，心里只想着，老爹你不让我玩玉，我就进到山里，天天和玉石待在一起，我再也不回去了，让你永远找不到我。

没有目标、没有方向，像是冥冥之中的牵引，佟一琮来到了巨大的玉石王旁边。作为岫岩人，那是佟一琮第一次见到玉石王。因为老爹不允许，爹永远是爹，是一家之主，是年幼的他不敢违背的人。

他匍匐在玉石王的脚下，顿时觉得世间的事物全部消失了，爹、娘、姐姐、学校、老师、同学、小伙伴、二胡、画画、玩具……天地之间只有玉石王和一个跪拜臣服的稚童。佟一琮恍惚觉得，天上飘落的雨丝就是玉石王洒下的圣水，化解了他胸中的怨气。

他觉得莫名地亲近，从头到脚有着说不出来的轻松和欢喜，好像这里就是他的另一个家，他可以完全由着自己放开性子，释放心情，从肌肉到骨骼彻底地放松。

佟一琮久久地趴在玉石王下面，一直到眼前出现了一双脚，老娘安玉尘的脚。

他抬起头看着老娘，老娘竟然朝着他笑了，没有他料想的生气。

老娘蹲下身子，瞧着他，一言不发。

他也一言不发地瞧着老娘。

母子俩你看着我，我看着你，又将目光投向了玉石王。

他说：“妈，我感觉和玉石王好亲啊！”

老娘答：“亲就对了。”

他问：“为啥？”

老娘答：“因为他是玉石王，因为你是一琮，因为命。”

他问：“妈，啥是命？”

老娘笑了：“是天意。”

…………

再后来的对话，他就不记得了。只记得那天回到家里，老爹没打他，可是老爹很蔫儿，像霜打的茄子。

他清楚程小瑜心高气傲，从没见她在任何人或者任何事面前有过这样的臣服，也许只有玉石王这样的自然瑰宝，才能让她迷醉吧！她所感受到的怕，是一种畏惧，说不清楚缘由的畏惧。仿佛玉石王能看穿她、看透她。

她说："我怕玉石王，也有点儿怕你老娘。"

他不由自主地想起老娘的话，心里狠狠地疼了一下，这么可爱的女孩儿，老娘怎么就不喜欢呢？一个劲儿地说着他们不合适。

程小瑜就是我佟一琮的，现在她就扎扎实实地在我怀里！这样一想，他抱着程小瑜的胳膊箍得更紧了。程小瑜深呼吸，胸前的两坨软肉触到了佟一琮的手臂上，他觉得全身一阵酥麻，青春的荷尔蒙被激活。那片对他来说并不陌生的领地，是他贪恋的所在，可这一刻，在玉石王面前，他不敢也不允许自己有一点点的放肆。两个人就这样环抱着，安静地站在玉石王的身边，而玉石王也像一位长者，慈祥宽容地俯看着他们。

上山容易，下山难，出租车早就开走了，二人只能一路步行。

下山的时候，程小瑜格外乖巧，一直环着佟一琮的胳膊。刚走了一会儿，程小瑜的额头、鼻尖便已经沁出了细细的汗珠，白皙的脸上有两抹艳粉，呼吸也不匀畅了。佟一琮想，下了山，他就请程小瑜泡温泉。鞍山有温泉，岫岩也有，温泉去病解乏养颜，温泉水里泡着舒服。他正想着，程小瑜便脱口而出："你看前面那条沟里的水，多清澈，下去野浴多好，肯定舒服死了！"程小瑜松开佟一琮，自顾自地向旁边的那条沟跑去。

水沟在山中间，两边的树绿得晃眼，沟里的水清得见底，阳光穿过或宽大或细窄的树叶缝隙，斑驳地照在水面上，晃出一片亮光。佟一琮小时候就喜欢在山里野浴，全身脱得精光，像条鱼一样在水里穿梭。出了水才发现，衣服可能已经被哪个淘气包藏了起来，他光着身子、跳着脚骂上两句，换来小伙伴间连打带踹的一通闹腾，噼里啪啦，几个光溜溜的身子重新投入水里，激起巨大的水花，四下飞溅。

现在，静静的山里只有佟一琮和程小瑜两个人，深山、野浴、光溜溜白花花的身子、程小瑜的身子……佟一琮的心跳加快，身体也自然起了变化。程小瑜是在暗示自己吗？她是单纯地想野浴？还是在试探自己？又或者……佟一琮心痒起来。

思索间，程小瑜的小手已经伸到水里，白皙的胳膊在水的折射下，变了形，弯曲着，瞬间又恢复了原形，她撩起了一串水花，泼向佟一琮。

"虫虫，这水是温的呢！"程小瑜的语气里带着惊喜。

"这是温泉水。"佟一琮走近程小瑜。

程小瑜蹲着身子，双手泡在水里，后腰处露出的一片雪白对着佟一琮，晃得他直发晕。程小瑜的身体佟一琮是摸过的，但多是在夜晚，两人挤在学校的小角落或是公园的一角，佟一琮像做贼一样地伸出手，把程小瑜的软肉抱在怀里，那皮肤是滑的、软的、柔的。像现在这样的太阳光下，佟一琮还是第一次见到程小瑜腰间的一抹雪白。他动了念，猜想着那片雪白的上面是不是也是一片雪白，那片雪白的下面是不是还是一片雪白，而雪白的深谷是什么？雪白的峰顶又是什么呢？他要一探究竟，不管程小瑜是怎么想的！单纯地想野浴也好，诱惑也好，总之，今天程小瑜一定要是他的。他走过去，刚伸出手想要抱住程小瑜，她却起身了。

“虫虫，你到那边去，那块石头后面，转过身，不许看我！我要把自己交给大自然，交给温泉水。”

佟一琮听明白了，双脚却粘在那儿不肯动，两眼直勾勾地盯着程小瑜。

程小瑜嗔怪地举起手：“你烦人！”

这三个字，给了佟一琮明确的暗示。他一把将程小瑜裹进了怀里，急促地亲吻着程小瑜的额头、鼻尖、脸颊、耳朵……最后紧紧地覆盖在程小瑜的唇上，不断地深入。程小瑜刚开始还在闪躲，很快身子就在佟一琮的怀里轻轻扭动，嘴里轻轻呻吟着。佟一琮终于在阳光的见证下，解开了程小瑜的衣裳。

一件，一件，散落在岩石上、草丛间……两条游鱼一样的年轻身体，同时滑入温暖的泉水之中，缠绕、交融、深入、起伏、沸腾……山里面回响着程小瑜纵情的欢愉声，那欢愉像战鼓之声，进入佟一琮的身体，激活他征服战地的欲望。

重新回到山下，佟一琮和程小瑜全都瘫成了泥沙。程小瑜一边下山一边嚷着“饿死了”。佟一琮这才记起，回家二十四个小时了，还没有去见好哥们儿穆明，还有那个小屁孩儿穆小让，要是等着人家找上门来，自己就不好过了。

穆明是佟一琮的死党，属于抬拳就打、张口就骂、铁得要命的那种，两人从读小学时就开始形影不离，又一起读完了初中。之后佟一琮继续读高中、读大学，穆明则以中考全校倒数第五名的成绩回家，自谋出路。不过两人的兄弟情谊并没有因此减轻分毫，反而越来越深，只要有空，他们就粘在一起，就连他们的父母都纳闷，这两人怎么这么好。穆明的妹妹穆小让则是两人的跟屁虫，相比亲哥穆明，小丫头显然更愿意听从佟一琮的“指挥”，当然，也经常把佟一琮欺负得没有一点儿招数。

佟一琮性格内向，穆明外向；佟一琮喜静，穆明好动；佟一琮读书画画样样精，穆明吃喝玩乐事事好。可两个人愣是和亲兄弟没有分别。和佟一琮不同，穆明的爹妈逼着他学玉雕，玩玉石，穆明却看着玉石就头疼，倒是对各类食物有着浓厚的兴趣，干脆自己开起了小饭店，一来二去，他开的全羊馆居然成为岫岩的特色店，羊汤更是成了一绝。

这让佟一琮受益不小，读高中时，穆明的全羊馆就是他的小食堂，他时不时去改善下生活，解解馋。因为生意做得好，有人琢磨穆明肯定是有什么秘方，明着开价来买，穆明愣是不卖。佟一琮清楚，不是穆明不卖，而是没法卖，真正的秘方就是穆明那张嘴，怎么好吃怎么弄，不够味儿加味儿，不够火候加火候。上好的肉、上好的菜、上好的料，不减一分，不差一点，味道能不好？这样吃来吃去，做来做去，穆明从一个高挑的竹竿子吃成了二百来斤的大胖子。青春的小鲜肉成了油腻中年，不，是油腻青年。佟一琮时常拍着穆明的肚皮说，这里面全是油脂肥膏。穆明自己说，那都是美食智慧。

佟一琮推开全羊馆的门，立刻迎上来一个十五六岁梳着马尾巴的小姑娘，她说道：“大哥，快请进，您吃点儿什么？”后面的话还没说出来，小姑娘就满脸惊喜地扑到了佟一琮的怀里，动作里全是欢喜：“小哥，你什么时候回来的？我都想死你了！”

“小让！这傻丫头，你哥呢？”佟一琮拉下那两只搂得紧紧的细胳膊，紧张地瞧了一眼跟在身侧的程小瑜。

穆小让从小就在穆明和佟一琮身边长大，两人都有哥哥样，事事让着宠着这个小妹妹。佟一琮离开岫岩读大学前，是穆小让的专职辅导“老师”，学习上的事佟一琮罩着，生活上的事穆明罩着，穆小让被这两个哥哥宠得像个小公主。佟一琮教给穆小让的可不光是课本上的东西，他喜欢中国古典诗词、神话故事、国画，也喜欢哲学，他把这些讲给穆小让。穆小让也争气，考试成绩次次第一，是岫岩高中的女状元。

别看是亲兄妹，这丫头的模样一点儿也不像穆明。纤细、水灵，两只圆溜溜的眼睛，齐齐的刘海儿，就像一个乖巧的大娃娃。这一刻，那两只圆眼睛落在了程小瑜身上，小脸立刻挂上了一层冷霜，也不招呼了，细胳膊使劲地甩来甩去，裹着一阵风直奔后厨。

穆明顶着厨师帽从后厨走出来，两只肉乎乎的大手在白毛巾上用力地擦着，泛着油光的脸乐成了‘弥勒佛’：“我说你小子，什么时候回来的？怎么也不打声招呼？”话音没落，拳头打在了佟一琮的右肩上。

“下手这么狠，当我是活羊？”佟一琮一拳回了过去。

穆明谈笑风生地把佟一琮和程小瑜带进了小包间，举起酒杯，自己先干为敬，二两白酒一下子下了肚，看得程小瑜直了眼。佟一琮说："没事，这点儿酒对他来说是小意思，他的绰号是一斤半，喝完一斤半什么都不影响，该干什么干什么。"

酒至微醺，穆明劝佟一琮："毕业你就回来得了，你知道不，现在岫玉行情看好，据我观察，前景十分可观。现在缅甸的翡翠都成天价了，还有和田玉，都卖疯了。咱们岫玉也不差啊，价格咋就差那么多呢？差在哪儿呢？你从小就喜欢岫玉，别白喜欢了一场，回来琢磨琢磨。兄弟我就这点出息了，怎么变也离不开吃，谁让我好这口呢，你得干点大事！"

程小瑜说："我俩准备去上海发展。"

穆小让从坐到桌边脸色就一直沉着，穆明和佟一琮怎么逗也不说话，这时突然转向佟一琮，眼泪在眼圈里打着转，声音发抖："小哥，你真不回岫岩了？"不等佟一琮回答，就起身出去了。

穆小让的举动让穆明和佟一琮不解，佟一琮问："小让怎么了？"

穆明怔怔地看看穆小让的背影，一脸的莫名其妙，说道："谁知道哪儿惹着她了。要我说，都是让咱们俩给惯的，你是不知道，她的小脾气一上来，也就你能收拾，偏偏你还不在家，我是备受这丫头的压迫和奴役……咱们继续喝酒，不用管她，她一会儿就自己回来了。"

穆明说得没错，一会儿工夫，穆小让果然回来了，欢喜的神情，像什么都没发生过一样。好好的一顿饭，菜倒是香，可佟一琮老觉得差了点儿什么，是因为穆小让闹的一出戏，还是因为什么，他也说不上来。

听到佟一琮和程小瑜准备去上海发展，安玉尘手里端着的水果盘咣当一声掉在了地上，脸上的笑容也消失了。话是程小瑜说出来的，安玉尘的眼睛却盯着佟一琮，眼泪成线地涌了出来："儿子，你……决定了？"

佟一琮没见过老娘这样失态，他不懂老娘为什么有这么大的反应。

佟一琮去上大学，老娘送自己上车时也舍不得，眼里有泪，可脸上带笑。现在程小瑜只是说两人要去上海发展，没说什么时候去，没说要去多久，还什么都没讲呢，老娘怎么就露出这样一副表情？

老娘望向程小瑜的眼神冷冰冰的，冒着寒气。以往老娘生气，眼睛都是弯成月牙的，可今天却瞪得圆圆的，里面的光是尖尖的，能扎人。佟一琮觉得古怪，抚着安玉尘的肩，亲昵地说："老娘，咱上那屋说去，行不？"回头对程小瑜挤了挤眼睛。

佟一琮把安玉尘拉到了前趟房。佟家住的是平房，院子大，前面一趟四间，后面一趟也是四间。他刚关上房门，佟瑞国就进来了，问道：“啥事惹你妈生气了？你小子，到家就惹事。”

安玉尘坐在椅子上，眼泪还是一个劲儿地往外涌着，像是流不完了。眼圈通红，像是汇集了天大的委屈。

大夏天的，本来就热，再一紧张，佟一琮脸上的汗水淌了下来，身上的汗水紧紧粘着衣服。读高中之后，老爹再没打过他，可是见了老爹发火，他还是心里哆嗦。他自己清楚，那是小时候挨打留下的后遗症，但老娘生气真是没来由。他向老爹简简单单地讲了事情的经过，言语里夹杂着些许的委屈。

佟瑞国瞧着安玉尘，像在看着小孩子，逗她道：“多大的人了，还哭鼻子？你还当自己是个小丫头片子？”

安玉尘一转身，歪过头，眼睛盯着墙角：“反正我不让儿子去外面！当年都说好了，读完大学就回来的。”

佟一琮记得那个约定。

就像现在弄不懂老娘的态度一样，当初他也没弄懂，为什么收到大学录取通知书时，老娘要和自己提出那样的条件，还说，如果他不答应就不让他读大学。当年无论是自己还是老爹答应下来，都是权宜之计，时隔四年了，老娘却还记得这样清楚。

佟瑞国向来是哄着顺着安玉尘的，今天却一反常态，绷起了脸：“到外面闯荡闯荡有啥不好？好男儿志在四方，不经风雨，哪能叫爷们儿？”佟瑞国慷慨陈词：“咱们佟家人缺的是什么，就是这份闯劲儿，非得守着一亩三分地，守着老婆孩子热炕头，非得辈辈都当琢玉匠？”

安玉尘的目光从墙角转到佟瑞国身上，圆眼睛一点点变窄变细，从十五变到初十再变到初五，泪水成串地滚下来，突然眼睛全闭上了，嘴角紧紧地抿着，嘴唇嘟成一个小包子，隔了会儿，睁开眼睛，盯着佟瑞国说：“佟瑞国……你是在害我儿子，你明知道孩子出去要受苦的！”

佟瑞国愣了愣，底气有点不足，但还是歪着脖子，晃着脑袋说：“在外闯荡哪有不受苦的？在家待着享福，那还是个爷们儿吗？我佟瑞国的儿子，不能没志向！”

安玉尘站了起来，指着佟瑞国道：“你……你太自私了！”转头对着佟一琮，两只重新睁大的圆眼睛盯着他：“儿子，你……非去不可？”

佟一琮的眼睛和安玉尘对视着，他实在想不通老娘为什么在这件事上这么固执、这么不可理喻。父母截然相反的态度简直让人觉得不可思议，他的心里也生出了愤怒的小火苗，只是在极力地控制着，尽量让语气柔和些：“我早就和小瑜商量好了，我们就去闯荡几年，难道非得让我一直待在岫岩？”

安玉尘站起身，拿起插在一个仿制青花瓷花瓶里的鸡毛掸子，眼睛喷出的火光噼啪作响：“你……你就这么和我说话？我都说过多少次了，你和程小瑜不合适，旁观者清。”

佟一琮不知道哪儿来的勇气，梗着脖子说：“我非去不可！我非得和程小瑜在一起不可！”

安玉尘举着鸡毛掸子抡向佟一琮，挨近他的身子时，鸡毛掸子停在了半空，佟一琮再看去，安玉尘眼神里的光一下子熄灭了。

3

儿大不由娘，这话一点儿不假。佟一琮坚定不移地要和程小瑜去上海。

安玉尘连着两天在家里干活，就是不说话，也不看人。家里的人和物，在她的眼里全部变成透明状态。

佟瑞国在屋里屋外来回转，故意挡在安玉尘面前，安玉尘转个弯绕过去。

佟一琮跟在她屁股后面，安玉尘端盆，他给递水，安玉尘洗脸，他拿毛巾。可安玉尘就是不说话，应该说的话，她用眼神说，用动作说，就是不从嘴里发出声音。佟一琮低声下气地说：“您老人家好歹说句话，行不？”安玉尘瞪了他一眼，眼神对眼神，蹿出噼啪作响的火苗子，佟一琮没敢接那火苗子，眼睛朝下看。

佟瑞国眉毛立着，一脸凶相，一副要吃人的样子。

佟家的鸡鸭鹅抻着脖子东看西看，不叫唤，不爱吃食。那只老花猫变得更懒了，趴在窗台上晒着太阳，一动不动。佟家偌大的院子，安静得吓人。

佟一琮的嘴角起了一堆小水泡，程小瑜趴在他肩上，对着小水泡轻轻吹气：“虫虫，按照中医的说法，这些小水泡是急火攻心，要不然咱们来个先斩后奏，三十六计——走为上？”

佟一琮的脑袋摇得像拨浪鼓：“绝对不行！”他没招了，只能求助老姐佟一琪。

佟一琪得到求助信号，急忙来救援。她进屋瞧了瞧安玉尘的架势，张了张嘴，没出声。

第二天晚上，程小瑜走进了安玉尘的房间。安玉尘正在洗脚，程小瑜扑通一声跪在地上，一双小手伸进洗脚盆，抓住安玉尘白净细嫩的小脚，抬头直视安玉尘："妈，您就成全了我们俩吧，我们闯几年就回来。"

这是佟一琮和程小瑜商量的计谋。合谋，是一个并不光明正大的做法，可是，这也是一些时候的必要手段，是无奈的选择。

佟一琮说："老娘心软，别人是刀子嘴豆腐心，老娘的心肠可是豆腐脑儿做的，软着呢！"

豆腐脑儿心肠的老娘这次心没软，她硬生生从水盆里拔出脚，洗脚水溅了程小瑜一身一脸。程小瑜擦都不擦，抱住她的腿，硬是把她的脚按回水盆里："我和虫虫是真心相爱的，我们俩只是想到外面闯一闯……妈，求您同意吧！"

安玉尘挣了挣脚，没挣出来，索性不挣了。她冷着脸说："你别这么叫我，你不是我们佟家的人。"

程小瑜仰起脸："可我真心想做佟家人，想做您的儿媳妇，想和虫……想和一琮到上海闯荡！"

安玉尘说："你非要做佟家的媳妇儿？"

程小瑜说："我愿意做佟家的媳妇儿！"

佟一琮推门进来，和程小瑜一起跪在安玉尘面前："妈，求你成全我们俩吧！"

安玉尘沉默了，目光一直落在水盆里，落在自己的脚上。

安静，可怕的安静。

空气都静止了。

脚盆里的水温渐渐凉了下来，安玉尘泡在水里的脚丫子起了褶儿，像是一张被揉皱又打开的白纸。

安玉尘终于开口了，语气软绵绵的，提出的条件却是硬邦邦的："要想出去可以，但得先结婚，而且得立刻办喜事！"

佟一琮望向程小瑜，程小瑜望向佟一琮。两人同时转向安玉尘，同时用力点头，同时嘴角上翘。

安玉尘发出一声长长的叹息。

笑过之后，佟一琮嘴角的小水泡更多更密了。他的脑袋一直耷拉着，不知道怎么回复老娘。这事不怪他急，换成谁都得急，安玉尘提出的条件违反常理，不合规矩，令人费解。

这是程小瑜第一次来佟家，哪有第一次进门就从姑娘变媳妇儿的？人家程小瑜又不是童养媳！何况佟一琮还没见过程小瑜的家人，虽说不是万恶的封建社会，但婚姻大事总得征求双方父母的意见吧，双方父母总要见见面吧，尊重老人的意见总是对的吧？结婚不是小事，再匆忙也得准备准备吧，就算不隆重、不奢华，也要说得过去才行吧！

程小瑜说："我就觉得你老娘和别人不一样，你还不承认，估计这种招式只有你老娘能想出来，也算是前无古人，后无来者！"

这话换别人讲，佟一琮得跟人抡刀子，即使从程小瑜嘴里说出来，他也不爱听，毕竟那是自己的老娘，自己都不舍得说，哪能允许别人说，别人包括所有人，程小瑜自然不能例外。但他又觉得程小瑜讲的还真是有些道理，这样的事老娘怎么想出来的呢？这不是明摆着逼人吗？他在自己房间里对着白墙出气，右手握拳重重砸向了墙壁，关节处很快打出了血。

程小瑜心疼不已，立即站到他对面，用自己的肉身给他当墙。他的手，伸出去时是拳头，半空里变成了掌，最终，轻轻软软地抚在程小瑜肩上，脑袋也靠在了她胸前。程小瑜哄孩子似的抚着佟一琮的头："你呀，挺大个男人，还这么孩子气……你也是，脑子不能拐个弯？"

佟一琮抬头，看到程小瑜正调皮地眨着眼睛。

程小瑜的转弯是把结婚宴变成订婚宴。

岫岩有订婚的风俗。按照这个风俗习惯，订婚和结婚没什么差别，订婚即是昭告天下，佟一琮和程小瑜从此以后就是两口子了。

这个弯转得巧妙，把事情转成了皆大欢喜。

三天后，佟一琮和程小瑜的订婚宴在佟家大院隆重举行，岫岩专门为婚礼做流水席的四十多岁的大胖师傅带着帮厨手脚麻利地用帆布铁架在院子东墙角支上了厨灶，很快，炊烟升起，香飘四溢。

屯儿里的老亲少友都来捧场，来了一家又一家。岫岩一直是这个风俗，吃席从来都是一家子人一起来，捧个人场，也闹个喜庆。吃席的亲友们边吃边纳闷儿，暗地里咬着耳朵问出一串的问题。

怎么只见佟家的新媳妇儿，不见亲家公、亲家母？

佟家的订婚咋办得这样急？

是不是先上车后补票了？

…………

大家的眼神不住地溜向程小瑜的小腹，想从那儿看到些什么，可怎么看都是平平坦坦，不像是孕育着佟家的下一代。

佟家急的是什么呢？亲友们猜了又猜，想了又想，解不出答案。

穆明带着穆小让来参加订婚宴，穆小让自己给自己倒啤酒，一杯接一杯，人人都夸穆小让好酒量，巾帼不让须眉。

穆小让先是笑，喝到后来，放声大哭，嚷道："我再也没有小哥了，我的小哥让人抢走了……没有了小哥，我活着还有什么意义？我还怎么活？"

穆明生拉硬拽地带走了哭哭笑笑的穆小让，安玉尘把他们送到大门外，一再叮嘱："照顾好小让！这孩子啊，一根筋。"兄妹俩走出好远，安玉尘的眼神也没有收回来。

订婚宴快结束时，索秀珏进了佟家大院。前一天，她去沈阳讲课，课程一结束，她就紧赶慢赶往回返，赶上了订婚宴的尾声。

安玉尘拉着索秀珏的手，眼睛里亮晶晶的，装了很多话。

索秀珏这才知道订婚宴的来龙去脉，说道："可惜了这孩子，记得他小时候就像长了天眼，一眼就能瞧出哪块玉料好。"

安玉尘听完这话，突然昏倒了，院子里的人急忙围拢过来。她睁开眼，看看天，看看地，看看佟一琮，一把拉住了佟一琮的手："儿子，你非要出去，就别认我这个妈了！"语调不高，但意思非常狠，这话钻进耳朵里凄凄惨惨的，揪得人心疼。

知道事情来龙去脉的邻居们跟着不住地叹气，有一位还顺口说了句："儿行千里母担忧，母行千里儿不愁。"

佟一琮听到了，直想抽自己几个大嘴巴！

佟瑞国说："别听你妈胡说，好男儿志在四方。你妈说话一向算数，既然答应婚事办了就让你们出去，就绝不会反悔。"

是该出去了，三十六拜都拜完了，东西也早就收拾好了，佟一琮和程小瑜的衣物，来时是什么，走时还是什么，只是多了索秀珏送给他们的一对龙凤玉佩。

一只雕着飞龙，一只雕着舞凤，两只玉佩都是黄白色的河磨玉，玉质温润细腻，边缘和背面带红皮，内行人一看就知道，这是上等的河磨玉。佟一琮看着索秀珏的作品长大，像这样精美细致的龙凤玉佩，一看就出自索姨之手。佟一琮深受感动，不仅因为龙凤玉佩的价值，更因为索阿姨藏在其中的厚爱。索秀珏把玉佩交到佟一琮手上时，只说了一句话："别忘了岫玉！”这五个字差点儿弄出了佟一琮的泪珠子。

差点儿弄出佟一琮泪珠子的还有他和程小瑜无限向往的上海生活。

佟一琮到上海那一年，世界上发生了许多大事，苏联解体、东欧剧变，但这些大事与佟一琮没多大关系。同他关系最大的，是当时的上海。

从火车上下来，佟一琮和程小瑜一样，被上海这座现代化的城市吸引了。上海的一切，让他只觉得眼睛不够用，双脚不知往哪儿迈。岫岩根本看不到的无轨、有轨电车却是上海人常用的出行工具，在岫岩街头被视为高端、大气、上档次的桑塔纳和夏利在上海的大街上泛滥横行，听都没听过的地铁已经在上海开始建设。在全国人民吹着统一的翻翘头、脚踩踏脚裤的时候，选美比赛已经在上海举行，虽然穿的不是什么三点式的泳装，也足够让人激动了。

有人说，上海到处是金子，只要一低头就能捡到。佟一琮确实低头了，不是为了捡金子，是为了生活。

上海的生活并不像佟一琮想象的那样美好，幸亏有程小瑜的高中同学帮忙，两人才顺利地在距离市区很远的一处弄堂找到了房子。房子是旧式筒子楼，三间房住了三家。在这个谁家洗衣、做饭都可以分享到声音和味道的世界里，夫妻间夜晚做“运动”都成了公开的秘密，可听可感，至于其他，可想而知。

佟一琮和程小瑜的房间最小，只能装下一张双人木板床和一张小桌子。程小瑜满心欢喜，拉着佟一琮，按照地图的指示从旧物市场淘来了两把小椅子和一面大镜子。佟一琮自己动手，利用空间，架起了衣橱和书柜。站在门口向里看去，小小的房间从下到上被分成了三层，第一层是双人床，第二层是书柜，第三层是衣橱。只是两人起床时，必须得小心加小心，稍不留意就会撞到头。

在上海，大学学历并不是什么金字招牌，这里高等院校云集，更是海派文化发源地，遍地大学生，遍地求职者。

查看报纸招聘广告、到人才市场转悠、在网上投简历，佟一琮的希望全都石沉大海。相反，程小瑜倒是很快便在一家房地产公司找到了工作，职务是售楼小姐。从投出简历到面试再到正式确定，不过两天时间，非常顺利。

佟一琮清楚，其中的原因和程小瑜的外貌有着很大的关系。美貌是一张无论什么时代都可以适用的通行证。若是有趣的灵魂住在了好看的皮囊里，实现理想，不过是时间问题。

找到工作的那天晚上，程小瑜说："虫虫，我们去庆祝一下吧！"所谓庆祝，不过是一人吃了一份海派小吃——三鲜大馄饨。

佟一琮情绪低落，他原本想说些庆祝的话，话到嘴边又觉得特虚伪、特违心。他只能低着头，大口吃着那些白白胖胖的大馄饨。饱满的个头，丰富的馅料，上海的味道，实惠的价格，对他和程小瑜来说再合适不过了。吃了两个，他还是笑着说："小瑜，宝贝，祝贺你在上海找到了第一份工作，有了新的开始，加油！"

程小瑜亲了他一下，以示感谢。她很照顾佟一琮的情绪，尽量压制着内心的喜悦，说着诸如上海这几天的天气真好之类的闲话。

看着对面吃得鼻头沁出细密汗珠的程小瑜，佟一琮觉得特别委屈了心爱的女人。那么娇美的容颜，那么完美的身材，却只能穿着从地摊上淘来的十五块钱的T恤衫、五十块钱的牛仔裤，委屈地住在只放得下一张双人床的出租屋里，每天要挤一个半小时的车才能到公司。即使庆祝，也只能吃一碗大馄饨。

程小瑜看他眼睛发直，伸着筷子在他眼前晃来晃去："看什么呢？对着美女吃不下饭了吧！"

佟一琮嬉皮笑脸地说"秀色可餐"，逗得程小瑜花枝乱颤，他的心里却像潮起潮落的黄浦江，上上下下地来回翻腾。

饭后，佟一琮和程小瑜跟着人群一起穿梭在外滩。上海的母亲河黄浦江就在眼前，江边是风格迥异的建筑群。高楼林立、灯红酒绿的地方是一幢幢属于别人的房子、一盏盏属于别人的灯光。

程小瑜的情绪一直处在亢奋的状态，站在黄浦江边，和着潮声，对佟一琮说："虫虫，我好喜欢上海，我爱夜上海，我爱黄浦江，我爱这里的一切……将来我也要在这座城市里有自己的房子，自己的家！"

可在上海拥有一个家只是一个遥远的梦，上海的房价可望而不可即，这一点，他们两个人的心里都非常清楚。

工作还得继续找。佟一琮调整自己，在大上海到处转悠，一次次碰壁之后，他很快得出了如下的结论：在上海要想找到好工作，要么有高学历，要么有好专业，要么经验丰富。他从北方一所二流大学毕业，历史专业，目前没有任何从业经验，这三点算是一个都没占上，只能将目标一降再降，信心越来越不足。

佟一琮最直观的感觉是自己变成了廉价的大白菜，摆在大马车上给钱就卖的那种大白菜。可是人家还是挑三拣四，瞧都懒得瞧。他来时的初衷是想在更大的平台上发展，可现在只要是个平台就可以了。

现实像只吃人的老虎，逼迫着人不得不面对，衣食住行加通信，哪一样都需要钱，生存之后才是生活。眼下他的目标是能够生存下去，在这个人们说可以捡到金子的地方。

以前，佟一琮觉得钱不重要，而现实让他清醒。有钱的时候，钱不重要；没钱的时候，钱很重要。钱是血，是命，是维持生存的基本条件。他和程小瑜现在的生存全部依靠着程小瑜的收入，这让他心里特别难受。

有时候人就是这样，心里越着急，就越是得不到。工作如此，生活亦是如此。放低姿态、放低标准，是在磨炼心性，也是进入职场的一门必修课。

就在佟一琮快没有自信的时候，他终于有了在上海的第一份工作，在一家保险公司做销售，没到一个星期，他知道自己受骗了。那就是一家专门坑人的公司，坑的就是佟一琮这种刚到上海的大学生。

不过幸好只是被坑了钱，没有被拉进什么传销组织里进行洗脑式的培训，这也是不幸中的万幸。

很快，佟一琮又有了第二份工作，在一家装修公司给老总做秘书。

看到招聘广告时，佟一琮觉得有些怪，通常各家公司都爱招女秘书，毕竟养眼嘛，而且女性的柔和性格和细腻心思在处理事情方面也确实有先天的优势。可这家公司偏偏有人反其道而行，指明要男性秘书，学历本科以上，性格端庄，皮肤黑者优先考虑。

通常“端庄”这个词都是用来形容女人的，程小瑜看到这则招聘广告时，乐得直捂肚子。

这倒引起了佟一琮的兴趣，他严肃地对着程小瑜，一本正经地问：“程小瑜同志，佟一琮同志端庄吗？皮肤够黑吗？”

程小瑜笑得在床上打滚，说不光胃受不了，现在肠子也笑抽筋了。说真是林子大了什么鸟都有，上海大了什么公司都有，公司多了什么招聘都有！

佟一琮说你别笑，要认真对待！

面试官是老总的老婆。正是因为通过了隆重的面试，佟一琮这才恍然大悟，知道了为什么公司要招男秘书。原来是老总老婆爱夫心切，生怕老总和秘书之间的暧昧故事发生在她家公司，所以确定秘书的性别必须是男的，而且面试要由她亲自把关。

同佟一琮竞争的另外几个人是清一色的帅哥，出人意料的是，他一直耿耿于怀的黑皮肤竟然成了应聘成功的主因。老总的老婆，那个涂着血红嘴唇和血红指甲的白胖女人，指着佟一琮说："就要你了！"

工作不到半个月，佟一琮就让那个干瘦老板和白胖老板娘弄疯了。因为老板姓于，佟一琮背地里管他叫鱼干，在这个加上老板和老板娘只有十一个人的公司里，鱼干老板给佟一琮的任务是帮着做各种假账，以便从夫妻档的公司里抠出些零花钱。白胖老板娘给佟一琮的任务是监视和记录鱼干，看鱼干和哪个女的说话了，都说什么了，什么时间、地点说的，说的时候有什么表情和动作……

佟一琮像熬中药一样，煎熬挣扎到领第一个月薪水的那天，将一封辞职信放到了鱼干的桌子上。

终于，第三份工作合了佟一琮的心意。

公司全体员工加起来三十多人，业务算是和佟一琮喜欢的玉石沾了点边儿。这是一家拍卖公司，主要拍卖销售瓷器、玉石、书画、现当代油画和雕塑等古玩艺术收藏品。

佟一琮的职务是行政助理，听起来似乎不错，真正上岗了，佟一琮才弄明白，所谓的行政助理就是文员、助理加办公室打杂。工资待遇并不高，开出的条件是底薪加提成，底薪虽然和程小瑜的差不多，但提成可是有天壤之别。

佟一琮不敢计较太多，就当是在积累实际工作经验了。事实上，实际工作经验也确实是卡在他求职路上的一个重要条件。

面试那天，部门经理步凡反复掂量了好久，用柔和的上海普通话说："历史专业蛮好的，做古玩拍卖还是有点优势的，可你没有一点实际工作经验，这是个不小的欠缺，按照公司的想法，有工作经验是硬性条件。"

佟一琮搓了搓手，缓解了一下紧张的情绪说："请相信，我会在实践中完善自我的！咱们公司的拍卖业务里不是有玉石嘛，我家在辽宁岫岩，我对玉石也略有了解，相信这一点也会成为我工作中独有的优势！"

步凡眯起的眼睛一下子睁大了，他拿起佟一琮的简历仔细看了看，读出了声音："辽宁省鞍山市岫岩县……岫玉的产地嘛！"

严肃的面试变成了关于岫玉的讨论，身高与外貌完全是东北男人模样的步凡说着吴侬软语，刚刚听进耳朵感觉有些不搭，听上几句便会觉得又和谐又舒服。多数时候，人们都希望自己舒服。至于别人是不是舒服想得并不多，毕竟谁都有私心，谁都不愿意自己累。可是，让别人舒服才是真本事。

步凡有这样的本事，即使是在面试佟一琮这样的普通员工的时候。

当时，佟一琮只觉得步凡和以往他遇到过的面试官不同，和步凡待在一起聊聊天真舒服。若干年后，他回忆面试的经历时，更加佩服步凡外圆内方的处事风格，这是风格，也是本事。而这也对他的事业发展产生了极大的影响。他把在步凡身上学到的东西，不自觉地搬到了工作和为人处世上。

当佟一琮有了自己的事业后才懂得，生命里的贵人就是给你方向、给你指导、给你启发的那个人。对他来说，步凡是他生命中的贵人。

近一个小时的面试时间，步凡和佟一琮一直在讨论红山文化中的岫岩玉。佟一琮真是长了见识，不住地擦着淌下来的汗珠子，为自己对岫玉的了解甚少而惭愧不已。他觉得“井底之蛙”这个成语真的很适合自己，他原以为自己是岫岩人，怎么说对岫玉的了解也会超过别人很多吧！但眼前的这位面试官步凡，用实际告诉他，接触不等于了解，了解不等于权威，权威不等于专业。

步凡说，现在收藏界的古玉大多数都是良渚文化、马家窑文化、齐家文化、龙山文化、石家文化以及商、西周、春秋、战国和汉代的玉石，红山文化玉石收藏不是特别热门，可越是这样越有前景，符合经济学规律，这和炒股逢低跟进积极抄底是一个意思。

佟一琮笑笑，他想说自己不懂股票，也不懂经济学。步凡从他的眼神里看出了他想说的话，笑笑说：“经济学还是懂一点儿好，那是研究事物发展根本规律的。何况这个世界，哪里离得开经济学呢！要是得闲的时候，可以随意看一看。”最后他还谦虚地表示，他自己懂的也有限，只是随口一说。

佟一琮不信。经商的人，或多或少都懂经济学。不懂经济学，怎么在经济社会里混？他突然觉得，大学时自己浪费的时光太多了。以前，只有喜欢的事情，他才去瞧、去听、去琢磨。以后，无论什么他都想瞧一瞧、想一想，多懂一些总没错。

对于岫玉，步凡是真懂，他从红山文化讲起，二人畅聊岫玉。

佟一琮成功地成为这家拍卖行的行政助理。

在佟一琮起身告辞的时候，步凡很认真地对他说了几句话，这几句话深深地烙在他的脑海里。

“大学里，只要研究好学业就可以了。社会不同，人人都在学习，所谓的‘活到老，学到老’，是绝对的真理。你要发挥优势，补齐短板。发散性地学习和思考，更有利于进步啊！”

佟一琮说："感谢步总指教，我今天真是对岫玉有了更深的了解。"

步凡说："你不会以为我只是为了跟你谈岫玉吧！"

佟一琮一愣。

步凡说："通过谈岫玉，可以看出你的几个特点：一是重感情，重乡情。这一点是利也是弊。你在原则性上会差一些，希望你以后克服，理智处理工作上的各种情况。遇到工作上的事情，要对事不对人。二是专注专一，但凡成大事的人无不专一。专一是好事，但也得学着灵活，工作需要的是复合型人才，专攻一项，但其他方面也得涉猎。这方面，小佟你要加强，要汲取多方面的营养。三是善于聆听。别人说的不一定完全正确，也不一定完全适合你。但是，听一听说不定会有什么启发呢！我不知道别人说的是不是正确，但我知道，屏蔽信息的做法一定是错误的。所以，善于聆听绝对是个优点，希望你保持住。"

佟一琮恍然大悟，说道："多谢步总指教！"

"社会和学校不一样，慢慢来。有些人才是发现出来的，有些人才是培养出来的。大局上掌控，细节上用心……"

回到家，佟一琮向程小瑜汇报工作，说起了步凡："面试居然不谈具体工作而谈岫玉，再从谈玉的过程里去了解人，这个步总，不简单。"

程小瑜说："上海这么大，什么样的人才没有？对玉石了解得那么多，说明人家善于学习。又从谈玉观察人，说明人家情商高，道行深。这类面试官都是阅人无数的高手，咱们就当长见识了，把工作做好，多挣钱，才是王道！"

佟一琮自然是想把工作做好，可做好或做不好，不是他说了算，而是他的领导和他实际的工作成果。

这一次，佟一琮才算正式进入了职场。

上班第一个星期，他就感觉到了不舒服，这种不舒服来自同事的背后议论。

那天，偏巧大楼电梯停用，佟一琮便"被迫"接受了环保节能的方式——走楼梯。就是那天，他听到了两位还不知道名字的上海本地同事对他的议论。

"真是个乡下人！侬看他的衣服。"

"侬脑子瓦特啦，不要乱讲啦！他是步总招来的，不知道是不是有特别的关系。"

…………

佟一琮忙停下脚步，生怕被人发现。原本轻快的心情瞬间跌进了冰窖。都说职场是所大学校，难道第一课就是被人“打脸”吗？

晚上回到家里，他依旧闷闷不乐。程小瑜逗他，他也提不起精神。最终，在程小瑜的威逼利诱之下，佟一琮老老实实地交代了实情。

程小瑜先是感叹，然后安慰起他来：“虫虫，其实吧，你还是有些……怎么说呢，太拿别人当回事了。他们爱说就说呗！你是没瞧见公司里的人是怎么排挤我的，因为我是乡下人，穿不起名牌，不，我是连名牌都不认识！女人间的排挤，可不像你们男人，还要在楼梯里讲。那些人可是当着我的面各种嘲笑，我都成了她们的笑话了！可是那又能怎么样？她们的话又不会粘到我的身上。我现在是穿不起，不等于我将来也穿不起呀！就这个月，我的业绩比她们好，拿的奖金也比她们多。我气死她们！”

佟一琮突然觉得，程小瑜简直可以做他的导师了！光是面对职场上别人的嘲讽这一件事，程小瑜就比他宽容得多。她说得对，只要做好自己本分的事就好了，至于别人怎么说，就让他们说好了，自己完全可以当作没听到。不过，他也在暗暗告诉自己，千万不要在楼梯、电梯里面乱讲话，不谈公事、不议论别人。隔墙有耳，不得不防。

“虫虫，有进步，懂得在他人身上汲取经验。别人犯过的错误，至少咱得争取不犯。”

在“隔墙有耳”一事上，佟一琮倒是谨慎了许多，但是在其他地方，佟一琮还是犯了错。

没到一个月，步凡连续喷的两把火让佟一琮长了见识，一把火比一把火烈，烧得他有些招架不住。

第一把火是因为一件小事，小到在佟一琮看来根本不算什么事。起因是拍卖行来了客户，佟一琮把客户请到步凡的办公室，就礼貌地出去了。在他看来，自己做的一切都很符合公司的要求，没有任何闪失或者错误。

客户走后，步凡把佟一琮叫到办公室，就行政助理是否应该为客人沏杯热茶或倒杯热水的问题进行了深入浅出的讨论。

说是讨论，基本是一言堂。步凡的火气很大，声音提高度数，脸上皮肤绷紧。不过，讲解细致又耐心，从职业素质到个人提升再到公司形象，推古论今，内外兼容。说得佟一琮脑门冒汗，头如捣蒜，恨不得有个地缝直接钻回岫岩老家去。

“态度决定高度，细节决定成败。”佟一琮用指头数着，这句话，步凡一共说了七次。

步凡说："不要小看了进到拍卖行里的任何一个人，每个人都不是一个人，而是一圈人，一张网，或者几张网。有些人的一句话，有时候就会改变整件事情的走向。"

"拍卖生意绝对不像表面看上去的举牌、敲锤那么简单，之前之后的工作才最重要，见面的细节也是工作中的重要一环。倒水、沏茶都有讲究。"

…………

当天下午又有几位客户进到了步凡的办公室。

这次，佟一琮立即修正了自己。先是客气地问客人，喝水、茶还是咖啡，得到喝茶的回答后，又问人家是喝红茶、绿茶还是普洱。

最终，一壶汤色浓正的正山小种摆到了客人面前，他一一为客人斟好，转身离去。

关门的时候，他听到客人对步凡说："步总，这个小伙子选得蛮好嘛……"

步凡答："新人啊，嫩得很，还得请您多指教。"

瞬间，佟一琮嘴角上翘，这一关，他算是合格了。

第二把火是关于一件汉代古玉的介绍材料。为了这件拍卖品，佟一琮查阅了大量资料，从时代、用途、名称到尺寸都有详尽的说明，从包浆、沁蚀、玉质、形神、腐蚀、文饰、刀痕方方面面进行了细致的分析。佟一琮打心眼儿里喜欢这件古玉，下足了功夫，自认为资料做得精细全面。他觉得，公司里除了步凡，没有人能比自己更爱玉，也没人能把资料做得更好。对于自己的表现，他暗自得意。

可惜理想与现实之间的差距，总是让人无法预料。

步凡冲出办公室，将材料啪的一声摔到他的桌子上，质问道："为什么没写这块玉是熟坑的？这是多么重要的内容，你知道吗？"

公司同事们的眼光立刻追到了佟一琮这边，伸着脖子观望的、窃窃私语的，各种情态被佟一琮尽收眼底。可能步凡也感受到了别人的眼光，看了看四周，轻声扔下一句："到我办公室来。"

佟一琮耷拉着脑袋溜进了步凡的办公室，心提到了嗓子眼儿，扑腾腾地乱跳。

步凡脸色铁青，盯着佟一琮，眼睛里喷着熊熊燃烧的小火苗。如果眼神能烧人，佟一琮此刻已经成了一堆灰烬。

佟一琮说："领导，我真不知道什么是熟坑。"

步凡啪啪地拍着桌子，一双眼睛瞪得吓人：“不知道是理由吗？既然干了这行，就得琢磨这行，就得钻进去！你不成为行家，怎么站住脚，难道你要当一辈子的行政助理？一辈子给人打下手？”步凡稍稍停了下，眼风横扫佟一琮：“出土后未经过处理或盘玩的叫生坑，否则叫熟坑，如果不写明这一点，就是对这件玉石的不负责任，也是对客户的不负责任！如果不知道的，还会有人质疑拍卖行在做假。这事说大也大，说小也小。别人不上心还好，一旦上了心，在圈子里传出做假售假的名声，拍卖行就倒了！”

佟一琮说：“真的假不了，假的真不了。”

步凡的声音又高了八度：“明明是真的，为什么要让人家质疑？为什么要制造让别人质疑的机会？为什么不从自身找问题？我对事，但不对人，佟一琮，希望你认真反思！”

佟一琮低着头，一张黑脸滚烫。

步凡长出了口气，语气平和了些：“小佟，拍卖行里水深得很，不只是真真假假那么简单，也不是非黑即白。拍卖的是物件，丈量出的是公司的综合实力、个人的综合能力。如果……如果你只是想做个普通的行政助理，或者，我只是把你当成小行政助理，就不会对你提出这样的要求。你的资质很不错，我希望你有更大的发展。但首先，你自己得走心。”

佟一琮的脸更烫了。

步凡说：“坐下说。”

佟一琮坐在了步凡对面，屁股的一半都在椅子外面，身板挺得笔直。

步凡问：“拍卖的东西，在你看来，是为了什么？”

佟一琮说：“变现，卖个好价钱。”

步凡说：“也对，也不对。拍卖有时候，也是为了变通，把本来打着法律擦边球的钱，通过物件变得合理合法。这里面的情况很复杂，涉及的事情也很多，不过，只要不违反法律，我们就可以做，但做起来更要费心、用心，一点儿都不能大意。我让你做的只是这件拍品，相对来说已经很简单了。可是如果你连这个都做不好，又怎么去处理更复杂的人际关系呢？拍卖人、委托人、竞买人，人和人之间的关系，才是最难搞的……刚才，我有点儿没压住火。”

佟一琮说：“没事，步总，您说得在理……我明白，肯批评指正我的人，都是为了我好。”

步凡说：“我知道你喜欢岫玉，心思没全放在拍卖上，这和我刚入这行时差不多。这可能是我对你比对其他人更严厉的原因吧！”

佟一琮一脸茫然。

步凡说：“不过，我能比你更快地接受现实。无论喜欢什么，都得有经济基础，所谓先生存，后生活，说的就是这个道理。就拿岫玉来说，你喜欢玉雕，这点你我都清楚，可是没有经济做支撑，你可能连一块自己喜欢的原石都买不起。当然，你也可以先给别人做工，但设计、构思什么的，能按照你的想法来吗？经济还只是一个方面。如果单打独斗，你又能走多远呢？而一个大的目标，必然需要更多的积累，学识上的、经验上的……总之，只有站在更高的位置，才能做更大的事业。”

这一席话说得佟一琮又惭愧又自责。

佟一琮并不清楚，其实，步凡是在这件事上想起了当年的自己。

当年，领导指派步凡与客户会见商谈，落实具体工作。步凡考虑到排场和面子的问题，特意在一家酒店安排了一间比较大的会议室。结果在偌大的会议室里，步凡这边有四个人，客户那边有三个人，一下子在空间上拉开了和对方的心理距离。这使得商谈的过程变得微妙，最终以失败告终。

当年的步凡年轻气盛，在领导批评时，也曾“据理力争”，强调会议室的选择绝对不是造成商谈失败的主因。

后来，经历得多了，步凡渐渐明白，很多“微不足道”的小事，往往才是决定事情最终走向的关键。这些是他在摔过无数跟头之后才明白的道理。

而现在的佟一琮正和当时的他处在相同的情况——自以为自己大学毕业，有知识、有见识，殊不知，职场、商场才是他真正的学校，一切才刚刚开始。

对于心浮气躁的新人，特别是外地来的新人来说，现在要做的就是打磨自己“新人”的性子。这也正是步凡向佟一琮连续“开炮”的原因。

步凡从扬州来到上海，佟一琮从东北来到上海。外地人要在上海立足有多难，步凡最清楚，他希望佟一琮能尽快地进入、融入、投入。而这需要时间和磨炼。

人家说新官上任三把火，前两把火烧完，佟一琮像一只被烧没了毛的鸭子，忐忑地等着步凡喷出第三把火，在公司里处处小心。这种情绪也被他带回了家，连跟程小瑜在那张吱呀作响的双人床上做“运动”都提不起精神，三下五除二就算交了差。

程小瑜意犹未尽，像条蛇精缠在佟一琮的身上，纤细的手指头在他的身上绕来绕去，弄得他酥酥痒痒的，却还是提不起精神。程小瑜上上下下折腾一翻，见效果不大，才安静下来，问："咋了？不顺心？要不……到我们公司来，我觉得我们老总人不错，做房地产收益也大，别看售楼时辛苦，挣钱也多呀！"

佟一琮说："不行，房地产我一点儿都不懂。"

程小瑜说："谁也不是天生就会，我也不会呢，学呗！"

佟一琮说："我再想想。"

佟一琮是想了，不过想的不是程小瑜的建议，房地产公司收入是高，可不对他的心思，而且他也不想和程小瑜在一起工作。两人生活一起，如果工作还在一起，二十四小时你盯着我，我看着你，再好的模样也会看腻，再好的感情也会厌烦。就像一个外国电影，讲的是两个偷情的人被人发现后，被绑在了同一张床上，刚开始两人挺高兴，心里那个美呀，你看着我，我瞧着你，又是亲又是抱又是搂的，有说不完的情话……日子一天天过去，慢慢地，你看我不顺眼，我看你不顺眼，最后竟然成了仇人。距离产生美，有神秘感才更有吸引力，这是保持感情新鲜度的不变法则。

他想的是步凡的两把火。步凡批评他的时候，佟一琮很气恼，觉得步凡是在针对他。公司里的员工差不多全是上海人，只有三两个外地人，也是家在浙江、江苏或者离上海特别近的地方，只有他一个人是从东北过来的。都说上海人排外，看来，即使是身为高知分子的步凡也不例外，地域歧视永远存在。

但他很快打消了这样的想法。他觉得，步凡的两把火烧得确实有道理，既然给客户送进去了，倒杯热水还不是应该的？就算家里来了客人，也要倒杯水呢，何况来到拍卖行的都是爷。问问人家是喝茶、咖啡还是白开水也是应该的。事是小事，但越是小事，越是细节，才越能看出一个人的素质和修养。后来自己的做法不是令客人和步凡都满意了吗？人啊，知错就改是一件多么重要的事。

步凡为了这点儿小事批评自己，一方面是对他对员工要求高，对工作要求高，另一方面不也是对自己负责吗？特别是那天步凡最后的一席话，分明有一种恨铁不成钢的意思在里面。从他的观察来看，步凡轻易不会说出这样的话。这样的良师益友可不是谁都能遇到的，遇到了自己应该珍惜。

越是这样想，佟一琮就越是自责。他记得从岫岩出来时，老娘安玉尘尽管千拦万不舍，还是对他叮嘱了一番："到了外面要有眼力，要勤快，少说多做，别人用七分劲儿做事，你用十分劲儿做事，踏实做事，老实做人。和人说话要用敬语，得说您，不能说你。吃饭时别人夹菜，你别转桌……”

老实、踏实，佟一琮自然是做到了，说起勤快却差了不是一星半点，原因并不是他懒。

这事不能怪他，换成别人，也会像他一样。刚进公司时，他什么事都抢着做，没几天，发现自己成了大家的公共助理，这个叫“佟一琮没热水了”，那个叫“佟一琮打印机没纸了”，一会儿又有人叫“佟一琮快点儿接电话”。最可气的是，连厕所里没有卫生纸了，都有人叫他佟一琮送进去。佟一琮心里愤愤不平，这活儿明明是保洁阿姨的吧，同事是不是太过分了？他当时就把自己的杯子摔在了地上，玻璃杯子成了一地碎片，惊得办公室的人谁也不敢再支使他了。他心里这才舒服了，心想，大家都是公司的员工，我不过晚进来几天，我是行政助理，但也不是大家公用的助理啊……我是来工作的，不是来伺候人的！

当时佟一琮还觉得自己够爷们儿、够爽快，心里不痛快就表现出来。现在一想，当时实在是太小家子气、太冲动了。即使为大家做些事又算什么？何况人家都是在特别忙的情况下才这样的。适当的情况下，伸出援手也不是不可以的。当然，厕所事件除外。

《红楼梦》里薛宝钗房里挂着的那副对联说得多有道理：世事洞明皆学问，人情练达即文章。佟一琮，你差得远呢，要学的地方多着呢，要练的地方也多着呢！这些细节慢慢学吧！瞧人家步凡的为人处世，对上对下不卑不亢，对内对外谦和有礼，火候拿捏得极好，公司的员工即使挨骂，也都挨得心甘情愿，因为步凡从来不会无缘无故地发脾气。当然了，他就数骂佟一琮骂得最狠，但这明明是一种谁都看得出来的偏爱。

而且，就像步凡说的，拍卖圈里的水深得很，表面看到的只是水面上的冰山，真正的关系都藏在水下面，水下面是什么样的，他并不知道，只能凭感觉想象出一二。

步凡能够在大上海的拍卖圈里混得如鱼得水、风生水起，绝对不是大家表面上看得那么简单。做生意的，哪个没有一张网，或者是多张网，弄得不好就会把自己网住，弄得好就可以在每张网之间穿行自如。而每张网的点，就是一个人，把一个点弄明白了容易，把所有的点都弄明白了，也就是把整张网都弄明白了，难得很。人和人之间的关系，千丝万缕。不涉及利益的时候，你好我好大家好；涉及利益了，必然是一番争斗。因为利益闹出大动静的，在拍卖行里不是少数。可人家步凡弄明白了，这是功夫，是平衡能力强，靠的是智商，也是情商。想来想去，步凡真是高人，太值得自己学习了。

那天晚上，佟一琮基本是在思考中度过的，直到黎明时才渐渐睡去，梦里依稀见到了自己俯在玉石王的脚下，玉石王晶莹润泽，他再细望，却飘来了七彩的云霞，遮住了玉石王的真容。隐隐地，佟一琮听到一个仿佛从西天灵山之处传来的声音：寻古觅真。

梦里得到的四个字给了佟一琮启示——他决定去向往已久的上海古玩市场转一转。

这个想法他早就有过，可是每每提起，都会遭到程小瑜的否定。

“那地方有什么可看的，咱们也买不起，浪费时间干吗？好不容易能休息，还不如睡个懒觉，或者你陪我逛街。”

佟一琮不跟程小瑜争辩，程小瑜的要求不高，她所谓的逛街是只看不买。到上海半年了，程小瑜只在大商场里买过三件衣裳，还全部是打到二三折的断码货，号码全是最小的，幸亏她的身材娇小玲珑，才能穿得进去。程小瑜从来不说委屈，可看到喜欢的大牌衣服，也会看了又看，转了又转。

环境能够改变人的性格、对事物的看法和喜好，自然包括价值的取向。

佟一琮也觉得在物质上委屈了程小瑜，所以在其他的事情上，他全都尽量顺着程小瑜。他的心里总觉着，自己的女人就是用来疼的。自己在物质上做不到，那就在精神上让她愉快些、开心些，这也算是一种弥补。

不过，去古玩市场这件事，他早就拿定了主意，他想趁程小瑜加班自己去，回来也不告诉程小瑜，省得她生气。善意的欺骗是保持和平共处的法宝之一。

机会突然就来了。晚上程小瑜告诉佟一琮：“虫虫，我明天要加班，唉，好命苦！我最讨厌加班了……不过老总答应了，会给我三倍的工资！所以我同意了。”

佟一琮说：“别加了，咱不挣那钱，也不受那累。”他说的是真心话，到上海半年多时间，程小瑜瘦了八斤，原本就细的小腰成了蛇腰，还是小细蛇的腰。佟一琮都没有想到程小瑜这么能吃苦，她的目标就是一定要在上海拥有自己的房子。至于答应安玉尘回岫岩的承诺，早被黄浦江水给带走了。

程小瑜说：“干吗不挣？不就是少休息一天吗？对于我这个青春无敌女超人来说，根本不算个事。现在有多少公司加班不多给钱呢，我们公司老总肯多给，我干吗不挣，我跟钱又没仇。”

佟一琮笑道：“你呀，就是财迷！”

程小瑜说：“我就财迷了，我就是爱钱。人活着就离不开钱，既然离不开，我为什么不爱呢？再说了，爱是相互的，我爱钱，钱才能爱我……自从到了上海，我都是看着人家买房子，看着人家刷卡。在别人那里，好像钱不是钱，就是个数字……哎呀，好羡慕啊……所以，我要攒钱，咱俩也要在上海买房子，将来通过内部渠道，优惠肯定更多。虫虫，你就瞧着吧！”

程小瑜做着她的房子梦睡着了，佟一琮心疼了一阵，凭他和程小瑜挣的钱，攒到猴年马月也买不起上海的房子。可是，除了接受，他还能做什么呢？

那时的佟一琮还没有仔细地想过，奋斗和努力是通向梦想的必经之路，最终的一切，都得落在脚踏实地的行动上。

他的脑子拐到了明天先去哪个古玩市场上，人总是要选择最适合自己的路，也总挡不住内心的热爱。

上海的古玩市场主要是“一楼”“一城”“一街”。“一楼”指的是藏宝楼，“一城”指的是静安寺的珠宝古玩城，“一街”指的是被称为上海“琉璃厂”的东台路。

关于这几处地方，佟一琮虽然还没去，倒也了解得很清楚。干拍卖这一行的，整天和那些古玩珠宝打交道，再笨的人也被熏陶出来了。

比较权衡之后，佟一琮决定先去藏宝楼，他本来是想赶早上的大集，可程小瑜不会做饭，如果他提前走了，程小瑜肯定会饿着肚子去公司。他只好像往常一样，提前给程小瑜熬好了白粥，拌好了东北特色爽口小咸菜，看着她吃完，又把她送上公共汽车，这才直奔藏宝楼。

4

他赶到藏宝楼时已经是上午 9 点多钟了，楼里摩肩接踵，一个个摊位上摆放着各种各样的物件。佟一琮看得眼花缭乱，看哪个都好，看哪个都喜欢，目光从一件古玩恋恋不舍地挪到另一件古玩上。突然他身后传来熟悉的声音，佟一琮转头看去，叫他的人竟然是步凡。

步凡今天的穿衣风格和往常在公司里完全不同。平时步凡基本上是以西装、皮鞋为主，今天却身着一件灰色卫衣、黑色休闲裤配黑面白底休闲鞋，明显活泼了不少。

“领导，真没想到在这儿遇见您！”即使没在公司，佟一琮仍对步凡恭敬有礼。

“公司以外，直接叫我名字就行。”步凡说道，“怎么样，看上什么好物件了？”步凡随意一问。

佟一琮说：“我第一次来这儿，主要是看个热闹，哪件是真哪件是假都分不清，看什么都好。”

步凡说：“没关系，开始都分不清，多学、多看。古玩这东西，读多少理论书都不如亲自过过眼，要是能把玩实物就更好了。你喜欢玉，建议你在这里重点看古玉，不能只看岫玉，各类古玉都得看，各种玉都得了解，你要去了解基本特征、化学成分、资源分布和产量，玉文化缺项可不行。要想了解其中的文化，你就得多见识古玉，玉文化的源头都在那里藏着呢！”

步凡说到佟一琮心里去了。他来这里，主要想看的还真就是玉石。不过，他第一次来，看哪儿都新鲜，看什么都觉得眼生，总惦记着多问问。

步凡叮嘱他：“如果不确定要买，多用耳朵、眼睛，少用嘴，别上手，别问价。看玉，也是看人，看人家怎么做生意。”

佟一琮聪明，知道步凡是这方面的行家，说出来的自然是行里的规矩。后面的一句点拨更是让他心头一热。

他紧跟在步凡身后，步凡瞧什么，他跟着瞧什么，甭管别人说什么，他都支起耳朵仔细听着，倒也听出了一些门道，还看到了几位出手阔绰的淘宝人淘走了几件价值不菲的宝贝，其中就有一件古岫玉。佟一琮也很喜欢，只是苦于囊中羞涩，也只有眼馋的份儿。佟一琮的眼珠子盯着那块古玉，直到人家的背影消失在人群里才转回头。

藏宝楼里的热闹永远少不了。佟一琮和步凡正看得起劲儿，旁边的一位摊主和顾客吵起来了。

佟一琮已经听明白了，是因为顾客砍了半天的价却没买。摊主说得在理：“你问了还不买，却把价格给淘去了，别人听到了，我还怎么出货？你在藏宝楼里打听打听，有这么干的吗？”顾客急得脸红脖子粗：“我第一次来，谁知道还有这说道？”摊主气得大骂：“你当这里是菜市场？你当这古玩是大白菜啊？”一番唇枪舌剑，弄得双方都是一肚子的气。

佟一琮庆幸遇到了步凡，要不自己肯定会闹出和那人一样的笑话来。佟一琮自然是没打算买什么，步凡同样也是空手而回。

步凡告诉他：“在这里，不光是能看到老物件，提升一下自己的鉴赏水平，另外一个是看人家怎么做生意。各行有各行的规矩，一样是做生意，有的人做得火爆，有的人就不温不火，还有的冷冷清清。这里面除了肯干，还有会干和巧干。你得琢磨买家喜欢什么，还得琢磨营销的平台和渠道……另外一个就是店越大，销售往往越好。这件不卖那件卖，有一货就会有一个买家。总之，门道挺多的，仔细观察挺有意思的。”

佟一琮觉得这是来上海以后过得最开心的一天。一直到快散集，他和步凡才恋恋不舍地走出了藏宝楼。

佟一琮坚持要请步凡吃饭。

步凡笑道：“我从来不接受下属请客，不过现在你不是属下，是同道中人。”

这个评价，是佟一琮没想到的，他甚至不相信，这就是那个骂自己时凶得像对待阶级敌人的步凡，而“同道中人”这四个字，用在自己身上，他更觉得实在是高攀了。无论在玉知识、玉文化方面，还是在为人处世方面，或者在做生意方面，他和步凡相比，就是一个小学生和一个研究生的对比，这也不准确，应该是一个幼儿园孩子和一个博士生的对比，可步凡竟能视自己为同道中人，他又惊又喜又惭愧。他在心中暗下决心，一定要恶补，把缺失的都补齐了。

虽然在谁请客的问题上没有客气，但在吃什么的问题上，步凡坚持一定要吃东北菜。这个决定，让佟一琮心里又是一热，上海人口味偏甜，东北菜偏咸，吃惯清淡甜味的上海人步凡坚持要吃东北菜，其中的意思不用讲出来。

实际上，佟一琮可真是想念家乡菜。砂锅炖排骨酸菜、红烧带鱼、松花蛋拌豆腐和雷击黄瓜，四个传统东北菜式上了桌，佟一琮觉得，那菜可真香啊，真有东北的味道。

二两小酒下肚，步凡告诉佟一琮：“今天有人走眼了。”

佟一琮不解：“哪件？”

步凡说：“你最喜欢的那件。”

佟一琮放下啃了一半的排骨，瞪起眼睛说：“那件确实是岫玉，籽料，透闪石，我不会看走眼的。”

步凡说：“岫玉不假，可那沁色是假的。”

佟一琮的语气有些犹豫：“红褐的沁色，岫玉河磨玉的皮色，不能假啊！”

步凡说：“这是没站在古人琢玉的角度考虑，古人琢玉讲究的是‘料有所选、形有所意、工有所敬、神有所求、沁有所生’，采自河水中的籽玉料，琢玉前都带有天然侵蚀和皮色，作假的人不懂，这些皮色，在六千年前红山文化的琢玉者看来，是玉料的毛病，是瑕斑，在琢玉之前，几乎都要把它们全部去除，所以这红褐的沁色反倒是作假者弄巧成拙了。只是，那位买主没看出来。”

关于是否作假，佟一琮相信步凡的眼光。但对于红山古玉的说法，佟一琮不完全赞同步凡的观点。古人没有先进的琢玉工具，也不会挑三拣四，觉得咋好看就咋弄。比如红山那只玉龙，如果把红皮去了，就缺了“肉”，外形上单单薄薄的，还会好看吗？

步凡和他不客气，各说各理，边吃边讲红山文化古玉要从玉料、沁色、制作工艺等几方面来辨别真假。

说是佟一琮请客，他去埋单时，东北菜馆的那位吉林老乡告诉他，步凡已经结完账了。佟一琮这时如果再掏钱，反而显得和步凡生分，索性没有推让，只是一再和步凡说，下次去古玩市场一定要带上他。

去藏宝楼的事，回到出租房，佟一琮没藏住，也不想藏。程小瑜是谁？是他最亲近的人，是他在上海唯一的亲人，他愿意跟程小瑜分享自己的喜悦。被窝里他搂着程小瑜，讲了白天的见识以及对步凡的敬佩。

程小瑜夸奖道：“虫虫，看不出来，你蛮有心机的嘛！用这种方式和领导联络感情，这叫投其所好，战术战略用得真是好！照这么发展下去，步凡肯定能提拔你，薪水也会大涨！”

“我这可不是投其所好，我和他都是真心喜欢玉，知道不？步凡说我和他是同道中人。今天步凡还劝我，让我回岫岩发展，既然有那么好的资源，为什么不做强做大。乱世藏金，盛世藏玉，现在是做玉的大好时机，一些高档玉种的资源基本枯竭，但市场对玉石的需求量特别大，而且岫玉中的河磨玉和新疆和田玉同属于透闪石玉，在润度上不相上下，色彩丰富的花玉更是岫玉独有。岫玉发展的空间太大了，前途不可限量。不过，他让我别光想着做玉雕师，还得往平台上想。有了平台，才能把事做大，这些以前我想都没想过。但真要弄平台，可不是件容易的事，资金、地皮……哪一样不需要用钱呢？没钱我就是有妙计也用不上啊！他说可以借鸡生蛋，可是人家要是有鸡干吗不自己用来生蛋，干吗要借你的手生？”佟一琮讲得激情澎湃、神采飞扬。

程小瑜撇起了嘴巴，笑容就像热铁片上的一汪水，一点点收敛，最后完全消失。她从被窝里坐起来，怀里抱着枕头，问：“虫虫，你不会真动心了吧？我们才来上海半年多，一切才刚刚开始，你就想着回去？说不定是步凡给你下的套呢，让你把位置腾给别人。”

佟一琮掐了下她的鼻子，说：“别把人想得那么坏，他下什么套，我不过是个行政助理，已经是全公司最底层了，谁会来跟我抢？他要是想把这个位置给别人，根本不费吹灰之力。步凡讲的是真心话，他也是在为我想出路，是在帮我。他的经验和阅历比我们可丰富多了，我能学到一半就满足了。”

程小瑜瞪起了眼睛：“他要是真想帮你，直接提拔你不就成了？岫玉好，他怎么不去岫岩？他能待在上海，凭什么别人不能待？人往高处走，水往低处流。岫玉再好，也是摆在了上海的古玩城里才值钱。要是放在岫岩能值几个钱？现在不管干什么都得考虑经济效益，没钱什么都实现不了。我想拿爱马仕的手提包，想戴江诗丹顿的手表，想用香奈儿的化妆品，想开劳斯莱斯的跑车，想喝至尊马爹利的美酒，我想的多了，没钱行吗？岫岩是多大个平台？上海是多大的世界？上海有那么多捞金的机会，岫岩有吗？你回去是当一辈子农民还是一辈子琢玉匠？”

机关枪扫射一样的话不断从程小瑜的嘴里发射出来，同时带出的还有她的眼泪：“虫虫，咱们出来多不容易，我都跪下给你妈洗脚了，我父母都不知情，我就这么成了佟家的媳妇儿。我现在每天拼命工作，堆出笑脸哄着老板、哄着客户，为了什么呀？还不是因为咱俩感情好，为了多挣钱，为了和你过好日子？咱们这才刚上战场，你就想着撤退了？”

程小瑜越说越激动，瘦弱的小身子跟着不停地颤抖。

佟一琮原本想说的话，硬生生地咽了回去，他抱住程小瑜，擦去她脸上的泪水，说道：“傻小瑜，我就是给你讲讲今天的事，又没说要马上回岫岩，只是觉得不能一辈子都在打工吧……你急什么呀？还哭鼻子，哭成金鱼眼，我可不要你了！”

程小瑜的脸上这才有了笑容：“你敢！”

佟一琮说：“不敢！这么漂亮的老婆我上哪儿找去？我还怕你被别人抢了去呢！”

佟一琮并没有发现谁在抢程小瑜，他是在哄程小瑜。女人都喜欢男人把她们当宝贝，程小瑜这样的漂亮女人更是。佟一琮打心眼里疼程小瑜，心疼到她衣食住行的每个细节，这个小家的事，他从来不让她动手，他娇她、宠她、哄她，他愿意看到她的脸上全是笑。

程小瑜很快枕着佟一琮的胳膊睡着了。佟一琮一动不动，呼吸也如睡着了一样平稳。

隔壁小情侣传来的声音在深夜里格外撩人，那样的声音，刚刚他和程小瑜也有过，之后便是沉沉的梦乡。

佟一琮努力想进入梦乡，大脑却越来越清醒，来到上海之后的情景跳跃着闪现在脑海中。时间改变人，环境也在改变人，他分辨不清是自己变了还是程小瑜变了，最近两人之间的争吵越来越多，为了一句话，或者根本不算什么的小事，两人就能争吵半天，虽然最终都会在柔情中化解，但新一轮的争吵很快又会袭来。

程小瑜在今天的争吵中提到的那些大品牌，佟一琮只听过其中的一两个，程小瑜是怎么了解和认识这些品牌的，佟一琮没有多想。程小瑜的如数家珍却让他想了很多，他确信那份流畅来自程小瑜心里一直以来的向往。

谁都不想过苦日子，不想过穷日子，程小瑜的追求，佟一琮能理解，也为自己没能给程小瑜富足的生活而愧疚。可来到上海的目的是什么，是为了最初的长见识闯天下，为了更加丰富的物质生活，还是为了寻找一个更大的舞台？佟一琮有些茫然，找不到最恰当的答案，他只是不喜欢像蚂蚁一样从上海的这头跑到那头，每天都在匆忙和浮躁中度过。什么才是自己最想要的生活？什么才是最好的生活？他骨子里并不想一辈子只做个打工仔。他有梦想，虽然梦想很远，实现起来很难。

胳膊麻木了，佟一琮慢慢将胳膊抽了出来，睡梦中的程小瑜不自觉地将头拱向他，黑色的长发散在枕头上。即使睡着了，程小瑜也是这样美，佟一琮从来没告诉过程小瑜，和她在一起，自己一直有一种不安，那份不安来自母亲安玉尘的话：“你们俩不合适，旁观者清。”

没过几天，两人又吵了起来。起因是程小瑜的同事看上了她的那只凤佩，要出市场价三倍的价钱；如果龙佩一起卖，愿意出五倍的价钱。程小瑜让人说动了心，回家后和佟一琮商量。

佟一琮的脸色立刻就难看了，一个劲儿埋头往嘴里扒拉饭菜，不说话。

程小瑜说：“我就是逗逗你，索阿姨送的是无价之宝，是那份情谊，怎么能卖呢？”她的声音有气无力的，看了一眼佟一琮，又开口了：“不过，五倍的价钱，可真是诱惑人啊！看来，好东西还是有人识货的。”

佟一琮还是不吱声，慢条斯理地吃着饭，程小瑜的心思他看得懂，来来回回的车轱辘话，目的只有一个，就是让他点头卖那两只玉佩。可这个头他不能点，一方面原因程小瑜说出来了，那是索姨的情谊，情谊无价。还有一点程小瑜不懂，这两只玉佩的升值空间，岂能是三倍五倍？新疆和田玉的价格最快的时候是每年十几倍的增长，岫玉河磨玉的价值将来会是多少，谁能预测出来？何况，那两只玉佩一龙一凤，不就是他和程小瑜吗？能用钱来衡量吗？程小瑜爱钱爱到了这种程度？

一瞬间，他觉得两人的心远了，远得像中间隔了万水千山。两个人总是为了钱生气，为了玉生气，为了名牌生气……说穿了，这一切不过是不同的价值观导致的。在佟一琮看来重要的东西、无价的东西，在程小瑜心里可能并不重要，比如学到的经验、增长的见识，还有一点点增多的思考。

这样下去结果是什么，是周而复始的争吵，还是像眼前一样的沉默，或者两颗心更远，远到没有拉回的余地？佟一琮不敢想太远、想太多，他怕失去。

沉闷的气氛，静悄悄的房间，只有两人吃饭的声音。

佟一琮抬头看了一眼程小瑜，程小瑜也盯着他，眼睛里亮晶晶的，全是委屈。佟一琮原本的怒气让那些亮晶晶给软化了，心和心之间的万水千山渐渐淡去，仿佛被罩上了一层纱，仿佛根本没有，至少被他暂时隐藏了起来。本来想质问程小瑜贪财之类的话，被他咽回肚子里，他放下碗筷，拉起程小瑜的手握在掌心，说道：“小瑜，要是你同事喜欢，我让我姐邮些小玉件过来，你送给他们。这两只玉佩咱们留着，好不好？”

程小瑜答应了，可心里还是有些不痛快，并且把不痛快写在了脸上，面无表情，目光冷冷的。

不过，在佟一琪邮过来的玉件成为一沓人民币之后，这种不痛快很快就烟消云散了。一张张百元大钞摆在床上，程小瑜脸上的笑容像向日葵一样灿烂，冲着躺在一边读书的佟一琮说道：“虫虫，我发现一件事。”

佟一琮眼睛盯着书，问：“什么事？”

程小瑜神秘地笑着说：“你是个潜力股，超级有经济头脑。”

佟一琮还在盯着书：“是吗？我怎么觉着自己就是个小商贩。”

程小瑜说：“哪有这样英武神威、聪明绝顶、才华横溢的小商贩？”

佟一琮终于放下书，说：“小瑜，你是吃了蜂蜜，还是吃了红糖，嘴怎么这么甜？”

程小瑜说：“这些玉件，我们挣了一千二……咱们是不是得把这钱给你姐打过去点，怎么说也有她的功劳。”

佟一琮说："给她她也不会要的，不过，以后可别这么干了，不是说那些玉件是送给同事的吗？怎么变成卖了呢？"

程小瑜说："有价钱才能体现岫玉的价值嘛！"

佟一琮不是笨人，他也从中看到了商机。经济社会，顺应市场需求，谋得一点儿小利，稍微改善一下生活，何乐而不为呢？

他灵机一动，让佟一琪每隔半个月就从岫岩玉石市场选些小玉件邮到上海。

周末休息时，他和步凡去古玩市场，顺道带上那些小玉件，卖给古玩市场里的小店铺，每次都能小有收获。回到家，他再把钱交给程小瑜，数钱时的程小瑜是欢喜的，眉毛眼睛里都带着笑，这样的笑总能持续几天的时间。

程小瑜的欢喜出自真心，两人到上海后的日子过得紧巴巴的，除去租房、煤气、水电、交通、吃饭、通信各种费用，实际能自由支配的钱没多少。

看到程小瑜像打了鸡血一样开心地数钱，佟一琮心里又快活又苦涩。快活自然是程小瑜带给他的，她的欢喜就是他的欢喜。苦涩一方面是因为没能给心爱的女人创造更好的生活条件，另一方面则与步凡有关。

第一次带那些小玉件到古玩市场，佟一琮没有瞒着步凡，尽管在公司里两人依旧是上下级的关系，但在一些细节上，佟一琮感觉得出来，步凡在掏着诚心和他相处，经常在工作上给他指导。他藏着掖着反倒显得小气，便直接拿出那些玉件，讲了自己的想法。

一边看古玩长见识，一边卖玉件赚些小钱的做法，步凡既理解也支持，两个小青年漂在上海，能想出这样赚钱的法子，也算难得了。只是步凡看了那些玉件后，却不住地摇头，连连叹气："玉质不错，只是这雕工，实在是不尽人意，可惜了这些玉料。这些玉料不要说请大师级的工匠雕琢，就是请稍好些的琢玉师傅来雕琢，价钱也不知道要比现在高上多少倍……可惜了玉料，太可惜了！"

佟一琮有些不好意思，他知道步凡的爷爷是扬州的琢玉师傅，步凡小时候也学过琢玉，一直到读大学才算是把琢玉给放下了。正因为上手经眼的好玉石好雕工太多了，眼前的这些物件的雕工，实实在在是入不了步凡的眼。

要论雕琢技巧的好坏，佟一琮没学过，但也略知一二。中国的玉雕文化传承几千年，最有名气的玉雕门派分别是北派、扬派、海派、南派四大派别，各有风格和特色。

步凡不欣赏佟一琮手里这些物件的雕工，甚至为岫玉叫屈，但也没影响对佟一琮的帮助。当他们把这些玉件拿进古玩城市场的一家店铺时，店铺老板听着佟一琮的东北口音，拿着放大镜一件一件地端详，给出了自己的价钱，不住地摇头，最后的评判和步凡如出一辙："可惜了这玉料，按这雕工，可不值这价！"

佟一琮说："可是料子好啊，您看这料子。"

老板不屑地看了看小玉件，又看了看佟一琮："外地人都没有上海人有素质，做个玉件也不如海派的精细。"

佟一琮的火立即蹿了上来："怎么还扯那么远了？外地人什么都不如上海人行了吧！"

老板说："你这个年轻人，还不允许人家说话了？东北人，总是粗声粗气的，真是没有教养！"

步凡的手忙落在佟一琮的胳膊上，示意他不要再说话了。

步凡说："老板，消消火嘛！进门就是缘，来的都是客。我这个小兄弟，也是和你的店有缘。大家都是内行人，您说这料子怎么样？实话说，如果不是雕工差了点儿，能卖这价钱吗？"

上海口音钻进店主的耳朵，他的态度明显改变了："还是上海人讲话受听嘛，这样吧，一人让一步，价钱再少些，这货我全收了！"

一手交钱一手交货。交接完毕，出了那家店，步凡叮嘱佟一琮："这些东西，你弄着玩可以，千万不能经常看这个级别的玉件，要不然，你的鉴赏能力会下降。你得学点儿有用的东西。跟着什么人，学到什么本事，你要是只想着赚这点儿小钱，看眼前的十米八米远的距离，将来一定会后悔的。"

这样的道理，佟一琮懂。这就好比读书，世上的书那么多，再有精力的人也读不完。读的时候挑精的、选好的，把优秀的文字读懂读透，鉴赏能力自然会提升；如果一直读着垃圾文字，早晚会把自己的欣赏水平拽下来。

佟一琮相信步凡，这种相信说不出原因，他就是觉得步凡一定是为了他好。这些玉件对他来说就是换点小钱，哄着程小瑜，省得去古玩市场时程小瑜三拦四阻的，他没指望在这上面学到什么。自己都看不上眼的东西，又能学到什么呢？他的做法，更多的是对生活妥协，也是对自己妥协。

可佟一琮总想再学点儿什么，他不甘心这样一天天混下去，一天天地没长进。咸鱼还梦想着翻身呢，他当然也有自己的梦想。不想当将军的士兵不是个好士兵，不想当老总的打工仔不是个好打工仔。

步凡的话给了他提示，他把淘来的书抱回“家”，摆在床头的小书架上。书架上的书被分成了两列，一列是程小瑜的房产美容服饰，一列是佟一琮的玉石古玩雕刻绘画，中间是两人都喜欢的经济学，两列书就像程小瑜和佟一琮的两队士兵，各自相望，相安无事。

程小瑜躺在床上，细白的腿搭在佟一琮的身上。二人一人捧着一本书，在床单上铺上报纸，摆上几袋小食品，看到得意处，再你一言我一语地侃上几句。不过，两人不能提到钱、房子和名牌，要不然，肯定又会吵架。

以前佟一琮和程小瑜有说不完的话，那些话中有百分之八十是废话，可两人好的时候废话也爱说，而且说得没完没了，特别起劲儿。也不知道从啥时候开始，两人的话少了。是感情变淡了？目标不一致了？又或者是人生的轨道在不知不觉中偏移了？

他不愿意多想这些问题，因为他怕，怕失去这个深爱的女人。可是，如果她要的，他一直给不了，她还会停在原地陪他等他吗？或者，有其他人向她伸出了手，她会怎么选择？是继续拉着他的手，还是就此放手，投入别人的怀抱？他被自己这个念头惊到了。为什么他开始怀疑起她来了？因为她爱钱、爱名牌、爱大房子吗？可是，她的爱有错吗？她喜欢的不正是眼下很多女孩子都喜欢的吗？只是佟一琮不确定，程小瑜究竟会为了自己喜欢的东西做到什么地步……以她的性格，或许……他抽回了思绪，不敢想太多。只是他的脑海中不时会蹦出老娘的话：“你俩不合适，旁观者清。”

佟一琮的目光继续落在书上。不想了，一切都顺其自然吧！

书真是个好东西，要不然，日子得多寂寞、多无聊。有了书就不一样了，长了知识，扩大了视野，身体是困在小房间里的，但思想困不住，可以天马行空，想回到岫岩就回到岫岩，想泡在山中的温泉水里就泡在里面，想靠在玉石王旁边就靠着，谁也管不着，谁也不知道。

这个世界是存在吸引力法则的，向往久了，有些事物便会被吸引而来。

好久没有联系的索阿姨突然打来电话，说玉石王要去鞍山了。

佟一琮一怔，脑瓜子嗡的一声响了，想问清消息的真假，又一想，索阿姨何时说过假话？他心里顿时凉透了。玉石王是岫岩的镇山之宝，是岫岩人心里的神！镇山之宝咋能动？神咋能动？再说了，那么重的玉石王谁能动得了？不会是要弄成碎块吧？那可是周总理下过批示重点保护的玉石王啊！

索阿姨告诉他：“还记得上次你回来时，我说过有事要和你商量吗？

想说的就是这事，当时忙着办你的婚事，这事就搁下了。这件事在电话里三言两语说不清楚，如果上海那边的事暂时能放下，你想办法请个假，争取回来一趟。”

索阿姨的语气给了佟一琮从来没有过的紧张感，他第二天就跟步凡请好了假，安排好程小瑜，没舍得飞机票的那份钱，一路坐火车、汽车，颠颠簸簸地回到岫岩，到家时又是满嘴的泡。

佟瑞国和安玉尘不明就里，见他风尘仆仆地回来，以为受了多大委屈。安玉尘的眼睛粘在佟一琮身上，拉着他不松手，一直问：“咋的了？”

佟一琮说：“休年假，想家了。”

谎话是火车上想好的，爹妈没把玉石王要被请走的事告诉他，自然是不想让他知道。他知道索姨肯定也是瞒着爹妈告诉他的，此刻他心里只惦记着玉石王，琢磨着怎么把话顺到上面。

佟瑞国和安玉尘不住地向门外望，话说得吞吞吐吐。

佟一琮明白这是在望程小瑜，忙解释道：“小瑜工作忙，没跟我一起回来。”佟瑞国长长地出了口气。

安玉尘说：“两个人在外面，相互照应着。”

佟一琮心里一暖。显然，老娘现在是接受程小瑜的，对她也有了关心。他本想多聊几句家常，装作若无其事，然后再提到玉石王，可话到了嘴边却脱口而出：“来时的路上，我听人说，玉石王要被请走？”

“可不！定了，整块请走。你回来的正是时候，上山拜拜吧！”佟瑞国说道。

佟一琮愣了，佟瑞国主动让他上山拜玉石王是破天荒，太阳打西边出来了。果然，在父亲心中，在岫岩人心里，还有什么事比玉石王更重要？可他这一刻最关心的还是玉石王被整体请走的事，那可是二百六十吨的大家伙，咋请？

安玉尘看着佟一琮，那抹不易察觉的诧异悄然淡去，嘴角上扬出淡淡的笑容：“吃完饭再去吧，我们跟你一起上山。”

自从知道要请走玉石王，安玉尘差不多每天都要上山。她不像别人一样跪拜叩头，只是静静地待在玉石王的身边，仿佛在守候着一位亲人。

初冬时节的山上有些寂寥荒凉，翠色的树变成了褐色，衬着灰色的山，缺少生机，动物们躲在藏身之所，配合节气不肯露面。上山的路和原来一样不好走，人却多了很多，山上的风大，人们都穿着厚厚的冬装。佟一琮一路看着，有人抬着整只羊，有人捧着黑猪头，有人拎着山鸡，有人带着香火。不用问，大家显然都是去拜玉石王的。

佟一琮跟着人群往山上走，心里沉甸甸、灰突突的。

在深山里藏了数千年，被发现整整三十二年的玉石王，是岫岩人心里的神和图腾。神要走了，岫岩人的心里疼，针扎一样，剜肉一样。还没走到玉石王脚下，佟一琮就看到跪拜在那里的众多乡亲，他们中有些人佟一琮认识，有些人似曾相识，有些人从未见过，可每个人的眼里涌出的都是一样的神情，一样的难舍难分。

羊血、鸡血、香灰在玉石王的脚下那样耀眼，那是岫岩人最虔诚的依恋。

“玉尘、瑞国，你们来了……一琮也回来了。”索秀珏招呼着。她和佟一琮在电话里约好，直接在山上见。

“索姨，您瘦了！”佟一琮看到索秀珏原本就瘦的身子明显又瘦了一圈，瘦小的身子在风中单薄得让人心里隐隐作痛。

“玉石王要请走了，我这心里……”索秀珏的话只说了半截。

“难受，是吧？”佟瑞国一声叹息。

安玉尘没说话，伸出手，拉住索秀珏的双手拽进了自己的棉袄袖子里。山上的风硬，索秀珏的手冻得冰凉，刚触到安玉尘热乎乎的胳膊，全身就不由自主地哆嗦起来。两人你看着我，我看着你，满眼都含着泪，又含着一种叫希望的东西。

“玉尘……你懂，你明白我。”索秀珏鼻塞的声音带着哭腔，“玉石王请走了，我心里难受。可我明白，这是定数，玉石王要出山了，必然要震惊世界。我只是不知道，接下来会是什么，心里惦记着，又想不透，想不明。”

安玉尘看看索秀珏，瞅瞅玉石王，又抬头望望天。这一刻，西边的落日十分妖娆，明艳又清澈。“你和岫玉的缘分深，有分不开的缘分。”安玉尘的话，经常让人摸不着头脑，可又像在点拨着什么。

索秀珏惊讶地看着安玉尘：“玉尘，你怎么知道我会参与玉石王的雕琢？”

佟瑞国嘿嘿一乐：“这还用猜？别说岫岩了，就是在全国，和你一个水平的琢玉师傅有多少？”

安玉尘望向佟瑞国，抚着索秀珏的肩，显然赞同他的说法。

“瑞国、玉尘，将来玉石王的雕琢，如果有可能，让一琮也参与吧，哪怕是打打下手，伺候伺候琢玉师傅呢？这样的机会，有的人一辈子也遇不到！”

佟瑞国笑容满面的脸瞬间变了，说出的话扔在北风里裹着寒气：“一琮不能碰玉，这规矩你是知道的。不管什么玉，都不能碰，玉石王也不行！以后，谁也不许给我提这事！”

佟一琮心中燃起的小火苗瞬间就灭了，之所以和索秀珏约在山上见，就是两人都觉得这个场合最适合提这件事，佟瑞国和安玉尘陪他一起看玉石王更让他看到了希望。佟一琮沉不住气了，顾不得周围还有那么多人，气哼哼地问：“为什么不行？我怎么就不行？我和别人有什么不一样？碰玉我得死还是……”

佟瑞国说：“你碰玉，我死！”扔下这句话，他头也不回地往山下走。

索秀珏尴尬地张开嘴，想叫住佟瑞国，但“瑞国”两个字刚出口，其余的话就咽了回去。佟瑞国是出名的倔脾气，除了安玉尘，谁能叫得住？她瞅着安玉尘，安玉尘瞅着佟瑞国的背影，轻轻地摇着头说：“别怪他，他就这么个倔脾气。不让碰就不碰吧，啥事都有个定数，强求不得啊！”

1992 年 10 月 28 日，玉石王起驾登程，经历了八天八夜，1992 年 11 月 5 日上午 9 点半，玉石王被请到了鞍山。

第二章 千丝万缕玉引线

1

1992年10月28日，同一天，佟一琮的生活也有了巨变。推门而入的程小瑜将他扑倒在床上，从头顶亲到肚脐眼儿，向他宣布了一个重大新闻：“虫虫，我已经正式提升为部门经理了！”

这是好事，佟一琮应该替程小瑜高兴，可一想到自己还是个小小的行政助理，他的心里就泛起了莫名的酸意。他真是对程小瑜羡慕嫉妒死了。不过，他没有把这个酸表现在脸上，也没有说出来，他不能表现出自己的小心眼儿。他抱起程小瑜，在小小的空间里转了一圈又一圈。程小瑜尖叫着：“晕啦，不要转啦，晕掉啦！”她的拳头捶打在佟一琮的肩上：“停停停，我还要给你看个东西。”

程小瑜打开手提包，取出一个精致的盒子，江诗丹顿的标志赫然出现在了眼前一块精巧的女式手表上。程小瑜熟练地把表戴到了左手腕上，把纤细白嫩的手腕伸到佟一琮面前：“看，漂亮不？我们老总赏的！”

醋劲儿嗡地蹿了上来，佟一琮压了压，勉强笑着说：“你们老总可真大方！”连他自己都能听得出话里的讽刺味道。

“我不是提部门经理了嘛，我可是公司里业绩最好的，给他挣钱挣得最多……虫虫，我跟你讲呀，经过这么长时间的工作磨炼，我越来越觉得，女人干这行实在是有优势，利用智慧、美貌以及女人独有的温柔，可以迅速打开局面，占领市场。原来看我不顺眼的那几个，现在怎么样？还不是乖乖地做了我的手下？现在这个世界，谁会计较你怎么成功的，人们只会看你是否成功，不看过程，只看结果。”

真的只看结果吗？和程小瑜吃饭时，佟一琮在想。

在程小瑜身上扬鞭跃马时，佟一琮在想。

程小瑜像条蛇一样软软地缠在他身上时，佟一琮还在想。

睡着了的程小瑜没舍得摘下那块手表，佟一琮在程小瑜身上来回滑动的手指碰到那块手表，停了下来，隐隐地，他觉得那块手表就像安在两人中间的定时炸弹。佟一琮最初和程小瑜在一起时的不安再度蠢蠢欲动。

这时，有一个念头突然在佟一琮的脑子里出现：只有自己变得强大了，才能拥有自己想要的一切，包括身边的女人。

若干年后，佟一琮回想过往，对老娘安玉尘的话坚信不疑，凡事都有定数。个人的命运如此。人与人、人与事、人与物之间的交集也是如此。

没有送别玉石王离开岫岩，没有参与玉石王的雕琢，是定数。

这个定数按照老娘的说法，只因为他和玉石王的缘分不够深厚，也是他的福缘不够深厚。人与人、人与物、人与城都有定数，该遇到的迟早会遇到；不该遇到的，擦了肩彼此都不会多看一眼。强求的一切，最终都会散场。

有人说这样的道理是唯心，有人又深信不疑。有人说是哲学，有人说是玄学。存在即合理，佟一琮坚信不疑，万事万物都有吸引力法则，如果坚持相信，坚持吸引，坚持朝那个方向努力，想着念着，只要方向正确，一定会实现。这样想一想，佟一琮会开朗很多，只是偶尔想到玉石王成为玉佛，自己却远在上海，他还是无法释怀。因为他知道，那样的机会，这辈子他再也不会有了，唯一的安慰是索秀珏为他保留了一块佛脉。

玉石王最终成为世界上最大的玉佛，正面是释迦牟尼佛祖，背面是观世音菩萨。一缕佛脉，一块花玉，不算大，不算重，寓意却很深。

送他佛脉时，索秀珏讲起了雕琢玉佛时发生的故事。一老一少坐在索秀珏的创作室，对坐四小时，喝了三壶茶，细讲了十八个月里发生的所有故事。

佟一琮听得入耳入心。虽然他清楚，只要老爹在，就算知道再多，也是纸上谈兵。不让玩玉雕玉，那些经验只是理论，可即使是理论，也让他欣喜。只要是关于玉石的丝丝缕缕、关于岫玉的只言片语都会让他后脑勺都带笑。

“后脑勺带笑”这话是佟一琮和程小瑜有一次吵架时，程小瑜给出的评价。“除了说岫玉，你啥时候不是一脸的阶级斗争？”

佟一琮真像程小瑜说的那样吗？

他自己一想，程小瑜的评价算是客观的，他对玉石王有怨气，对上海生活有怨气，对老爹不让他碰玉有怨气。总而言之，到上海几年了，他并没有觉得开心，反而觉得生得伟大，活得憋屈。有时候，他把这些归结为自己的心眼儿小，打小有事他就爱瞎琢磨，爱胡思乱想。仔细一推究，真正的原因还是心有杂念，自信不足。

在这纷繁的世界中，有几个人能做到心无旁骛呢？现实的诱惑太多了，有几个人能抵挡得住？不惊、不慌、不乱，有几个人能做到？真正做到了，心还是年轻的吗？人还是年轻的吗？人最怕的就是心老了，心老了，人就真的老了。内心的小世界里，佟一琮还是怕老的，他想永葆青春。

几年的上海生活，佟一琮和程小瑜的生活有了太多的变化，住处变了，空间变了，从三户挤在一起，变成两户挤在一起，再变成单独的一室一厅。有了自己的私密空间，说话做事比原来方便了，可佟一琮和程小瑜都觉得丢了什么。是激情、情调还是感情，两人都不愿意仔细探究，也都害怕去仔细探究。生活中的许多事是不能去深入探究的，因为真相总是赤裸的、残酷的。

以前两人做"运动"时都要憋着劲儿，每到关键时刻，程小瑜都会拽过一只枕头，把原本诱惑的声音堵进棉花里，任由那声音挤过棉花缝隙一丝丝扩散。现在不用捂了、藏了，可以尽情释放了，两人却少了那份激情，像例行公事一样。激情啥时丢的，啥时少的，啥时没的，佟一琮说不清，程小瑜也说不清。

世上的事本来就是这样，日子过着过着就成了旧的，今天重复着昨天，明天重复着今天。只是这重复的日子会发霉，会生出黑斑点。

两人都是大学生，张嘴闭嘴都是包容、信任、理解。沟通顺畅时，感动对方，感动自己，眼泪珠子一个劲儿地滚落下来。遇到了矛盾，争吵就像秋天的落叶一样噼里啪啦地掉下来。两人争吵最激烈的时候是春节，事情是回家，回哪个家，回谁的家。

佟一琮说自己的理："不管怎么说，你是我佟一琮的媳妇儿，回岫岩过年有啥不对？"事实上，这么讲的时候，他自己也觉得理亏，谁规定就得回男方家过春节。可他心里又担心着爹妈，所以，应该争取的时候，还是尽可能地争取一下。

程小瑜自然要说自己的道理："我先是爹妈的闺女、爷爷奶奶的孙女，后来才是佟家的媳妇儿。奶奶把我养大，陪奶奶过年有什么不对？"

佟一琮心里觉得在理，嘴里说出的却是："你就是记仇，对过去的事情耿耿于怀。"

程小瑜说佟一琮不讲道理，为什么就得回男方家过春节。

两人谁也说服不了谁，从进腊月开始就为了这事争，为了这事吵，吵到春节也没有结果。到了火车站，他们俩各自上了火车，各回各家。火车上，两个人都对着窗外掉眼泪，回了家，心里都惦记着彼此，可又谁也不肯服软。

他们都忘记了，人生的路上，除了向左向右，还有中间的一条路，你向左一点，他向右一点，手就牵上了，一起向前走的路才不孤单。

这样的情形，又是多少小夫妻的常态呢？

1997 年春节前，两人又为回哪个家争了起来。没争几句，程小瑜突然一阵恶心，从床上蹦起来，直奔洗手间，蹲在马桶边吐了起来，觉得自己的胆汁都要吐出来了，嘴巴里面除了苦就是酸。终于吐完了，她的小脸煞白，趴在马桶上哭了。

紧跟过来的佟一琮慌了，抚摩着她的后背，追问："是不是在外面吃啥东西吃坏肚子了？我总告诉你，少吃麻辣烫之类的东西，一点儿营养都没有，也不知道那些菜洗得干净不，你从来不信我的话，吃吧，这回吃到吐了……"

程小瑜拿过他递来的水杯，白了他一眼，漱了口，抬手抹去嘴角的水珠，再起身挣开佟一琮搂在她腰间的胳膊，挣了几下没挣开，任由佟一琮扶着，一步三晃地回到床上，刚躺下就哭了起来。

佟一琮觉得莫名其妙，心里却越发难受。他抱过程小瑜，搂在怀里，软声软气地说："是我错了，我不应该埋怨，我应该安慰你。我错了。受啥委屈了？跟我说说……姑奶奶，咱不哭了，行不？一会儿眼睛哭红了就不好看了。"

程小瑜没有回答，哭得更来劲儿了，简直可以用撼天动地来形容，仿佛受了天大的委屈，仿佛走到了人生绝境。

佟一琮感觉出反常来，程小瑜有时候是喜欢无理取闹，蛮不讲理，以作为乐，可哭成这样的时候不多。他的脑子里转出一连串的镜头。

色眯眯的老总把程小瑜拽进了办公室……

客户的大手放在了程小瑜的腿上……

没实现既定业绩，奖金全没……

他试探着扔出一个个猜想，可猜来猜去都离不开“钱”和“色”两个字，他觉得自己的想法太龌龊。可是，这几年，程小瑜的生活本来就是围绕着这两个字啊！

程小瑜一下子坐了起来：“佟一琮，你想什么呢？怎么全是乱七八糟的，你……你咋那么笨呢，猪啊你！”扭过身，她使劲儿甩开佟一琮环抱着的胳膊，一头扎进软绵绵的被子里。

佟一琮死皮赖脸地亲了下程小瑜的额头，说道：“我和你在一起后啥时候聪明过？在你面前智商一向为零，不，我智商是负数，零以下。要不你打我几下，打完我就好受了。不过，讲好了，不许打脸。”

程小瑜举起拳头，抡向佟一琮，边打边骂：“蠢猪、笨猪、岫岩猪！”

“哎呀！”佟一琮叫了一声。

程小瑜瞬间停手，问：“打重了，是不？”

佟一琮说：“打得再重也不怕，只要小祖宗、姑奶奶你不哭就行了。”

程小瑜的声音突然柔了、软了，轻轻地说：“虫虫，你的小祖宗在这儿呢！”她的右手滑向小腹。

佟一琮愣了一下，瞬间想抽自己一个嘴巴，不怪程小瑜叫自己是猪，咋这么粗心，这么大的事，竟然没发现？他立刻从床上弹起，抱起程小瑜，使劲儿地裹进怀里：“我要当爸爸了！都怪我，是我太粗心了，我要把这个消息告诉老爹老娘，让他们兴奋起来。让他们高兴，让一琪羡慕……”

程小瑜说：“急什么呀，再过几天就春节了，咱们回去当面说不是更好吗？”

又一个惊喜砸在了佟一琮的头上，他简直不太敢相信了，这些天，两人一直在为这事争，没想到程小瑜已经改了主意。“小瑜，今年……你和我回岫岩过春节？”他还是不太相信自己的耳朵。

“陪你回岫岩。不过……你得答应我，只能待到初二，然后你和我一起去看爷爷奶奶。”

佟一琮想说，哪年我没陪你看爷爷奶奶，是你从来没陪我回岫岩，为这事每年春节我回去都像上刑，老爹的责怪还好说，我姐那张刀子嘴恨不能把我生吞活剥了。这些话他没说出来，早先说过八千遍了，程小瑜压根儿像风吹石头似的纹丝不动。现在程小瑜主动提出要回岫岩，还是带着佟家的下一代回去，那些让人不痛快的过去，因为这件喜事全部烟消云散。佟一琮轻手轻脚地放下程小瑜，又在她腰后塞上了一只枕头，想让她更舒服一些。要知道，现在的程小瑜可是佟家的国宝级人物，那平平坦坦的小腹里，正在孕育着小佟一琮，也许是小程小瑜……也许是双胞胎呢！无论性别如何，都是佟家的下一代。

他突然问："刚才怎么哭了？身体难受？"

"我还没做好当妈妈的准备呢！明明是在安全期啊，怎么就……我心里不得劲儿，就想哭，自己也说不清楚为什么。"

程小瑜说的是心里话，到上海后，她和佟一琮商量过，一定要有了经济基础再要孩子。为了这个约定，佟一琮严格遵守着程小瑜的安全期纪律，不敢冒失进军。

一年时间过去，佟一琮改了主意。两人的日子太寂寞了，要是有个小娃娃多好！有了宝宝就可以重新回到岫岩，过上古诗词里说的日子，"开荒南野际，守拙归园田。方宅十余亩，草屋八九间"。他曾经把这样的想法说给程小瑜。

程小瑜立刻反驳道："十亩八亩地、几间草房子你就满足了？就算你没想过，你总看过吧。你看看，上海小孩子接受的是什么教育，岫岩小孩子接受的是什么教育？你愿意孩子接受和你一样的教育？"

"上海压力多大啊，你活得不累？就算咱们的孩子将来在上海，人家的孩子坐宝马上学，咱孩子挤公交；人家的孩子穿用名牌，咱孩子穿地摊货；人家孩子出入高级酒店，咱孩子钻弄堂找小吃店……你心里就好受？"佟一琮承认自己确实有小农意识，上海的日子拼得太累，准确地说，这里的生活只是生存。何况回到岫岩发展，不等于将来就困在岫岩，就让孩子在岫岩接受教育，将来的一切都是未知的。关于岫玉，关于平台的梦想，总是时不时地在他的心头冒出来："小瑜，哪里都会有发展的机会，准备好了，机会来时抓住了，一样可以发展。比如……"

程小瑜的嘴像机关枪一样打断了他的话："为什么要让咱孩子挤公交、穿地摊货、吃小吃店？为什么我们不能给孩子创造更好的物质和精神生活？佟一琮，你有点儿上进心没？穷则思变，你为什么不能从自身找问题，发现不足，努力改进……我不是因为每月比你多挣了几千块钱才这样说你，钱只是一个方面，一种价值体现。我说的是你的生活态度，不思进取，小富即安，安于现状，小农意识……奋斗的人生才美丽，这样的道理你不懂？如果实在不懂，咱就买点儿鸡汤书读一读、学一学、改一改……"

当争吵进入这一阶段的时候，佟一琮的选择是闭嘴，没有任何结果和意义的争吵，除了让两个人本已经出现的缝隙越来越大，起不到任何作用了。回避，不失为一个良方。

不是有哲人说过吗？婚姻里总要有一方示弱。示弱又不会少什么，还能换来世界和平，何乐不为？而且随着时间的推移，佟一琮练就了一个本事，只要他不想听，程小瑜说出来的话，根本进不了他的耳朵，直接在空气中就自然消失。

不过，这一次，程小瑜的话不会自然消失了，原因自然是程小瑜怀孕，佟一琮开心。开心的他，想让她顺心、舒心。自己委屈点儿又算什么，哪个人的胸怀不是被委屈撑大的。

佟瑞国的欢喜更进一层，简直可以用喜出望外来形容，打从电话里知道这个消息开始，佟瑞国见人就会显摆一下："我这也是要当爷爷的人了。"

佟一琪一听这话不愿意了："可心就没让你当爷爷？"

佟瑞国眼睛一翻："可心是韩家的人，咋说也是外孙女不是？"佟瑞国把"外"字加了重音。

可心大名韩可心，是佟一琪和韩风的闺女。韩风是家里的独子，生了个闺女，佟一琪心里有些怪怪的。

重男轻女是习俗，几千年延续下来，在中国扎了根，特别是在农村扎得更深。韩风爹妈嘴上不讲，脸上显露着，要是男孩儿多好，就可心了，就如意了。护士把孩子抱出来时，孩子奶奶硬是没伸手接孩子。倒是韩风一把接过，紧紧地抱在了怀里。

韩风当着大家的面说："闺女起名叫可心，可我的心，可一琪的心……一琪，谢谢你，给了我一个小天使，给了我一个贴心的小棉袄。"韩风性格内向，话少，说出来却有分量。

看着儿子的脸色，韩风爹妈把笑容重新挂在脸上，嘴里说着："可心啊，真是可心。闺女好，贴心。"

佟一琪的眼泪哗哗流淌，不是哪个女人都能遇到掏着心肝心疼自己的男人，佟一琪遇着了。打那时候起，两口子比刚认识时还腻，韩风掏心掏肺地对佟一琪，佟一琪全力维护韩风。一温一火、一慢一急的两个人，感情好得让人嫉妒。

听到姥爷说自己是个外孙女，可心嫉妒了："姥爷不可以说我是外孙女，那不把我给放到外面了吗？我是这个家里的人呀，以后我就是你的孙女，不能再有'外'字了。姥姥，你也是，要说可心是你孙女。"

可心的小嘴随了佟一琪，得理不饶人，没理辩三分。

一旁的安玉尘笑得肚子疼。

佟瑞国一边叫着可心大孙女，一边按岫岩的年俗做着准备，迎接儿子儿媳妇，还有儿媳妇肚子里的大孙子。他希望程小瑜怀的是男孩儿，不过他心里想，即使是个女孩儿，也和可心不一样，不管别人咋说，外孙子和亲孙子就是不一样，闺女的孩子和儿子的孩子咋能一样？一个姓韩，一个姓佟，姓佟才是他佟瑞国的血脉。程小瑜连着几年不回岫岩过春节这件事让他不痛快，但要现在她怀着佟家的血脉，以前的事一笔勾销，毕竟当年安玉尘做事绝，这婆媳两人算是对上了，现在终于都过去了。佟瑞国在电话里追问回来的日子，说要好好准备。佟一琮答，腊月二十五进家，千万别准备，要不就不回了。

回家提前了一天，没通知父母，佟一琮怕爹妈担心。人想人的滋味不好受，要是告诉爹妈，两位老人家肯定又是一夜不眠。

腊月二十四，天擦了黑，佟一琮和程小瑜两人拎着包到家。

整个巷子都睡着了，远远却见到佟家门口的两只大红灯笼，在夜里亮得那么暖、那么热。

佟一琮和程小瑜当时都惊呆了，爹妈隆重的心思、久久的想念，都写在两只大红灯笼里了。小北风一吹，佟一琮鼻子一酸，眼泪涌了出来。程小瑜也在心里叮嘱自己，这次一定要好好表现，过去的就掀过去，一家人和和美美的，除了回岫岩，什么都能答应，什么都能同意。

程小瑜看到佟一琮的泪，抬手帮他擦去，轻轻地问：“虫虫，还生我气不？”

佟一琮知道她指的是这几年没陪他回岫岩过春节的事，说：“傻样儿，我记一辈子？”说完两人都笑了。

2

笑得最开心的人是佟瑞国，刚听到敲门声，他还有些懒得动，火炕上热乎乎的，躺着舒坦，一身的筋骨全都变暖了，也变软了。软了的身子不愿意离开火炕，愿意一直躺着。岫岩的冬天冷，老两口早早上炕，边说话边逗可心玩。

可心自小就在姥姥家，因此和爷爷奶奶不亲，她只愿意待在姥姥家，自己的小家也不愿意回。佟瑞国说她：“外孙外女是狗，吃完就走。”小丫头反应快：“外孙外女是客，吃完就乐。”每天晚上，和可心斗嘴是佟瑞国一天最快乐的时光。

“好像是门响。”安玉尘放下手里剥的花生，仔细听着。

“风吹的。丫头没说来。你肯定是听错了。”佟瑞国没当真。

“不是，你听，好像是儿子的声音。”安玉尘原本坐得安安稳稳的，默不作声地听了一听，突然嗖地下炕，火急火燎地穿上棉鞋，说道：“儿子的声音我不会听错，是儿子，肯定是儿子！”

这下，佟瑞国也静下来听了听，他也听出来了：“真是儿子的声音，臭小子提前回来啦！”

可心安静下来，二老一小几乎同时跑向大门。

“爹！娘！我们回来啦！”佟一琮语气平淡，听着就像早上出去晚上回来一样。他看得出爹妈的激动，刻意装作平静。

安玉尘伸出胳膊，紧紧地抱住佟一琮，用力拍了几下，一句话都没说出来。佟一琮一下子就明白了，老娘是想自己了，真想了，想到揪着心。老娘不说想，但想得很深。

“快进屋，你们穿得少，别冻着了。”佟一琮注意到爹妈没顾得上披件棉衣，穿着毛衣顶着天寒地冻站在外面，这个年纪的身子哪里扛得住。

进了家，他才知道，爹妈早就把他的房间整理好了，从知道他们要回来过春节那天开始，每天晚上都把火炕烧得热热的。房间里还添了不少新物件，比如新化妆柜、新衣柜、新被褥。还有插在罐子里的几枝山里红，墙上贴着胖小子抱着大鲤鱼的年画。

刚坐到炕上，佟瑞国就端出了两只大茶盘，一只装着各种干果，一只装着各种水果。可心怯生生地看着佟一琮和程小瑜，伸向香蕉的手在空中抽了回去。

程小瑜聪明，拿起香蕉放到可心手里，说：“可心，吃香蕉。”

可心看看佟瑞国、安玉尘，对着程小瑜笑得一脸灿烂，接了过去。

佟一琮逗她：“可心，不认识舅舅、舅妈了？咋不说话了？”

可心咬了一口香蕉道：“认识，舅舅，还有鲤鱼舅妈！”

佟一琮心说这丫头的小嘴还真随了佟一琪，上次见程小瑜时还不会说话呢，怎么可能记得人呢！但现在一张口就说认识，难怪哄得老爹老娘围着她团团转了。

“鲤鱼舅妈？”程小瑜看了一眼佟一琮，眼神里写着责怪。佟一琮哈哈一乐：“不是鲤鱼舅妈，是小瑜舅妈。”

可心说道：“小鱼没有鲤鱼好，小鱼长得太小了，你们瞧胖娃娃抱的鲤鱼又大又好看，小瑜舅妈你肚子里装着胖娃娃吗？一定是个小弟弟。”可心早就从大人的话里听出了一些意思，她后来那句“一定是个小弟弟”，听得佟瑞国心花怒放。

自从佟一琮和程小瑜进屋，安玉尘就没说几句话，刚说了一会儿，便催促佟一琮：“早点歇了吧，一直赶路，累坏了。有什么话明天再说。小瑜是怀孕的人了，禁不起折腾。”

安玉尘的最后一句话，听得佟一琮和程小瑜心头都是一热。两人都明白了，安玉尘是从心底接受了程小瑜。程小瑜不禁眼睛泛潮，她也说不清楚自己为什么会这么在意婆婆的接纳和认可。可她就是打心眼儿里在意，觉得有了这份接纳，她才算是真真正正进了佟家。

程小瑜心情大好，跟在佟一琮身后钻进了房间。稍做整理，两人钻进被窝。火炕热，可屋子里的空气有些凉。两人紧缩着，只把脑袋留在了被窝外面。

“老婆，听出来没？我妈惦记你呢。”

“听出来了，心里热乎乎的。”

“老娘就是嘴硬，心里可热着呢。”

“知道啦。老娘哪儿都好。老公啊，这东北的大火炕真硬。”

“硬归硬，睡得也舒服，这后腰挨热真好受。这么长时间没睡火炕，还真是想呢！”

“一点儿也不好受，硌得骨头疼。”

“你是城里人，娇气。”

“你是农村人行了吧！”

…………

说着、逗着、闹着，两人睡着了。

正屋里，佟瑞国和安玉尘的话还在继续：“你说，儿媳妇怀的是带把儿的不？”

安玉尘回答：“才怀上，哪能看出来。”她一直搂着可心。小姑娘睡觉不老实，一会儿屁股朝上，一会儿脸朝上，一会儿两条小白腿扔到了姥姥身上，被子刚盖好就蹬到一边。

“我估摸着是带把儿的，你没发现她犯懒？进屋就奔炕上使劲儿。”惦记起未来的孙子，佟瑞国不觉得累，他兴奋得睡不着觉。

“那是累的，坐那么长时间的车，身子骨单薄，禁不起折腾。我瞧着她比原来更瘦了，估计是工作累的，小身板吃不消。倒是儿子没啥变化，还是老样子。”

“可不，我瞅程小瑜那张小脸跟刀条子似的，明天让她多吃点儿萨其马，那玩意儿热量大，让她补一补。”

“人家不一定爱吃，现在哪儿都有卖的，不比咱这土法做得好？不过，是得琢磨着给她做点好吃的，这孩子瘦脱相了，得补补。”不知不觉间，安玉尘接纳了这个她曾经反对的儿媳妇。尽管在她心里，仍旧觉得儿媳妇和儿子不适合。但适合不适合，可能真的只有他们自己知道吧。

“卖的能和你做的比？味道差远了。都不知道里面放了什么乱七八糟的东西，别再吃坏了，现在可是非常时期。”佟瑞国对于市场上的玩意儿始终心存敌意。这事不能怪他，现在的食品安全确实隐患不断，真不知道吃什么是安全的、放心的、无害的。这时候，他宁愿相信自家的老办法、土办法，可能卖相不好、包装不好，可是让人放心。

佟家的萨其马是安玉尘亲手做的，里面加了桂花蜂蜜，吃起来酥松绵软。可心盯住了就不停口，安玉尘经常是给一点藏一点。可心精，总能找到藏的地方，回头问她咋发现的，她说是小猫馋了告诉她的。

第二天早上，看到整盘的萨其马摆在桌上，可心的眼睛顿时亮了，顾不上在刚刚认识的舅妈面前装什么小淑女风范，“五齿耙子”直接伸了过去，一块吃完了，舔舔手指，说：“舅舅、鲤鱼……不，小瑜舅妈，你们也吃点儿，我姥做的最好吃了，是天下第一好吃！”

全家都在一边笑，安玉尘客客气气地说：“小瑜，尝尝。”

佟瑞国拿起一块，放到程小瑜手里：“你妈亲手做的，多吃点儿，长点肉，营养得跟上。”

佟一琮也不客气，拿起一块塞进嘴里，含糊不清地说着：“好吃，妈妈牌的，小瑜，快尝尝，我妈做这个是一绝。”

程小瑜一尝，果然好吃，桂花的淡淡香甜直接触到了舌尖上。这个婆婆太能干了，做出的味道比徐福记的还要好。她瞧向安玉尘，安玉尘盯着她的眼睛里有了一丝笑意。程小瑜感受到了婆婆的态度真的有所改变。

从表面上看，确实改变了。

佟一琮说：“我妈对你多好！”

佟一琮说得也对，婆婆对程小瑜是真好。比如会在饭桌上夹菜给她，会在她拿着抹布时抢过去，会把她的鞋垫取出来放到火炕上烘干……这些事，都让她感动。

可婆婆还是不大和她说话，也只有当着佟一琮的面才和她说，这让她委屈得要命。婆婆这不是做给佟一琮看的吗？那她程小瑜算什么？佟一琮的附属？若是没有佟一琮，估计婆婆理都不会理自己。越是这样想，程小瑜越觉得心里不得劲儿，堵得难受。

其实这种不得劲儿也不是一天两天的了，一直攒着、存着呢！

从见面第一眼开始，程小瑜就觉得这个婆婆怎么看都和别人不一样，第一次来岫岩时是那个模样，现在还是那时候的模样，除了眼角有些小细纹，那张脸根本不见老。还有那身板，直直挺挺的，细细的腰，挺挺的屁股。脑袋像被一根线悬着，脖子挺得像是练过芭蕾舞，总是挺着的、直着的。要不是穿得太朴素、太老气，衣服松松垮垮的，谁能猜出她是做了姥姥的人？还有她身上那股子冷冰冰的劲儿，也不知是光对自己那样还是对别人也那样。

原本，程小瑜对自己充满信心，可到了安玉尘这儿，自信心愣是少了一多半，好像对着婆婆就矮了三分。婆婆是个农村妇女，自己是个白领丽人，有啥好自卑的？难道说婆媳注定是天生的对头，因为两人同时爱着一个男人，都觉得是对方抢走了心爱的男人？还是当年系在心里的结还没打开呢？

关于心结，程小瑜真的没打开。当年草草举行的订婚宴，是她的心病。

以前她不懂满族的婚礼规矩，后来听佟一琮讲，知道了岫岩婚礼正常情况下要举行三天。头一天称为“柜箱日”，也叫“过柜箱”。第二天才是婚礼正日，双方的迎亲车和送亲车午夜相向出发，新娘由自家哥哥同车护送。第三天，新郎新娘早起，拜完先祖，双手捧着长方形的枕头，依次拜见族中长者，俗称“认大小”。婚后第七天回娘家，俗称“回门”。婚后一个月，新娘回娘家住一个月，俗称“住对月”。婚礼过程中，还有抱宝瓶求富贵，抱栗子求早生贵子，坐福求一生不受颠簸。

这些规矩，到程小瑜身上全部简化了。

两人急匆匆地举办了订婚宴，直接去民政局领了证，一家人坐在一起吃了顿饭，就算结婚了。

终身大事，草草了事。

这种做法除了安玉尘谁能做得出来？婆婆就佟一琮一个儿子，隆重婚礼成为传说还不是因为不喜欢自己？除了这个，她找不出别的理由，给不出自己别的答案。

为了不让佟一琮受“夹板气”，程小瑜嘴上说不在意，谁让当年自己坚持要带着佟一琮去上海呢？她和佟一琮说，再隆重的婚礼也不如两人过得和和美美。可实际上她心里在意，有时还会恨恨地想，有生之年，如果还能再披一次婚纱，一定要嫁得风风光光的，让全世界的人都羡慕嫉妒恨。

佟一琮不是程小瑜肚里的蛔虫，不知道她心里的想法。见老娘和程小瑜相处愉快，他心里踏实，跟着老爹选年货，贴对联、窗花、福字、挂笺，佟家是镶黄旗，挂笺自然是黄色的。（挂笺按满族八旗所属，分别贴红、黄、蓝、白色。）

满族人都喜欢戴荷包，有皇上的时候，春节前宫廷要例行赏赐王公大臣“岁岁平安”荷包。佟家想着这事的人是佟一琪，她早就准备好了，腊月二十八就将荷包送到了佟一琮和程小瑜的手上，上面绣着并蒂莲。程小瑜很感动，她看出来这个大姑姐刀子嘴豆腐心，率真得可爱，她把这份感动传递到了可心身上。

程小瑜喜欢可心，佟一琪看在眼里，背地里劝安玉尘：“妈，你别对人冷冰冰的，咋说也是咱家的人，再说，现在人家还怀上了咱家的骨肉。”

安玉尘头也不抬：“我什么活儿都不让她干，好吃的好用的全可着她，这还叫对她冷啊？”

佟一琪说：“你那是做给你儿子看呢，真冷假冷您自己清楚。”

安玉尘抬头，眼睛里全是泪水，带着鼻音说：“你知道啥？我当然清楚了……算了，不说了，妈往后注意点儿。我不是不喜欢她，就是始终觉得他俩不适合，属于硬拴在一块的。”

佟一琪说：“人家两人你情我愿的，而且都结婚好几年了。您这心态也得转变了。咱家的人，咱不疼，谁疼？”

安玉尘说：“道理我都懂。可是我就觉得你弟和小让才是一对，才适合。”

佟一琪说：“我弟当小让是亲妹妹，他俩之间不可能。再说了，现在木已成舟。您得改，得把程小瑜当成自家人，真心对人家好。”

安玉尘说：“道理我都懂。实话说，程小瑜这孩子也不容易，自小跟奶奶一起长大，也挺苦的了。闺女，你不用劝我了，以后我能善待她。既然她进了咱们佟家的门，就是咱佟家的人了。”

母女俩这才算达成了一致。

其实，佟一琪心里也藏着疑问。老娘是善良的人，小时候家里来了要饭的，赶上没饭菜了，老娘都要现给人家煮鸡蛋，顾不上烫手，剥好了送到人家手上。为什么她单单给程小瑜冷脸？或许经历得多，老娘更懂得婚姻，更懂得什么是适合。可是人的路终归要自己走。爱情不是践踏亲情的理由，亲情也不应该成为爱情的束缚。

姐弟俩终于有机会单独在一起了，佟一琮问：“老娘还是初一、十五没影儿？”

“还那样，几十年了，下雹子都挡不住。”

“姐，你说咱姥姥家到底在哪儿呢？妈为啥从来不带咱们去见呢？自从离了家，我越想越觉得老娘孤单。”只有说正事的时候，佟一琮才会叫佟一琪姐，平时经常直呼大名，姐弟俩也都习惯了这样的叫法。在外人看来的“没大没小”是姐弟俩的一种亲近方式。

佟一琪不理会他，说道：“孤单啥？老爹对老娘多好！老爹又倔又犟又臭的脾气，硬是让咱妈给制服了。再说了，现在比原来好多了，老娘还有可心天天陪着。今年春节，韩风和他爹妈说妥了，我们破例回娘家过。”

佟一琮没心思听佟一琪的后半句，自言自语道：“我指的是心，你不觉得没人走得进老娘的心吗？”老娘的心不容易走进，佟一琮说的是实情。但最牵安玉尘心的人是佟一琮，这事全家人都看得出来。

除夕晚上，自家西墙祖宗板下供上了“天地桌”，大饼、蜜供、面鲜、果品、素菜、年糕、年饭，各种供品摆得整整齐齐，金字红烛火苗正艳，子午香轻烟袅袅。佟瑞国在前，安玉尘和孩子们在后，大家叩拜祖宗，祈求神灵保佑全家老小在新的一年中平安无事、万事如意。

拜过神，红烧肉、炖羊肉、红焖肘条、元宝肉、四喜丸子、鸡冻儿、鱼冻儿、猪肉冻儿、豆豉豆腐、芥末墩儿、炒酱瓜儿等年禧套路荤素菜一齐上了桌。佟瑞国端起烫好的头窑烧酒，喝得有滋有味。可心把筷头伸进小酒盅里蘸了蘸，放进嘴里舔舔，辣得缩脖端腔，笑得大家前仰后合。

团圆饺子，俗称“揣元宝”，是半夜12点上的桌，里面有两只包了硬币，谁要是吃到了，这一年都会有好运。巧的是程小瑜夹起第一个饺子就吃到了。可心一脸遗憾，瞧着程小瑜的眼神里充满了敌意，小嘴也噘了起来。程小瑜再夹起一只饺子，刚咬了一角，觉得硌牙，于是放到可心碗里。可心精着呢，也不客气，吃到了硬币，尖声喊着：“我吃到钱啦！”大家又是一阵笑。

佟瑞国说：“好事，媳妇儿吃到了，就是孙子吃到了，孙子是富贵命。”

可心嚷着：“我也吃到了。”

佟瑞国说：“孙女也吃到了，佟家子孙万代富贵有余。”

可心这才满意了。

安玉尘刚吃了两个饺子，就放下了筷子，拿出一根红绳，要换下佟一琮脖子上从周岁开始就没离身的河磨玉平安扣。

佟一琮说不急，明天再换来得及。

安玉尘说："就现在换。过了 12 点又是新一年了。"灯下，她娴熟地穿好、系好，重新挂到佟一琮脖子上，说："儿子，记住了，这只平安扣片刻不能离身，这根红绳也不许换，一直到下次回来，妈亲手给你换。"

"知道了妈，这玉从来没离过身。"佟一琮鼻子发酸。

母子俩话说得沉重，像是在暗示什么。佟一琪听得不安，心慌，忙转移话题道："可心，赶紧拜年，收压岁钱。"大家全乐了，佟一琪自嘲："我是财迷，可心，一个也别落下了，红包越多越好啊！"

可心接着说："我是小财迷。"说完她就跪在火炕上说起了吉利话，伸出小手讨红包。

小财迷收获多，六个长辈，六个红包。

程小瑜收到了两个红包，一个是公公婆婆给的，一个是佟一琪和韩风给的。佟一琮和程小瑜都明白，厚厚的红包是补上以前的，是态度，也是实际行动。

正月初一。宗族近亲都来拜年，穆明是第一个到的，进屋就嚷："快让我干儿子给我拜年。"羞得程小瑜满脸通红。佟一琮不客气，和穆明两人你一拳我一掌打得热闹。

佟一琮想问嫂子咋没来，话到嘴边咽回去了。牛高马大的穆明怕老婆，老婆要是说不想来，他肯定拉不动。穆明的老婆叫吕秀，不喜欢佟一琪，因为当年佟一琪结婚时，穆明拉着准老婆的手，开玩笑似的说过一句，如果不是韩风先下手为强，自己一定追佟一琪，女大三抱金砖。完全不知情的佟一琪，就这样莫名其妙地成了穆明老婆的假想敌。

跟在身边的穆小让进屋拉住安玉尘的手："干妈，我想吃你做的萨其马。"

安玉尘脸上全是笑："少不了你的，给你留了一大盘呢！"

穆小让更水灵了，每次回来都让佟一琮眼前一亮，他逗穆小让："属猪的，光记着吃。你就不想你小哥小嫂？"

穆小让看着他笑，不回答。

安玉尘说："真是姐姐不在家了，逗妹妹玩了。"（歇后语：姐姐不在逗妹子，其实就是"逗闷子"。）

可心说："妈妈在呢。妈妈，舅舅找你呢！"

屋子里全是笑声，只是安玉尘能说出这句，着实让大家意外，她平时可是从来不开玩笑的。任谁都看得出来，她今天是真开心。这份开心，一半是因为她打开了心结，接纳程小瑜成为这个家里的成员，一半是因为干女儿穆小让的到来。

3

程小瑜心里不痛快，婆婆对她是比从前好了，可是对穆小让更是眉开眼笑，好像干女儿比儿媳妇还亲，这算什么道理？究竟是一家人亲，还是外人更亲呢？自己在这个家里又算什么人，处在什么位置？

过了一阵，她又觉得自己有点小心眼儿，穆小让从小就在佟家出来进去，和佟家的老闺女一样，婆婆对穆小让好也正常。再说了，小让和她年纪相差那么多，难道还要吃一个小孩子的醋？或者真像佟一琮说的，她得了孕期综合征？

佟一琪看出了程小瑜的不快，一个劲儿地炫耀："咱家小瑜可真是命好，昨晚第一个饺子就吃到钱，今年就等着在上海发大财了。"语气夸张，让她自己都觉得不自然。

程小瑜开心了，这个大姑姐为人实在是好，时时处处为自己撑着脸面，这使得她再望向婆婆的眼光柔和了很多。

穆小让不理程小瑜，拉着安玉尘叽叽喳喳地说个没完。那样子简直就是一对亲母女。

程小瑜也不理穆小让，拽着可心玩得热火朝天。她本来就是要强的性格，气起人来，更是有着各种各样的鬼把戏和小手段。她在心里较着劲，倒要看看，这是谁的领地，谁说了算。

佟一琮和穆明看在眼里，对视几眼，同时挑起眉毛，不约而同地出了屋，又不约而同地嘟囔出一句话："女人的心事你别猜。"接着仍旧是一个抡拳、一个拍掌。

"说吧，又有什么新鲜事？"兄弟多年，佟一琮了解穆明就像了解自己，眉毛挑起是准备爆料，而且是狠料。

"初九，有家玉石店开业，全是河磨，不少人去赌石，看热闹不？"

"全是河磨？看来老板是相当有实力了。不过初九……恐怕不行，我答应陪着小瑜去看她奶奶。要不下次回来再去？"

"你就差这几天了？别说我没提醒你，人家可是新开的店，全是河磨，开窗的半赌原石，可遇不可求的机会……现在河磨越来越少了，去晚了，让人家选走了，你不眼馋？”（开窗，即在赌石仔料上切掉一小块外皮，露出一个口子，这样的做法被称为开“窗”，人们可通过开窗的地方观察其内部有没有玉料。）

“你别激我啊，不过怎么定了正月初九开业，这也太早了。”正常情况下，玉店的开业时间都会在正月十五之后，提前了这么多天，完全不合常理。

“西山赵瞎子算的日子，大家都信赵瞎子，算得灵。”

佟一琮还是担心和程小瑜的约定。两人最初约好初二之后去看程小瑜的奶奶，后来改到初五，除夕晚上程小瑜主动提出改到初六，现在如果提出再推后几天，程小瑜能同意吗？咋编这个谎？

程小瑜还是同意了，架不住佟一琮的软磨硬泡，他自然不会说是去看赌石，只说是穆明跟老同学的约定，要是不参加会让人笑话。他说：“全是男同学，好哥们儿，不去好吗？穆明那个‘妻管严’都去了，我不去不得被人家埋汰死？”好话说了一箩筐，程小瑜才点头答应，佟一琮兴奋得差点儿没把程小瑜扔到房顶上。

怀孕初期，程小瑜最大的生理反应除了恶心呕吐，就是犯困，随时随地上下眼皮都会向一块儿集中。两人说了会儿话，程小瑜就依偎在佟一琮的怀里睡着了。佟一琮的两眼瞪得滚圆，精神得像注射了兴奋剂。这几年，虽然人在上海，关于岫玉的各种新闻，仍然像长江之水滔滔不绝地灌进佟一琮的耳朵，不说别的，光是关于河磨玉的新闻就已经多得数不清了。

《矿产资源法》和《岫玉资源保护条例》根本阻挡不了利益的诱惑，为了能采到河磨玉，河磨玉的主产地岫岩县偏岭镇，大批人马蜂拥而至，人们发疯一样地在河里捞。更让人觉得可怕的是，现在河磨玉是一石难求。手里有河磨玉的藏家好像达成了共识——如果想把一个东西卖出去、卖个好价钱，最好的办法，就是在这个东西上面标上两个字：不卖！所以，现在基本上就是有市无石了。这是商业竞争中的手段之一，还是很多其他的手段，当时的佟一琮并没有细想。

一家玉石店开业，专门销售河磨原石的吸引力对于佟一琮来说，绝对不低于当年程小瑜对他的诱惑。

深夜，程小瑜翻了个身，从佟一琮怀里滑了出去，依然睡得很香。

佟一琮给程小瑜掖了掖被角，活动下已经被压得麻木的胳膊，仍然睡不着。关于赌石，佟一琮也算略知一二。

整个玉石产业链，包括采挖、开料、设计、加工、成品交易、拍卖各个环节，都有成本和收益，都能得到合理量化，做到相对公平、透明。即使发生以假乱真、以次充好的事件，也是单方面的欺诈。

赌石不同，赌的是原石，无论是硬玉翡翠，还是软玉岫玉，或者其他种类的软玉，由于地质和人为的原因，原石都以不同形式的皮壳包裹着，里面的品质怎么样，没有切割之前，根本辨别不出来。到现在也没有一种仪器能通过外壳判断出里面是宝玉还是败絮。买卖风险很大，也很刺激，所以才被称为赌。

赌石古已有之。最早赌的是和田玉，中国历史上，最著名的一块赌石是“和氏璧”。现在，人们赌的最多的是翡翠原石，最著名的是缅甸翡翠赌石。

岫岩赌石主要赌河磨玉。但赌岫玉无论在岫岩还是鞍山，或者在辽宁省内，比起其他地方的赌石都没有那么疯狂，即使如此“低调”，也有不少人因为玉石一夜暴富，或者走投无路。

对于赌石，佟一琮心里并不赞成，这与他从小接受的教育有关。佟家的孩子是不允许赌博的，即使是岫岩人都会玩的扑克小牌麻将，老娘安玉尘也是深恶痛绝。佟一琮小时候因为和同学打扑克赢零用钱，被安玉尘罚跪，心疼得奶奶踮着小脚不停地吵着“大赌败家，小赌怡情”。

从来不和长辈顶撞的安玉尘理直气壮地回嘴：“大赌小赌都是赌，只要赌了就是败家！您惯他吃喝我不管，绝不能让他沾赌。”安玉尘说得狠，罚得也狠。罚跪不是跪在地上，而是跪在砖头上，身板挺得直直的，绷成一条线，不能偷懒屁股着地。刚开始跪着不打紧，一会儿工夫，佟一琮的汗珠子就成串地往下滚。

佟瑞国悄悄拉了拉安玉尘的衣角，又给佟一琮使眼色，示意他服软。

佟一琮也是个犟种，就是不服软。没过多久，佟一琮脑袋一歪，倒在地上，昏了过去。虽然没认错，倒是长了记性。打那以后，佟一琮再没和人赌过。他也下了决心，明天和穆明去看赌石，只看不赌。话说回来，他也没钱赌，光是看一看，过过眼瘾，已经是莫大的满足了。

想着传说，想着赌石，想着小时候的故事，佟一琮入了梦。他先是梦到了奶奶讲故事的场景，梦到了奶奶的岫玉烟袋嘴儿、奶奶左手腕的河磨玉手镯、右手腕上的花玉手串，看到火盆里的烤地瓜。

接着又梦到他成了那个背着老头儿过河的小伙子。佟一琮背得累，走到河中间停下了，白胡子老头儿问：“你还背不背，不背我换人了！”佟一琮回头一看，岸上站着一群人，呼着喊着抢着要背老头儿，忙说：“我背，指定背，您能把怎么赌河磨玉的秘密告诉我吗？”老头儿说：“一刀天堂，一刀地狱。”佟一琮惊得脚下一滑，打了个趔趄，说：“老爷子，您别吓我呀，我求您了还不成吗？您是神仙，指定知道怎么能瞧出哪块河磨的玉肉好。”老头儿说：“神仙难断寸玉。”佟一琮恳求：“您老人家告诉我一点点吧，就一点点。”老头儿终于给出了一句话：“不怕大裂怕小绺，多摸多看，好玉上手就润心。”佟一琮记住了这句话，放下老头儿就在河里摸了起来，摸到手里觉得自己肯定摸着了，而且这河磨玉成色好，滑溜溜的，越摸越舒服。

佟一琮是被程小瑜打醒的，原来梦里他使劲儿摸的不是河磨玉，是程小瑜胸前的两坨肉，因为太用劲，还给人家弄疼了。挨了程小瑜的打，佟一琮一点儿也没生气，因为当时他正想着梦里白胡子老头儿的话。

按照事先定好的时间、地点，佟一琮赶了过去。从家里出来的时候早，岫岩大街上人少，岫岩中学操场上更是只有佟一琮一个人。等了好久，不见人来，只见不远处停着一辆黑色的桑塔纳，远远地看着车还不停地晃动着。

佟一琮心说，这车里的人可真不老实，大清早的在里面忙乎什么呢？又等了一会儿，居然是穆明和一个短头发女人一左一右从车后面钻了出来，一看两人潮红的脸色，还有穆明挺着肚皮、重新系皮带的模样，佟一琮明白刚才车里发生什么事了，心里十分不得劲儿。一大早，自己在外面冻半天了，原来穆明猫在车里忙乎上了。就那一米八的个头儿，那大身板儿，车后座居然折腾得开？再瞧那女的，眉毛像两条黑虫子，眼睛画得像熊猫，身子又细又长像根竹竿，竟然没被穆明弄散架，正一脸春风得意地挥手和穆明告别。

坐进副驾驶，佟一琮把车窗全拉开了。

“你关上，我这暖风白开了。”

“有腥味儿！”佟一琮没好气地瞪着穆明。他真是想不明白了，穆明怕老婆是同学熟人都知道的。可从眼下这事上分析，他怕老婆究竟是真怕还是装的呢？

穆明的老婆吕秀最开始是穆明店里的服务员，两人闹来扯去睡到了一起。穆明原本不是认真的，只是玩一玩。吕秀却不依不饶，最后逼婚成功。

结婚没到一星期，穆明打电话告诉佟一琮：“肠子悔青了！”

佟一琮答：“你活该！”佟一琮和穆明是铁哥们儿，可对于“玩一玩”的态度坚决反对，不，是唾弃。他经常警告穆明：“感情不是用来玩的，感情是以心换心，以情换情。你这样做，迟早是搬起石头砸自己的脚。”

果然，佟一琮说中了。

吕秀拿着“证据”告诉穆明：“要么进洞房，要么进牢房，你怎么选？”穆明自然知道只有一条路可以选，便嬉皮笑脸地进了洞房。不过，在他心里吕秀不像媳妇儿，更像个管家婆兼保姆。

吕秀对穆明是真爱，事事都依着他。唯独一件事，不许拈花惹草，要不然就会引发天崩地裂的人民内部战争。

前三年，穆明不断斗争，两人之间风起云涌，战事不断。

三年后，穆明举起白旗，在吕秀面前对别的女人看都不看。

这件事还曾让佟一琮敬佩不已，可没想到事实是，穆明不但沾了，而且还是在岫岩县城，在他老婆的眼皮子底下，这不是典型的两面派吗？沾了就沾了，作为发小，佟一琮了解穆明是本性难移，骂一万句也不改。只是凭佟一琮的眼力，那女人肯定不是什么好鸟，穆明怎么能沾那种女人呢？这几年也不知道从哪儿冒出来的，岫岩县城里来了一堆外地女人，专门从事特种行业，经营原始资源。佟一琮看到那种女人气就不打一处来，那些女人说好听了是一辆辆公共汽车，说难听了是一个个公共厕所。没想到穆明也坐上了，他心里自然不得劲，穆明的品位也太差了，当哥们儿的都替他害臊。

“你别看不惯我，我就俩爱好，一个爱美食，一个爱女人。”

“你那不是爱，是烂！”佟一琮话说得狠，一脸的恨铁不成钢。

“行了，别埋汰我了。告诉你，今儿我可是带钱了，要是觉得合适，咱也赌一把？”穆明成功转移了话题。

两个人商量半天也没决定赌或不赌，不过，蠢蠢欲动的并不单单是他们，其他有着同样想法的人早就钻进了那家店。

穆明和佟一琮出现在那家店里，顿时被震住了。一百多平方米的店里全部摆放着大小不一的河磨玉，只是店里冷得吓人，寒气沿着缝儿往衣服里钻，呼出一口气就凝成了雾。这不是店主小气，不肯给暖气或者空调，而是玉石自身就带有寒气，近两百块河磨玉原石足以将店里变成寒室，何况店主懂得玉石怕热，绝对不会把店里弄得像花房一样暖和。冷的是空气，热的是人们的兴致。店里除了河磨玉就是人，每块河磨原石前都有人在小声商量买不买，出多少钱，一个人买还是几个人合伙买。

不到一个小时，店里十几块河磨玉原石已经被人买走了。有三个人合资买走了店里最大的一块。人们连声祝贺，不过也有人猜，这三个人是真正的买家还是托儿。各行各业都有托儿，玉石行当然也不例外，至于能不能看出来，就是个人的眼力了。

三三两两合伙买原石的人不在少数，这样做是为了降低风险。赌石不同于其他投资，皮色好、开窗看到玉肉，不代表里面的玉肉一定多一定好。这事没规律可循，几百万买来的河磨玉，切开了如果什么都没有，或者只有很少的玉肉，不逼得人自杀才怪。

赌石的人里，佟一琮认识几位岫岩玉雕师，那几个人一直在观望，迟迟没出手。他想索阿姨应该会来看一看，岫岩玉雕师哪有不喜欢河磨玉的？

想到这儿，他脑门上突然冒出了冷汗，因为他忘记了一个重要人物——老爹佟瑞国。老爹最喜欢河磨玉了，穆明能知道新店开业出售河磨，老爹会不知道这样的信息？如果老爹知道了，百分之百会来转上一圈儿。

怕什么来什么。佟一琮正想着，佟瑞国果然出现在了玉石店，推门径直奔向河磨玉原石，表情严肃，两眼放光，那样子和猫见了鱼一样。也幸亏佟瑞国的注意力都在玉石上，并没有发现自己的儿子也在店里。佟一琮快速闪身躲到一块大原石旁边，眼睛寻找着穆明，一眼看到那个大身板儿正对着一块河磨原石转圈儿，眼神飞过去一个又一个，穆明全都没接。佟一琮正琢磨着接下来怎么办，却发现老爹正向他的方向走来，顿时急得两手攥成了拳头，打定主意不管穆明了，自己想办法先溜出去。

想到容易，做到难。一共才那么大的空间，怎么溜？从哪儿溜？

佟一琮恨不能找个地缝钻进去，这时店门又开了，店主和佟瑞国还有几个人立刻迎了过去。佟一琮瞧得很清楚，推门进来的正是索秀珏。和大家打招呼的索秀珏眼神扫到了隐藏着的佟一琮，别有意味地笑了笑，说道：“一琮，我让你等等我，你这小子仗着个高腿长，走得飞快。”

佟瑞国的眼睛瞪得溜圆，脸色铁青地望向原石后面闪出的佟一琮。

穆明不知所措地看看佟瑞国，再看看索秀珏，两条粗重的眉毛拧成了麻花儿。眼神传递给佟一琮一个信息：等着挨收拾吧！

“我让一琮过来看看，难得赶上。姐夫，我擅自做主，你不生我气吧？”

索秀珏这句话说出来轻轻柔柔的，很随意。佟一琮和穆明同时长出了一口气，悬在嗓子眼儿的心脏重新落回了胸腔。

“你让他来，我自然是不敢生气，要是他自己来的……”佟瑞国用了“不敢”二字，话里的意思含着对这位小姨子的敬重，不过心里的怒气夹杂在里面，藏都藏不住。

索秀珏并不介意，笑着跟别人说话，笑着看原石。

别人呼啦一下子围了过来，大家都知道索秀珏的身份，玉雕大师看原石的经验可是比旁人丰富得多，看走眼、赌垮的时候也少。

只是，索秀珏只看不说，别人便没了兴致，也就不再问东问西的，渐渐不再围着了。

索秀珏把佟一琮拉到一块石头前，问道："还记得我雕的斗蟋蟀不？"

佟一琮当然记得。

他读高中时，索秀珏买到一块皮色非常出众的河磨玉，偌大的一块河磨切开后，里面只有很小的两块玉肉分散着。大家纷纷摇头，那么一丁点儿的玉料，做个挂件都嫌小，明显是块废料，都劝索秀珏把那块玉石扔了，看着晦气。索秀珏只是一笑，继续把那块石头摆在工作室里。没想到，几个月之后，她把那块河磨玉雕成了斗蟋蟀，两只活灵活现的蟋蟀是玉肉，其他部分是石头，因材施艺，设计巧妙。

"对玉雕师来说，玉石的材质非常重要，同等重要的还有设计和雕工。至于赌石，全当是来看热闹，赌什么都是赌，十赌九输，把心思放到应该放的地方吧！"索秀珏的话说出来轻飘飘的，却从佟一琮的耳朵直接砸进了他心里。

4

一直到回到上海，这话还在佟一琮的耳朵里飘着。

回到上海的他根本没有多少时间和精力投入到玉雕的研究上。拍卖行里的工作压得他整天像是高速运转的机器，不停地旋转，有时他想冲到黄浦江边大吼几句，真累啊！他伸长脖子，瞧瞧举步生风、忙得连喝茶时间都没有的步凡，那句骂悄无声息地咽了下去。

你累，比你累的人多了去了！谁不是每天都在和生活进行着战斗？

佟一琮想起了一个段子：你花六块八买个便当吃，觉得很节省，有人在路边买了七毛钱的馒头，吞咽后步履匆匆；你6点起床看书，觉得很勤奋，发现曾经的同学6点就已经在面对繁重的工作；你周六补个课，觉得很累，打个电话才知道许多朋友都连续加班了一个月。亲爱的，你真的还不够苦，不够勤奋和努力。

为了程小瑜和她肚子里的小佟一琮或者小程小瑜，佟一琮告诉自己，要更勤奋、更努力，怎么累都值得。有女人在，再小的窝也是家；有了孩子，再年轻的男人也是爹。

人总得有目标。现阶段，佟一琮的人生目标就是让老婆孩子过上好日子。来上海几年了，一直到现在，他才充满激情。

他在日记里写下这样一段话：男人的责任是什么？事业有成是一份责任，孝敬父母是一份责任，疼妻爱子是一份责任，我要做的是把三者结合在一起，而后两者很大程度上取决于事业有成。程小瑜的理想是在上海拥有一个家，那我就把这个定为目标，在上海实现腾笼换鸟。三年内，事业小有成绩，给老婆孩子一份安全、一份幸福。

写完了，佟一琮突然觉得“腾笼换鸟”这个词用得不恰当、不吉利，把它改成了“腾飞跨越”。想想觉得像口号，可他懒得再改了。已经这么写了，就这样吧，意思自己明白就成了。

佟一琮鼓足勇气，制定了明确的目标，工作状态焕然一新。他听到公司里的同事小声议论：“佟一琮春节后怎么像打了鸡血似的？”

“是不是步总要提拔他？”

“谁知道呢？反正感觉那小子和步总关系好，整个儿一跟屁虫。”

…………

佟一琮才不理会这些话呢，心说你们知道“打鸡血”这词是哪儿来的吗，就敢用在我身上？

脑子走神儿的工夫，佟一琮被通知到步凡的办公室开会，会议内容是一场拍卖会的具体安排部署，前脚进去，办公室门还没关上，同事就喊：“小佟，电话！”

佟一琮看了看步凡，步凡点头：“去吧，说不定有急事。”步凡没有说明，但佟一琮心里清楚，步凡知道程小瑜怀孕的事，私下里还和佟一琮说，家里有特殊的事儿打个招呼，再过七个多月就升级当爹了，借孩子的光，给准爸爸创造宽松的环境。工作上的上下级，私生活里的好哥们儿，佟一琮打心眼儿里喜欢，不，应该说敬佩步凡。

步凡真是神机妙算，果然是程小瑜打来的电话。

“虫虫，我在医院，你来接我吧，我一点儿力气也没有了。”程小瑜有气无力地说道。

“在医院？出什么事儿了？”佟一琮的第一反应是程小瑜和孩子是不是出什么事儿了。

“我……刚才做了手术。”程小瑜的声音越来越小，蚊子叫一样挤进佟一琮的耳朵。

“手术？什么手术？车祸？呸，我这张嘴，胡说八道，老婆你别生气。到底怎么了？”各种不祥的念头一下子蹿了出来。

“人流手术。”程小瑜的声音还像蚊子一样。

佟一琮顿时大脑一片空白，血液迅速奔涌上头，他对着电话大吼：“程小瑜，这么大的事，你为什么不和我商量一下？孩子是你一个人的吗？你有什么资格一个人做主？你有什么资格结束我儿子的生命？！”

程小瑜的声音还像蚊子，却特别有力量：“佟一琮，你现实点儿好不好？就凭我们现在挣的那点儿钱，我们拿什么养孩子，自己都养不起……我要挣大钱，我要陪客户，怀着孩子，你让我怎么陪？人家让我喝酒我喝不？人家让我陪着跳舞我陪不？”

“程小瑜，你的眼里只有钱吗？一条小生命在你眼里不如挣钱重要是吗？”

“我是不想让我的孩子吃苦，不想我的孩子上幼儿园、读小学、读中学、读大学时让人瞧不起，你以为这里是在岫岩？这是大上海，现在是什么社会，笑贫不笑娼，没钱就是孙子！再熬几年吧，我们还会有孩子的。”程小瑜的声音越来越微弱。

佟一琮真想抡起拳头捶上几拳，拿着电话听筒哑口无言，全身哆嗦，直到对方又传来一句话。

“佟一琮，你不来接我，我也不会怪你……总之，孩子没了。”程小瑜的鼻音特别重，接着只剩哭声。

佟一琮猛地想到了另一件事：程小瑜的一次次晚归！他脸色铁青得吓人：“说吧，在哪家医院？”

“九院。”

重新走进步凡的办公室请假，步凡在佟一琮肩上拍了一下，说了两个字：“保重。”

佟一琮打了出租车直奔九院，车轮向前，他的目光飘向窗外，眼泪大滴大滴滚落，原本想和他聊天的司机知趣地闭上嘴巴。

和程小瑜相识后的一个个片段重叠放映在佟一琮的脑海中，第一次牵手，第一次拥吻，第一次水乳交融，跪别父母，黄浦江边的无奈酸涩，吵闹和好，再吵闹再和好，春节时全家其乐融融……让他没想到的是幸福竟是这么短暂，还没来得及感受，就消失在空气里，抓不住，触不到，没有一丝痕迹。

猛烈的撞击惊醒了梦游般的佟一琮，只见一辆出租车从后面撞击着他乘坐的出租车，那辆出租车后面则是一辆公交车。佟一琮这辆出租车司机拼命地控制着方向盘，车子仍旧向前冲去，佟一琮抓住扶手，眼睁睁地看着出租车撞上了前面的另一辆出租车，而那辆始作俑者的公交车还在向前……当所有车终于停了下来，佟一琮哆嗦着下了车，活动了下四肢，发现自己没受什么伤，心才稳定下来。此时，他这辆出租车的司机已经趴在方向盘上，表情痛苦，佟一琮转到司机那一侧，努力想拉开那扇车门，费了好大劲儿，车门一动不动，司机摆手示意他不要白费力气。

这时，后面的那辆出租车里传出一个小女孩儿的呼救："来人啊，救命……救命啊！"

佟一琮望过去，车里血迹斑斑，司机趴在方向盘上一动不动，脑袋上全是血，后排车座和前排车座紧密地结合着，呼救的是一个穿着嫩黄色外套、梳着马尾巴的十岁左右的小女孩儿。

隔着车窗，小女孩儿清澈的眼神让佟一琮的内心一动。

"哥哥，救救我！"小女孩儿的眼睛盯着佟一琮。

即使没有这句话，佟一琮一样会伸出援手，小女孩儿那边的车窗玻璃已经碎了，他走过去，使劲儿拉了下车门，如他所料，根本拉不开。他向里面看了看，小女孩儿的腿好像卡住了。他问："我试着抱你出来，能出来不？"

"能！"小女孩儿的脸上挂着眼泪，这一刻眼里却写着坚毅。

顾不上理会围观的人群，佟一琮赤手拿掉那些碎玻璃，手很快就被扎出血了。

"哥哥，你的手出血了。"小女孩儿的声音发抖。

"没事儿，准备好，我抱你出来可能会疼，挺着点儿。"

小女孩儿用力地点头，伸出双手环住佟一琮的脖子。

佟一琮小心翼翼地把胳膊伸进车窗里，牢牢抱住小女孩儿，那个瘦小的身子一下子从车窗里钻了出来。佟一琮身后响起了掌声。

小女孩儿紧紧搂着佟一琮的脖子，放声大哭，显然吓得不轻。佟一琮轻拍着她的后背哄道："不怕不怕，出来了，没事儿。"

"哥哥，我的腿疼。你带我去医院，可以吗？"

佟一琮这时才注意到，小女孩儿说着一口南方口音普通话。

救护车、警车这时也赶到了现场，佟一琮和小女孩儿同时被推进了一辆救护车。医院里的检查结果表明，佟一琮除了后来手被玻璃扎伤，没有其他伤处。小女孩儿的伤重，亲属赶到之前，小女孩儿始终拉着佟一琮的手。

佟一琮也知道了她是福建人，是到上海阿姨家玩，没想到居然出了这事。小女孩儿的亲属来了，佟一琮和她挥手告别，小女孩儿突然说："哥哥，谢谢你的救命之恩。"

佟一琮一笑："客气啥！是你的勇敢救了你自己。"

"你脖子上系的石头真漂亮。"

"我也觉得它漂亮。不过这不是石头，是玉，是岫玉，我的护身玉。小妹妹，谢谢你的夸奖。加油，快点儿好起来。再见。"佟一琮弯腰摸了摸她的肩，转身离开。

"哥哥，我叫花雪痕，花朵的花，雪花的雪，痕迹的痕！我记住你脖子上的岫玉了！"小女孩儿在佟一琮身后喊，"你叫什么名字？"

"佟一琮。单人冬的佟，一二三的一，王、宗加一起的琮。"佟一琮走路速度飞快，也不知道小女孩儿是不是能听清楚他的声音。他虽脸上挂着笑，心里却在着火。程小瑜还在九院等着他，天知道为什么要选那么远的医院。

九院的妇科医生们可是听清楚了佟一琮的喊声，大声呵斥道："喊什么喊！程小瑜早让人接走了。"

"让人接走了？谁接的？"佟一琮一头雾水，难道是同事？

"一个男的，挺瘦的。"佟一琮的脑袋里又是嗡的一声响，一点儿也不比出车祸受到的撞击轻。

佟一琮记不清自己是怎么回到家的，进了门，佟一琮看到程小瑜已经躺在了床上，桌子上堆放着几大袋营养品。程小瑜脸色煞白，没有一点儿血色，见到佟一琮，她坐了起来："一直等你你也不来，我有些晕，就给一个女同事打电话，让她把我送回来了。她真客气，买了一堆的补品。"她特意加重地说出了"女同事"这三个字。

佟一琮紧抿着嘴唇，坐到床边，轻轻抚摩程小瑜的脸，轻声问："想吃什么，我给你做。"

程小瑜的眼泪冲出了眼眶："虫虫，你别生我气，行吗？"

佟一琮的眼泪也流了出来："是我不好，给不了你和孩子富足的生活，是我没本事。"

"虫虫，原谅我，行吗？如果再怀上，我一定生下来。我们还年轻，我们共同努力，日子一定会好起来的。"

那个晚上，佟一琮和程小瑜紧紧相拥，他们说了好多好多的话，比初恋时说的话还要多，回忆过去，憧憬未来。和往常一样，程小瑜先睡着了，她甚至没有留意到佟一琮手上的伤，更没有看到佟一琮心里的伤。

佟一琮心里清楚，原谅一个人容易，但要重新建立信任太难。他终于沉沉睡去了，梦境里出现了一个全身散发着凝脂般光泽的小天使，只是天使的翅膀受了伤，哀伤地看着佟一琮，欲语还休的样子。

第二天早上醒来，佟一琮在镜子里发现脖子上的河磨玉平安扣上出现了一道从没有过的裂纹，一道不用强光手电筒照射就能看得出来的裂纹。佟一琮一下子想起了老娘安玉尘在除夕之夜说过的话。

冷汗从佟一琮的头上溢出。

河磨玉平安扣有了裂纹，尽管已经不完美了，却依然和平常一样挂在佟一琮的脖子上。完美不完美这件事，从来不是由眼睛决定的。对于人也好，事也罢，如果自己的心觉得完美，那便是完美，比如那枚平安扣在他心里的位置和完美度。

河磨玉平安扣不离身，不仅因为老娘安玉尘的叮嘱，也是因为习惯。

孔圣人说过，玉有德，君子无故，玉不离身。佟一琮不敢说自己是君子，但他确实做到了玉不离身。一周岁起，这枚平安扣就跟着他，除了换挂绳，洗澡时都没摘下过。

多年过去，在他心里，这枚平安扣已经成了他身体的一部分，有了裂缝还挂在脖子上，为的是一种信仰。

这事说是巧合就是巧合，说是天意就是天意。本来，抓周的时候这块河磨玉离他最远，可他偏偏舍近求远，最先抓的就是它。这情形他当然不记得，可爹妈记得，家里的亲人们记得，人们时常把这件事抖出来，重新温习一遍。说这胖小子跟岫玉有缘，而且缘分深着呢！

步凡听完佟一琮的往事回忆，对着那枚河磨玉平安扣仔细地端详起来，眼睛一阵儿睁大，一阵儿眯小，脸上始终放着光。仿佛要解开什么谜，可又找不出谜底。

“一琮，我个人觉得，你和岫玉的渊源太深。或迟或早，你也会和我一样。”

步凡的前一句话，佟一琮深信。后一句，佟一琮没听明白，却露出微笑。玄机，这个在老娘安玉尘身上适用的词，在步凡身上也适用。沾玉的人有灵气。老娘是，步凡也是。

步凡起身关紧办公室的大门，坐到沙发上，和佟一琮面对面：“还有一件事要告诉你，你也好有个心理准备。”

佟一琮心里一紧，正视着对方。

步凡表情严肃，夹杂着畅快，还有一丝丝说不出的怪异。

“我已经向董事会递交了辞呈，不出意外的话，半个月内会有人接替我的工作，那人你也认识，估计你能猜得出是谁。”

这个消息让佟一琮又震惊又意外。

他曾经设想过，有一天步凡会离开拍卖行。虽然步凡是行里的中坚力量，他尽心尽力工作，看上去一门心思扑在工作上，可佟一琮看得明白，步凡把自己分成了两个人，心思一半在工作上，一半在玉石上。步凡在两个世界里不断地切换频道，来去自如，从不混乱。

佟一琮最初特别佩服步凡的切换能力，他也努力过，但做不到。后来，他想明白了，人心的容量有限，放不下太多。太挤了，心会撑破。步凡是在硬撑着，撑不下去的那一天，或早或晚，总会舍弃一个。

结果，果然。

对于接替步凡的人选，佟一琮猜测是现在的副经理，姓董。那是位工作能力强、心胸略显狭窄的上海男人，是传说中董事长的妻侄儿。不过，他最关心的不是谁接替步凡，而是步凡离开后要做什么。他的关心出自朋友的真心，一时间反而忘记了想自己在公司的处境。

但步凡想到了自己离开后佟一琮的职场处境。

“中国有个特色，一朝天子一朝臣。公司里的人明里暗里差不多都知道我们两个人走得比较近，加上……你以后在各方面要多加小心。”

步凡的话支支吾吾，不太像他平时的性格。

佟一琮明白让他支支吾吾的是那位副总经理的个性，话到嘴边却没说，也是因为步凡的性格，不愿意讲人坏话。

步凡的叮嘱，听得佟一琮感动又难过，仔细想想，从最初走进这家拍卖行到现在，步凡给他的关照看似轻描淡写，实际却是沉甸甸地坠着人心。步凡知道佟一琮喜欢玉，只要是涉及玉石的拍卖会，每一场都会安排佟一琮从始至终参与。玉石的相关知识，古玉的鉴别方法，玉雕、绘画、陶艺、文学等艺术门类，只要步凡掌握的，便对他倾囊而授。只要方便，周末时两人准会同时出现在上海大大小小的古玩市场。反倒是在职务和薪水方面，这几年佟一琮前进的步子并不大，没有越过行里涨薪升职的规矩，按部就班，一步步地走着，都在步凡的权限之内，没有越级的地方。

程小瑜为这事时不时地敲打他，有时会说：“你以为步凡真心当你是兄弟吗？要是真当你是兄弟，是朋友，怎么会不提拔你呢，两人的好体现在哪儿呢？人和人关系好是用嘴巴说的吗？好得体现在行动上，得动真格的。”

佟一琮听到这话，不否认，也不认同。他知道，这事不怪步凡，步凡有步凡的难处，拍卖行有自己的规章制度，要拍卖的物件那么多，可是除了玉石珠宝类，他全都没兴致。至多再瞧瞧字画类的古玩，这样的情况下大跨度提职加薪，那是为难步凡。做事情总得服众吧，要不工作咋开展？真要提拔了也是为难他自己，没兴趣的事做起来不会让人心里畅快。但在玉石方面，佟一琮敢说，他和步凡在一起是提升最快的几年，这种提升不显山不露水，潜移默化，水滴石穿。不是有这样一句话吗？读万卷书不如行万里路，行万里路不如阅人无数，阅人无数不如名师指路。步凡是他的良师益友，带给他的是大格局、大构想、大眼界，使他从一个安安分分的小打工仔，变成了一个藏着希望创建岫玉大平台的“野心家”。

步凡说：“咱们拍卖行虽然不大，但关系复杂，盘根错节。有些人看上去没什么能力，整天在混饭吃，可人家有背景。别说是你我，就是公司的老大，也不敢动人家。因为那些人的根子在外面，在上面。拍卖行指着外面、上面的那些人才有生意做。所谓打狗还得看主人，说的就是这个道理。以后，你也得注意，谁也不知道谁的背后是谁。在没弄清楚各种关系前，少说话，多观察，尽可能不要给自己树敌。在现在这个社会，想在工作中结交好朋友很难，得罪人就容易了。有时候，一得罪就是一串人，真心是犯不上。”

佟一琮点头称是，明白步凡所指的“那些人”是谁了，这才恍然大悟，“那些人”为什么悠闲得像神仙一样，却没有受到公司的任何告诫或者惩罚。

步凡说：“还有一点，得为自己打算。国家有五年计划，咱们个人也得有近期计划、中期计划、长远计划，这个计划不一定是固定的，可以调整，但总体方向应该是越来越明确。拿我为例，按照你的推想，我可能应该跟爷爷一样。可是一来我需要经验，二来需要经济基础，三来我也需要了解企业的运作，我这也算是‘曲线救国’。”

佟一琮这时猜到，步凡的去向。应该还是和玉石有关，难道是做自己的玉石平台或企业？

步凡说：“一琮，还要提醒你一点。”他停了一下，沉思片刻，继续说道：“一琮，你有一个比较大的问题，当然，这个问题我年轻的时候也有，就是格局。我们的格局都比较小。这和下棋差不多，有人下一步能看三步，但有人就能看到十步。再拿喜欢玉石来说，你想的只是做个玉雕师，这当然很好。但是，你有没有想过，如果放大一下格局，比如……做个玉石大亨呢？”

佟一琮精神一振：“玉石大亨？我想都没想过。”佟一琮其实想过，只是不敢承认，他觉得那是梦，太遥远了。

步凡笑道：“为什么没想过呢，是不敢想？还是……我觉得可以想一想。梦想还是要有的，有了梦想，才能在机遇出现的时候，抓住它，然后一步步去推进，去实现。这个，你真的可以想一想。”

佟一琮说：“谢谢您了，跟我说了这么多掏心窝子的话。”

步凡说：“咱俩还用客气吗？你我太像了，说不准，将来我们还会再合作，而不是上下级的关系。不过，我离开之后，你还是要在公司里处处小心。”

佟一琮鼻子发酸，鼻音重了，说道：“无所谓了，不行就跳槽。现在我也有了经验，找工作应该不难，就当积累经验了。对了，我最想知道的你还没说呢！”

步凡回答得很畅快：“就知道你好奇这个。我已经正式拜海派玉雕大师陈睿为师了。”

听到“陈睿”这个名字，佟一琮一点儿也不惊讶步凡的选择了。步凡祖上是扬派的玉雕师，对玉石的那份痴迷早就融进骨子里了，能够认全国玉雕的一派宗师做师父，难怪连总经理都不肯做了，这个决定值得，这次的放弃也值得。

“关门弟子吗？”

“是。但我年纪不是最小的，师兄里有比我小十岁的。不过，师兄弟间从来都是按拜师的前后算的，从来不按年纪……一琮，你特别像当年的我，这也是我特别喜欢你的原因。我们总是在矛盾纠结，总是跟社会较劲，其实是跟自己较劲。将来有那么一天，你会清楚地知道，你心里最想要的是什么。过最想要的生活，才是最幸福的。”步凡说话时，眼睛看着办公室的门，佟一琮觉得步凡的眼神有些飘，仙气缭绕的样子，那双并不大的眼睛像是飞出了办公室，看到了整个世界。

步凡说：“这可能是第一步，下一步，我可能会借助师父的资源，做自己的事。这是后续，将来有机会再讲给你。”

佟一琮没再追问，步凡可不是格局小的人。他肯定在下一盘大棋，能对自己说这么多已经不少了。他张罗着请步凡吃饭，步凡拒绝了：“将来有机会我去鞍山，到时候你得大请，带我游遍鞍山。玉佛苑里的世界最大玉佛、千朵莲花山，还有千山汤岗子温泉，都是我最向往的去处，要是鞍山市里再有个综合玉石交易平台就更完美了。汇集顶级的玉石，说不定我会乐不思蜀呢！一琮，我一直好奇，岫玉的产地在鞍山，为什么鞍山市里没有建设一个大型的综合玉石交易平台呢？鞍山可比岫岩更适合，毕竟是市里，区位优势、交通优势都明显，对资金和人才的吸引力也更强劲。这可能就是你的机会，出现时，抓住他。”

这事不光步凡想不通，佟一琮也想不通。

到上海这几年，他的眼界开阔了不是一星半点儿，让他浪费脑细胞最多的内容从始至终都是岫玉。每每想到岫玉，相关的千头万绪都会连带着冒出尖儿。

知道得越多，他越为岫玉的将来担忧。玉石产业发展太快了，早就从最初的资本市场升级为比人才、比品牌、比商业模式，这些恰恰成了岫玉发展的瓶颈。

以前他觉得岫岩不错，老百姓靠山吃山，靠水吃水，日子过得安稳。光是岫玉就能养多少人？跳出来才知道，他是坐在家里夸自己，眼界太窄了。岫玉全贱卖了，亏大发了！岫岩本地县域经济发展程度较低，不利于人才的聚集和品牌的创立，至于商业模式的运作更有一定局限。如果把岫玉放在上海之类的一线城市，岫玉的储运、保护措施成本又太高。这样推算，鞍山市虽然在全国属于三线城市，但和岫玉产地最近，交通便利，成本适中，人才充足，还能辐射全国，建设一个大型的综合岫玉交易平台，同时融入文化、金融、收藏和家居各类产业，鞍山的玉石交易平台与岫岩原产地交相呼应，内外兼营，那岫玉的身价飙升，简直不可想象……

佟一琮记得，清末著名古玩收藏家赵汝珍曾经说：“居家无玉，宛如非士夫之宅第。服饰无玉，直同非完整之衣履。身上无玉，似不便与友朋相会。无玉之知识，直不能插入友朋集会之谈话。”

如果鞍山有一个综合的岫玉交易平台，岫玉的普及会不会达到赵老人家所说的人人争抢拥有？这些念头在佟一琮的脑子里只是一个闪念，可能衍生的相关产业他更是想都没想。其实在其他地方，也有人和佟一琮有同样的闪念，不过人家却将闪念做成了现实。因为一块石头改变一座城市的神话成了现实。

晚上，佟一琮把步凡的决定讲给了刚刚恢复身体重新回到工作岗位的程小瑜。

程小瑜的第一反应是："虫虫，新老总会不会把你裁了？你可是步凡的人。"

"不至于吧，裁人总得有个合理的理由，我又没犯什么错误，又不会影响他什么。"佟一琮觉得这话说出来特别不自信，不自信不是由于他本身，而是由于那位新老总的性格，别说裁人了，他做出比那更绝的事情来人们也不会意外。

"就看人家想不想裁你，欲加之罪，何患无辞！"

"那也无所谓。不行就换工作，树挪死，人挪活。换了工作，说不定还会有新的机会呢！"

"那倒也是。塞翁失马，焉知非福。"

两人在这件事上，观点倒是达成了一致。

步凡的推测方向正确，程小瑜的猜测十环命中。新上任的总经理做的第一件事是减员增效，减员的名单一共五人，"佟一琮"三个字赫然在册。新老总手段狠，不但裁人，还让每个人都主动写一封辞职信，要求字数一千字，否则不给结算工资。几个被裁的人当时就小声骂娘了："当自己是老师？给留作业？"

佟一琮用了不到十分钟写了三百字，啪地拍到了老总桌子上。佟一琮心想，你要是敢和老子说什么，老子今儿就让你见识见识什么是东北爷们儿。老总没好气地瞪着他，正要发作，看着佟一琮比他还凶的样子，心中的小火苗自动熄灭了。

其他四个人找到佟一琮商量："咱们不能任人宰割，得找董事长理论理论。要不咱们写个联名信，小佟，你看怎么样？"

佟一琮笑笑："我不参与了。"

几个人听到这话散开了，聚到另一边商量怎么办。佟一琮隐约听到有人在说：

"姓佟那小子怎么跟没事儿人似的？"

"他和步凡关系好，步凡肯定早就帮他安排好新工作了，要不然他能那么安稳？"

"可不，我咋办呀？回家我老婆不得吃了我？"

"我更是，大人能过苦日子，我儿子咋办，断了奶粉钱，我儿子吃啥？"

…………

佟一琮若无其事地收拾好东西，抱着一个纸箱出了拍卖行的大门，径直走向车站，上了车，一屁股坐在公交车的硬板凳上。他低着头，眼睛看进纸箱，心里空落落的，在这家拍卖行起早赶晚有偿奉献了几年时光，最后剩下的只是一个没装满的纸箱。

步凡说，让他去寻找内心最想要的生活，看似简单的一个问题，实际上最难回答。什么是最想要的生活？财富、地位还是权力？所有这一切与他根本不搭边，就像程小瑜生气时骂他：“佟一琮，你就是一个没理想没抱负自甘平庸的岫岩小市民！”佟一琮知道程小瑜的性子，口出无忌，伤人无形，听了让人心里难受。换成别人说这话，他宰人的心都有了，但换成程小瑜，他能包容、能理解、能宽容，他清楚这是因为对程小瑜爱得太腻、太泛滥。可他绝对不认可程小瑜的说法，到上海的每一天，他和程小瑜一样拼命，每天都像上了发条的机器疲于奔命，却常常忽略了自己的内心，幸福吗？快乐吗？累吗？值得吗？为了谋求幸福一路狂奔，最后却发现早已迷失了幸福的方向。是不是应该走慢一点儿，坐下来陪陪自己，让心静下来，做点儿自己真正喜欢的事，那才是真正的幸福生活。

佟一琮的心静不下来，不是因为程小瑜的劝慰少，程小瑜的性格没人比他更了解，真实不做作，心里怎么想，嘴上就怎么说，程小瑜如果嗲声嗲气地说些虚伪的劝慰，他反而觉得不得劲。程小瑜的劝慰是大大咧咧的：“虫虫别上火，此处不养爷，自有养爷处，找工作被裁跳槽是正常事。但你不能不着急，我们每天的柴米油盐、吃喝拉撒都要用钱，你是个爷们儿，就得想爷们儿的事。”佟一琮觉得程小瑜说得有道理，总不能让程小瑜挣钱养自己，那自己成什么人了？口号不是说了嘛：成功经不起等待，成功只争朝夕！

佟一琮心静不下来也不是因为重新找工作屡屡碰壁。又不是第一天来上海，找工作会遇到什么样的状况，他早有准备。被告知不适合，或者无声无息，又或者直言不需要……各种各样的情况都很正常。

让他闹心的是步凡提出的问题，什么才是自己最想要的生活？爱情、事业、理想、金钱、健康、快乐……哪一个才是第一位？清楚自己想要什么就一定能得到什么吗？孤儿最清楚自己想要的是父母都在身边，病床上的重病患者最清楚自己想要的是健康，但是他们能得到吗？

对于佟一琮来说，最关键的是确定自己现在最需要什么，要达到怎样的人生目标。他为自己突然想通这个问题感到小小的自豪。他现在最需要的是一份可以养家糊口的工作。至于最终要达到的人生目标……佟一琮吃饭时想，睡觉时想，去厕所时也在想，无论做什么都在想，得出的答案只有一个——岫玉玉雕，不，现在还要加上一个岫玉平台，这个念头填满了他的脑海。

像电影回放一样，佟一琮逆向往回推，最初来上海时，迟迟找不到工作，是因为想找份和玉石相关的工作，最终到了拍卖行。

认识了步凡，没事儿就往古玩市场钻，也是为了岫玉。

推理到这儿的时候，佟一琮的思路一下子打开了，自己为什么非得为别人打工，就不能为自己打工吗？就像步凡说的，自己可是有岫玉资源在手的，这个优势有几个上海人敢和自己比？步凡在拍卖行积累经验，自己靠岫玉资源积累经验，不一样是“曲线救国”吗？

这样的想法让佟一琮兴奋快活，但另一件事情却让他气恼。

第三章 心事欲说语还休

1

从衣服到化妆品再到首饰，程小瑜把越来越多的奢侈品源源不断地拎回家。

刚开始，佟一琮会好奇地问上一句，听到的答案今天是张客户，明天是李客户，后天是老总赏的。他冷嘲热讽地说："送这些东西的客户还有你们老总就没安什么好心，一肚子男盗女娼，动机不纯。"

程小瑜说："我管他纯不纯呢，我知道哪些是逢场作戏，哪些是必须坚守的就行了。虫虫，难道你连这点自信都没有？"

佟一琮说："我要是有就怪了，我现在是零收入者，吃穿用都靠你程小瑜，再没心没肺也得掂量下自己。"

程小瑜捂着肚子笑得前仰后合，往家拎各种奢侈品的频率略有下降。

佟一琮知道这是程小瑜把他的话入了心，只是这样一来，他的心里倒不得劲儿了，觉得自己责怪得没道理。作为一个大男人，没给老婆提供一个富足的生活，还整天叽叽歪歪，话里藏刀，算什么爷们儿？

程小瑜喜欢美衣美食、豪宅名车也不是什么毛病，谁不想过好日子？谁都愿意坐在宝马奔驰车里笑，又富足又幸福的生活谁不向往？明明是自己没本事，老婆凭自己的本事挣钱，还总受打击，算什么能耐？程小瑜容易吗？哪天晚上躺在床上不是哼唧着累死了，偎在自己怀里，一会儿让揉揉腿，一会儿让敲敲背。佟一琮呀佟一琮，你还整天琢磨什么是最想要的生活，现在应该想的是怎么养自己、养老婆。

梦想和生活，只能二选一的时候，生活永远是第一位的。没有经济基础的梦想是空中楼阁，现实就是这么一针见血，这么赤裸裸地戳穿真相和本质。

主意打定了，佟一琮告诉自己把岫玉和岫玉平台的梦先放下，眼下还是要先以赚钱为主，当然，如果可能的话，两者同时兼顾就更好了。

人算不如天算，佟一琮与岫玉的缘分只怕还真不是他的一个决定就能改变的。

几天后，步凡给佟一琮介绍了一单生意。一家公司要做宣传，公司老总是步凡的好哥们儿，步凡强烈建议用岫玉挂件做公司礼品，有品位又与众不同。要求并不高，统一材质、统一样式、统一标准，先给订金，每个玉件出价八块钱，一共一万件。佟一琮飞速地算了算，那样的玉件，如果回岫岩找个厂家做，讲好了玉件加包装三块钱一件就能拿下，再加上运费，弄好了，自己稳挣四万块。这对于当时的他来说可不是笔小数目，算完账，佟一琮毫不犹豫地在合同上签了字。

合同是步凡陪着签的，签字的时候，他的手都有些抖了，有些拘谨，有些紧张，有些兴奋，还有一些说不出来的感动。

签完合同，佟一琮诚恳地邀请步凡共进午餐，步凡还是拒绝了：“等生意做成了再请也不迟。”

步凡提醒佟一琮：“把这当一次试验，不光是挣多少钱的问题，还要积累经验，所有的大生意都是从小生意做起的，所有的大平台也是从一个小平台起步的。稳着点儿，别有闪失。遇到什么事，随时和我联系。”

佟一琮连连点头称是。

程小瑜算完这笔账，狠狠地拧了一把佟一琮的大腿，架势吓人，神情狠辣，手上的力道却有准劲儿，落在腿上，疼中带痒，更像是小夫妻间的调情。程小瑜一直有这个本事，头发丝儿、指甲尖儿、脚丫儿，都能变幻成调情的工具。这种调皮，想怎么理解就怎么理解，理解成什么感觉就是什么感觉。

“行呀，小虫子研究大生意了。四万块，这可不是笔小数目。我就说塞翁失马，焉知非福。现在看来，还得感谢那个裁员老总呢，要是他不裁咱，咱还想不起来弄这个呢！”

佟一琮说：“感谢他？做梦吧！我要感谢步凡！要不是步凡介绍，这单生意我根本拿不着，争着抢着的人多了去了。你以前还总说步凡不好，这回知道了吗？啥叫好？给你条鱼是好，但不够，教你钓鱼的本事才是真好。

步凡可不光是做了这么一点，你老公现在的玉石知识至少有一半是从他那儿得来的。”关于小平台、大平台的事，佟一琮没和程小瑜说，这事太遥远了，说得实在点儿，像个梦，不可触不可及，还是先存在心里吧。

订单有了，还得研究下家，研究咋能稳稳当当把钱挣到手。最初佟一琮想让姐姐佟一琪在岫岩找个企业把活儿接了，思来想去不放心，一方面这是自己接的第一个订单，第一炮一定要打响，不能辜负了步凡的信任，另一方面也是为自己长远的梦做个积累。

佟一琮决定重回岫岩。

以往他张罗回岫岩，程小瑜总会表现出不愉快，但是这次没有。她一个劲儿地叮嘱："得找个稳稳当当的企业接这活儿，千万别有什么闪失。这是咱们的第一笔生意，第一桶金，要是做成了能挣四万……四万呢！”程小瑜的四根手指在佟一琮眼前使劲儿晃，晃得他眼花，觉得四根手指成了耀眼的四沓人民币。

“放心吧，到了咱自己的地界还能有闪失？”佟一琮话说得满，是为了给程小瑜一颗定心丸，也是为了给自己鼓劲儿，可他心里没底。没底的原因简单，还是惧怕老爹佟瑞国。这事儿得像当年地下党前辈们活动一样悄悄进行。

佟一琪在电话里听到这事儿当时就乐了："佟一琮，你行呀，没白在上海混，黄浦江里捞着条大鱼。想瞒着老爹还不好办？你别回家，直接到我这儿，悄悄联系家小企业把活儿定了，定好你撤退，后续我盯着。”

佟一琮说佟一琪没好主意："哪有回了岫岩不进家的，老娘知道了不得拿棒子削我？”

佟一琪说："你回家还弄得了这事？不让碰玉你卖玉，拐着弯儿地往玉石堆里钻，老爹那脾气更得削你！路子给你出了，怎么办，你自己定。”

佟一琮没办法，只好听了佟一琪的话。快到岫岩时，他拐了个弯，没去佟一琪家。佟一琪和公公婆婆住在一起，保密工作难度太大，他不想给姐姐姐夫添麻烦。

他去了穆明的全羊馆。

见到佟一琮，穆明又打又踢，旁边的吕秀没好气地瞪了穆明一眼，穆明立刻像犯错的孩子一样老实了。佟一琮私下问他："怕成这样？”穆明嬉皮笑脸地说："我这是爱，有爱才有怕嘛！”佟一琮顿时觉得满口的牙全酸倒了，同时也是一肚子的不相信。

对于穆明和吕秀先上车后补票慢慢发酵出来的爱情，佟一琮赞赏并羡慕。他读过奥地利作家茨威格的爱情小说《一个陌生女人的来信》，感动于细腻卑微而又热烈奔放的爱，感动于那凄美哀婉的爱，那爱很真很纯，但也很累人。在佟一琮的心里，真正的爱情应该是两颗心在同一频率上振动，共同成长进步，共同分担生活的甜蜜与痛苦，彼此牵挂惦念，平淡真实地幻化为一句叮嘱、一碗热粥、一个扎扎实实任人依赖的怀抱。

佟一琮看不惯穆明的某些行为，穆明一再强调那是男人的本性，他却始终认为应该有所坚守，对家和感情的坚守。忠诚是对感情最起码的尊重，是对婚姻应有的态度。

穆明说："谁说我不坚守了，在我心里，家庭第一，老婆第一，未来儿子第一。谁能比得上我和吕秀的恩爱，全岫岩你找找去，哥们儿肯定排第一。"

佟一琮笑得肚子疼："你和吕秀不避人的晒恩爱就是作秀，是做给别人看的，也是做给吕秀看的，那是虚伪、是骗人。"

穆明说："你老兄还是不了解女人，有的女人就喜欢你整天缠着她，她觉得那是关心，那是你宠着娇着惯着她，比如咱家吕秀；有的女人喜欢各玩各的，谁也不干涉谁，像个爷们儿一样活着，比如你家那条鱼。不一样的女人喜欢的东西不一样，胃口不一样，情调不一样，需要不一样，她喜欢啥，你就给她啥，那样是讨她欢心。比如她饿了，你就给她煮粥，她能感动得哗哗掉眼泪。但是你要是在这时候给她披件衣裳，好心只能换来驴肝肺，你就等着她折磨你吧！"

佟一琮说："看不出来，你把女人的心理研究得挺透彻啊，怪不得什么杂七杂八的女人都有。不过，你的品位也太差了点儿吧！剜到筐里就是菜，也不挑选挑选。"

穆明说："你小子别连打击带讽刺的。我就是好这口，男人哪有不好这口的，哪个男人见了美女不是两眼放光？不放光那是性取向有问题，不是真爷们儿。不过，有时候琢磨来琢磨去，觉得女人挺有意思。大多数顺着毛来就得了，咱家吕秀就是顺毛驴，她喜欢全世界都看着我俩好，我就让全世界看着我俩好。至于其他事，我瞒着藏着是为了让她开心，那叫善意的谎言。换个角度想，要是我知道别的男人和吕秀好，我不得把那人剁成饺子馅儿？如果我不知道，我过得多滋润、多开心。当然，我们家吕秀不可能干出那样的事，她对哥们儿绝对忠贞。这一点又是男人和女人的不一样。我这些狗屁道理说起来挺矛盾的，实际一点儿都不矛盾，因为人就是这么个东西。"

穆明话糙理不糙，佟一琮立刻联想到他和程小瑜之间隐藏的诸多问题。

这两年，那些问题时常在佟一琮的脑海里闹腾，而当年老娘安玉尘的那些话更是时常冒出头，老娘一直认为他们俩不适合，脾气禀性都不是一路人。虽然婚后老娘接受了程小瑜，态度也有了明显的转变。可是经过这几年，他心里清楚，老娘的分析是对的。虽然他和程小瑜之间感情确实很深，但在价值观、人生观、世界观上，确实完全不同，这让他在思考如何走下去的时候纠结不已。

他也清楚，不单单他有这些乱七八糟的想法，程小瑜的心里又何尝安宁过，要不然，两人也不会三天一小闹，五天一大吵。最近倒是不吵了，但佟一琮心里空落落的，觉得不吵比吵更可怕。可怕在哪儿，他说不清楚，就是心里不踏实，觉得要出事，出大事。这感觉从程小瑜肚子里的孩子没有开始就一直挥不去，程小瑜的态度让他心里有个怀疑，因为按日子推算，播种的那几天里，有一天晚上，程小瑜整夜未归。可那怀疑不能说出来，要是说出来，两人就真的全完了。

想到这儿，佟一琮的心里像针扎似的疼了一下。

漫游的思绪重新回到了全羊馆，他提醒自己，别把精力用在胡思乱想上，得用在正事上，正事是啥，正事是这批玉件的订单。

别看佟一琮在程小瑜面前表现得从容自若，其实他心理压力特别大，虽然抱着必成必胜的决心，可这份决心让他时常焦躁。时间太急，选择谁来做这批活儿是个关键。佟一琪推荐的几家，都因为和老爹太熟被佟一琮一一排除。佟一琪气得一甩手："不管了，没见过你这么难伺候的主子！"

难伺候的主子又找到了穆明，穆明想到的全是熟人，说一个佟一琮否定一个，穆明的大身板子在全羊馆里来回晃："不怪佟一琪不伺候你了，我也真想一巴掌拍你个脑震荡！"

佟一琮说："我比你闹心，我实在不愿意惹老爹，这事儿老爹要是知道了，全家都不得安生，谁都别想消停过日子。"

穆明突然想起一家玉石厂的老板，企业规模不大，成立时间不长，但生意不错。他每个星期都来喝羊汤，说是喝不着就像缺了啥。

佟一琮心里打鼓，说："靠谱吗？知根知底吗？要不，先看看活儿吧！"

一听有生意，小老板左越屁颠儿屁颠儿地拿来了他家生产的玉件。

看到活儿，佟一琮放心了。虽是大众货，但细节做得精致，料子一般，胜在做工好，看得出用了心思。

左越说："厂子开的时间不长，不敢糊弄。糊弄别人就是糊弄自己，就是搬起石头砸自己的脚。做生意得讲诚意嘛，要不怎么能立足呢！”

这句话说得佟一琮心动，明白事理的人，做事出不了格。新成立的厂子，干活得较真儿，要不在岫岩站不住脚跟，这样的道理人人都懂。

合同是以穆明的名义签的，约好十天一万件全出活儿。

那位头顶变成了地中海的小老板左越，胸脯拍得山响：“二位就放心吧！大家都是岫岩人，自己人不骗自己人。”

佟一琮交了订金，返回了上海。临走前，他对穆明千叮万嘱：“一定帮我看住了！万万不能有闪失，要不哥们儿死定了！”

十天时间已到，货没到。

佟一琮急了，蒙了，打电话过去问情况。

穆明答：“我天天催呢，再给一天时间，要是出不来，我拿刀宰了他！”

第二天货还没到。佟一琮继续打电话问情况，穆明好像正在和小老板左越吵架。

又过了三天，货终于到达了上海。佟一琮这时已经急得满嘴大泡，说话成了公鸭嗓，急火攻心，到厕所放水全是黄灿灿的金汤。

一万件货分十个小箱子，打开一箱验货，佟一琮心里赞了个佩服，货到得虽有些晚，但手艺过硬。这箱一千个小玉件像一个模子里刻出来的，统一材质、统一样式、统一标准。

他立刻打电话给穆明：“付钱！”

货送到订家，人家一一仔细验货，把箱子一个个打开，一个箱子里取出十个玉件摆上。摆得多了，佟一琮的脸色开始变化，变红变白变黑，汗流浃背。十个小箱的玉件样式倒是统一了，可每箱货的大小不统一，中间还夹着不少又有杂又有绺的残料，其实就是废料。就算不懂玉的人也能明白，这不是好东西。

佟一琮见识不短，立刻明白小老板跟自己玩的是什么，无论单打开哪一箱，货物都符合要求。可摆在一起，分明就是偷工减料。他期待着人家能高抬贵手收下这批货，毕竟是礼品，不至于那么严格吧，或者说，能不能宽容些、包涵些。可对方冷冷地告诉佟一琮：“货不合格，请退还订金。另外，我们现在重新订礼品已经来不及了，你要赔付两万元的赔偿金。”

佟一琮立刻打电话给步凡，这事儿办得丢人，而且不讲究。可丢人也得找步凡，要不没活路了。

步凡急切地赶来，进门先是拍了拍佟一琮的肩头，那一拍不重，却让佟一琮的心安稳了，那是告诉他：“别急，有我。”

听完具体情况，步凡做了和事佬："如果实在不想收这批货，也不要为难。订金退还，至于赔付金就免了吧！这是我兄弟！"

"我兄弟"这三个字语气很重，步凡是在跟对方要面子。

对方松口："钱是小事，关键是误了我的大事。"

最终，事情按照步凡定的办。这个人情，以后步凡会怎么还给对方，佟一琮想不出。他只知道，这个人情不小，以步凡的性情，只会加倍补偿。而这，不是为了他自己，是为了他佟一琮。为了这个只会带给别人麻烦的笨蛋。

出门后，步凡又拍了拍佟一琮的肩头，拍得他心里一酸，直想抽自己几个大嘴巴。这一拍代替了很多语言，是告诉他：没事儿，这不过去了吗？也是叮嘱他，长些记性，做事想周全，办周全。更是告诉他，兄弟在，一直在。

两人默不作声地走了一会儿，步凡说："咱俩去喝杯咖啡吧！"

佟一琮应了一声，跟在步凡身后。

咖啡厅里人很少，步凡找了个角落。两杯咖啡上来，步凡喝了一口，佟一琮却一直没动，这一刻，他心里难受得要死。

步凡说："别上火了，上火也没用。全当买了个教训吧！生意场上任何一个选择性的错误都可能造成不可弥补的后果。"

佟一琮说："选择性错误……唉，脚上的泡都是自己走的。玉石行里的欺骗手段，我也知道一些，什么用石头当成玉石卖，打蜡涂油……"

步凡说："一个平台，绝不会孤立地存在，肯定是一个链，从原料，到生产加工，到销售渠道，再到售后……当然还有物流等，每一个环节如果都在自己的掌控中，就会减少很多麻烦。但是，要有一个这样的平台，首先你得了解每一个环节……一琮，你对岫岩现在玉雕行业的总体情况了解得有限，掌握的资源也不多，这方面你要多留心。"

佟一琮说："我现在总觉得没钱万事难。做什么都得有个启动资金吧！我原来想着这次就挣个启动资金，没想到不但钱没挣到，还给你丢了脸。"

步凡说："丢不丢面子的事，咱们不要提了。以后再把面子找回来才是本事。一琮，咱们遇事可以从几个方面去想。这肯定不是什么好事，但从另外一个角度想呢，第一，你肯定得到了教训，有了经验，第二，你以后会更加明白，玉石生意并不是看上去的那么简单，背后也有很多猫腻，怎么破解，就看你的智慧了，第三，怎么处理手里的这批玉石挂件，也是一个考验。"

佟一琮说："无论如何，都要谢谢你。"

步凡说："你我之间不用说什么客套话，想一想怎么把接下来的事弄好了才是关键。还是那句话，后悔没用。关键是调整自己，吸取教训，积累经验。"

那天，佟一琮终于知道了步凡离职的原因。除了有机会师从高人，还有一个原因，他掉进了十年前挖下的一个坑里。

步凡说："有些错误、误会，会一直追随到最后。所以，即使看似很小的错误，也不要轻视。有些隐患可能要等十年、二十年才会发作，等到发生的时候，一切就都晚了。"

那时，步凡还是个职场新人，按照公司老总背后"老大"的吩咐，玩了一出拍卖行里惯用的"狸猫换太子"的把戏。结果在十年后，公司背后的那位"老大"出了事，牵扯进了很多的人和事。步凡能够全身而退，当属万幸了。

"真是庆幸，全靠当年公司老总的贪婪，我手上才能干干净净。要不然，今天等待我的，或许就是漫长的铁窗生活了吧！"

佟一琮听得冒出了一身的冷汗。他突然意识到，自己真的是个新人，到公司这么久，一点儿也不知道公司老总的背后还有"老大"。更没想到，步凡居然这样沉得住气，压得住场子，公司发生了这么大的事儿，只是以"离职"的方式，看似轻松地结束了一切。

步凡看出他走神儿了，说道："有人的地方就复杂，所以人们才说商场如战场。从这行出去，也不是坏事。换个天地，可能会更有作为。"

佟一琮说："我实在是太差劲儿了！在公司里是，自己出来也是！就弄点儿礼品生意都弄成这样，觉得自己真是……完全没有希望了。"

步凡笑了："什么没有希望了？除非你自己觉得没希望了，想放弃了。换句话说，只要你自己不放弃，任何时候都可能会有机会出现。不过，希望你以后不要掉进我这样的坑里。你要坚持住自己的底线，绝不突破。"

一箱箱货搬回家，堆在屋里，一下子把屋子挤满了，也挤满了佟一琮的心，挤得没留一点儿缝隙，挤出了火，挤出了愁，挤出了对自己的极度不满意和自卑。

步凡讲的道理，他都听进去了，可心里还是憋着一股火。他静静地在床上躺了一会儿，然后下楼了。

佟一琮拎回两瓶二锅头，一屁股坐在地上，靠着床角，盯着那些货，眼睛喷火，牙齿咬得咔咔响。人家在黄浦江里捞的是黄金鱼，老子捞的是大鳄鱼。既然不让人活，干脆来个痛快，喝死了吧！他起开二锅头，嘴对嘴，不品不尝，一口气硬生生地灌进半瓶，嘴里辣，胃里烫，食道里头像火烧，眼泪哗地涌上来。他说："这酒真冲，呛眼睛。"

佟一琮没死，但他的感觉比死还难受，好像经历了翻江倒海、狂喊乱叫、踢脚挥拳、不省人事等各个阶段。

第二天，刺人的阳光直射到他的脸上，他迷迷糊糊地睁开眼睛，看看墙上的时钟显示，他瞪着眼睛，想了一下，终于确定这是下午2点钟。他动了动，想爬起来，觉得脑袋里像灌进了臭鸡蛋，每动一下，里面就会乱晃，疼得要命。他又躺下，发现旁边放着一封信，眼睛立刻睁大了。他翻过身，撕开信，读起来。

虫虫：

昨天回到家，满屋都是酒气。即使步凡不打电话说明情况，看到屋里堆着的那些货，我也明白是怎么回事。你知道吗？昨天你整整喝了两瓶二锅头，看着你又喊又叫、又打又骂，吐得满床满地，最后躺在床上一动不动的样子，我真的很心疼。

可是，除了心疼，还有感慨。

虫虫，你变了。读书时的你，阳光开朗有韧性，你以为我真的傻到不知道你悄悄喜欢我吗？真正打动我的正是你的那份坚持，这让我觉得，你是个值得托付终身的男人。可是现在的你呢？抱怨不停，总觉得全世界都欠了你。这世界上谁欠了谁？哪一个人不是拼了命在和生活进行着斗争？谁活得容易？人生在世都不容易，各有各的难处。

我知道你对岫玉的喜爱。可是你回头想想，因为岫玉，你吃的苦头还少吗？从小就挨打不说，就连咱们俩的婚礼……算了，不提这些，提了伤心。就说这次，这批货，你总认为岫岩人实在，可实在人就做出这样欺骗人的事吗？你说自己唯心，难道你不认为，你和岫玉没缘分吗？如果有缘，怎么会有那么多的坎儿，那么多的磨难？承认现实就那么难吗？既然没缘分，为什么死揪着不放？为什么不能把精力投入到其他事情上？如果你把用在岫玉上的精力投入到别的事情上，现在收获的一定会更多。请你认真考虑我这个建议。

接下来要说的事，让我难以启齿。你在醉后吐露的真言，让我惊愕。你竟然问我打掉的那个孩子是不是你的！

佟一琮，我可以对天发誓，我确实跟别人打打闹闹，确实陪人家喝酒、唱歌、跳舞，还被那帮客户动手动脚，可我从来没把自己这八十多斤交给过别人。我坚持打掉孩子的原因一是我们的经济实力不够，我想让我的孩子享受最好的生活，接受最好的教育，进最好的小学、中学、大学，甚至到国外去留学。而这一切，需要坚实的经济基础。这是我们必须面对的最残酷、最现实的问题。二是我在怀孕之初喝过不少酒，我担心孩子会不会受到什么影响，能不能成为一个健康的孩子，孩子是一条生命，我们要对他负责。其实还有第三条，也是最主要的原因，我对我们的感情产生了动摇，我不清楚我们能在一起走多远。信任是感情的基础，当信任开始动摇时，我们的感情大厦还能安稳吗？

你可能会认为我放荡，为了钱什么事都干，可你以为我愿意吗？我要活着，我想在上海滩闯出名堂，我不豁出去行吗？我想要的一切，你给得了吗？我也想天上掉下个金山砸到我，我也想事事都有人为我办好了，可是，现实吗？你告诉我，除了靠自己，我还能靠谁？

你说过，好的爱情应该是两颗心在同一频率上振动，共同成长进步，共同分担生活的甜蜜与痛苦，彼此牵挂惦念，平淡真实地幻化为一句叮嘱、一碗热粥、一个扎扎实实任人依赖的怀抱。叮嘱、热粥和怀抱你给了我。可是，我们同步了吗？当我在向前奔跑的时候，你却在磨蹭着，或者不住回头，或者环顾四周。虫虫，人生不能回去，无论经历过什么，都会随着时间流逝，过去的，不管是美好的，还是不堪的，我们都回不去。唯一能做的，就是经营好当下。

谢谢你的酒后真言，像针一样刺痛了我，让我清醒，更让我觉得，我们都应该冷静地想一想，接下来的日子，我们应该怎么走，继续在一起还是分开……家里一共还有九千块钱，放在老地方，别饿着自己，别冻着自己，也别再灌醉自己。

我暂时去公司的单身公寓住些天。

小瑜

程小瑜的这封信比抽几个嘴巴还让佟一琮难受。两人从认识到现在，这是程小瑜第一次给佟一琮写信，字里行间的冷静客观和流露出的真诚让佟一琮感动又自责。

这一刻，信就静静地躺在床上，不过是一张有着墨迹的纸。可它有力量，撕扯的力量，穿透的力量，戳破真相的力量。

有亲人的地方才叫家，有爱的地方才叫家。

现在，在这个单室里，佟一琮听到的只有自己的呼吸，看到的只有自己的影子，他突然觉得莫名的孤单冷清。程小瑜的信，他看了一遍又一遍，他想找到一个答案，程小瑜要的答案：我们同步吗？

房间里静悄悄的，楼道里偶尔会传来并不熟悉的脚步声。佟一琮不用像往常一样，急切地从床上弹起，开门，接过手提包或者衣裳，给程小瑜送上一个大大的拥抱或是一个深情的吻。

他只需要静静地躺在床上想那个问题：我们同步吗？

日渐西斜他在想，弯月当空他在想，曙光初现他在想。

如果这时候有人看到佟一琮的样子，一定会被吓一跳，脸上的胡子显得那张脸铁青，眼睛却是红色的，里面布满了血丝。黑暗的时候，屋子里只看到一星火光在他的唇边一闪一闪，一双眼睛一眨一眨。

到上海后，程小瑜从售楼小姐到部门经理，从青涩学生妹到白领丽人，完成了实实在在的蜕变，一步步走得扎实、辛苦、拼命，谁都看得到。

佟一琮是混日子等死的人吗？绝对不是。只不过，他想的做的，程小瑜根本不知道，即使知道了，也不曾留意，不曾用心去思考。而他也渐渐懒得去和她讲自己的梦想，关于玉雕，关于岫玉平台的大梦想。为什么懒得说，因为彼此不再理解对方了嘛，还是因为……不爱了！

从开始到现在，一直是佟一琮围绕着程小瑜的世界转动，主动权一直都在程小瑜的手里，一直都是如此。

程小瑜是佟一琮最爱的女人，那份爱与众不同，刻骨铭心，狂热炽烈。他来上海的唯一原因是程小瑜。当年老爹那样打骂，他没远离岫玉。当年老娘那样挽留，他没留在岫岩。唯一让他心甘情愿远离岫玉的人只有程小瑜，他是在用整个身心爱程小瑜。他告诉过她，他不想要卑微的爱情，他希望她在闹着、他在笑着，就这样一直笑着闹着，一直到老。

现实中的爱情从来不讲道理，从来都是一方示弱，一方强硬，一方死皮赖脸地付出，一方不管不顾地放肆。

佟一琮以为这种爱能持续不断，能绵绵无尽。可如今在上海小小的一居室里，最爱的女人不在他身边，存在的只是她的影子。几十平方米的小世界里，到处都是程小瑜的气息，程小瑜的模样、程小瑜的声音、程小瑜的撒娇，甚至还有程小瑜的欲拒还迎，程小瑜的风情万种和呻吟娇喘……程小瑜的一切弥漫了整个空间，无所不在，无孔不入。

佟一琮真想再醉下去，沉沉地睡去，永远不要醒来，那样就可以忘却现实，不用思考，不用想念。

佟一琮终于承认，程小瑜还是不懂他。或许，是程小瑜的爱不及他的深沉厚重，这样说并不是对程小瑜的贬低，不是对程小瑜的爱有丝毫减弱。爱，从来就不可能完全对等，这点他从来没强求。但懂得和珍惜是爱情里必不可少的元素，是基础，是前提，而这恰恰是两个人没有同步的根本所在。找到这个答案，佟一琮心里像被刀扎了一样，A、B、C、D的单项选择里，只有一个答案才是正确的，却也是他最不愿意面对的。

程小瑜认为他与岫玉无缘，佟一琮不承认。

对于和岫玉的情缘，他坚信不疑，那是刻入骨髓、不可更改的情分。到上海以来，确切地说，没到上海之前，他就已经开始纠结了。因为一旦离开岫岩，和岫玉就真的远了，可岫玉里藏着他的魂儿，魂儿不在了，人还能活吗？为了程小瑜，他把魂儿割了。

没有岫玉陪伴的日子，他的生活空落落的，心里空落落的。

到上海找工作，因为岫玉，他才不断降低标准，最初他的心里有一个声音一直在说：佟一琮，你不能离开岫玉，哪怕不能跟岫玉在一起，只要和玉沾边儿也成。于是他才有了拍卖行的经历，才认识了步凡，才会在每个周末去上海的古玩市场。

事实上，到上海之后，佟一琮的所思所想、所作所为从来没离开过岫玉。人的精力太有限了，在某个方面投入太多，在其他方面必然会削减，佟一琮在拍卖行里始终没有太大的发展，原因也是这个，他的心思全在岫玉上，只要是和玉沾边儿的，他都拼命地往里挤、往里钻。他一直笃信，岫玉才是他的根，才是他擅长的东西。之后，在步凡的引导下，他更有了一个关于岫玉平台的大梦想。而迟迟没有真正进入这个领域，究竟应该怪老爹，程小瑜，还是他自己……又或者只是时机未到？

最后一个假设让佟一琮心里又是一惊。

万事都讲究机缘，时机未到，强求不得。老娘安玉尘似是而非的话重新响起，他的心慢慢恢复平静，冷静地回想起来。

在上海的日子看似远离了岫玉，实际上却是跳出岫岩看岫玉，以前他觉得岫玉玉雕是全世界最好的，现在他更能看清楚岫玉玉雕的不足，更知道完全可以把其他玉雕门派的精华融入岫玉的雕刻里，不仅是国内，不仅是玉雕，还有外国的绘画艺术、雕塑艺术都可以融入其中。19世纪以来在西方流行的那些新古典主义美术、浪漫主义与现实主义美术、印象画派、现代主义美术五大流派统统都能拿来借鉴。

还有关于岫玉平台的思考。

佟一琮不后悔来到上海，这个国际大都市不比纽约、巴黎这样的大都市逊色，这里包容开阔、五花八门、色彩缤纷，提升了他的眼界。

玉石最早的历史是红山文化里的玉器，那些玉器全部是由岫玉制作而成的，然而历史的积淀并没有让岫玉因此发达，因为在现代社会里，无论做什么，绝对不可以缺少一个平台。在商业社会里，如果运用商业手段去运作和挖掘，岫玉会热成什么样？佟一琮无法想象。

关于这些学习、这些思考，说出来程小瑜会理解吗？会接受吗？她，会懂吗？

佟一琮一瞬间想通了很多问题。

他想，程小瑜之所以不懂得，是因为自己没有耐心地去给她讲，这样一想，关于同步的答案，是不是有了另外一种解释：从另一个角度来看，两人是同步的，因为两人都在学习，都在进步，只是我的进步是隐性的，不易让人察觉的。

佟一琮想到一段话："心中无纤尘，自在无忧身。烦恼皆心生，何必怨他人。同一世界，欲望少纷扰就少，欲求多烦恼就多；同种境遇，内心阳光者坦然，内心晦暗者伤感。人生的苦乐，不在于碰到多少事情，而在于心里装着多少事情。简单一些，豁达一点儿，积极一点儿，心里的阴霾也就少了，心净才能无染，无染才能舒心。"

他突然意识到，自己太贪了，想要得到的太多，程小瑜、岫玉、上海所有的一切，他都想得到。无欲则刚，太多的欲求徒增压力，让人无法平静。顺其自然，才能心安、心静。玉件事件不就是因为自己想要得到的太多，想要得到的心太急切才造成的吗？他有了一种冲动，想立刻出现在程小瑜面前，把所思所想全部坦白地告诉她，他坚信，程小瑜是爱自己的，一定是，要不然程小瑜就不会伤心、不会难过。他要告诉她，他爱她，他也爱岫玉，两者共存并不矛盾，他要让程小瑜再给他一些时间，他会把岫玉的艺术和市场价值结合到一起，在享受精神愉悦的同时带给她富足的生活。从当下开始，他不再矛盾、不再纠结，只听从心灵的指引。

说做就做，佟一琮立刻起身，推开窗户，放放屋子里有些酸臭的空气。他钻进洗手间洗了个凉水澡，刮好胡子，换好衣裳，再照镜子，整个人都恢复了精气神儿。

收拾好一切，再看看时间，才早上 5 点，还没到程小瑜上班的时间，佟一琮想早点儿去公司门口等她。佟一琮要见到程小瑜的心情急切得像初恋时一样。

公交车上，佟一琮想到一个问题，如果程小瑜问需要多长时间，自己该怎么回答？一年、两年还是……五年？佟一琮把数字定在了五年上，五年，佟一琮一定飞跃成功。

想到这些，佟一琮的眼前出现了幻境，他仿佛正坐在水凳上琢玉，这时，身后伸出凝脂似的一只纤纤玉手，手上捧着一盏清茶。之后，是很多人坐在水凳上琢玉，而他在指导。然后，他还要忙着去安排原石、物流、销售……

公交车突然急刹车，佟一琮从幻境里回过神儿来。

佟一琮手捧着红玫瑰站了整整两个小时，在迎来送进若干人的审视之后，程小瑜终于出现在他的视线里。只是程小瑜的身边还站着一个男人，一个四十多岁、个子不高的清瘦男人，两人有说有笑地走过来。

看到佟一琮，程小瑜的面部表情瞬间完成了从惊讶到惊慌再到惊喜的转变，她快步跑到佟一琮面前，在距离他只有一步距离的时候，她停住了。

程小瑜看着佟一琮，佟一琮看着程小瑜，仿佛其他的一切都消失了，仿佛世界上只有他们两个，仿佛他们两个一直在等待着对方。

佟一琮看到程小瑜的眼睛从清澈到充满泪水，看到她的眼睫毛被眼里的泪水打湿，看到泪水从她的眼里滑落，他走向前，抬起手，轻轻擦去她的眼泪："是我不好，我来晚了……老婆不哭！"

程小瑜扑进佟一琮的怀里，双手攥拳，使劲儿捶着他的后背，一下接着一下，最后，轻轻停下。是撒娇、是责怪，也是和解。

佟一琮抱着程小瑜，抬头却看到对面那个男人一直看着他们。发现佟一琮的目光，男人对他微笑点头，旋即从容地从他们身边经过，进入电梯。佟一琮记得，这个男人是程小瑜的老板，那份从容和淡定，给了他重重一击。他意识到，这个男人，是个强大的对手，而且两个人的正面交锋，或许才刚刚开始。

2

关于岫玉，岫玉平台，关于佟一琮的那些努力，那些未来的打算，程小瑜全部笑着接受。但接下来的日子里，两人还是在争在吵，仿佛进入了一个无法走出去的怪圈。

第一次的争吵是穆明打来的电话引起的。

穆明半醉着说，佟一琮的损失他得承担，无论如何要汇过去两万块钱，算是对佟一琮的弥补。佟一琮不肯答应，穆明的电话没完没了地打。佟一琮索性挂了电话。

程小瑜盯着墙边的十箱玉件说：“就总在那儿堆着吗？看着忒闹心了。”

佟一琮说：“是闹心，我搬到厅里去。”他起身就开始搬，刚抱起来，身后的声音又传来了。

程小瑜说道：“放厅里和卧室里有什么区别？你得琢磨咋换成钱。”

佟一琮放下箱子，没好气地说：“程小瑜，你不要老盯着钱成不？”语气里喷着火，这些玉件让他恼火，程小瑜的态度更让他恼火。

程小瑜说：“我是说你没有经济头脑，你平时总爱去古玩市场转，明天再转，你就不能拿一点儿过去？卖一点儿是一点儿，总比堆在这儿强吧！”

两人谁都没克制，声音一个比一个高，到最后成了喊、成了吼，直到躺在床上也是背对背的造型。

佟一琮知道程小瑜心里不痛快，半夜时伸手去搂程小瑜，程小瑜甩开了；佟一琮再搂，程小瑜再甩；最后佟一琮压在程小瑜身上……一场战争就这样烟消云散了。

第二天，佟一琮把玉件拿去卖了，效果还不错。不出一个月，那些玉件重新变成了人民币，只是缩水不少。程小瑜看着佟一琮摆到面前的钱，没作声，没表情。佟一琮本想说点儿什么，想了想，为了钱争辩实在无趣。

第二次争吵是为了一张光盘。

1999 年 8 月 23 日那天，中国宝玉石协会在北京召开中国国石学术交流座谈会，岫玉入选“中国国石候选石”。11 月 23 日，国家宝玉石协会副会长何发荣颁发了岫玉入选“中国国石候选石”证书。在这期间，岫玉玉雕《九九月圆图》成了澳门回归大礼，还有一堆的事儿，一股脑儿地冒出来。佟一琮惦记岫玉，今天打个电话给佟一琪，明天打个电话给穆明。

佟一琮和穆明的电话让穆小让听见了，一天没注意，两天没上心，第三天，她找到在岫岩电视台工作的同学，把这些资料弄成光盘，邮给佟一琮，同时在光盘上印了两句话：“小哥，这些都是你喜欢的，你喜欢，所以我喜欢。”

程小瑜看到那两句话，拿佟一琮打趣：“小让对你念念不忘，贼心不死。”

佟一琮说：“跟小孩子你较什么劲儿。”

程小瑜说：“你记得咱们看过一个外国电影《这个杀手不太冷》吧，小女孩儿马蒂达十二岁，照样和四十岁的杀手大叔里昂产生了爱情，有的女孩儿情窦开得早，小让就在开得早的那一堆儿。要不然，当初你妈怎么老觉得我们不合适呢？觉得干女儿这儿也好，那儿也好。反正就是看我不顺眼。”

佟一琮没有接话。不是有哲人说过吗？家不是讲理的地方，家是妥协让步示弱的地方，他让步示弱又何妨，又不会缺胳膊少腿儿的，老婆不就是用来疼用来宠的吗？他的心思在那张光盘上，那里有他关心的岫玉，有他想看的东西。塞进光盘，按下开关，电视里出现的解说员居然是穆小让。

屏幕上的穆小让穿得花哨，不像平时的她，脸上化着妆，看上去比实际年龄成熟了很多，至少是二十几岁的样子，可一张脸仍是那样稚嫩。如此一来，就显得格外滑稽了。

程小瑜看到穆小让的衣着打扮就开始咯咯笑，接着别有意味地看着佟一琮。

佟一琮目不斜视地盯着电视，装作没看懂程小瑜的表情，其实他心里懂得，程小瑜的眼里有醋意，还有几分嘲笑，嘲笑穆小让的打扮。佟一琮也不喜欢打扮成这样的小让，他喜欢那个清清纯纯，开心时笑出两个酒窝，生气时嘟着小嘴的穆小让，那个又任性又可爱的小妹妹，那个永远长不大的大娃娃。在佟一琮心里，穆小让就是小妹妹，和亲妹妹一样。

“亲爱的小哥同志，本光盘策划、搜集资料、撰稿、主持均由穆小让一人担任，欢迎收看。括弧，此处有掌声。”穆小让说到这儿停下来，眼睛直视着镜头，但佟一琮觉得小让是在直视着他，他的脸莫名其妙地热了。

电视里穆小让的声音再次响起：“话说岫玉为什么能进入国石候选，主要基于三大优势。一是历史悠久，二是岫玉目前的开采量最大，储量最丰富……”

佟一琮被穆小让的解说逗得哈哈大笑，程小瑜穿着睡裙在他面前晃来晃去，没好气地扔出两个字：“卖弄！”佟一琮收回了笑。程小瑜继续在电视前晃，理由一会儿是擦地，一会儿是找东西。佟一琮心里的小火苗腾腾往上蹿，拼命压着忍着，到了嘴边，被紧闭的嘴唇挤了回去。一直到屏幕上出现《九九月圆图》，他才咳了几声，程小瑜看了他一眼，继续晃。佟一琮连连深呼吸，尽可能平和地说：“老婆、媳妇儿、姑奶奶、小祖宗……咱不晃了行不？我快晕了。”

程小瑜这才闪开了电视前的身子，对佟一琮摆出一脸的愤怒相。

穆小让的解说还在继续：“《九九月圆图》用料近一吨，作品分为主体和底座两部分……作品寓意为兔年九九归一，举国共庆月圆，中华民族大团结……”

程小瑜的眼睛也盯在了电视上：“衣服土，妆太浓，头发吹得像个山包，不过挺能卖弄，这解说也太那个了吧……除了老爷爷老奶奶、大叔大妈，谁看呀，她就不能换个亲民点儿、清新点儿的风格？哪怕无厘头、恶搞也行啊！”

这几句话好难听，佟一琮生气了，啪地关了电视。他不想吵，从两天一小吵，三天一大吵，到一天多小吵，一天几大吵，吵得没劲，吵得心累。两人像是有了某种默契，只要佟一琮不吱声，程小瑜就会戛然而止，和按了暂停键一个效果。

日子一长，佟一琮和程小瑜进入了不吵不闹、不言不语的程序，制作爱情的频率却呈现直线上升的趋势，两个人像是有了这次没下次一样，极力地从对方身上索取，疯狂得离谱。他们不放过彼此的每一寸肌肤、每一种感觉，像要把对方箍进自己的身体里，刻进脑子里，牢牢地存在记忆里。

这样的疯狂，让佟一琮不安，他能感觉出程小瑜的纠结，时而吃醋撒娇，时而态度冰冷，他越来越强烈地意识到，程小瑜的身子回来了，心却不在了。

心不在了，身子还留得住吗？留下还有意义吗？

一天晚上，程小瑜软软地伏在佟一琮身上，抽搭起来。佟一琮还在亢奋当中，程小瑜突如其来的变化使他原本的坚挺变成了瘫软。

身子是懂得心的，嘴巴会违背心，说出谎言，骗别人，骗自己。但身子不会，身子的一动一静，全是心里的真实念头。

他叹息一声，想说点儿什么，又觉得说什么都多余。程小瑜为什么抽搭他清楚，程小瑜也知道他清楚她为什么抽搭，都知道都清楚的事儿还用问吗？还用说吗？问了只会让伤害更深，他索性一言不发，继续轻抚着程小瑜的后背，动作像在抚摩着一个婴儿，他的抚摩并没有止住她的抽搭，反而让泪水在他胸前泛滥成灾。程小瑜的后背是光滑的，丝绸一样的肌肤，一路抚下去绵软无骨一般，这是程小瑜的与众不同。肉包骨头的身子，看起来瘦，搂在怀里却是无比温润，像暖玉能生香、能润人，更能撩人。佟一琮想，或许，这是最后一次抚摩了吧，他感觉到有两股液体分别滑进了两只耳朵里，热热的，带着自己眼睛的温度。

程小瑜在佟一琮耳朵边吹着气，嘴唇紧挨着他。她终于开口了：“虫虫，我们不演戏了。累了，谢幕吧！”

死寂了一会儿，他从嗓子眼儿里发出一声：“你……”他再也说不下去了，喉咙里像堵着一块石头，发不出声音。

程小瑜说："对不起。"

佟一琮说："是我对不起你。"

程小瑜说："虫虫，你打我骂我吧，我不是好女人，我就是个荡妇，是一个出卖肉体的女人。"

佟一琮抚着程小瑜的后背，一言不发。

程小瑜还在咒骂着自己，把各种肮脏恶毒的词汇全部贴到了自己身上。这样的自虐是她对自己的惩罚、厌恶，还是挣扎，她自己也说不清楚。

佟一琮堵住程小瑜的嘴："别骂了，是我对不住你？在我心里，你永远是最好的女人。"除此之外，他又能说什么？说自己没用，还是说现实如此，或者存在即合理，生存总要付出代价？此时此刻，不管说什么，都是多余的。

程小瑜终于不再骂了，从佟一琮身上滚到一边，她赤裸的后背对着佟一琮，身子因为哭泣不住地哆嗦着。他伸出胳膊，把她小小的身子紧紧地搂在怀里。他的胸紧挨着她的背，他的心紧挨着她的心。

黑夜狂放地淹没着房间里的一切，占领着佟一琮和程小瑜的心。他眯上眼睛，却睡不着。她也眯着，同样睡不着。

两个人一动不动。

时间滑到了第二天早上。起床时，两人的眼睛都是红肿的。程小瑜收拾着自己的东西，佟一琮习惯性地帮她，她说："谢谢。"他放下了，这种客气让他感觉到了生分，看到了距离。他坐回床边，静静地看她收拾。她把衣服、书还有其他东西一样一样地装进蛇皮袋子，装到一半的时候，她的速度慢了下来，慢得几乎要停下，几分钟后，她的速度又快起来，用上十足的力气，像在出气，像在斗狠。

程小瑜不让佟一琮送她，佟一琮还是帮她拿着东西："我就送到楼下，东西重，你拿不动。"

程小瑜狠抽着鼻子，极力地忍着，还是哇的一声哭了出来，扑到佟一琮怀里。

佟一琮用力地抱住她，只抱了一下，便推开了。他知道，这一刻留住了，下一刻也留不住。

老娘安玉尘的话是对的，他们两个不适合做夫妻。

他和程小瑜的缘分，尽了。

到了楼下，程小瑜说："你回去吧！"

佟一琮发现，街道的拐角处，停着一辆轿车。他钻回了楼道，关上楼道门，眼睛沿着门缝一直看。轿车上果然走下来一个瘦削的男人，那个脸上总带着淡定笑容的男人，程小瑜的老板。

门缝儿透风，吹得佟一琮眼睛一酸，眼泪又淌了出来。上楼时，他是跑上去的。进屋，关门，他觉得身子乏，脑子里空空的，困意便上来了，他拉上窗帘，呼呼大睡。

他原以为，自己会伤心，会痛不欲生，会找人倾诉，却没想到心里只是空，空得心带不动身子。现在的他只想休息，长久地休息。

佟一琮从来没有睡得那样香，那样沉过，就像几个世纪都没睡过一样。他在睡梦中坐上火车，又换成汽车，飘飘荡荡地来到一座山上，那山看上去特别熟悉，他觉得是老家岫岩的山，又似乎不像。

佟一琮的身子是累的，也是轻的，梦中的他继续飘着，飘到一处水边，佟一琮知道，那水是温泉水，水里有一块大石头。瞧见那红褐色的皮色，微露着凝脂一样润白的玉肉，佟一琮的眼睛亮了，那是上好的河磨玉！他再走近，这才注意到玉石旁站着一个女人，女人穿着电视剧中清朝皇宫里女人穿的旗袍，背对着他。那旗袍的颜色可真艳，袖口和下摆镶着精细的花边。女人的腰上系着一只荷包，荷包上全是珠宝翠玉。女人的脚上是一双花盆底绣花鞋，那鞋上还是珠宝翠玉，做工精细得吓人。风一吹，露出红色的腿带。女人背对着佟一琮，他在后面端详着，觉得似曾相识，便招呼着："姑娘，你是……"

他的话还没说完，女人就转过了身子。佟一琮愣住了，这女人怎么和老娘那么像呀，简直是一个模子里刻出来的，不过这女人看上去只有二十岁，不，可能连二十岁都不到，只有十六七岁。佟一琮想，或许这人是老娘的侄女，或许是自己还有个不认识的妹妹成了电视剧明星，要不咋和老娘这么像，要不咋会穿得这么古怪？

女人开口了，佟一琮一听声音更傻了，这声音明明就是老娘呀！女人说："你这个臭小子，在外面受了苦，只剩下你一个人了，为啥不回家？你不知道我惦记你？"女人说着，眼泪就滚了出来。

佟一琮这才确认，这不就是年轻时的老娘嘛！那眉、那眼、那说话的语气就是记忆里年轻时的老娘啊。可老娘咋变得比自己还年轻？她又是怎么知道他和程小瑜分手了？他想问。

女人不给他时间问，声音不像是从嘴里说出的，像是从幽谷里传出的，有了混响的效果："缘起缘灭，缘聚缘散，都是天意。缘来惜缘，缘尽送缘，诸事随缘。"

禅语一样的话，佟一琮听得难受，扑通一声跪在地上，泪水成了行。

女人走了过来，把他的头靠在她的腹部，轻轻地抚着他的头发，说："儿子呀，你把我的心都揉碎啦！哭吧，从眼里流出来是泪，要是逆行就会流进心里，那就是血了，会沤坏肝肠……哭吧，使劲儿哭吧，哭个酣畅淋漓吧！"

佟一琮在老娘怀里任性地哭，哭得天昏地暗，哭得花落树枯，哭得雷声滚滚。

雷声惊醒了他，迷迷糊糊的，他这才分清楚了，梦里听到的雷声是耳朵里听到的手机振动声。翻过身，他睁开眼睛，眼睛又干又涩又疼，他又闭上了眼睛，看都没看来电号码，拿起了手机。"喂"字还没落音，对方就骂开了。

"佟一琮，你个混蛋，你受委屈了就猫起来不敢见人了？电话打疯了你也不接，你想咋的？把人急死，我一会儿就坐去上海的飞机，一板砖拍你个昏迷不醒。"

这通骂倒给佟一琮逗乐了，他听出是穆明。他想问：哥们儿你咋了？

穆明没给他机会，说道："不就是一个女人离开了吗？算什么事儿？三条腿的蛤蟆不好找，两条腿的女人多得是！你立马给我滚回岫岩，我给你找一个女人，比那条腥鱼强一万倍的好女人，不，是强一亿倍的好女人。要是不够，哥们儿就给你找一个班，找一个连的。"

佟一琮乐了，他想替程小瑜解释，可穆明的嘴皮子变得比说相声的都顺溜，想插话都插不上。

听了好一阵儿的骂，佟一琮才终于弄明白了。原来自己竟睡了两天两夜，这中间程小瑜打过电话给他，没人接。程小瑜就来家里找他，钥匙早放在了床头柜里，她敲了半天门，没人开。程小瑜急了，问步凡，步凡不清楚，问几个上海的熟人，谁都没见着。情急之下，程小瑜打给了穆明，问佟一琮是不是回老家了。穆明说没回，接着就问佟一琮出啥事儿了。程小瑜告诉穆明，她和佟一琮分开了。

穆明还在骂，骂得狗血淋头，骂佟一琮鬼迷心窍，让一个女人迷得什么都不管不顾了，骂佟一琮活该一个人在上海孤苦伶仃，活该让那条腥鱼给甩了，像甩一条破抹布似的。

一股子酸涩猛地直冲佟一琮的鼻腔，冲进了他的眼睛，里面立刻汪了一潭水。骂是骂，疼是疼，这样撕破脸皮的骂，才是好兄弟做的事。

佟一琮明白，穆明是心疼他。

穆明接着又骂程小瑜，各种污言秽语，无所不用。"你说她哪儿好？她就是一妖精转世，她的出现就是为了折磨死你。不，不让你死，让你死太便宜你了，让你半死不活，让你想死都死不了，活也活不好……”

一口气说了一火车皮的话，穆明终于留给佟一琮一点儿缝隙。佟一琮说：“程小瑜没你想得那么坏，她有她的难处。”他还想为程小瑜辩解，又觉得现在说好说坏都已经没有意义了，索性转过话题，说道：“别说她了，不管怎样现在也和我没关系了。说说吧，你想怎样？”

手机的另一头，穆明还没缓过劲儿来，顿了一会儿才说：“我不想怎样，我就想让你回岫岩。”

佟一琮嘴上答应了回岫岩，穆明的电话这才挂了。

当天晚上，佟一琪的电话也打了过来，也是要佟一琮答应回岫岩。

第三天，安玉尘的电话也打了过来，她只说了三个字：“回来吧！”

佟一琮说：“再给我点儿时间吧！”

3

“像一只活鬼，进来出去勿声勿响哦，一句话没哦，面孔瑟青，瘦得像个竹竿，衣裳老松哦，好像……伊是勿是搭上唉哦东西？”

说这话的人是佟一琮的邻居阿婆，她说的是佟一琮，听她说话的人是程小瑜，地点是上海的弄堂里。阿婆讲的是方言，程小瑜只会讲几句上海话，发音还不准，但她听得明白。

“像个幽灵似的，神出鬼没，出来进去悄无声息，沉默寡言，脸色铁青，瘦得像个人干儿，衣服松垮垮、空荡荡的，好像……他是不是沾了那玩意儿？”

程小瑜明白邻居阿婆指的那玩意儿是毒品，她摇着头说：“您误会了，他绝对不会沾那东西的，绝对不会，您放心。”

“怪不得侬要得伊分开，伊哦样子实在是老勿争气呃，蛮好额一个男小孩哪能嘎勿上进。”邻居阿婆不住摇头，嘴里啧啧有声，“弄老灵额，无哈欢喜侬，跟侬分开是他没福气，上哪找侬这样的？是不是因为他不上进，侬才和他分开？还是他做了对不起侬的事？”

程小瑜微笑，说了声还有急事，礼貌地辞别了邻居阿婆。有时候，她猜想，女人们是不是上了年纪，都喜欢观察、打听别人的家事，然后散布各种小道消息。再然后，这些消息会不会传来传去就成了真呢？她警告自己，将来上了年纪不要变成这样，变成自己讨厌的样子。

她坚定地相信，佟一琮不会碰毒品，可她没想到他会变成阿婆嘴里说的样子。相识相处这么多年，她深知，佟一琮的自理能力强，自我调节能力也不错，他不是自甘堕落的男人，怎么能变成那样？她心里不得劲儿。她伤害了他，他难受伤心她能想到，可他不能糟蹋自己，他得对自己负责，他要是变成那样了，他就是个缺心眼儿、二百五！

骂够了，程小瑜又开始琢磨，他找到工作没？有经济来源没？还是弄点儿小玉件当二道贩子换生活费？他说过要回岫岩，为啥还没回？如果他真回了，有亲人在身边，她也就能放心一些了，可是，他为什么没回呢？他在等什么，还是想做什么？

一个又一个问号折磨着她，她告诉自己不要胡思乱想。无论爱情还是婚姻，结束了就是结束了，再折回去送上所谓的安慰在她看来和重新撕开伤口没什么区别，只会让人感觉更冷酷、更无情。她程小瑜拿得起放得下，但不无情、不冷血，听到佟一琮过得不好，她心里不舒坦，难受心疼，也着急。

程小瑜跟自己说：程小瑜，冷一冷，静一静，没有过不去的难关，佟一琮一个大男人啥事儿挺不过去？这世上比感情重要的事儿多了去了，比如事业，比如他的岫玉……

劝归劝，还是没用，程小瑜干什么事儿都走神儿，约好和客户见面，结果迟到了一个小时。

手下的员工都觉得她反常，一个特别会看人脸色的小下属私下里问她：“程总，咋了？要不回去休息一下？”

那位老总兼现任男友对她嘘寒问暖，甚至问她：“你是不是要给我个惊喜？”

程小瑜明白他要的惊喜是什么，回答道：“没惊喜，大姨妈刚报到。”

老总在一边说：“你是个坏东西。”

程小瑜心说，我就不是个好东西。

老总不生她的气，两人正在热恋期，她耍脾气在老总眼里都是撒娇。

终于，她决定不硬撑着了，就当佟一琮是自己的好哥们儿。既然是好哥们儿，关心一下，又有什么不可以呢？她必须得看看究竟发生了什么，要是他真那么没骨气，就狠狠抽他一巴掌，再踹上他两脚，要是他再颓废下去，不自强自立，以后他们连哥们儿也没得做了。

程小瑜敲门时，佟一琮正趴在床上读书。

他每天窝在一居室里，用各种奇形怪状的姿态看书，看书占据了他大部分的时间。听到敲门声，佟一琮以为是收卫生费之类的阿婆，拉开门看到是程小瑜，他愣了一下神儿，各种滋味一下子涌上心头，时间好像突然暂停了。过了一会儿，他才恢复了神志，做了一个请进的手势。他注意到她犹豫了一下，之后便从他身边挤了进来。挤进来的过程里，他感受到了她的身子，仍是那样绵软，对他仍旧保持着诱惑力。

程小瑜直奔卧室，环顾一周，眼睛里出现了泪花。

屋子还是那间屋子，只是乱得难以下脚，窗帘上面的挂环坏了几个，窗帘布像刚从战场上下来的伤员，吊着膀子，拧着身子。被子胡乱地堆着，一角已经掉在地上。床上、地上到处都堆着书，横七竖八。她随意扫了几眼，有《玉雕造型设计与加工》《赏玉与琢玉》《辨玉》《说沁》……还多了几本企业管理的书，有《孙子兵法》《科学管理原理》《卓有成效的管理者》……脏成了灰黑色的白色棉袜东一只西一只地散乱在地上。整个屋子里排列最有序的是啤酒瓶，它们像一队士兵一样整齐地站在窗台下的地板上……

没再细看，她转到了厨房，洗菜盆里堆满了挂着油渍的碗、盘、盆，垃圾筒堆得满满的，从华丰到康师傅再到五谷道场……各种品牌的方便面包装袋儿在筒里筒外占领着各自的领地。

以前这个小家的家务事十之七八是佟一琮动手做的，一切都弄得整洁有序、条理清晰，甚至比女孩子弄得还整洁。他还经常纠正她的各种小缺点，比如乱扔东西、不整洁、不整理……她觉得，那是他的习惯。习惯形成了几十年，因为安玉尘的言传身教，从岫岩带到了上海，按理说不会因为一个人的离开而改变。所以，程小瑜以为她的离开不会影响到他的生活，因为他什么都会，而且都弄得那么好。

当初他们没买壁纸，因为他在墙上画出来的绘画比壁纸还漂亮；他们也没买衣架，因为他用铁丝做出来的衣架比大牌的衣架还有艺术气息。他会做饭、洗衣服、收拾房间，就连袜子破了洞都由他来缝补。他是家里的搬运工、洗衣工、修理工、厨师、保安、针线工、创意总监，他还会拉二胡、吹口琴，是家里的音乐家……

然而这一刻，眼前的一切却和她推想的完全不同，佟一琮的生活乱七八糟，不，应该说是糟糕透顶。

程小瑜的脸色由白变粉，由粉变红，回头盯着跟在身后的佟一琮，眼泪瞬间涌出眼眶，完全不能控制地在脸上奔腾。

佟一琮紧张了，因为程小瑜的眼泪。虽然已经分手，可他仍旧怕她的眼泪，看了心就会不争气地变软、变疼。

程小瑜在时，他尽力为她创造一个整洁、温馨、浪漫的环境，每天沉浸在里面乐此不疲。程小瑜不在了，他干什么都提不起兴致。他想，反正是一个人的日子，过得随性就成了，一个人进一个人出，一个人吃饭一个人睡觉，一个人哭一个人笑，好坏有什么区别？想怎么过就怎么过，自己觉得开心就成了。

从表面上看，佟一琮懒得生蛆，实际上他变得比任何时候都更珍惜时间和精力，他想在最短的时间内完成他的计划，他得规划好时间和精力，来上海几年，他已经浪费了很多时间了，不能再浪费，也浪费不起了。他减少了用在生活上的时间，比如洗碗，他会等到所有碗都用光了才开始洗。衣服也是一样。食物也是一下子买回几天的，直到弹尽粮绝再去采购。就连每天早上冲凉的时间，他也严格控制在五分钟以内。他完全沉浸在那个美轮美奂、摄人心魄的世界里，沉浸在岫岩平台需要的一切知识里。他现在做的是扎实理论，为以后的实践打好基础。

关于这些，他不想跟程小瑜说，也不想跟其他人说。每个人要对自己的人生负责任，负责的最好做法是行动，是踏实地落实到每一分钟里。

他的眼神和程小瑜对视了一下，马上闪开了，转过身打开水龙头哗哗地洗碗。

那个软软的、娇小的身子突然从背后紧紧环住了他。

“虫虫，对不起。”程小瑜的声音里夹着浓重的鼻音。

佟一琮心里一紧，鼻子发酸，这样的环抱对现在的他来说太奢侈了。熟悉又陌生的娇小身子刚刚挨到后背，他便不由自主地有了生理上的条件反射。可他不能贪恋，因为背后那个身子里的心已经不再属于他了。理智提醒他不能沉陷，沉陷得越深只会越痛苦。他还爱着程小瑜，可他知道，放手是对程小瑜的成全，也是对自己的成全。既然已经放手，就不应该再留恋，而是要把那份爱深藏在心底。

他甚至有些恨程小瑜来看他，离开了，为什么还来安慰他？要知道，每一次的缝补都会遭遇穿刺的痛，既然已经结束，何不干脆相忘于江湖？都说时间是最好的药，时间是能缝合伤口，可伤疤总会在。程小瑜又何苦来揭这道疤？即使是善意的安慰，对于他来说也是一种伤害。

顾不得手上有洗洁精，佟一琮掰开程小瑜的手，抽了下鼻子。他转身推开她，保持着一定的“安全”距离，说道：“瞧这屋子乱的，让你见笑了……”

空气停止了流动。一分钟，两分钟，五分钟……

程小瑜盯着他的眼睛："和我这么生分？"

他还没说出下一句，敲门声又响了。

这一次进来的人是拽着旅行包的穆小让。她梳着齐肩童花头，齐密的刘海儿盖住了额头，娃娃脸，大眼睛，又清纯又可爱，活脱脱的小萝莉。

程小瑜的出现让佟一琮发愣，穆小让的出现更让佟一琮吃惊。

他在心里暗骂了一句：这俩姑奶奶约好的吗，早不来晚不来，要来一起来了，这不是要人命吗？

再说了，穆小让不是刚刚在岫岩安排好工作了吗？怎么突然出现在这儿了，是出差还是旅游？转念之间，一个主意冒了出来。

佟一琮拎过穆小让的旅行包，抚着她的肩，两人和程小瑜面对面。

两个女人盯着彼此的眼神仇视多于友好，战斗的小颗粒在空气里弥散着、扩张着，一不小心就可能被点燃。

因为抚在肩头的那只手，穆小让多了些自豪，挺起小胸脯，下巴微微向上抬高，像只骄傲的小母鸡。有些不知深浅，又有些无所畏惧。

程小瑜的眼神黯淡了，瞬间恢复如常，嘴角挂上了佟一琮熟悉而又久违的媚笑。那是他们刚刚认识时她脸上常有的笑，是他们在一起后，她偶尔会有的笑，是能要了他命的笑。

他抽回神儿，不去看程小瑜的脸，故作轻松地说："小让的变化不小吧，今天是她到上海的第一天，本来说好去接她，结果我睡过头了。"

佟一琮说这话时心虚得要死，刚刚萌生的念头是想办法让程小瑜尽快离开，他怕她看到他的窘态，他做不到云淡风轻地面对程小瑜，做不到在她面前若无其事，至少现在做不到。他能坚持这一分钟，却不知道下一分钟是否就会崩溃，是否就会让思念泛滥四溢。

至于穆小让突然出现的原因，他想随后再问，打发一个是一个，这是他目前最真实的想法。与穆小让亲昵，是逼程小瑜快走，也是让自己死心，他承受不了程小瑜的一点点关心，他怕自己会胡思乱想。显然，他从程小瑜的脸上读出，他的目的达到了，可这让他的心里又疼上了。说实话，他不想让程小瑜受到任何的伤害，哪怕是不经意的伤害。他懂她的坚强，更懂她的脆弱，他宁可伤害自己，也不想伤害程小瑜，他对她的爱可以卑微，可以不要脸皮，只要她不会受伤。可是他还是伤了她。

果然，程小瑜轻飘飘地说："不打扰你们了，告辞。"

穆小让抢先回答："不远送了。"她的话虽然是从嘴里出来的，但听起来不是说，而是啐出来的，带着无限恨意，劈头盖脸地啐到程小瑜脸上。

程小瑜并不理会穆小让，转身的姿态决绝优雅，送给佟一琮的最后一瞥里含着嗔怨。

那一瞥让他的心又紧了。他明白，全部结束了，过去的林林总总、恩恩怨怨。但程小瑜永远都会在自己的心里占据一个位置，那个位置会被以后遇到的人或事挤到逼仄的角落，或者会落上灰尘，但永远无可替代，那位置上不光有程小瑜，还有渐行渐远的青春，渐行渐远的年少轻狂……

直到完全听不到程小瑜的脚步声了，佟一琮的魂儿才算归了位。他直视穆小让的眼睛，严肃地问："你怎么来了？谁让你来的？"

穆小让歪过头不看佟一琮，眼神飘到墙角，对着墙角回答："我怎么就不能来了？上海又不是你一个人的。"

一个转身，穆小让进了卧室，看了一眼乱糟糟的房间，转过头盯着佟一琮，声音发抖，带了哭腔："小哥，在岫岩多好，你为什么非得跑到上海来吃苦。离开那条鱼你就活不了吗？她都不要你了，你还非得赖在这儿糟蹋自己？现在就收拾东西跟我回岫岩，咱们回家！这么大的人了也不知道照顾自己，这还叫家吗？像个猪窝，你瞧你都瘦成面条鱼了……"穆小让的话像开了闸的黄浦江，滔滔不绝，喷涌而出。

佟一琮本想插上一两句，告诉她自己爱怎么活怎么活，碍着旁人什么事儿了，他自己觉得逍遥自在就成了，管他猪窝、狗窝、狼窝，他觉得在天堂就成，他想用这些话打击穆小让的熊熊气焰，把她气回岫岩。他现在只想清静，最好全世界的人都不理他，不管是程小瑜的可怜还是穆小让的心疼，他都不想要，他只想一个人待着，越清静越好。

穆小让不给他插话的机会，小丫头边说边哭边收拾房间，叠被子，整理书，捡起掉在地上的臭袜子……佟一琮像个外人似的跟在她身后，从卧室晃到厨房，从厨房晃到门厅，从门厅晃到厕所，从厕所又晃回到卧室……

这期间，佟一琮曾经有几次插话，都被穆小让打断了，到了最后，他干脆把话全都咽了回去。穆小让的性格他太了解了，就像她第一次看到自己和程小瑜在一起时突然消失一样，别人怎么说怎么劝都没用，非得自己想通了，她就跟没事儿人似的回来了。现在她就想说话，就想嘟囔，就想嚷，那就让她尽兴，这个时候越插话，她会越生气，说得会越起劲儿，何况小让还是个毛孩子，和她较什么劲？让她说，说够了就不说了。

佟一琮不理穆小让，回到卧室，他捧起一本书，穆小让出来进去在他眼里很快成了无声电影。穆小让为啥来上海，他比谁都清楚。既然穆明知道他和程小瑜分开了，消息自然瞒不过小让。

这丫头从小在他身边长大，他把她当亲妹妹。可穆小让不那么想，她把他当成情哥哥。一个亲，一个情，两个字，实质上差了万水千山。

开始时，这事儿他没放心上，寻思就是小孩子一时冲动，等小让长大了，遇到喜欢的男孩儿，自然会把他忘记了。兄妹情怎么能变成恋情呢？完全两码事儿，不过是小孩子情窦初开。后来他知道了，小丫头是认真的，还是那种一根筋似的认真。穆小让和程小瑜不是一种类型的女孩儿。程小瑜身上有股子媚劲儿，能勾人魂儿；穆小让甜美、清纯、可爱，像个大娃娃，典型的萝莉。

读高中起，追求她的男孩子就排成了队，小让一律不给好脸色，还跟人家明确说，自己心里装着一个人，谁都比不上那人，后来熟人都知道，小让心里装的人是佟一琮。

穆明半嗔半怒地骂佟一琮："你小子给小让灌什么迷魂汤了？"

其实，这事儿怪不着佟一琮，他真没招惹过穆小让。

穆明心里比谁都清楚，所以笑笑也就过去了。

佟一琮是又喜又怕，喜自然不用解释，哪个男人不喜欢女人喜欢自己，这是男人的天性，何况小让的喜欢带着自小就有的崇拜，那一声声"小哥"，温暖人心。他怕的是耽误了穆小让的幸福，那可成了千古罪人，他打心眼儿里盼着穆小让幸福，他还想着小让结婚时，他要送一份厚礼，绝对不会比穆明那个亲哥差半分。

有了这个前情，穆小让为啥来上海，佟一琮心明嘴不明，他得装糊涂，等穆小让平静了，再想办法劝她回去。打定这个主意，佟一琮的心安稳了，就当穆小让这个亲妹妹来上海旅游，他做哥哥的尽管招待便是。

他捧起书胡思乱想了一会儿，便真的读了进去。这功夫是佟一琮上学时练出来的，只要他想做什么事儿，甭管是读书、画画、剪纸、拉二胡，还是和穆明一起犯坏，旁边就是有唱大戏的都不会影响到他，那份专注让人惊讶。这也是他读书时并不用多刻苦，爱好杂七杂八，但成绩一直不错的原因。

书还是刚才读的那本，内容涉及他的名字，琮，是玉琮。

佟一琮的名字是老娘取的，老娘嘴上不说喜欢玉，实际上却打心眼儿里爱玉。佟一琪、佟一琮姐弟俩的名字全带"王"字旁，王就是玉。早先的"玉"字写起来是"王"，跟"王"字的写法一样，但是它念"玉"。按小篆的字体来写，“王”字三横之间等距的时候是“玉”字，第一个横和第二个横离得比较近的时候是“王”字。“玉”字作为偏旁的时候叫斜玉旁，现在很多字用的其实都是斜玉旁，只不过人们认为是王字旁。姐弟俩的“琪”和“琮”都是斜玉旁，“琪”和“琮”都是美玉。还有一个说法是，因为古时候，玉只有贵族才用得起、配得起，所以“玉”是“王”字身上的一点儿，那一点儿指的就是玉。

佟一琮知道，玉琮，还被称作“辋头”，因为不认识“辋”这个字，他特意查过字典，弄明白了来龙去脉。（辋，古代指的是车轮周围的框子。琮是一种内圆外方的筒形玉石，代表着天圆地方。玉琮、玉璧、玉圭、玉璋、玉璜以及玉琥并称为“六器”，是我国古代重要的礼器。）

佟一琮读书的时间里，小小的蜗居已经改天换地。洗手间里的洗衣机正发出震耳的轰鸣。捧着书，他眼窝发热，以前家务事永远都是他在做，他宠着、惯着、疼着自己的女人。他习惯了由他做，觉得再正常不过了。现在变成一个小女人像变魔术一样恢复房间的干净整洁，虽然角落里还有残存的灰尘，但那不过是白璧微瑕，仅仅这些已经让他感动了。穆小让是家里的娇娇女，油瓶子倒了都不会扶一扶，什么时候做过家务事。现在却做了，是为他。

他突然有些恍惚，仿佛这样的日子会一天天继续下去，一直到暮年，所有的真爱、真情、真心，落实到平淡的小日子里，融进早晨的一碗粥里、晚上的一杯茶里、披在身上的一件衣服里、吹过的一缕凉风里。

在他的恍惚中，穆小让真的成了无声电影，像只安静的小猫坐在他旁边，眼睛看着天棚。他从恍惚中回过神儿，看了一眼穆小让，继续读书，他猜最短十分钟，最长半小时，她肯定会说话，说出来的话应该是：小哥，你不问我为啥来上海吗？或者是岫岩又有了大新闻，出了新的河磨王。也可能是专挑能把他气疯的狠话扔出来，她也许会骂程小瑜，借着程小瑜往他心上再扎几刀。越熟悉的人越有这本事，知道往哪儿扎让人最疼。不过，这样的疼有反作用力，扎在佟一琮身上有多疼，弹回到穆小让的心上也会有多疼。这样的道理佟一琮懂，穆小让不懂，她太小了。在他的眼里，她还是那个被他带着爬山、钓鱼、画画，累了会撒娇会赖皮的小姑娘。他不愿意她懂太多，懂得越多，心就越重，生活会少了很多快活，什么都不懂就不会去琢磨。他愿意穆小让永远是那个被穆明和自己宠着惯着的穆小让，永远是那个没心没肺的小丫头，永远是那个长不大的大娃娃。

沉默的时候，佟一琮开始钻研古玉的鉴定方法。

对古玉感兴趣是受步凡影响的，他到拍卖行第二次挨步凡骂，是因为一件汉代玉石，这让他印象深刻。步凡的认真和专业、敬畏和执着，到现在仍让他汗颜。这几年在古玩城里转来转去，虽然实际收获仅限于屈指可数的一些小玉器，可他长了见识，有了自己的见解。喜欢岫玉，也必须了解其他玉种，必须了解古玉，这是佟一琮给自己定的必修课，必须得开眼界、长见识，把基础打牢，把根基打实。

高古玉的仿品水平让辨伪越来越难，佟一琮不碰古玩，里面的学问太深，水也太深，但涉及古玉就想知道点儿，懂一些总是没有错的。要说起古玉最明显的一点，不论出土早晚，肯定有墓葬味儿，用水一浸或哈口气，味道立刻就能闻出来。

佟一琮没有古玉可以哈气，穆小让对他哈气了，气息对着他的耳朵。小时候两人就这样玩过，一晃多少年没有玩过这游戏，穆小让猛地这样，让他心里一阵乱跳，慌得不成样子。不懂事的时候，这气息是孩子间的游戏；懂了事，佟一琮知道这气息的诱惑。他闪身躲开了那气息，眼睛瞧着穆小让，等她开口说来上海的原因。

穆小让没说成，原因是穆明打来的电话。

穆明知道穆小让在佟一琮那儿，在电话的另一头长长地叹了口气，恨恨地说："你给我好好收拾那丫头，太气人了，好不容易考进了事业单位，她倒好，报个到就悄悄地请了长假，骗老爹老妈去沈阳参加同学婚礼，实际上直接就去上海找你了……你让她马上回来上班，这头的事儿我处理，小让的事儿你处理，摆不平我和你没完。"

穆明的电话摔得气势雄伟，好像穆小让是佟一琮拐骗到上海来的，一腔怒火淋漓尽致、劈头盖脸地撒给了佟一琮。这样的气势只能用在好哥们儿身上，这世上除了佟一琮，穆明不会和别人这么不分青红皂白。这样撒气是因为他心里有底气，他觉得佟一琮能处理好这事儿，能管好那个让人恨得牙根儿痒痒的穆小让。穆小让从小就没服过穆明，能管住穆小让的人只有佟一琮，这点穆明清楚，佟一琮也清楚。

佟一琮对穆小让的脾气一样气势雄伟，不是因为穆明发脾气，摔电话。穆明的脾气吓不到他，甭说是骂，两人拳打脚踢摔到一起的时候也不少。但穆明的急切、穆小让的任性和莽撞让他着急。他本想等穆小让先开口，现在他不等了，也等不了了，穆小让做的事儿太出格了，不负责任。他原来的猜测是小让到上海出差或者旅游，顺便到他这儿来落个脚，穆小让在上海只认识他一个人，两人情同兄妹，她到上海，不找他找谁？谁能想到，实际上，穆小让这个众人眼中的乖乖女玩了一出离家出走的戏码。

从上天入地、君臣纲常的道理，到对单位对父母对自己负责，佟一琮在一居室里从东走到西，从南走到北，说得嘴角冒了白沫。

佟一琮骂的时候，穆小让一声不吭，但眼睛死死盯着他。从她的眼神里，佟一琮感受到了她的犟。

果然，穆小让对于这件事儿的解释理直气壮："我跟单位请假的理由是出来进修，上海不是你一个人的上海，凭什么你能来闯荡，我就不能来？我来上海就是为了进修，我来开阔视野，增长见识，博闻强识……我跟老爹老妈说了，沈阳同学的婚礼，我也确实参加了，只是拐了个弯……拐到上海了。"

"你这个弯拐得也太远了，简直狗屁不通！"佟一琮脱口而出一句脏话。

穆小让哇的一声哭了："我是狗屁，我什么都不懂，可我知道什么叫情义，什么叫患难与共！我惦记你，我想到上海陪你，你在哪儿我就在哪儿，我就要和你在一起。世界上能让我不管天不管地的人有谁？小哥，只有你！"

佟一琮愣在那儿，有感动有心酸，还有说不清道不明突然萌生出的一种心疼。穆小让是懂事儿的，是家长眼里的好孩子，老师眼里的好学生，什么时候做过这么出格的事儿？这次，是为了他！

他真想抽自己几个大嘴巴，自己究竟做了什么，害得穆小让变成了另外一个人？他静下来，坐在穆小让对面，他知道穆小让很犟，来硬的不行，得像哄孩子似的，顺着毛哄。

可这次顺毛也没哄成，穆小让成了毛驴，死犟着自己的观点："反正我认定了，你在哪儿我就在哪儿。你回岫岩我就回岫岩，你在上海我就在上海，我这辈子赖定你了。以前我年纪小，你和程小瑜在一起，我没资格拦着。现在我长大了，非你不嫁，再也不会让别人把你抢走了。"

佟一琮问穆小让："我哪儿好？值得你离家出走不管不顾，我现在说好听的是无业游民，说难听的就是盲流，没钱没车没房子，你跟着我喝西北风去？你一个黄花大闺女，要模样有模样，要工作有工作，痛快回岫岩去，该干吗干吗！找个好男人嫁了，到时候小哥送你一份儿嫁妆。"

穆小让软硬不吃，油盐不进。佟一琮没招了，握紧拳头哐哐地砸墙，砸得关节全是血，好好的墙上顿时血迹斑斑。

穆小让蹿到他对面，脸上全是泪水："小哥，你就这么烦我？程小瑜在轮不上我，现在她不要你了，还轮不着我？我只是想陪着你，我怕你一个人太孤单。”一番话说得十分真挚。

说这些的时候，穆小让的双手捧着佟一琮的脸，和他对视着。她的一双大眼睛盛不下泪水，泪水沿着脸颊滚落，小小的鼻头因为哭泣变得粉红。

佟一琮再也忍不住了，紧紧地将穆小让搂在怀里，重复着三个字：“傻丫头。”

傻丫头最后总算支支吾吾地答应了回岫岩，回那个她讨厌但却安稳的事业单位。原因是佟一琮给了她一颗定心丸。

“我很快就回去，再给我一点儿时间。”

穆小让不信他会回岫岩，说佟一琮骗她哄她。

佟一琮耐心地给她做思想政治工作。开始时两人一个站在地上，一个坐在床上；接着一个坐在沙发上，一个躺在床上。后来一个躺在沙发上，一个躺在床上。

不停更换地方的人是佟一琮，安安稳稳霸占床的人是穆小让。

打小两人就在一起，甚至可以不夸张地说，小让是他哄着长大的。同处一室，两人谁都没觉得别扭，心里坦坦荡荡，表现也坦坦荡荡。半宿的交流是佟一琮的一言堂，他好久没说这么多话了，他说自己肯定要回岫岩，说了自己的打算，自己的梦想。他还说了要怎么一步步实现自己的梦想，他现在要做什么，接下来要做什么。

这些话佟一琮只对“人生导师”步凡讲过，从来没对其他人说过，其他人里包括程小瑜、穆明，包括老爹老娘和老姐。这些想法原本就在他心里，只是比较模糊，在程小瑜离开之前渐渐清晰，在程小瑜离开后云破月出。

他也不知道为啥要把这些话说给穆小让，就觉得这些话在心里藏得太久了，要说出来，恰好穆小让来了，不早不晚，正赶上这些话从心里往外溢出。佟一琮说得激情澎湃、滔滔不绝，不时问一句：“小让，你信不？”

穆小让“嗯”了一声。

后来他再问，穆小让没了声儿。

佟一琮闭上了嘴巴，却兴奋得怎么也睡不着了，脑子里出现的全是理想实现后的画面。满室的岫玉作品，有河磨玉，有黄白老玉，有花玉，还有甲翠，所有的作品上面全印着“佟一琮”三个字。

不，不光这些，他还要拥有一个大的平台，给岫玉更多的展示机会，给岫岩的玉雕师更多的机遇，也是给自己圆梦……这是一个宏大的梦想，也是自己的野心，是他这些年来上海后才渐渐萌生的梦想。

最初，他的梦想很简单，只想回到岫岩，成为一名玉雕师。随着时间的流逝，他开始问自己，如果仅仅做一名玉雕师，又能掌控多少机遇和变化呢？能力越强的人，才能承担越多的责任，实现更大的梦想，这是生活教会他的道理，也是在接受现实打过来的一个个巴掌后总结出来的经验。

人都是在成长中改变的，也是在完善的过程中成熟的。现在，他的梦想更远大、更宏伟。如果可能，在成为一名玉雕师之后，他要建立一个把岫玉推向全国、全世界的平台，一个玉石王国。

这个梦想是谁带给他的，是程小瑜的离去，是步凡的引导，是岫玉的指引，都是，又都不是，是佟一琮的天性，是生活的教导。

这个梦想，让佟一琮意识到，自己真的成熟了。或许，成熟都是在挫折之后吧！只是，他并不感激挫折，而是感激挫折带给他的思考、理性和勇气。

带着这个梦想，佟一琮进入了梦乡。

第二天早上，佟一琮问穆小让："现在相信我会回去了吗？"

穆小让不置可否。实际上，这次她信了。她的相信，印在了脸上，露在了眼睛里。

佟一琮看出了她的相信，欣喜地说："我带你去个地方。"

4

佟一琮带穆小让去的是上海国际珠宝玉石博览会。

上海要举办国际珠宝玉石博览会的消息早就通过手机、电视、广播、报纸、公交、地铁宣传了很多遍。穆小让双脚迈进了上海的地界，走过了外滩，穿过了弄堂，自然也知道了这事儿。

早先她觉得这事儿与她无关，国际大都会里每天都有大事儿发生，她穆小让不过是上海的过客，悄悄进城，悄悄出城，啥大事儿能与她有关呢？可现在她不这样想了，因为这关系到佟一琮，因为佟一琮要带着她去看。

穆小让藏不住心里的快乐，她的快乐不在于看什么博览会，看什么不重要，关键是和谁一起去看。一路上她的眼睛四处张望，对什么都好奇。看到漂亮的东西就会想，要是岫岩也有就好了；看到谁穿漂亮的衣服就会想，要是自己也有这样一件就好了；看到一个女孩子挎着一个男孩子的胳膊从身边走过，她脸红了，原本耷拉着的小手顺势挎上了他的胳膊，手指头拽得紧紧的，身子也贴近了，衣服挨着衣服。

佟一琮注意到了穆小让的变化，但他只把穆小让的亲昵看成她初到上海的紧张。那抓紧的小手，那四下观望又闪躲的目光，那故作镇定又惊慌的神情，那时快时慢的脚步……都写着：初到贵地，请多关照。

他理解这种紧张，他刚到上海时比穆小让还紧张，看哪儿都陌生，瞅哪儿都新鲜，也不敢说、不敢问、不敢打听，怕问错了让人笑话。幸好程小瑜有股子闯劲儿，遇事儿总能大胆地迎上去。按理说，在这个时候，或者在这之前之后，他都应该恨程小瑜，恨得咬牙切齿，恨得惊天地泣鬼神，可他恨不起来，老想着她的好。他告诉自己，不要再想程小瑜，做不到恨她，做不到忘记她，就把她挤到角落里，能藏多深藏多深，再也不要时不时冒出头就行。

穆小让见他走神儿，在他胳膊上掐了一下。

她掐他还是小时候的手法，只用拇指和食指的指甲，夹着一点儿肉。她小时候用真劲儿，总能让他的胳膊上青一块紫一块的。她现在用虚劲儿，他觉得像是让蚊子叮了一口，轻轻的一口。

他歪过头对穆小让笑，问她："你开心不？"

穆小让先是用笑回答，再用语言回答："当然开心啊……还有多久能到？"

博览会的举办地点在上海最大的会展中心，和佟一琮住的地方离得远，紧挨着黄浦江，会展中心外面的气势就不用说了，大都会的架势，彩虹门，氢气球，名车云集，大腕儿云集，好像全世界有名、有钱、有势、有才的人全聚在一起了。

会展中心的正门站着一排高个儿美女，穆小让的眼睛直瞄着她们，佟一琮告诉穆小让："她们是模特。"

穆小让说："看得出来。她们的个子真高，身材也好，就是妆太浓，画得像唱戏的，估计一笑都得掉粉儿。"

佟一琮哈哈乐："那是人家的工作要求，就和农民下地带锄头一个道理。"

模特们好像不太开心，一个个绷着面孔，像是谁欠了她们钱一样。每每有哪个前呼后拥的男人走过，甭管是青年才俊还是已经年迈，甭管是身材超级好的肌肉男还是腹部如小锅倒扣一样的肥腻男，她们都会毫不吝啬地在脸上挂出笑容。

穆小让说："假，真假！"

佟一琮还是哈哈乐，说："人性，正常嘛，人家也不容易。"

说完，佟一琮自己在心里愣了神儿。能说出这样的话，是不是说明自己也在变？以前他对这种模特的态度只有鄙视轻慢，觉得她们像花瓶；现在他宽容包容，花瓶也有花瓶的意义，至少让人看了赏心悦目，要是能做一辈子的花瓶，说明道行深，这可不是光有个好坯子就成，还得有一个好脑子，有个好谋略。何况，每一行都有每一行的不容易。即使理解不了别人的不容易，至少不要轻视、轻慢，更不要贬低、排挤。谁的背后没有说不清道不明的故事？哪个故事不是苦乐参半呢？没有一个人活得容易，无论做哪一行，从事哪一个职业。

他发现了以前自己的偏激狭隘。人总得生活，总得有理想、有目标，出来混总要付出代价。有人付出汗水劳动，有人付出智慧谋略，模特们付出的是青春。想想也不容易，甭管太阳晒还是大风刮，甭管多少双眼睛瞄着盯着，都得挺直了腰板。难道这些模特不想成为国际名模？可那除了自身的努力，还得有机遇，还得有贵人相助，成功的各种要素缺一不可，绝不仅仅空有理想就能实现。

两人很快进了博览会里面，入眼全是炫目的物件，黄金首饰、铂金首饰、白银首饰、玉石、珍珠、宝石、机械设备的不同展区全部人满为患。

佟一琮目标明确，拉着穆小让直奔玉石展区。

翡翠、和田玉、寿山石、田黄石、青田玉、鸡血石、巴林石、南洋玉、灵璧玉、珊瑚、水晶、玛瑙、琥珀……那些佟一琮不知道、没见过的玉石全都现了真身。佟一琮已经在各种宣传中了解到，这次的博览会集中展览的是全世界的顶级玉石，不过说是全世界，其实也就是有华人的地方。外国懂得玩玉石的人极少，他们最多玩玩宝石。这是地域的差异、文化的不同。

这样的机会佟一琮一直等着盼着，终于盼到了，心里眼里全是惊喜。害怕和穆小让走散，他拉着她的手，一个展位一个展位地走，看得专注，目不转睛，不言不语。

当佟一琮看到一件翡翠展品时，他完全惊呆了，那是一种被拿去了魂魄的震惊。

眼前的翡翠作品，不对，他觉得"作品"两个字衬不上那件艺术品，那是一件能与台北"故宫博物院"镇院之宝翠玉白菜相媲美的极品。一叶残荷上停着一只绿色的金龟子，繁华落尽之处，没有悲凉，没有忧伤，只有宁静和安详，返璞归真的意境跃然而出，隐隐透着一丝禅味，清净淡泊，朴素自然。

惊喜还在等着佟一琮。

一件白玉错金嵌宝石西番壶出现在展示区里，洁白的和田玉、惊艳的红蓝宝石、黄灿灿的金丝、优美的器形和流畅的纹饰有机结合，极具地方特色和民族风格。只看到作品，佟一琮便断定，这件作品一定来自新疆。这是痕都斯坦（今印度及巴基斯坦）嵌宝金银错工艺，这种工艺是一朵奇葩，表现手法是在玉石表面上绘出精美图案，依照图案之形錾出槽沟。将纯金或纯银拉成细丝或压成薄片嵌入图案中，而后打磨平整，抛光磨亮，使所表现的图案形成强烈的色泽差别和耀眼的金属光泽，既雍容华贵又绚丽多彩。由于历史悠久，工艺复杂，这种玉雕技艺曾经一度失传。

“佟一琮！”

一个熟悉的声音在他身后响起，佟一琮转过身，面前的人竟然是步凡。

以前的步凡永远是西装革履，系着与西装极为相配的同色系领带，现在步凡身上穿着麻灰色唐装，脚上是一双内联升的黑色布鞋。不用问，佟一琮也能猜得出步凡是来珠宝玉石博览会学习的。在上海举办的博览会，佟一琮会来凑个热闹，步凡又怎么可能不来瞧一瞧，这里可是人家的主场。佟一琮暗想，说不定还有步凡师兄们的作品展示，看看名家的作品，长长自己的见识，如果还能有幸听名家传授真经，那可是别人求都求不到的机缘。

自从步凡离开拍卖行，佟一琮和他的联系就少了，不是两人感情变淡，是佟一琮懂得时间对于步凡的宝贵，不敢轻易打扰。半路出家的那份艰苦，不是人人都能吃得下的。就像一个人已过中年，再重新起步，开始事业。不是人人都能成为褚时健，不是每个人都能在不同领域东山再起。

之前，佟一琮也问过步凡，为什么最开始没有选择成为玉雕师，而是要在拍卖行里转一圈。

步凡说：“经济基础决定上层建筑，你应该懂啊！如果连自己看中的玉石都买不起，还谈什么玉雕师，至多是个工匠，还是个受制于人的工匠。这个世界上钱不是万能的，可是没有钱却万万行不通。梦想，同样需要经济基础的支撑。”

佟一琮当时不知道如何接话。

步凡说：“哪个人是活在真空中的呢？既然活在现实中，就得服从现实，这是规则。而且，当个玉雕师，只是我的第一步计划，接下来是整合资源，至于第二步、第三步，将来慢慢告诉你。”

后来，佟一琮才渐渐懂得了步凡话里的意思，步凡在下一盘很大的棋，整合各种风格的玉雕师是很重要的一步，而这首先要求他自己是个领军人物。只有这样，才有话语权，才有主动权！

几年之后，佟一琮才真正意识到，步凡不仅仅是自己的玉石导师，更是事业上的指路人。

二人因玉结缘，步凡离开拍卖行之后，两人之间谈的多数也还是关于玉雕、玉石产业的一些思考。

果然，步凡给了他一个更大的惊喜：“我有作品参展。”

佟一琮虽然想过，但仍然觉得意外。

原因很简单，步凡师从陈睿不过是几个月前的事儿，怎么可能在这么短的时间内就有作品参展？这也忒快了，简直是火箭速度。

要知道，形成于19世纪末20世纪初的海派玉雕是中国玉雕四大流派之一，在玉雕艺术中有很强的影响力。“雕琢细腻、讲究章法、造型严谨、庄重古雅”十六个字是海派玉雕的特点。几个月的时间，步凡就算是神童，怕也只能领会海派玉雕的皮毛。转念一想，佟一琮便释然了。步凡的爷爷是扬派玉雕师，古来就有“天下玉，扬州工”的褒奖，明代嘉靖、万历年间琢玉工艺家、雕刻家陆子冈就是扬州工，《苏州府志》赞：“陆子冈，碾玉妙手，造水仙簪，玲珑奇巧，花如毫发。”步凡自小琢玉，功夫深厚，虽说师从陈睿的时间短，但在上海的十几年一直浸淫在海派玉雕之中，扬派、海派两个派系的玉雕精髓步凡都有掌握，再加上名师指点，自己刻苦，外力、内力同时爆发，成功的过程就像武侠小说里的高手打通了任、督二脉。也像禅语里所讲的顿悟，没错，这个词最准确。

这样一想，佟一琮理解了步凡这么快就能拿出作品参展的原因。

步凡解释后，他就更明白了其中的奥妙。

步凡说：“我提供了除了作品以外的很多资源，这样的资源是我在拍卖行里积累的，也是别的玉雕师没有的……”

他开始好奇步凡会用什么样的作品来参展。看到那件展品，佟一琮知道步凡果然总是能给人出乎意料的惊喜。

玉石选材是个意外，采用材料上标注为透闪石，并不是海派最常选用的和田玉，而是岫玉的黄白老玉。摆件取名为《凿壁偷光》，汉代刘歆在《西京杂记》中讲：“匡衡字稚圭，勤学而无烛，邻舍有烛而不逮，衡乃穿壁引其光，以书映光而读之。”这个成语人尽皆知。步凡用的是浮雕技法。这件摆件是单面雕，远处微露的树枝、中间的房舍、近处手捧书卷全神贯注的匡衡构成远、中、近景，处理得当，意境幽深。妙处在老玉两块糖色的俏用，两块糖色一块集中，一块发散，步凡把集中的一小块糖色琢成了穿洞而过的烛光，发散的一大块琢成了匡衡膝下的稻草，线条流畅、丝缕清晰。与前面看到的翡翠残荷和白玉错金嵌宝石西番壶比虽然略逊一筹，但也绝对是上品。

步凡对这件作品自然得意，边讲创意，边讲海派玉雕的特色。“路太长太远，心里浮躁，装得太多太杂，就静不下来，更净不下来。人不但要静心，更要净心。一个‘安静’的‘静’，一个‘洁净’的‘净’，同音不同义，你仔细琢磨吧！”

两人分开时，步凡说出了这些话，还别有深意地看了一眼佟一琮旁边的穆小让，显然对佟一琮这么快发展出来的新感情有些意外。

步凡了解佟一琮，佟一琮了解步凡，两人之间绝对是思想的诤友。步凡的深意佟一琮懂。佟一琮说：“要不再加个精心，‘精致’的‘精’。”

步凡先是一愣，后是一笑，那笑极畅快，挂满了欣赏。

佟一琮懂得，两人又达成了一致。

步凡说：“多观察一下布展的情况，还有人员的配置，一些具体的花絮，这些说不定将来都能拿来一用。”

这些提醒，又让佟一琮心里一喜，看来自己和步凡果然是心意相通的，都想从博览会上学到更多。

步凡说：“很多事儿不是一个人能办成的，借力使力，也是一种快捷的方法。整合各方面的资源，说白了，还是一句话，格局要大。”

佟一琮连连点头。

旁边的穆小让听得半懂不懂，她想着一件事儿，佟一琮肯定会留在上海，他说回岫岩一定是骗她的，毕竟上海这么好，好到让人舍不得。

上海能让人长见识，博览会的光怪陆离已然让这个大娃娃目不暇接，她觉得太漂亮、太神奇、太不可思议了，她刚到上海就被迷住了。佟一琮能舍得离开，能舍得回岫岩吗？

无论他怎么做，怎么选择，反正她在心里打定一个主意，她要和他在一起，不管上海、岫岩还是天涯海角或者南极、北极，坚决在一起，再也不分开了。

佟一琮不那么想，他已经下定决心，至多不超过三年，他一定重回岫岩。当下最要紧的事儿，是让穆小让回岫岩。这方面，他的思想还是非常传统的，这与性格有关，更与他生在大山、长在大山有关，与他接受的教育、扎根在骨子里的观念有关。

在他的观念里，女孩子家一辈子平平淡淡是最大的福气，福气里要有安稳的工作，疼她的男人，可爱的宝宝，一个幸福温馨的家。

他给不了穆小让那么多，他做不到刚刚和程小瑜结束，心里就再放一个女人，这不是重新租个房子，说换就换。谁的心能马上腾空，马上装进另外一个人？除非压根儿没有爱过。

他做不到把穆小让从小妹妹变成小情人，从情感上他接受不了。从责任上，他还没有自己的事业，怎么给得了她一个家？

哲人说过，时间是最好的药。

他猜测，只要不在一起了，穆小让一定能把这份错爱淡化，重新回归到兄妹情的正常轨道。佟一琮打定主意，不能耽误了穆小让，不管是哄是骂还是骗，不管使出什么招数，都得让她回岫岩。可咋能劝她回去是个难题，佟一琮犟，穆小让比他还犟。她认准的事儿改得了吗？

两人眼睛看着玉石，脑子里则各想各的事儿，时而看看对方，相视一笑。

穆小让的笑甜，像吃了蜜糖。

佟一琮的笑苦，这道题太难解。可是，总得找出办法。而且，一定要找出解决的办法。

“小哥，你看，是索姨！”

沿着穆小让手指的方向看去，脸上挂着笑容的人正是索秀珏。佟一琮三步并作两步地走过去，送上一个深情的拥抱。

索秀珏接受了这个拥抱，脸上的皱纹都笑出了花儿。她左手拉住佟一琮，右手拉住穆小让，就像牵着自己的一对小儿女，满眼尽是慈祥和喜爱。

“我来学习一下。”索秀珏只有这么简单的一句，便回答了佟一琮的全部疑问。

实际情况不像索秀珏说的那样，她太谦虚。身兼中国工艺美术大师、中国玉雕大师、宝玉石协会副会长等多重身份，索秀珏是主办方专程请来的一张岫玉雕刻王牌。岫玉雕刻在全国玉雕界也有很高的地位，全国性的展示，绝对不会缺少岫玉。

来之前，索秀珏思量着到上海无论如何都要见佟一琮。好姐妹的孩子，在她眼里同自己的孩子没有区别。她心里也惦记着，孩子在上海过得好不好，胖了还是瘦了，工作累不累，有没有烦心事儿……即使一切都好，看上一眼，说上一会儿话，也就安心了。她胡思乱想后又笑自己，天下的父母长辈，大多数都应该是这样的吧，啰嗦着、牵挂着、惦记着。可能实际上又帮不上忙，不给添乱就很难得了。

5

索秀珏身后是另外几位岫岩的玉雕师，他们中有的人佟一琮认识，有的人看上去很陌生，但他知道这些人都是索秀珏的徒弟。这些人的作品，使用的选材无一例外是岫玉，标明的也是岫玉。佟一琮又一次想到步凡那件黄白老玉摆件上标的是透闪石。他本想直接问步凡，思量再三没开口，到了索姨这儿，他知道这事儿非得问个究竟不可了。

事儿没问成，不是他不想问，而是博览会现场太火爆。作为辽宁玉雕的扛鼎人，索秀珏的作品关注度太高，围在她身边的人就没断过。佟一琮很快就被挤到一边，自然没找到时间问出心中的问题。不过，他还是特别开心，因为索秀珏有两件作品当场被人高价选走。

一件是河磨玉的《莲卧观音》，莲卧观音是三十三观音像之一。另一件作品是用普通岫玉雕琢的《龙魂》。

索秀珏叮嘱了买家如何保养玉石。

这又是让佟一琮佩服的地方，好多玉雕师，东西卖出去就算万事大吉，根本不告诉买家怎么养玉。可如果买了玉石，却不知道怎么保养，就有可能会看着玉石一天天变得黯淡。穿双皮鞋还得打油呢，何况这是玉石，金贵着呢！

玉石保养的学问不复杂，但也不算简单。

要避免与硬物碰撞，避免灰尘，避免与香水、化学试剂、肥皂和人体汗液接触，避免阳光长期直射，要保持适宜的温度和湿度，把玩时间久的玉，隔段时间就要用清水洗，退油保养，使玉能真正温润。

佟一琮也有个小秘方，就是把小玉件放在密封的塑料袋内，里面喷上水，闷上几天后再取出来，水头足着呢！

晚上回到宾馆，索秀珏感叹："可惜咱们岫玉雕刻师多是自修出身，打小就琢玉，文化底蕴上却差了一截儿，心里想得美，琢得出来，可说不出写不出。"

佟一琮对这件事儿没做评价，他想的是另一层面。

"才"就是"财"，文化底蕴在某种程度上决定着作品的高度，写作上有这样的一种说法，思想的厚重决定作品的高度，思想有多深，作品就有多高。也许因为走出来了，他对这方面认识得更深，在他看来，玉雕作品和文学创作同理。

他曾听过浙江有位石雕大师，八岁随父学艺，十七八岁时小有名气，擅长山水、动物雕刻。二十七岁时，到荷兰、法国、意大利等国家旅游，学习研究西洋雕塑。四十一岁重回故乡，重操玉雕业，将中外雕塑艺术融于一体，终成大家。他创造了三个“第一”，石雕大师中第一个游学欧洲求艺，第一个在国外拥有个人艺术馆，第一个进入中国美院进修研究生课程。由此不难看出学习和见识的重要性，这也是佟一琮坚持至少三年后再重返岫岩的原因。三年的时间，他要用来学习，长见识，思考再思考，这和磨刀不误砍柴工是一个道理。可他犹豫要不要把这些想法说给索姨，他不知道索姨会不会接受自己的观点。

这个话题勾起了索秀珏从未对人说起的担忧和期许。

“这几年岫玉发展得很快，重点项目、基地、展会搞了不少，岫玉的知名度、认可度越来越高，看着让人心里欢喜。但问题也很多，原材料的开采和销售法律法规不健全，销售形式单一，没有叫得响的大品牌，相关产业没有做起来，文化的附加值不够。还记得竞选国石的时候拍成的专题片吧，在中央电视台一播，全岫岩的人都觉得自豪。但这不能是昙花一现，日子久着呢，得一年一年地坚持，一月一月地坚持。还有重要的一点，没有一个大平台，比如岫岩现在的玉雕企业都是作坊式的小打小闹，不是不想做强做大，行业的融资，金融保险服务，共性的技术攻关，技能人才的培训，哪一样都少不了。这事儿谁来做？谁来管？有了好处都愿意上，有了风险谁愿意担着？

“一琮，永远要记得一点，真正的好作品，卖的是艺不是玉。这艺的内容就多了，不能就玉而玉，古玩、根雕、外国美术、佛学、儒学、道家，包括地质学等，各方面都要学习。我天生是个笨人，年轻时只琢磨着要把工做好，做人所不能，后来慢慢懂了，最好的作品要看意境。就像有位禅师悟出的体会，开始时见山是山，见水是水。到后来见山不是山，见水不是水。最后见山只是山，见水只是水。达到最后一重境界，就是真正的高手了。”

佟一琮对索秀珏敞开心扉，把前一天晚上同穆小让说的那些话说给了索秀珏，至多三年，他要回岫岩，他的打算，他的梦想，他要怎么一步步实现，他现在要做什么，接下来要做什么……这一次，他讲得更细、更深、更透。

佟一琮讲这些时，手舞足蹈，满脸激情。

索秀珏的眼神里全是赞赏，安静地听，直到他说完，才递给他一杯茶，说道：“一琮，你是这里的虫儿，是琢玉的料，不，是把岫玉发扬光大的有志后辈。就是你爹……只要我能为你做的，尽管开口。”索秀珏给了佟一琮一颗定心丸。

“我准备办个技术培训学校，前期准备已经差不多了，回去就落实。”索秀珏接着说道，“玉雕的分类、工艺及制作的基本程序，玉雕的基本琢磨技巧、工艺、抛光、装潢等这些关于玉雕的内容我来主讲，再请来咱们岫岩本地和外地的玉雕师，理论和实践结合。我现在缺的是文化课老师，要是你和小让愿意，就来客串。”

佟一琮暂时自然是回不去，穆小让倒是接受了这个邀请。佟一琮对索秀珏讲了打算，这个大娃娃终于相信了，小哥肯定会回去，他可能会哄她骗她回岫岩，但他不会骗索阿姨，而且她也从他的话里和表情里，看到了一个从未见识过的小哥，一个有着深谋远虑的小哥，一个有着鸿鹄之志的小哥，一个有着远大抱负的小哥。这让她自豪不已，更让她觉得作为岫岩人，自己对岫玉所知太少了。小哥喜欢岫玉，她也要去认识岫玉、了解岫玉、爱上岫玉，陪着小哥一起成长。

佟一琮的心总算放下了，逗穆小让：“将来我回去上你的课，是叫你穆老师还是小让老师呢？”

穆小让抬起小拳头打过去，佟一琮歪身一闪，索秀珏在一边看着他们笑。佟一琮从那笑里居然看到了老娘的笑。每回老娘看到他和穆小让玩闹也会这样笑，那笑容又安详又美丽，看了心里踏实舒坦。

佟一琮说将来自己要去上课不是玩笑话，玉雕工具的使用方法，切块分面、线刻、阳雕、浅浮雕、立体圆雕这些工艺他全是纸上谈兵，没有实践可是万万不成的，能得到索阿姨的亲传，那可是岫岩玉雕新人，不，不光是岫岩，可能是全国，谦虚点儿说，至少是辽宁玉雕新人梦想的美事儿。

索秀珏突然叹息了一声：“孩子，净想着这些事儿，心思钻进玉石堆里去了，没想过你妈？她心里惦记你，盼着你回去呢！人呀，一辈一辈都是这样过来的，儿女惦记爹妈，总是不如爹妈惦记儿女那样掏心掏肺。”

佟一琮的心像是让人拧了一把，特别疼。刚刚想到老娘，索阿姨就提起了。他不敢和旁人说老娘，说了心里难受，他觉得欠老娘的太多，觉得老娘像个谜，做儿子的啥时候才能走进她的心呢，即使走不进，走得近一点儿也成。

佟一琮又和索秀珏说了一会儿话，定好穆小让和索阿姨一起回岫岩，他和穆小让便告辞了。回去的路上，他默不作声。

有人说，“儿行千里母担忧，母行千里儿不愁”。但他不是没孝心的人，不是心里没有老爹老娘，只是他不知道，现在这样回去，如何面对两位老人，如何面对江东父老。

家乡关于他在上海生活的种种传闻，通过穆明和穆小让，早就或深或浅地钻进他的耳朵里了，传闻的中心内容是关于他和程小瑜离婚的事儿，真是奇怪，隔着这么远，他离婚的事儿硬是在认识的人里成了饭后的谈资。

有的版本说程小瑜嫁入豪门，佟一琮流落街头。

有的版本说佟一琮不争气，在上海除了好事儿什么事儿都干，程小瑜无奈打掉孩子，选择离婚。

还有的版本说程小瑜嫁入豪门，佟一琮怒杀富豪，四处逃窜，无处藏身，最终在街头被抓，现在正等着判刑。

…………

最初听到各种传闻，他会生气，后来只是解释几句，再后来淡淡一笑，爱咋说咋说，爱咋猜咋猜，就当是看电视剧了，闲着也是闲着，能给别人创造点儿快乐不是挺好吗？

佟瑞国受不了那些闲话，在电话里咬牙切齿地追问："你给我讲明白，到底咋的了？我孙子呢？咋就没了？当初你们不是非要在一起吗？现在咋说分就分了？跟谁商量了？婚姻大事是儿戏，过家家玩儿呢？咱们佟家祖辈上就没休妻的，你要是不能和程小瑜复婚，要是不能给我带回个大孙子，你就别回来了！"

佟一琮一直没回岫岩不是为了和老爹较劲，他只和自己较劲。他想，自己不和别人比，每个人的情况都不同，他只和自己比，只要今天的自己比昨天的自己做得好，比昨天的自己优秀就行了。

不过，佟一琮不愿意穆小让看到他的难、他的苦，他想带给亲人朋友快乐和幸福。人都有最难的时候，最难的时候要自己熬，挺过去了，还是个七尺高的汉子。

机场送别时，穆小让当着众人的面儿，突然抱住他："小哥，你早点儿回去。我等着你。"

第四章 长风万里玉门关

1

穆小让和佟一琮又见面了。

这一次不是穆小让缠着佟一琮，而是因为穆明的一个突然的决定。

穆明在电话里诱惑佟一琮："去新疆不，夏天那儿到处都是好吃的、好玩的、好看的。"他说这话时，佟一琮在电话里没回应。他又接着来了一句："还有你喜欢的和田玉，哥们儿，去不？"穆明知道什么最能抓住佟一琮的心，一抓一个准儿。

佟一琮知道穆明为啥扯上他。兄弟之间的伴儿，别人替不了。另外，便是吕秀对穆明的不放心。

吕秀不放心的是穆明的花心，她心里比谁都明白，都知道。他背地里啥样，她隐隐约约感觉得出来。她也知道，他的心里装着她，装着家，她病了他也惦记，她痛了他也着急。可他总喜欢路边的花花草草，他把一颗心分成了若干份儿，只有一小份儿是存在她这里的。

这让吕秀时常纠结动怒，对穆明爱恨交加。尽管穆明总是和她承诺："媳妇儿，你在我心里的地位不可动摇。"吕秀信他当时是真心的。他说的时候眼睛直视着她，里面装的全是深情，谁能说那承诺不真诚呢？她一次次地被打动，一次次地边捶打他边掉眼泪。

可过不了多久，穆明又会违背承诺，把吕秀伤得千疮百孔。她便越来越能看清楚承诺里的水分。她想拧干这里边的水分，或者干脆让他别沾到水。

只要沾不上，就不会湿、不会潮。

那天夜里，店里只剩下他们俩。穆明一直在献殷勤，像跟屁虫一样。吕秀闻出了他有话要说的味道。

果然，穆明说想去新疆，吕秀的眼皮立刻耷拉了下来，眼睛盯着地面，嘴角向下，把脸上的肉都拉了下来。

沉默，在这一刻代表着不可以，代表着否定。

穆明伸出胳膊搂住她肉感十足的腰，两手压在了她的小腹上，轻轻地揉着、抚着，嘴巴在她耳朵边轻声说："佟一琮和小让跟我一起去。"

吕秀原本垂着的手，覆到了穆明的手上，算是同意了。

吕秀对佟一琮放心，在她的眼里，佟一琮是个有点儿固执己见的人，也是一个敢对穆明张口就骂、抬腿就踹的好哥们儿。穆明要是出了大格，佟一琮肯定会管会收拾。所以，穆明只要打着佟一琮的旗号，吕秀肯定答应。吕秀相信，佟一琮不会让穆明出什么大格，不出大格的界线在哪儿，吕秀自己也说不清楚，她总是在原谅和惩罚穆明的过程里不断轮回，有时候她觉得这样的轮回太累人、太熬人、太折磨人了，可她又觉得，自己能咋样，老一辈儿的人不都是这样过来的吗？自己不就是一个太爷爷、两个太奶奶吗？听老人们讲，也过得相安无事，天下太平。幸亏现在是一夫一妻制，要不然，不知道穆明要闹到什么程度。

前阵子，吕秀刚听说佟一琮和程小瑜的事儿，觉得简直太离谱了。在她的心里，女人咋能那样呢？女人守好自己的男人，做一条缠着树的藤多好，干吗非得做一棵树？她不理解程小瑜的做法，同情佟一琮。

当穆明说明要跟佟一琮一起去新疆时，吕秀说："去呗，正好让佟一琮也散散心。"

穆明搂在吕秀满是赘肉的腰上的两只胳膊箍得更紧了："他没我有福气，遇上了这么好的老婆，念再多的书有啥用，还不如我中学毕业的潇洒。要钱有钱，要老婆有老婆，要儿子有儿子。"

吕秀笑了，笑出了一脸的满足。

出去就得花钱，费用由谁出，穆明没说，佟一琮没问，两人都清楚，以他们的交情，加上经济条件的差距，这事儿肯定不用佟一琮关心。他问多了，反倒显得又计较又小气。

这几年，穆明的全羊馆打出了品牌，客人多。这一桌没吃完，下一桌就站在旁边等位，眼巴巴等着腾出位置。在他家当服务员比别人家工资高，因为在他家工作真累，客人多，忙得脚不沾地。

吕秀不懂什么经济学，却管理有方，除了工资给的高，她时常给服务员们送个小礼物，今儿给支口红，明儿送条丝巾，笼络人心。她每月还给当月过生日的员工办个集体的生日宴，人心换人心，店里的员工都喜欢这位精明又有人情味儿的老板娘，店里的生意越来越红火，小店做成了大店，还准备开分店，钱跟流水一样进了穆明的口袋。

穆明做出的羊，不光岫岩人爱吃，鞍山人，辽宁省各地的人去岫岩都会到他的店里吃一口，到岫岩哪儿能不吃穆明的全羊馆？这就跟到了北京没吃全聚德烤鸭，到了天津没吃狗不理包子，到了台安没吃着炖大鹅和砂锅居，到了海城没吃牛庄馅饼一个道理。民以食为天，缺了这重要的一项，不是白去了岫岩？

佟一琮好奇的是穆明为啥突然决定去新疆。

穆明的理由让他笑得肚子抽了筋："新疆的羊肉串、烤全羊味道纯正，我这全羊馆要做就做最好，做最地道的味儿，我要实地考察学习，借鉴外地的经验，他乡之石，可以攻玉，取人之长补己之短，力争让人们在岫岩吃到正宗的新疆烤全羊，哦，还有大肉串。"

"行了，打住吧，我答应你一起去……大哥，求你别讲那些高屋建瓴的大话套话了。"佟一琮答应得痛快。

穆明的鬼话佟一琮是不信的，他知道穆明一定还有别的原因，穆明藏不住事儿，估计见了面就能露出来。他答应得痛快是因为新疆对他的诱惑确实太大了，和田玉，软玉之王啊！以前步凡和他闲聊时也提到过，有机会一定要去新疆看一看，一来是看和田玉，二来也是看他们的商业运作和平台建设。

关于和田玉，佟一琮知道得很早，中国四大名玉，和田玉排行第一，佟一琮咋能不关心？他知道塔里木盆地南边的昆仑山里和田玉最多，最早和田玉叫昆仑玉，玉龙喀什河是古代著名的白玉河。他记得高中时读《诗经·国风·周南》："投我以木瓜，报之以琼琚。匪报也，永以为好也。投我以木桃，报之以琼瑶。匪报也，永以为好也。投我以木李，报之以琼玖。匪报也，永以为好也。""琼琚""琼瑶""琼玖"指的都是玉石中的和田玉。

佟一琮关注新疆玉石市场的时间不长，是和田玉价值的直线上升使他把目光投向那里，当然也有步凡的引导，这里面既有对和田玉的羡慕，也有对岫玉的感叹。

新疆玉石市场以乌鲁木齐为中心分成了南、北、东疆三大块，南疆以和田、喀什、库尔勒、阿克苏为代表，北疆以伊犁、奎屯、石河子、克拉玛依为代表，东疆以吐鲁番、哈密为代表。乌鲁木齐的玉石市场主要是围绕各大综合商场形成的七大贸易商业圈，都是乌鲁木齐商业繁华的黄金地段，基本以经营和田玉为主，很少经营其他玉种。

佟一琮特意打电话问步凡有没有时间一起去。

步凡说："时间是真没有，祝你旅途顺利。你要多观察、多学习，除了看玉，也琢磨人家的商圈是怎么经营的。"

佟一琮说："那我稍后再和您汇报。"

步凡说："你可不要用'汇报'这个词了，太官僚了。等你回来，咱们可以一起探讨一下，共同进步嘛！"

佟一琮放下电话才想到，步凡不去的原因，除了没时间，还有人杂。他的朋友不等于就是步凡的朋友，每个人都有自己的交际圈，有些互相交叉，有些却没有半点儿联系，硬生生地凑在一起，估计也会减少旅行的快乐度。

能够近距离接触和田玉的机会，求之不得的探玉之旅，佟一琮不想错过，他乐颠颠儿地接穆明，见到了从出站口挤出的三个人。

穆明、穆小让，还有一位混血美女，大眼睛，高鼻梁，浓眉，长睫毛，异域风情夺人眼球。仨人三个表情，欢天喜地乐成弥勒佛的穆明，一脸刁蛮的穆小让，似笑非笑的混血美女。

佟一琮乐了，果然和他猜想的一样，这个穆明，还是老嗜好，只是嗜好的品位提高了，地域范围扩大了。这姑娘在人群里扎眼，长得水灵，还是个洋妞。

穆明介绍道："兰瑞儿，在校大学生。纯种中国人，母亲是维吾尔族的。"

兰瑞儿一张口，地道的鞍山话："佟大哥，您好。"

在上海停留的时间只有一天，穆小让从始至终不理穆明，也不理兰瑞儿，瞥向他俩的眼神恶狠狠的，夹针带芒，像要把人扎出血。她的眼睛只围着佟一琮转，她的人也只围着佟一琮转。

佟一琮猜得出，穆小让是后来加入组织的，穆明肯定故意放出口风，说他会一起去新疆，穆小让才会申请跟来。穆小让的心思穆明清楚，他也乐得把妹妹交给佟一琮，他劝过佟一琮："虽说小让年纪比你小得多，又刁蛮又任性，不过，她那脾气啥时候用到你身上过？在你面前，她都变成小绵羊了，她是真喜欢你。只要你真心对她好，老爹老妈那头有问题，我去做思想工作，我这个当舅哥的都不介意你有过婚史，你还拿个什么架子？

非得让小让要死要活你才甘心？”

佟一琮说穆明不懂。

佟一琮知道小让对他好，小让越是对他好，他越觉得对不住小让，越是希望小让嫁给一个各方面条件比他优渥的男人，真心呵护她、宠爱她、照顾她的男人，就像童话故事里的一样，幸福地生活在一起。

穆小让知道吕秀为什么支持她跟去新疆，嫂子是把她当成了眼线，当成了心腹。站在女人的角度，她对哥哥恨得咬牙切齿，但她清楚，哥哥和兰瑞儿的事儿，她得装不知道，还得瞒着吕秀。嫂子再亲也没有哥亲，想到这一点，她心里难过，觉得对不住嫂子的信任，为自己不能立场坚定地批判哥哥而自责。她坚定地认为穆明做得过分，不只是过分，简直是让人厌恶，如果他不是她亲哥，她就再也不要理他了。兰瑞儿长得好看，性子也好，但再好看也不是她嫂子，她哥和别的女人在一起，还让她跟着，她觉得别扭，心里不舒服、不安宁。这样做是不对的，不道德的，是要受到批评的。不，是应该受罚的。

她也生佟一琮的气，为啥知道她哥带着别的女人，还跟着凑热闹，就不能骂骂她哥？是不是天下的男人都一样，都喜欢漂亮的女人像花蝴蝶似的围在身边，都想像过去的皇帝一样过三宫六院七十二嫔妃的日子？那女人的感受呢，他们男人想过吗？

她的小心思瞒不过佟一琮，他说：“我在上海能知道什么？知道了，说了骂了，起作用了吗？再说的话都快做不成兄弟了！难道还能像小时候一样，打上一架，弄得全身是伤？”

穆小让拐个弯儿想想，觉得佟一琮说得有道理，他和她哥为了那些乱七八糟的事儿吵架她遇上过，吵得很凶，面红耳赤、乌烟瘴气的，他骂她哥没底线，烂人一个。可她哥在这件事儿上听过谁的？

吕秀那么厉害，公公婆婆小姑子全被她拉到了一个阵营，一哭二闹三上吊也没挡住，她哥的功夫全做在表面了，人前处处听着顺着吕秀，背地里女人换得比换衣服都快。后来吕秀明着闹，暗地里认了，倒是找到了发泄的方式，化愤怒为食欲，把细细的水蛇腰硬是吃成了水桶腰。

想到这儿，穆小让也生吕秀的气，她哥做菜是好吃，家里有全羊馆，有吃不完的美味。可是，嫂子也不能不管不顾地使劲儿吃呀，结婚嫁人了就不注意身材了？这怎么能行呢！女人啥时候都要注意形象，自己都嫌弃自己的样子，凭什么让别人喜欢？谁不爱看漂亮女人，如果让她选择看吕秀还是兰瑞儿，抛开嫂子那层，她也喜欢看兰瑞儿，唯一的原因就是养眼。

她觉得，女人就应该爱美，美美地过一辈子，一直美到老，就算成了老太婆，也要做个美美的老太婆。

她神游的内容，佟一琮没猜到，见她走神儿，他逗她："看不惯干吗还跟着？"

穆小让那双圆眼睛瞪着佟一琮，佟一琮明白她眼睛里藏着的意思，不再说话了。

穆明把兰瑞儿支使得团团转，一会儿让她去买水，一会儿让她去催菜……穆明洗澡换下的内裤和臭袜子也一起甩给了兰瑞儿。兰瑞儿也不说什么，笑呵呵地买水，笑呵呵地跟饭店服务员催菜，笑呵呵地钻进洗手间，用娇嫩的小手洗内裤、臭袜子，没有一点儿脾气，柔得像水。

佟一琮看得不得劲儿，为这事儿他没少说穆明，说多少也和扔进棉花堆里一样，不疼不痒的，连点儿反弹都没有。可他知道，这人呀，不要总以为自己比别人高明，不要总跟人玩心眼儿，山外有山，你再有心眼儿，也不见得是最厉害的那一个。何况，再厉害的人也是一物降一物，齐天大圣厉害不？遇到如来佛祖一样被压在五行山下。吕秀降住了穆明，可那是表面上的降，没降到心里去。一肚子花花肠子的穆明还没遇到那个降得住他的人，如果遇到了，那颗花心也就收了。他觉得眼前的兰瑞儿和以前穆明偷腥的女人不一样，不是因为她是大学生，不是因为她长得像外国人，是她那个性子，咋能那么柔和，柔和里头又藏着股韧劲儿。兰瑞儿的这股子韧劲儿佟一琮看出来了。他觉得，若真是天长日久，水滴石穿，至柔的她搞不好还真能降得住穆明。

他跟穆明说："你老是吃着碗里的，惦记着锅里的，这毛病啥时候能改呢？既然带人家出来了，就善待人家，别跟使唤丫头似的。另外，你那些小动作注意点儿，你不能把我和小让当成透明人，我俩还喘气儿呢，你当我俩啥也听不到，啥也看不到？再说了，你也得注意，别污染了社会主义公共场所的文明环境。"

穆明哈哈乐："不当丫头使唤当什么？我出钱，她出劳动和……不是我说你，你就是一根筋，做戏也当真？我是给自己找乐呢！你呀，得向我学习，得会给自己找乐子。"

佟一琮说："谁做戏，谁认真，你比我清楚。不过，她好像和你以前的那些女人不太一样。"

穆明说："是不太一样，招风，电影明星也比不过她的小模样。"

佟一琮白了他一眼："你这是在玩火，早晚会引火烧身，到时候，后悔都来不及了。既然当初你选择了人家吕秀，就应该做好人家的老公，承担自己的责任。”

穆明并没有听进去，却突然就收起了笑，一本正经起来：“我明白你啥意思。其实她命挺苦的，我决定去新疆一多半是为了陪她。她生下来就让人抱到鞍山做养女，去年养父养母去世，让她去找亲妈，给她留了个乌鲁木齐的老地址，还有她亲妈的名字和照片，名字挺长的，好像叫什么买尔瓦依提汗，翻译成汉语就是珍珠的意思。”

佟一琮眯着眼睛看穆明，那意思是你小子也有恻隐之心？真要怜香惜玉，你还那样对人家？

穆明精着呢，懂他的意思，说：“你别学着安姨眯眼睛，我又没惹你，你来啥气？我这人就是心软，见不得别人为难，你说一个人在世上活着，都不知道自己的亲娘啥样，是不是挺可怜的？”

佟一琮说：“你这是乘人之危，想帮就帮，为啥还要……你把吕秀当成啥了？对得起人家吗？良心疼不疼？我再送你一句话，做人要善良。”

任凭他怎么损，穆明就是不生气。那些话，仿佛全都进了空气里。

去新疆的火车上，佟一琮更看出兰瑞儿的不一样。不一样是从她手里捧的英文书（*A Tale of Two Cities*）里看出来的。佟一琮英文一般，可他还是一眼认出，那是英国作家查尔斯·狄更斯的作品，翻译成中文是《双城记》。能读原版英文书，这英语水平可不低。

兰瑞儿也意识到佟一琮在注意她，只有他们两人在的时候，她也曾坦言，她之所以陪着穆明，其实是在赚留学的费用。“我的理想是去英国留学，为了实现这个目标，无论付出什么，我都愿意。而且，我的男朋友也在英国，我很爱他。”

佟一琮的笑容里藏着不解，他没法理解兰瑞儿的做法，心说你爱着你男朋友，还和别的男人在一起，这是什么逻辑，根本就是讲不通的狗屁道理。真爱得坚贞不渝，得排他，要不敢称真爱？

兰瑞儿说：“他在英国肯定也有自己的生活，人都有情欲，或者说人天性如此，生理需要，心理也需要……可我知道，他不会付出感情。而我挣钱的能力太有限了，只有像现在这样，我才能最快地挣到钱，到英国和他团聚。我只想要一个结果，过程怎么样对我来说不重要。”

佟一琮问：“对他呢？”他指的当然是她的男友。

兰瑞儿答非所问：“佟大哥读过《一个陌生女人的来信》吗？那个女人虽然身体和别的男人在一起，但她的心里装着的只有那位作家一个人。”

佟一琮笑了笑，他当然知道那本小说，他只是觉得自己真是老了，观念落后。书上说，相差三岁就是一道代沟。兰瑞儿比穆小让年纪还小，跟自己差了几道沟？想着想着，他就走神儿了。

兰瑞儿又说起了穆明："穆哥知道我的身世之后，主动说带我去新疆寻找母亲，我很感动。他心善，善良比外表和财富更重要。其实我对这事儿已经不抱希望了，能生就能养，她要是想要我，当初生下我来就不会把我送人。在我心里，养母才是我的亲妈，只可惜她老人家也走了。"

兰瑞儿要继续说下去的时候，穆明和穆小让回来了。兰瑞儿说："穆哥，我去给你接点儿热水。"说话的工夫，身子已经走向了两节车厢中间的热水箱。

穆明望着那个细细长长的背影，咧着嘴直乐："看我调教有方吧！"

佟一琮和穆小让同时把后脑勺扔给穆明，眼睛看向窗外。

2

窗外的景色倒是带给佟一琮接连不断的惊喜。

有时是一片漫漫荒漠，土黄色的沙丘好像已经存在了亿万年，单调的形态无穷无尽，让人怀疑火车在不经意的时候停下来了。眯上眼睛，再睁开眼睛，车窗外出现大大小小的石头，满目寂寞荒芜。就在人觉得视线单一得快要疯掉的时候，远方的翠绿划破天际，迅速扑向眼帘，转眼间就幻化成一片绿洲。蜿蜒的河流舒缓沉凝，随意飘洒，依依垂柳顾盼婀娜，一大片向日葵恣意挥洒金黄。很快，大地收起全部的温情，变得面目狰狞，狂风翻卷喷吐漫天石块沙砾，肆无忌惮地鞭挞着所有的山丘与河谷。接着，眼前又是一片高山牧场，云巅之上铺展开一幅巨大的风景画，碧野雪松，山鹰白云，一群群五彩的牛羊星星点点，和毡房上升起的袅袅炊烟一起，成为蔚蓝间最生动的点缀。

眼前的景象，把但丁的《神曲》带进佟一琮的脑子里。

最初读《神曲》，他带着很强的目的性。他是为了那位前无古人的插图画家古斯塔夫·多雷，多雷创作的雕版插图超过一万幅，版本总数超过四千种，包括人们熟悉的《圣经》。关于他为《神曲·地狱篇》插图还有一个故事。1854年的一天，多雷走进了法国最有名的出版商路易斯·哈彻特的办公室。多雷告诉哈彻特，他想创作一本最佳的美术书，一种大型的文学作品插图对开本，是为但丁的《神曲·地狱篇》而作的。到那时为止，多雷作品的每本零售价还没有超过十五法郎，多雷建议，这本《神曲·地狱篇》插图本的零售价可定为一百法郎。哈彻特断然拒绝，说不可能有人愿意付那么多钱。多雷说他愿意承担全部的出版费用。哈彻特同意后，警告多雷，他至多只印一百本，以免陷入现款难以回收的困境。多雷用七十六页全张纸雕刻出一种最大开本的书，1861 年年初刊行。两周后，多雷收到了哈彻特发来的一封非常著名的电报："成功！速来！我是驴！"那时，这套雕版插图已经卖出两百多本，远不止预料中的一百本。这本出版于 19 世纪 60 年代早期的插图本巩固了多雷"法国插图画家第一人"的地位。

大自然的创意远比人类的想象丰富，窗外景象远比画作神奇，即使《神曲》那样的恢宏巨制仍旧无法同自然界的奇幻媲美，人们要做的只是睁大眼睛寻觅奇迹。

兰瑞儿也在寻觅奇迹，她的寻觅不在嘴上，在眼里，在心里，当她的双脚踏上新疆土地的一瞬间，泪水盈眶，血液中流淌的感情肆意蔓延，兴奋之中夹杂着恐慌，欢喜之中有些害怕，那双本就比旁人黑亮的眼睛，不够用似的看向能够触及的一切。她觉得一切都是那样熟悉、亲切，仿佛在哪里见过，梦境里？还是幻境里？她不停地张望，忘记了身边的穆明、佟一琮和穆小让，忘记了她只在这里待过不到一年的时间，忘记了那时她还没有记忆。

乌鲁木齐处处都是中亚风情的写真，每一处建筑都有着浓郁的西域色彩。

花帽子下尽情吆喝的维吾尔族商贩，头戴白帽、脚步匆匆前去礼拜的回族老人，刚刚从冰雪覆盖的天山上走下、炎炎夏日仍身穿羊皮大衣的哈萨克牧民，红色脸庞的蒙古族壮汉，胖墩墩、笑眯眯的塔塔尔人，手持相机对一切都充满了好奇的老外，手捧《古兰经》的宗教学生，摇响了萨巴依的南疆乞丐，怯生生兜售乌斯曼草的小姑娘，各种民族、各种肤色的人流融合为一条长河。

人流中，最炫目的是维吾尔族女人，上了年纪的女人穿着大红、翠绿、杏黄等富有浓郁民族色彩的连衣裙，用"牙勒克"头巾包住头。年轻女人装扮得休闲时尚，只剩一袭华丽的民族头巾，代表她们依然是西域的风景。偶尔会看到有人用白巾或黑巾横围护嘴，仅露出一双会说话的眼睛，看上去充满神秘感。

人们看兰瑞儿的眼光亲切自然，在他们看来，她就是这块土地的孩子。

按照地址、照片，他们终于打听到了那位叫买尔瓦依提汗的女人，知情的年长女人捏着照片，连连叹息，告诉他们："不要找了，她已经不在了，好多年了。"她抬头仔细看了看兰瑞儿，补充了一句："你的眉眼和她真像。"年长女人的眼神深邃幽远，仿佛穿过时光的隧道，重新回到了那段旧时光。

兰瑞儿不说话，哀伤地看着年长女人，眼神里的乞求让待在一旁的佟一琮不忍再看。年长女人避开那双眼，嘴里一直念着叫他们回去。兰瑞儿跪了下去，求那位老人将她妈妈的事情告诉她。

年长女人长叹道："孩子，知道了又能怎么样呢？谁是对，谁又是错呢？一切都是真主的安排。"

在兰瑞儿的不断哀求下，谜底终究还是解开了，尘封多年的故事渐渐浮出水面。

当年，青春美丽的买尔瓦依提汗和一个汉族医生相爱了，买尔瓦依提汗的爸妈不同意，买尔瓦依提汗的爷爷奶奶、姑姑伯伯街坊邻居都不同意，可他们还是坚持在一起，买尔瓦依提汗断绝了和家人的来往，医生却出了意外。买尔瓦依提汗把女儿交给了医生的朋友，便追随医生去了天国。

世上谁是最亲的人？自然是自己的爹娘。可不幸的是，兰瑞儿不但没了养父母，也没了亲生的爹妈。兰瑞儿像是在听着别人的故事，与她毫不相关的故事，她的神情平静得像一汪深水，让所有人不安。

穆小让望向她的眼神里的敌意渐渐消退，开始有了怜惜，主动握住了她的手，轻轻捏了捏。

穆明也转变了态度，不再支使兰瑞儿，反而有些慌乱，仿佛找不到亲人的是他自己一样。

佟一琮主动提出改变去玉石市场的计划，到传说中的二道桥去转转。

大家的目的都是一个，让兰瑞儿开心点儿。

兰瑞儿对大家笑笑，那笑容看上去有些凄凉。她说："能来看看已经很好了。尽人事，听天命吧！"说完，她的眼睛望向天空，眼神清澈而凛冽。

佟一琮心里一沉，上了年纪、饱经风霜的人才说得出这样的话，太年轻的人说出这样薄凉的话，一定是因为经历过太多的苦难，心里藏着太多的悲欢离合。经历的事情多了，会让人变得成熟圆滑，但成熟何尝不是一种悲哀，越简单越快乐，这样的道理，佟一琮懂，他相信，兰瑞儿一定也懂。

当一个人变得复杂之后，还能像过去那样简单吗？

佟一琮又看向穆明，穆明呆呆地看着兰瑞儿，专注深情。穆明这样的眼神是他从来没有见到过的，专注得一丝不苟，全情投入，心无旁骛。现在佟一琮知道，谁能真正降住穆明了。

或许每个人在一生中都会喜欢或者爱上一些人，但喜欢或爱，总是有深有浅，有浓有淡。终其一生只存一人的情感或许存在，但毕竟稀有。而在心底扎根的只有一人，那人或许不在眼里，不在嘴边，不在身边，却深深地扎在心里。是命里的劫，是命里的缘。谁都说不清楚是对是错，重要的是，能在一起的时候，彼此珍惜，便足够了。

佟一琮在穆明的眼里第一次看到了珍惜，对一个女人的珍惜，对兰瑞儿的珍惜。只是，这样的一份感情，来的时间不对。所以注定了结束。

同样的情感，不同的人。

穆小让的眼里只有佟一琮，她珍惜和他在一起的每一分钟，如果不是为了他，她不会来新疆。看到他神思飘忽的样子，她心疼，她拉住了佟一琮的手，悄声说："别想了，去二道桥吧！"

某种程度上说，二道桥是乌鲁木齐的标志和象征，这片古老的街区是乌鲁木齐最著名的维吾尔族聚居区，是所有旅客来乌鲁木齐必到的地方。

这里，无疑是中亚风情的一个缩影，一座集合了色彩、声音和气味的博物馆。一条狭长的街道从南到北串联起不多的几栋高楼、大片平房土屋、造型各异的清真寺和幽深的小巷。二道桥广场那尊骑毛驴的阿凡提铜像永远陪着来来往往的人们，店铺林立，店名都十分好听，绿岛快餐厅、拉赫曼蜂蜜店、阿米娜乐器店、玫瑰花宴会厅、木卡姆音乐厅……更有不计其数的无名店铺和摊点。几块馕、一牛肚黄油、几块秤砣似的土制肥皂、几小把乌斯曼草、一小堆莫合烟，都被经营得有声有色、有滋有味。干果商将葡萄干、巴旦木、核桃、酸梅、杏脯排列成美丽的图案。地毯商将店铺变成了波斯王国的宫殿，奢华考究。烤肉师傅将全羊烤得金黄喷香。即使是一盘再普通不过的凉皮凉粉，也要用西红柿和青椒衬托。让人觉得，这不仅是商业，更是一种艺术欣赏，一种美的享受。

兰瑞儿脸上的笑容多了起来。她的笑容解开了穆明拧在一起的眉毛，穆明的注意力也转移到了吃上，眼睛看到美食就放光发亮。

穆小让不客气，直言："我哥就是一枚大吃货。"

穆明不介意，哈哈一乐，说："民以食为天，美食，我所欲也！"

新疆的饮食主要以肉为主，真是合他的口味，他常说自己是无肉不欢。其实他的话里还有另一层意思，懂得的人不用说就明白，不懂的人单纯着也好。这一刻，他的眼前到处都是烤羊肉串，从烤全羊到拉条子，从酸奶子到手抓饭，再加上大盘鸡、馕、奶茶……每一样都让他垂涎欲滴。

四个人边走边吃，享受着特色美味带来的愉悦。

兰瑞儿的兴趣在水果，全疆各地的水果都集中在乌鲁木齐，葡萄、哈密瓜、石榴、巴旦杏、无花果、蟠桃、库尔勒香梨、伊犁苹果以及各种各样的水果干儿。她特别会照顾别人，无论买了哪一样，都会先递给身边的三个人品尝。

穆小让的孩子气重，维吾尔族花帽、手工刺绣、金银首饰、地毯、木雕、锡伯族烟袋、皮靴、艾德莱斯绸、英吉沙小刀，她都要凑上去瞧一瞧，看一看，喜欢的自然是立刻买下。维吾尔族的女孩子从小用来画眉的奥斯曼草汁，更是被她疯狂购买。

二道街上也有玉石，佟一琮看了，认为那里的玉器称不上精品，他觉得不过瘾。就像已经进了珍宝库，却只瞧着了一小点儿，大部分都藏着掖着，让人看不着吃不着，心里痒痒的。

穆小让的眼里心里全是他，他的笑、他的皱眉、他的开心、他的念想，她全看得出来，她说："新疆的和田玉名气最大，咱们来了不能白来，还是得去玉石市场长长见识。"

穆明故意逗她，就像没听见似的，毫不理会，继续盯着美食。

兰瑞儿轻轻拉了下穆明的衣袖，对着穆小让的方向轻轻努嘴。

穆明会心一笑，几个人的前进方向便保持了高度一致。

事实上，走在新疆首府乌鲁木齐市的大街上，几乎到处都能看到玉石店。有人戏称，乌鲁木齐的玉石店和饭店一样多。

从事玉石贸易起步资金不大，十几万就能开个不错的店，实在没钱投入，万八千块租个柜台也能卖玉，估计也有人像他在上海一样，做着玉石二道贩子，混点儿零花钱。还有一个原因，一小部分企业家完成原始积累，手里有余钱，知道玉石珠宝行业利润大，就把钱投入玉石市场。表面看，玉石市场大繁荣了，只是这样一来，竞争手段自然五花八门，各种各样的问题也会层出不穷。最大的问题莫过于以次充好、以假乱真。

佟一琮到玉石市场主要为了长见识，关于和田玉的资料，他看了不少，在上海，和田玉他也见识了不少，但怎么选到货真价实的和田玉，他还处在纸上谈兵的阶段。理论多，实践少，是他的短板，选玉就得多看多上手，理论要与实践相结合才能完美统一。现在有了这样的机会，他兴奋到了极点，钻进一家又一家的玉石店，不看装修，不看摆设，甚至连店主店员他都不会多瞧一眼，他的眼睛里除了玉石什么都没有。看不够的玉件，看不够的原石，入眼全是美，品不过来的美，看人家的玉料，看人家的工艺，看人家的创意……

选和田玉有独特的门道，先是看玉料，籽料、山料不是行家难免看走眼。辨认造型纹饰，结构、章法、繁简、疏密的处理都得统一和谐。还有重要的一项是看皮色，鉴籽玉。行内有句话："籽料去了皮，神仙认不得。"有些优质的山料和俄罗斯料同籽料相似，被一些商人充数以高价出售，实际价格却相差数倍。

吸引力法则起了作用，脑子里念着好事儿，好事儿就来；担心什么坏事儿，坏事儿就到。

事儿不是落在佟一琮几个人身上，而是落在一位操着一口南方普通话的"书生"身上，地点是在佟一琮几人随意进入的一家玉器店。

用"书生"这个词形容这个人绝对贴切，他的样子很容易让人想起《倩女幽魂》里张国荣演的宁采臣，温文尔雅，清新洒脱，老实较真儿。一头黑发剃得紧贴着头皮，另外加了一副黑框眼镜，眼镜后的眼睛里透着超乎寻常的智慧和精明，倒是那张厚嘴唇不太和谐地显现着"吃四方"的福气。

"书生"和戴着花帽子的老板正对着一件和田玉石商量得热火朝天。一个是新疆普通话，一个是南方普通话，听在耳朵里，像是两个外国人用中国话在交流，别扭，又有些好玩儿。

佟一琮凑近瞧了瞧，和田玉山料，工是新工，亭亭玉立白玉瓶，缠枝莲花，瓶上的两条玉链，两只耳环，很是灵动，创意特别，学了古玉，又增添了新意。美中不足是细节上不够精致。按照佟一琮的判断，这件玉件属于上品，雕刻师应该是个极聪慧的人，既模仿了别人的作品，又有自己的创新，假以时日，勤磨苦练，即便做不出极品，做出精品也是水到渠成的事儿。经营这样的玉件，说明这店还算上档次。

令人吃惊的是老板的话："我这是正宗的羊脂玉。"

3

佟一琮心里发笑，这不是睁着眼睛说瞎话嘛，明明是山料，居然敢说是羊脂玉？赤裸裸的欺骗。

佟一琮虽然不像懂岫玉那样懂和田玉，但也清楚真正的羊脂玉应该是什么样的。透闪石含量达到99%，产于冰雪覆盖的冰河中。不但白而且绝不返青，油脂度特高，不是一般色度达到羊脂级的山料或籽料可以相比的。眼前这块，和精品羊脂玉差得太远了，颜色返青，油脂度也明显不够。只是店老板说得天花乱坠，弄得“书生”也跟着听得津津有味，看样子已经信以为真。这并不奇怪，如果不是精通玉石，走眼是难免的。何况人家是店主，是专家。

按说这不关佟一琮什么事儿，别说在这儿了，在岫岩也是同样的道理，哪一天玉石市场没有看走眼的顾客？看走眼了，说明你的道行浅，功力不够。一个愿打一个愿挨，挨打受骗了，你得认，这是规矩。

可他就觉得和这位“书生”莫名地亲近，不愿意看到他上当，竟想当一回关东英雄。他清楚，如果再不说句话，估计这位“书生”就得成“输生”了。

事实上，佟一琮在这件事儿上心里也有过小小的挣扎。说出来吧，他怕惹事儿，俗话说“强龙不压地头蛇”，何况他算什么龙，就是一条虫而已。不说吧，他又不忍“书生”受骗。他要给自己找到一个合理的、充分的、能鼓励自己的理由。他一下子想到了“入国问禁，入乡随俗”这句话，比如千万不能注视维吾尔人或他们的东西，穆斯林禁食猪、狗、驴、骡肉和猛兽猛禽的肉，忌食自死的动物，禁食一切动物的血。忌踩躏粮食、咸盐及各种食物。饭前饭后要洗手，洗完手后不能乱甩手上的水珠，必须用毛巾擦干。吸毒、赌钱、酗酒、斗殴、说谎、暗算他人全是禁忌。

佟一琮觉得，这最后一条和满族老祖宗要求一致，和中华民族的老祖宗、全世界的老祖宗要求一致，人哪能为了钱就骗人呢，欺负人家是个外地人？做人做生意不地道哪儿成？做人靠德，做生意也一样要靠德。想到这一点，他觉得内心充满了正义。他还清楚一件事儿，如果不懂行被骗了，店家挣了钱也不感激你，还会笑话你，拿你当傻瓜。咋能不让人当成傻瓜呢，咋能帮帮这个“书生”呢？佟一琮的脑子飞速运转着，搜索着可以帮到“书生”的巧妙办法。这时他更加意识到，自己的脑子转得还是慢，要不咋这么半天还没想出来呢？或者说，自己不够正义，不够勇敢。明明想做好事儿，还要瞻前顾后，这是国人的劣根，还是自身的不足？想到这儿，他又给自己鼓了把劲儿：佟一琮，你是在做好事儿，是帮人，有啥好怕的？胸怀正气，小鬼让三分，讲的是理儿，以理服人，以德服人嘛！

穆明不知道他在想什么，以为他看中了那件玉石，悄声问：“还要插一脚？别呀，不好！”

佟一琮递过一个眼神，穆明心领神会，不插话了。佟一琮又往“书生”

身边凑了凑，拍着他的肩，一脸惊喜："五哥，真巧，你也在这儿啊！"

"书生"肩膀一斜，傻眉愣眼地瞅着佟一琮，用他的南方普通话讲道："先生，我不太敢认您，您是哪位？"

佟一琮说："你不认得我，我可认得你，贴着头皮的短发，多少年都不变的黑框眼镜，多有特色呀！"

"书生"听他这样开玩笑，并没有生气，坚定地摇着脑袋说："您确实说对了，我留这个发型已经十几年了，眼镜也一直是这个颜色、这个款型，可我真不认识您，先生，我想您是认错人了。"

佟一琮说："没认错。要不我能知道你一直留这个发型，一直戴这个眼镜？五哥你是贵人多忘事，五年前，咱俩还在一起喝过酒呢！他乡遇故知，别看这玉件了，咱们先找个地方喝小酒去，叙叙旧。"

店主的脸色顿时变成了铁青色，很明显对佟一琮扰了他的生意而感到生气，他心里的不痛快显在了脸上，说在了嘴里，矛头直指佟一琮，质问道："你什么意思？为什么不让看？"

佟一琮语气软了，话是哄着笑着说出来的："我们俩难得遇见，说会儿话，没说不让看，是说暂时不看，过一会儿再看，这也不影响什么……您看，行不？"

店主说："我告诉你们，这可是上好的羊脂玉，你要是想买，现在定。要不然，我不保证别人不会选走这件，谁先交钱给谁货，这是规矩。要是交钱晚了，这件东西就归别人了，到时候可别后悔。"

"书生"犹豫了一下，说道："我们先谈这事儿。"他转头对佟一琮说："我是姓武，可我真不敢认您。恕我健忘，我们一会儿再谈，可以吗？"

佟一琮心里窃喜，叫"五哥"碰到"武哥"倒也真是巧合啊！同时他也看明白了一件事儿，这个眼睛里透着精明，嘴唇上写着厚道的"书生"是诚心诚意要买下这件玉石，而且是一根筋不转弯儿地要买。妙计显然不起作用，忙了半天，做的全是无用功，佟一琮不免心急了，嘴上的话也溜了出来："老板，这块玉料真是羊脂玉？您蒙我五哥可不成！"接着给"书生"递了个眼色。

"书生"脸色一变，厚嘴唇抿紧了。佟一琮这一句话点醒了他，他瞧向佟一琮的眼里有了另外一层意思，身子不由自主地向佟一琮这边动了动。身体的动作出卖了他的心思，看来他是相信了佟一琮。

店主的两条眉毛连续抖了抖，眼神一闪，梗着脖子说："你什么意思？难不成你觉得我是骗子？你的胆子也太大了吧！"

佟一琮的心里真有些怕，换谁能不怕呢！他盯着对方的眼睛，语气非常柔和："您想多了，我只想问您这是不是羊脂玉？"

店主的两条眉毛抖得更厉害了，咬着牙，从牙缝儿里挤出几个字："就是羊脂玉。"

佟一琮声音不高，笑呵呵地问："您是行家，肯定知道羊脂白玉的白度和润度能达到小羊羊尾脂肪的白度及润度。咱们用白炽灯看一下您这件玉，您敢不敢？"

店主眼神闪烁："你以为你是谁？这是在什么地方，我要听你指挥？"

佟一琮冷笑："这件玉要是放在白炽灯下看，一定微微发黄。"其实不用放在白炽灯下，佟一琮也已经看出了里面的微黄，要不然，他也不会如此笃定。

店主的脸色黑得吓人："你非得砸我生意？"

店里的其他顾客都不看玉了，眼神投向佟一琮这边，几个店员也围到了店主身边。穆明怕佟一琮吃亏，站到了他身边，穆小让紧张地拉着兰瑞儿的手。

空气里，剑拔弩张。沉默的力量，有时候比吵嚷更骇人，更让人惊恐，能让寒意从皮肤渗入骨头，直达心脏。

"书生"打起圆场："老板，不好意思，几年没见了，我刚才没认出我兄弟……我过会儿再来看这件玉，您看能给个方便不？"

店主冷冷地回答："不方便！说了半天，价也砍了，连怎么给你托运到福州都谈好了，你耍人呢？你当这是什么地方？"

"书生"说："和气生财嘛，老板，行个方便啦，我们一会儿再过来嘛！"

店主说："讲价了就得买，这是规矩。"

穆明的火气一下子上来了："还要强买强卖？什么地方，这不是中国的地方吗？"

店主说："啥叫规矩懂不？"

店门突然被推开了，几个人的谈话被打断了。

进来一个人，沉着脸，对店主说："规矩是买卖信为本，经营礼当先。"

店主的气势立刻蔫儿了，脸上堆出笑，说："马爷，您……"

进来的人六十多岁，白发和皱纹丝毫不显苍老，只是让人觉得厚重沉稳，最有特点的是那双眼睛，深邃、锐利，仿佛能洞察世事。

"马爷"这个称呼立刻让佟一琮想起了在上海国际珠宝玉石博览会上见到的那件白玉错金嵌宝石西番壶。他知道，那件玉石便是由新疆人称"马爷”的玉雕大师创作的，尽管知道不礼貌，他的眼睛还是不由自主地盯住人家。

那位马爷嘴角带笑，看着佟一琮。笑里面的意思是：小伙子，你认识我？

佟一琮说：“马爷，我看过您的作品，白玉错金嵌宝石西番壶。除您之外，目前中国还没有别人掌握这门金银错工艺。”

佟一琮的眼力真是好，运气更好，他的猜测和实际完全相符。正是因为他的这句话，马爷和佟一琮几个人，外加那位名叫武林的福建“书生”同时坐进了一家饭店。

术业有专攻。

穆明的心思在美食，边吃边琢磨味道好在哪儿，自己做出来的差在哪儿，色香味、餐具的样式、摆放细节，他都用心领悟。唯一让他遗憾的是，清真饭店是不供应酒的。要不然，他的心情会更美。

其他人的心思全被这位马爷吸引，被金银错工艺吸引。

穆小让问：“小哥，你说的那个金银错工艺是咋回事儿？咱家那儿咋没见过呢？”

佟一琮便小声介绍，他一开口，别人便全闭了嘴，听得专心致志。他索性放开了声音，正正经经地介绍。

这项工艺最早始见于商周时代的青铜器。乾隆皇帝酷爱玉石，曾下圣旨命清宫造办处仿制一批金银错玉石，并赋诗赞其精美的做工。不过，道光之后，这门工艺就消失了。

一提起金银错工艺的历史，马爷脸上的笑容立刻灿烂了，讲述了他学习金银错工艺的故事。

1970 年，马爷到北京深造，偶然见到了潘秉衡的压金丝玉石作品。

“见到潘秉衡大师的这件作品，我的第一感觉是独特。与一般的玉雕作品相比，这件作品显得更为突出，雍容华贵、绚丽多彩。”马爷回忆道。

当时潘秉衡老艺人年事已高，后继无人，工艺已经失传多年。他暗下决心，一定要掌握这门技艺，半年后，他终于做出了第一件金银错作品。然而因为多种原因，他只得放下正在钻研的技艺。这一放就到了 2002 年。付诸三十年心血创作的金银错工艺注定一鸣惊人。他的白玉错金嵌宝石西番壶一亮相，便引起了轰动。

说到这儿，武林问起马爷有关和田玉的鉴赏技巧。“我这两年喜欢上了玉石，觉得玉有灵性，通天地，通人性。现在收藏古玉的人很多，不过我认为，和传统古玉相比，新玉石价格的上涨空间大，投资现在就是投资未来。”

佟一琮的观点和武林不谋而合，他喜欢古玉，但同时也认为新玉易收藏，不易受损，便于流传，还能把玩，这都是古玉不具备的优势。这不是说古玉不好，而是各有所爱。

马爷笑说：“因玉结缘，我就愿意跟懂玉爱玉的朋友谈玉。那我就简单给你们讲讲和田玉收藏的标准与要素吧！第一先看料，第二看做工，第三看作品的艺术性……选择新玉，如果具备了这三点，便可收藏。”

武林说：“我家乡的寿山石是传统四大印章石之一。不瞒各位，这些年，我一直在做商业贸易、实业控股和金融投资。一个偶然的机会，我突然喜欢上了玉石，了解得不多，只是单纯喜欢而已，我便产生了一个想法，想等时机成熟时，建一个玉石交易中心，简单地讲就是一个玉石交易平台，一个以玉石交易为主的综合性全方位服务大市场，实现艺术和市场的对接，才华和财富的转换。”

马爷说：“打算建在福建，还是北京、上海、深圳之类的一线城市？不是夸口，我们新疆可是个好地方。”

佟一琮听出了玄机，突然想到了步凡以前指导自己的那些话。马爷对建玉石交易中心这样关心，为的自然是和田玉，谁不希望自己的家乡好？谁不希望有了好事儿落在自家的地面？他插了一句：“武哥有时间去岫岩考察，看一看岫玉。”

马爷哈哈大笑起来，他问佟一琮：“小伙子，你是不是拿了岫玉的好处？在我面前抢和田玉的生意？”

佟一琮说：“不瞒您说，这好处我可拿大了，我这命就是跟岫玉贴在一起的。”

马爷的目光落在佟一琮脖子上的平安扣上。“果然是上等的河磨玉料，润度油性跟和田玉有一拼。如果没猜错，你来自岫玉的产地辽宁岫岩？”

佟一琮坦言：“您老慧眼，就是因为这个，我才爱玉。可我今天不是在抢和田玉的生意，只是介绍一下岫玉，各个玉种特点不同，各有各的风韵，玉石行业的有序竞争只会促进行业的整体发展，促进玉雕业的繁荣。大家好才是真的好，您说是不？”

马爷笑着说：“这些年，不要说不同玉石品种的竞争，不同派系玉雕界的竞争，即使是同一个地方的玉雕行里，也是你踩着我，我踩着你，生怕别人超过了自己。殊不知，人要真正成就一番事业，除了自身过硬，还得人容人、人捧人、人抬人。人有胸怀才做得了大事儿，更得有胆识、有气魄。武林先生不简单，是个干大事儿的主儿。小佟看上去蔫儿，关键时候却是冲得上拉得出的角色，对玉石的了解也比较全面透彻。小佟这样用心刻苦，倘若以后真加入玉雕行，或者真跟武林先生合作，会有什么样的成绩，也是不可估量。”

4

武林笑而不语，像是在看马爷和佟一琮怎么争，一副坐山观虎斗的架势。

事实上，建玉石交易中心仅仅是他的一个打算。他刚刚经历了一场人生大磨难，生意才复苏，关于那些曾经，他只会在夜深人静时回顾思考，他不愿提起，也不会提起。人生的路总要向前看，向前走，不断清零，不断重新开始。即使回头，也是为了反思总结，为了更好的未来。更何况他同眼前的马爷和佟一琮不过刚刚相识，交浅言深是为人处世的一个大忌，因为自己并不成熟的一个打算，引起别人的争论，是他不想看到的。他之所以说出这个打算，是因为马爷的玉雕技艺和佟一琮的人品，着实让他心生敬佩。只是刚说完，他心里就有些悔意。他的年纪虽然不大，经历的苦楚却是别人想象不到的。人生在世，但凡经历了大磨大难、大悲大喜的人，都会有一番大彻大悟，其中的痛，不亲身经历的人永远都不会懂。这时候，如果有人细看武林，便会从他的眼里看出不经意间流露出来的精明。马爷和佟一琮的争论让他看到了机会，竞争越激烈，商家才会越有赚头，这样的道理，在商海里扑腾翻滚的他懂得透、懂得深。

竞争不仅仅在马爷和佟一琮的争论里，还在赤裸裸的现实里。那年，全国玉石竞争战事正浓，各个玉种各显神通，要的无非是打响自己的品牌。

…………

天下没有不散的筵席。分开的时候，几个人都留了联系方式，马爷说，武林和佟一琮几人在新疆的活动都由他来安排。可不管是武林还是佟一琮都拒绝了，原因很简单，怕不自在，怕给别人添麻烦，怕欠了太多人情。人情只能用人情还，而还的时候，情愿还是不情愿，就有些不由自己了。

这里面的原因马爷自然不懂，便不再强求。

这一天，佟一琮真真切切地见识了关于玉石的商业之争。

武林的新疆之行，难道仅仅是为了旅行观光吗？很多时候，投资考察都是以看似云淡风轻的方式进行的。

佟一琮隐隐感觉出，武林虽然对和田玉十分喜爱，但因为“羊脂玉”事件，多少有了一些不悦。只是武林把这份不悦藏了起来，而且藏得很好，好到让人觉得什么都没发生。

可是，无论是马爷还是佟一琮都感觉到了，武林将玉石平台建设投资放在新疆的可能性微乎其微。

佟一琮几乎可以想象，马爷回去后，会以什么样的态度对待那位“凶悍”的店老板。

很多时候，一件小事儿就会改变整件事情的走向，这就是“蝴蝶效应”。

辞别了马爷，武林和佟一琮约好在岫岩见。

果然如佟一琮所料，武林说：“希望在岫岩不会遇到类似的事件。”

佟一琮答：“如果您信任我，我愿意为您效力。”

武林摆摆手，说：“你太客气啦，我们已经是好哥们儿了。或许，我们可以合作。”

佟一琮眼里顿现惊喜。

这时，一个小姑娘径直冲向武林，抡起小拳头捶上去，虽没用力，身材单薄的武林还是连晃了几下。小姑娘说着福建方言，虽然听不懂，但大家都看出小姑娘是在生气撒娇，武林在哄劝，看情形两人应该是兄妹。小姑娘的身材不像南方姑娘那么娇小，细细长长的，皮肤略黑，额头有些大，向外突，尖下巴，眼睛黑亮，鼻子高挺，唇色红润。小姑娘气恼来得快，开心来得也快，脸上很快就全是笑意，看样子是武林答应了她什么。

小姑娘的目光扫到佟一琮。

目光闪过又闪回，突然停住了，像粘在上面一样，一动不动，看得佟一琮莫名其妙，心里不安稳。

佟一琮先是以为自己的衣着哪里不对头，不自觉地看了看身上，没发现什么不对。再仔细一看，小姑娘的眼神落在了他的脖子上，那目光像是要把他的脖子射穿一个孔。他心说，又不是我把你弄丢的，你盯我干吗？你年纪虽小，可也不能转移火力，伤及无辜啊！他不和她对视，他才不给自己惹麻烦。孔子他老人家说过，“唯女子与小人难养也”。穆明解释为，唯小女人难养也。对此，佟一琮举双手双脚赞同。他避开她的目光，她却还在紧盯着他。

武林说："都怪我，忙着看玉，把我的小表妹给忘了，害得她到处找我。"

不等武林介绍，小姑娘就蹦到佟一琮面前："你是佟、佟一琮……想不到你也在这儿呀！""佟一琮"这三个字，她是一个字一个字弹出来的，语气惊喜，像是捡着了宝贝，两只胳膊挂到了佟一琮的脖子上，身子紧紧挨着佟一琮。"你变帅了嘛，上次在上海，这次在新疆，看来，我们是真有缘呀，来，我们热烈拥抱一下，以示庆贺。"

佟一琮本能地向后闪身。这个拥抱实在来得太突然了，让人摸不着头脑，他的脑海里无论如何也搜索不到半点儿关于眼前这位小姑娘的信息。

穆小让立刻披上严阵以待的战袍，小脸挂上了寒霜。她从来没听佟一琮提过认识什么南方妹子，还是在上海认识的。眼前突然蹿出来这么一位，亲昵得像是认识得比他俩还久，小身子直接挂到了他身上，这咋行？虽然说社会开放了，年轻人不用过分拘泥于小节，但也不至于开放到这种程度吧！小姑娘是南方人，又不是外国人，外国人才有见面拥抱的礼节。再说了，即使是外国人也得入乡随俗，这里是新疆，不是外国，是中华人民共和国的领地。穆小让望向佟一琮，眼睛里喷出愤怒的小火苗，小嘴噘着，显然打翻了大醋缸。

佟一琮自然看到了她眼睛里的火苗，他回给穆小让的眼神里写着冤枉，比窦娥还冤枉。他不是装出来的，他真的不记得在什么地方认识了武林的小表妹。和武林才认识不到两个钟头，整个过程，她穆小让都是看在眼里的。他抬手拽开那两只紧紧环在脖子上的细胳膊，用实际行动证明着自己跟这个妹子没有半毛钱的关系。上海的相遇是怎么回事儿？怎么一点儿也想不起来了呢？可小姑娘说得又这么清楚，难道是以前在弄堂里见过？不行，根本想不起来了。

穆小让看佟一琮眼睛的第一时间是相信的，那眼睛里的茫然和不知所措骗不了人，真的写着"不认识"三个大字。脑筋一转，穆小让又不相信了，人家张口便叫出了佟一琮的名字，准确无误，她听到了，佟一琮也听到了，在场的人全听到了，这总不会是假的吧！不认识能叫出名字？骗三岁孩子也不会相信。她现在最好奇的是，佟一琮和这女孩子咋认识的，为什么偏偏这么巧，在上海认识的，却在新疆遇到。这小姑娘对佟一琮这么亲昵，虽然她看上去年纪比自己还要小，但有个成语叫人小鬼大，自己不也在小学五六年级时就开始喜欢佟一琮了吗？难不成除了自己就没有别人喜欢他？佟一琮在自己眼里优秀，在别人眼里不优秀？优秀的人肯定有人惦记着，说不定眼前这位就惦记着佟一琮呢！她穆小让绝对不能让佟一琮被别人抢走，这是万万不能的。

其实，穆小让的心理不难理解，但凡喜欢一个人，爱一个人，总是会患得患失，时时刻刻胡思乱想，总觉得对方是全世界最优秀的人，说不定哪天就让别人抢走拉跑了。觉得其他人看向对方的眼神都别有深意，事实上怎么会如此呢？

佟一琮完全不知道这么短的时间里，穆小让的脑子里冒出了这么多的念头，整个儿一出情感大戏，编个电影剧本也足够了。他只是觉得应该撇清和武林这位小表妹的关系，不能平白无故添上莫须有的罪名，更不能被穆小让误会了，不能让她心里不痛快。

这两人都没发觉，他们的感情在几天的旅程中已经发生了质变。质变来得这么突然，让人料想不到。

如果佟一琮真的只当穆小让是小妹妹，便不会这样在意她的感受，也不会急着证明自己和武林的小表妹没有任何说不清道不明的情感，他越来越在意穆小让的感受，怕她生气，怕她不开心，这种情绪和担心不由自主地流淌出来。他还没意识到，穆小让在他眼里已经不是原来的穆小让了，不知不觉地牵扯着他的心，他会在意她的喜怒哀乐。这样的转变不易察觉，一点点入侵，不经意间便已中毒。他甚至已经记不清自己多久没有想到过程小瑜，想到过那个让他生生死死的女人。

小姑娘不介意佟一琮的冷淡，不介意他硬生生掰开她环在他脖子上的胳膊，回头对武林说："表哥，在上海时救我的人就是他。"

原来，武林的小表妹正是佟一琮在上海遭遇车祸时救下的那个叫花雪痕的小姑娘。几年时间过去，她凭着佟一琮脖子上系着的河磨玉平安扣和改变不多的外貌，一眼认出了他。佟一琮却怎么也认不出她了。

这事儿怪不得佟一琮，换谁都会认不出。几年时间，成年人的外貌不会有什么变化，孩子却不一样。

花雪痕比几年前个子高出了两个头，模样也从孩童变成了少女，如果非要找出哪儿没变，估计也就只有那个大额头了，可如果让佟一琮单凭大额头认出只有一面之缘的花雪痕，实在是难为人。

接下来的话，自然全是感激，说得最多的人是武林。感激完，武林又向大家介绍，年纪小小的花雪痕已经是名大学生了，小学跳级，中学跳级，高中接着跳，没参加高考，各方面太优秀了，直接保送大学了。"她的记忆力超强，什么书读过一两遍基本就记住了，记人自然也是强项。你是她的救命恩人，雪痕念念不忘。现在我才明白，她经常同我提岫玉，起因原来在你这儿。”

花雪痕辩解道：“表哥，你喜欢玉石，不知道岫玉可是缺项。你看一琮哥哥的岫玉平安扣多好看！跟佟哥哥多般配……”花雪痕的夸奖铺天盖地、滔滔不绝，她讲这些，完全出自真心，出自对佟一琮当年救命之恩的感激，出自对佟一琮的敬爱。只是一会儿叫佟哥哥，一会儿叫一琮哥哥，叫得有些乱，像在夸奖两个人。

武林边听边乐，别人不了解这个小表妹，他可是了如指掌。平日里，花雪痕是只骄傲的小孔雀，而且是开着全屏的那一只，心里眼里哪里容得下别人。从小到大聪慧过人，学习成绩拔尖儿，样样都超过别人，考试得了第二名都和自己较劲，关起门生半天的气。当然，这也使得她有些心高气傲，平时家里的兄弟姐妹们大多都得让着她、哄着她、由着她。能让她收起展开的漂亮尾巴，心悦诚服地对待一个人可不是件容易事儿。武林又看了几眼佟一琮，说实话，他并不觉得佟一琮哪方面出众，个头自然是比南方人高很多，典型的北方大汉，脸膛儿是黑的。他认为自己的皮肤已经很黑了，显然，佟一琮比他还要黑。他现在只能把花雪痕的这种表现归结为对佟一琮的感激之情。想到这儿，他又记起了一句俗语：一物降一物。说不准，佟一琮就是能降得住花雪痕的人。念头只是一闪，他却被自己吓了一跳，这都哪儿跟哪儿，怎么想到这档子事了？雪痕还小着呢！

佟一琮羞红了脸。他明白花雪痕的感激之意，可众目睽睽之下，这样的夸赞，还是让他承受不住，尽管在他眼里花雪痕只是个小孩子。他用眼神向花雪痕告饶，意思是，小姑奶奶，您就别夸了，再夸我就找个地缝钻进去！不知道是南北方的差异，还是花雪痕还不谙世事，她对于佟一琮的告饶完全视而不见，继续不停地夸赞着。佟一琮无奈，只好不时把目光扫向这边，扫向那边。一扫之下，发现穆明和兰瑞儿不时互看一眼，再把目光望向他，眼里颇有看猴戏似的快活。这样一来，佟一琮就更不好意思了，这中间又夹杂着气恼，他没好气地瞪着穆明。

最生气的人是穆小让。

按理说，别人夸奖佟一琮她应该是开心的，虽然一声声“小哥”叫着，实际上，她已经把佟一琮当成了男朋友。可她要看夸奖的对象是谁，当那些赞美从只比她小一点儿的花雪痕嘴里说出时，她的心里就不痛快了。女人的第六感告诉她，花雪痕完全可能成为她的强劲情敌。这样的感觉莫名其妙，是一种说不出来由的不安，花雪痕带给她的不安。

穆小让的闷闷不乐一直到晚上才消散。

乌鲁木齐的夜晚极富民族特色，在这样的夜晚，武林邀请众人共进晚宴。理由只有一个，感谢佟一琮对花雪痕的救命之恩。仅仅吃一顿饭是不够的。他不住地说，如果佟一琮有时间的话，他愿意邀请佟一琮和在场的所有人去福建，由他全程接待。这样的做法，显出了他骨子里的那份真情。

佟一琮说："您要是有时间，也可以去岫岩看一看，不，是考察一下，看看那里是不是符合您的想法，我们那里有玉石资源和玉雕师资源，有地理优势和交通优势……"

武林说："我好好考虑一下，我的主要生意在福建，我需要一个可靠的、执行力强的经理人帮我具体操作，另外，还有很多其他问题，我得再全盘考虑一下。"

花雪痕说："表哥，有空咱们就去看一看嘛，职业经理人应该不难找，喏，眼前不就是现成的人选吗？一琮哥哥又懂玉石，又在上海经过商……"

武林打断她的话，说："那是后续的事儿，你个小姑娘不要参与我的生意哦！"

花雪痕说："别忘了，我可是经济系的。说不定我能帮上你呢！哥，你好好考虑一下嘛，佟哥哥，他是当地人，有当地的资源和人脉，他也能帮上你啊！"

佟一琮说："能帮得上的，我一定帮。我是敞开大门欢迎您到岫岩啊！"

武林说："谢谢老弟……这个小丫头，现在胳膊肘儿就开始往外拐了！"

众人哈哈大笑。

穆小让小声说："没想到南方人也会这样豪爽。"

话是说给佟一琮的，自然也要他来回答。他的回答很简单："你以为人家凭什么把生意做大的？小商靠智，大商靠德。"

话说完了，佟一琮仍在思考着，在新疆与武林的偶遇可能就是自己事业的转机。这个世界上，很多机会、很多合作，都是从看似偶然的事件开始的。不经意间，他把目光投向了花雪痕。他突然意识到，要想打开武林集团的大门，花雪痕可能会成为他的引路人。

佟一琮的目光被花雪痕接到了，她回报给佟一琮一个灿烂的笑容。这一次，别人都没注意到。

武林选择的自然是乌鲁木齐最好的酒店，吃的自然是地道的新疆风味，最精彩的还是新疆少女在席间奉献的歌舞。那浓重的眉眼、纤细的腰肢、灵动的舞蹈、异域的音乐，把在场的所有客人都带入了另外一个世界，忘记了俗世红尘的烦恼。新疆的女孩子们真美，新疆的歌舞真美，情至高潮，兰瑞儿第一个加入了舞蹈的姑娘中间，接着花雪痕、穆小让、佟一琮、武林、穆明，其他各桌的客人，全部加入了舞蹈，大家唱着、跳着、笑着，享受着身心的欢娱。

穆明的眼睛一直没有离开兰瑞儿，兰瑞儿也在给他回应。跳着跳着，两人跳出了人群，跳出了房间，跳去了他们想去的地方。

佟一琮跟穆小让和众人跳到最后，跳到人们离去，跳到佟一琮拉起穆小让的手同武林和花雪痕道别。

就在跳舞的时候，佟一琮产生了一种从未有过的感觉，两人从小便认识，却从来没有发现，穆小让的眼神和身体的每一个动作都是能够与他相呼应的，根本用不着语言或者其他的引导。

与此同时，穆小让也发现了两人之间以前没有发现的那种你呼我应、你来我往、你应我和，像高山流水，像琴瑟和鸣。

夜晚是感情的温床，酒精和舞蹈是感情的催化剂，情欲的放大镜。

穆小让借着夜色变得异常勇敢，她拉着佟一琮的手，踮起脚，贴着他的耳朵，声音轻得像只蚊子钻进了佟一琮的耳朵："小哥，我们到酒店那边走一走。"

在佟一琮的记忆里，穆小让是一个乖巧、羞涩的女孩子，直到这时，他才见识到了她的另一面。他开始不由自主地把唇挨着她的额头，但很快便离开了。

小让是妹妹啊！他一下子明白了，挡在他和穆小让中间的并不是已经离去的程小瑜，而是他一直把她当作妹妹的这一层关系。潜意识里，他总觉得他和小让在一起是不道德的。现在，就在这一刻，他仍在纠结。他的唇只是蜻蜓点水一般，亲在了额头。

小让却用嘴唇亲住佟一琮的嘴唇，佟一琮支支吾吾，说不出话来。两片唇紧紧贴在一起，刚刚松开，穆小让的舌头又在佟一琮的耳朵上绕起了圈儿，佟一琮全身不觉一抖。

那一晚，在新疆。

佟一琮和穆小让两个人，从身体到灵魂，一切的一切，一呼一应，开始重叠。

第五章 千年磨砺润有方

1

佟一琮离开新疆的脚步异常匆忙，急促得没有一丝喘息的空隙。料想不到的事情突然出现，雷一样地在耳边炸响。

他和穆小让呼应彼此的第二个清晨，手机的另一边传来了姐姐佟一琪的声音："你快回来，妈身体感觉不太好。"

佟一琮的手哆嗦了，像握不住手机似的，心里猛地抽紧，问道："妈怎么了？"

听筒的另一边传来电话挂断的声音，再打过去，始终没人接听；发过去的消息石沉大海；家里的固定电话也是无人接听。

所有人的心跳都在加速，脑子里瞬间冒出无数个想法。

佟一琮的脸色变了，和铁青色相差无异，两条眉毛蹙到一起，嘴唇紧闭。他在心里不停地骂着，佟一琪，大姐，亲姐，你倒是接电话啊，弄个半截子话砸过来，成心让人着急嘛！老娘到底出什么事儿了？感觉不太好是什么意思？病了还是出了意外？只是头疼脑热还是大病住院？遇上车祸了还是被你和老爹气坏了？呸呸呸，坏的不灵好的灵！他责怪自己把祸事想到老娘身上，可这能怪他想吗？这是被姐姐佟一琪吓出来的。他在心里念叨着佛祖、观世音、上帝、万能的玉神、各路神仙、各国神仙保佑，老娘呀，你可不要出什么事儿，儿子还没给您尽孝呢！

他的眼睛瞬间湿了，一句古语突然出现在他敏感的大脑里："树欲静而风不止，子欲孝而亲不待。”自小到大，老娘疼着他，爱着他，从没动过他一根指头，家里每天早早起床的人是老娘，最后一个睡的人是老娘，每天给自己变着法儿做美食的人也是老娘。可自己呢，事事违着老娘的心：不让娶程小瑜，非娶不可；不让去上海，非去不可。出来这么多年，混得一无是处。这么多年来陪在老娘身边有几时？自己就是个不孝子！

穆明嘟囔着：“一琪咋不说得详细点儿？故意让人着急，说不定没那么严重。你姐什么性格，你不知道？她打小就爱一惊一乍，能把人吓死。”

穆小让拿出手机，说：“我打下试试。”重拨之后，依旧是无人接听的声音。“干妈不可能有事儿，肯定是一琪姐吓唬人。小哥，你别着急。”

佟一琮的脸色继续保持铁青色，眼睛不看任何人。他知道别人都是好心劝解，可他听不进去，也没心思听。他的心系着老娘，十月怀胎生下他的老娘。

兰瑞儿不认识安玉尘，心里的牵挂自然也少，这一刻不像那三个人一样乱了阵脚，慢声细语地分析：“如果真没什么事儿，不会突然打电话叫佟哥回去；如果事儿特别大，佟姐不会不说清楚，更不会那样镇定，估计肯定会在电话里哭了。现在要做的是赶紧订机票，让佟哥赶回岫岩。”

穆明抬手对着自己的大胖脸来了一巴掌：“可不，遇事儿就知道着急，咋不想想怎么解决！”

佟一琮显然认可了兰瑞儿的说法，可一想到飞机票和火车票的价格差，自己又没带什么钱，这一趟全靠穆明支出，于是说：“还是买火车票吧，你们三个可以再玩几天，我先回去。”

穆明自然不会接受佟一琮的建议：“这时候还计较什么钱？钱重要还是人重要？赶紧订最快回去的飞机票。”

票只订一张，佟一琮一个人的。

穆明对佟一琮说：“你赶紧飞回去，我们仨坐火车。”

佟一琮没有对他说谢，再多客气也是多余。此时此刻，所有的情谊都凝聚在了小小的机票里。啥叫兄弟呢？有事儿时想着惦着冲在前头的才是兄弟。

这是佟一琮第一次坐飞机，他的心里有些紧张。

候机大厅里有些热闹，这热闹再正常不过。世界上任何一个角落，有中国人的地方肯定热闹。若在平时，佟一琮欣赏喜欢这种热闹，有了这种热闹才有人间的烟火气息，才有了浓浓的亲情乡情。可现在佟一琮的心里着急，不管是小孩子的哭闹还是小情侣的嬉闹，都在加剧他的烦闷焦急。

可他不能把这种烦闷焦急表现出来，难道他要跟小孩子吼，不要哭了，再哭打你屁股？或者跟小情侣说，别在这儿上演现场直播，爱秀回被窝里秀去？他只能把烦闷焦急压在心里，闭着眼睛听候机室里的广播，期盼着自己乘坐的这班飞机快些登机。

“乌鲁木齐飞往沈阳的 ××× 航班因空中交通管制延后一小时。”听到这条广播，佟一琮身边的人群里出现了骚动。

“这些民航就没有不晚点的！”

“不对，是没有不迟飞的，因为迟飞才晚点。”

“人家是老大，咱们只有听吃听喝的份儿，挺着吧！”

…………

挺着，要不能咋地？

佟一琮急得直咬牙根儿，咬归咬，还得挺着。他做梦也没料到，自己第一次坐飞机是因为家里出了急事儿，更没想到第一次坐飞机就遭遇迟飞。从其他人的议论里，他听得出，迟飞的状态是常态，既然是常态就忍着挺着吧！只是心里着急的时候，时间过得极慢，他不时看看手腕上程小瑜送给他的那块一百五十元买来的非高仿“名牌”手表，开始时十几分钟看一次，后来变成几分钟看一次，越看越觉得时间过得忒慢，秒针半天才转一圈儿，像没吃饱饭的孩子，耍着赖皮，走不动路。

旁边的姑娘不停地嗑着葵花子儿，窸窸窣窣的声音像老鼠咬着纸片。

佟一琮小时候最喜欢嗑葵花子儿，觉得那是世界上最好的零食，他门牙上有一个小豁口，是嗑葵花子儿时留下的印记。可现在，听着旁边姑娘嗑葵花子儿的声音，他简直恨不得冲过去，一把掐住那姑娘的喉咙，问她为什么要发出这样的声音来刺激他，为什么要用那样的姿态来捏葵花子儿。他的冲动一瞬间产生，又在一瞬间熄灭。因为他清楚，姑娘是无辜的，她并不知道，他的老娘也喜欢嗑葵花子儿，她捏起葵花子儿的姿态和他的老娘极像，用大拇指和食指轻轻捏住，不急不慢地送到上下牙齿之间，其余三根手指微微上翘，透着股不经意的娇气。不同的是，老娘的身上还有着一股贵气，那样的气息年轻时有，年老时还有，无时不在，无处不在。

他记起母亲的叮嘱：“别摘下脖子上的平安扣，再见面，妈亲手给你换。”他记着老娘的话，红绳儿已经变成了暗旧的粉色，没摘也没换。可恨的佟一琪，她却说老娘的身体感觉不太好。不太好是怎么个情况，倒是说个明白啊！佟一琪，别看你是我姐，见了面，我一定饶不了你。谁让你吓我，谁让你不把具体情况说清楚。

“乌鲁木齐飞往沈阳的 ××× 航班的乘客请到 11 号登机口登机。”广播又一次响起。佟一琮起身，背起旅行包，箭一般冲向登机口。身边传来两位旅客的对话。

“不用着急，按号入座，一个萝卜一个坑，早上晚上一个样，没必要非得跟人家挤。”

“你总不着急，行李呢，到时候位置让人家占了，咱们的行李放哪儿？”

“有地方，不用着急。大件儿的行李都托运了，两个登机箱占不了多大地方。”

耳朵里听着别人的对话，佟一琮已经把登机牌交给了服务人员，服务人员从登机牌上撕下一小块儿，其他部分交还给他，他便跟在其他人身后上了飞机。美丽大方的空姐站在机舱口，向旅客点头微笑。众多的旅客却像木偶似的没有半点儿表情。走在佟一琮前面的一个小朋友对空姐说：“姐姐，你好漂亮哦！”

空姐的脸上顿时笑容荡漾。

佟一琮的位置在窗边，这是他喜欢的位置。

他把目光投向窗外。机窗外，不同航空公司的飞机正停在跑道上，标有特别标识的车辆在机场上忙碌穿梭。他把目光望向更远处，突然生出了感慨，人生原来是以减法来计算的，见了一面少一面，聚了一次少一次。这次见面了，下次可能再也见不到了。人生如梦，刚刚还在这个城市，可能下一分钟便会离开，人生中的许多际遇都是如此吧，谁也不知道下一秒钟会发生什么。

空姐礼貌的提示声从耳边传来：“先生，请您不要对着我们拍照，这是航空公司的规定，感谢您的合作。”

机舱内发出一阵笑声。显然是某位男旅客见美心动，拿起了单反相机。

乘务长彬彬有礼地介绍着各种安全提示，中文一遍，英文一遍。佟一琮这才知道，原来他乘坐的飞机并非直接从乌鲁木齐地窝堡机场飞往沈阳桃仙机场，而是要经停兰州。

按照要求，佟一琮和众人一样系好了安全带，嘴里还含着旁边乘客好心递过来的薄荷糖。

“起飞时，耳朵会因高空压力不舒服，吃点儿东西，保持口腔活动，可以减少不适。”说话的是一位同他年纪相差不多的男人，标准的东北男人外貌，广东人口音，声音略显沙哑，有点儿磁性的沧桑感，也许在女人看来是极具男人味道的声音。从坐上飞机起，这位男士的手里便一直捧着书。佟一琮瞧了一眼，书名是《胡雪岩传奇》。佟一琮知道胡雪岩是历史上唯一的一位红顶商人，慈禧老佛爷御赐过黄马褂，也因为和政治太紧密，最终成了左宗棠和李鸿章政治斗争的牺牲品。据此，佟一琮猜测这位可能是个商业人士。

起飞带来的颠簸感并没有让佟一琮觉得特别不适，随着飞机的渐渐升高，他俯瞰地面的辽远，感觉到了一丝愉悦。特别是当似乎经过漂白粉洗涤的云朵从飞机旁边掠过时，一刹那，佟一琮有些恍惚，觉得已经不在人间，而是到了童话世界。

时间很快到了中午，佟一琮第一次品尝了飞机上的午餐，说实话味道真是不怎么样，软乎乎、黏糊糊的，倒是提供的面包、小水果以及各种饮品略好些。

旁边的那位男士除了瓶装矿泉水什么都没要。佟一琮提醒他："您也吃点儿吧！"

男士回答："我经常坐飞机，已经吃得要吐了。"

佟一琮一笑："您是'空中飞人'！"

笑过之后，他不禁感慨起来。这世上有人提到坐飞机就想吐，有人却二十几岁才第一次坐飞机。有人一出生就有了名车、豪宅、名誉、地位，有人奋斗了几十年也达不到人家出生时的高度。难怪有人说投胎是门技术活儿，投得好的会让人无法控制地生出羡慕嫉妒恨。可是这门技术又掌握在谁的手里呢？

身外的一切都很重要，可是当面对生死和自由的时候，哪一样更重要呢？如果让他在这一刻做出选择，他愿意用一生可能拥有的财富、名誉以及所有的一切换取老娘的平安。甚至，用生命换生命，他也愿意。

经停兰州中川机场时，佟一琮从飞机上走下来。他没心思感受甘肃风情，只盼着飞机能重新起飞，快一些，再快一些回到岫岩，回到老娘身边。这个想法一路上从没停止，所有的事物全被老娘代替，包括他的玉石梦，也被抛到了脑后，谁也没有老娘重要，谁也没有。

直到重新坐上飞机，飞向沈阳，他的心神才稍稍有所安定。

美国爱德华兹空军基地的上尉工程师墨菲有一个经常会遇到倒霉事儿的同事，某一天，墨菲开玩笑说："如果一件事情有可能被弄糟，让他去做就一定会弄糟。"这样的情形，生活中的例子比比皆是，比如你每天出门都带着雨伞，可总也不下雨。当你这一天不想再带伞出门时，则往往会赶上下雨。再比如你去排队买东西，窗口前有几条相同长度的队伍，而你所加入的队伍往往是最慢的。

这是著名的墨菲定律。这条可怕的定律在佟一琮身上得到了应验。

“飞机将在十分钟后降落在沈阳桃仙机场。”这条广播刚刚放松了佟一琮拧在一起的眉毛，便有一条新的广播在三分钟后发布。“目前，沈阳桃仙机场上空正有雷暴云层，因为天气原因，本次航班无法降落，将飞往青岛……”

机舱里顿时骂声一片。

“如果不迟飞一个小时，根本就不会遇到什么雷暴天气。”

“人为刀俎，我为鱼肉，只能听从人家的安排了。”

…………

相比之下，佟一琮旁边的那位男士倒是极为镇定，淡然地说：“着急也没用，安全第一，生命第一。航空公司难道愿意到处飞，浪费油料？”男士见佟一琮一直盯着他看，于是向佟一琮分析起了航班晚点的原因：“由于航空管制，‘天高任鸟飞’只是理想，中国大约80%的空域不能为民用航空所用，全国约有上百个空中管制区，总航线中仅有38%为国内航班的固定航线，飞机只能在宽20千米、高0—14000米的航路上飞，一条航路多个航线共用，因为‘车多路少’，只能排队飞，进出港线路少而且固定，极易造成拥堵。全程航路上气象状况不宜飞越，不同机型和不同机组对天气的要求不一样。还有一些原因是乘客造成的，比如说三个以上的乘客位置重量变化，飞机将重新报备。最主要的还是连锁反应，前一航班晚点会引起连环晚点。”

男士的分析入情入理。佟一琮听得明白，纵使心里着急倒也愿意理解，只是大多的乘客还是不接受这样的状况。机舱内，各种吵闹不绝于耳，任凭空姐怎么安慰也不起作用，这场骂战在到达青岛流亭机场时全面爆发。

尽管在空姐的安排下，乘客们走下了飞机，但航空公司的工作人员瞬间被包围，各种责骂质问不绝于耳。

“把我们撵下来了，谁管我们？谁赔偿我们的损失？”

“我们要飞沈阳，什么时候能起飞？能给个准确时间不？”

“把我们骗下飞机，连个说法都没有？”

“我们要和飞机共进退，共存亡，我们要求重新登机。”

“我哥们儿坐头一班飞机，早到沈阳了，我被扔在这儿了，你们这是什么航空公司？魔鬼公司、不讲理公司、浑蛋公司。”

…………

还有好事者不停拍照，声称要把照片作为讨说法的证据，要上传到微博，引燃网络的舆论大火。

佟一琮的嘴角已经起了一串小火泡。他心里系着家里的老娘，却被转飞到了这个叫流亭的机场。真要是老娘出了什么事儿，自己回去晚了……佟一琮不敢再想，鼻子发酸。

本来佟一琮还抱有希望，觉得飞机会在当晚重新起飞，结果却被航空公司安排入住附近的宾馆，派送了盒饭。

同机的乘客端起盒饭，或笑或骂或沉默不语，大家都在感叹："今天怕是回不到沈阳了。"已经是北京时间晚上 9 点 50 分，这个时间入住宾馆意味着什么，谁都能明白。

佟一琮一口饭都吃不下，心里那团火烧着肝肠。心里急，脑子里就开始胡思乱想，他幻想着老娘躺在病床上，老爹和佟一琪一家三口，还有亲朋们围在老娘身边，老爹这时也不那么腼腆了，紧紧握着老娘的手，老娘的眼睛却一直盯着门口，时不时问一句："儿子咋还没回来？"佟一琪安慰道："就要到了。"然后亲人们不时地背过身去掉眼泪。不，她是把事儿搁心底的人，是外柔内刚的人，老娘也许不会问，什么都不会说，但她的眼里一定含着泪水，心里没着没落地盼呀等呀，盼他这个不孝子快点儿回来……

可是此刻，他却被航空公司抛在这个离家十万八千里的城市！

佟一琮坐立不安，他完全调整不了自己的情绪和状态。遇事不慌、处变不惊之类的话，安慰别人的时候，说出来特别顺畅，到了自身，全盘失灵。这世界上哪有什么感同身受，针扎在谁身上谁疼！

同机的旅客中，很多人并未受到过多的影响，依旧嘻嘻哈哈、有说有笑的。

有人开玩笑："要不咱们今晚来个青岛一夜游吧！"

有人积极响应，有人不屑一顾，有人唉声叹气……

佟一琮心想：老天爷，借我一双翅膀吧，让我飞回老家，飞回老娘身边吧！信念的力量究竟有多强大，很多时候出人意料。

佟一琮本来已经冲过凉，躺在床上，听着同室重庆男人自言自语地进行着各种不祥的猜测和妄想、自责和忏悔，突然前台电话通知他们："飞机即将起飞，请到宾馆前台集合。"

接近午夜 0 点，佟一琮终于飞到了天上，耳鸣、颠簸、疲惫，各种不良感觉通通被抛到脑后，他现在只有一个念头：回家。

一个小时后，他踏上了桃仙机场的大地。从沈阳到鞍山，从鞍山到岫岩，佟一琮奔波了一夜才终于在第二天上午推开家门。结果眼前的一幕却让他傻在那里。

正房窗下，红色大塑料盆里浸泡的衣裳和洗衣粉泡沫交相辉映，佟一琪坐在小板凳上，身子随着衣服在洗衣板上发出的有节奏的摩擦声一起一伏。

一边的老娘正往晾衣绳上挂衣服。

已经挂好的衣服滴着水，弄得地面湿漉漉的，一小块儿连着另一小块儿。几只鸡鸭高傲悠闲地踱着方步。菜园里的青菜果树绿意葱茏，肆意狂放地生长，一派安宁。哪里有老娘身体感觉不太好的样子？哪儿能看出家里出了事儿的样子？

佟一琮的脑子里一瞬间产生了N个念头：自己当时听错了，姐姐佟一琪没有说老娘身体出状况。可自己听错，穆明、穆小让、兰瑞儿都听错了吗？不对，他们没听见电话。但姐姐的声音真真切切的，就在耳边。难道姐姐谎报军情，目的就是骗他回来？姐姐怎么可以拿老娘的身体当说辞，姐姐怎么想的？这仅仅是欺骗吗？这不是诅咒老娘嘛！同样是做儿女的，她不懂拿老娘吓人会吓死人吗？他把身上的背包重重地摔到佟一琪面前，怒视着佟一琪。

佟一琪的目光跳向别处，不和他对视，起身拾起扔在地上的背包，用力拍着上面的灰尘，像是在跟佟一琮说，又像是在自言自语："进家就没好样儿，歪鼻子瞪眼，一脸阶级斗争……背包招你惹你了？又摔又扔，这可是名牌包，上千块钱呢！"

佟一琮这时候哪里还管什么姐弟长幼，话语像火箭一样直接发射到佟一琪身上："佟一琪，你在电话里怎么跟我说的？为什么骗我？你知道我要急死了吗？"

佟一琪求救似的望向安玉尘，声音低了下来，像从牙缝里挤出来的："我不是为了让你快点儿回来嘛……"

"你倒是出息了，会拿妈吓我了！"佟一琮的声音铿锵有力，不给佟一琪半分面子，"从小你就一惊一乍地吓唬人，三十多了还这样！"

老娘眯起眼睛看了佟一琪一眼，眼神里有一丝责怪。她招呼佟一琮："进屋说话。"

佟一琮黑着脸，跟在老娘身后进屋。他从老娘的态度里能够肯定一件事儿：虽然老娘可能不清楚佟一琪是用什么办法骗他回来的，但叫他回来是老娘的意思。

事实上，见到老娘平平安安的，佟一琮的气儿已经消了大半。姐姐什么脾气，他比旁人更了解，遇事总是急三火四，火燎屁股一样。他就想借机镇压一下她，省得她老是在自己面前耀武扬威，一副指挥千军万马的架势，何况现在韩风不在，正是打压她的好时机，当着姐夫的面儿，他就是再有气，也得给姐姐几分面子。

佟瑞国不在屋里，安玉尘径直坐在炕沿上，佟一琮和佟一琪各自占领了一张单人沙发，他刚坐下，就觉得屁股陷进了一个深坑，他知道这是可心把沙发当作蹦蹦床留下的“成果”。看上去乖巧可爱的可心，骨子里继承了姐姐佟一琪淘气捣蛋的光荣传统，姥姥家里到处都被她“破坏”过，当然，那个永远锁着的樟木箱除外。屋子里白墙的低矮处，只要是可心伸手踮脚可以触及的地方，到处都是她的“绘画作品”“书法作品”以及“剪纸作品”。对于满墙的花花绿绿，佟一琮只扫了一眼，现在他心里全在想，怎么扳回姐姐佟一琪一局，谁让她害得他着急上火，这个“仇”必须得报。

他的眼睛直直地盯着老娘，像小时候和姐姐佟一琪吵架一样，等待老娘评判出一个结果。

“是我让一琪叫你回来的。”安玉尘说得轻描淡写，佟一琮的心思总瞒不过她。

“我又没说不回来，干吗吓唬我，不知道人吓人，吓死人？”佟一琮的语气有些不客气，接着又把矛头指向佟一琪：“你知道不？我坐了多长时间的飞机，赶了多长时间的路，这里停一下，那里停一下，急得我百爪挠心、焚心似火。”

佟一琪态度强硬，神情却显得底气不足，眼睛滴溜溜直转，就是不看佟一琮。“你别跟我拽那些词儿，知道你念书比我多，臭显摆啥？我也是好心，妈说无论如何都要让你回来，我总得找个理由。你想一想，今天是什么日子？整天就想着自己在外面快活，心里谁都不装。进门就知道发怨气，耍脾气。你生气，我比你还生气呢！妈生你这个儿子就是为了让你整年在外面晃，过年过节都看不着，妈的生日也看不着？”

佟一琮心里一紧，看了一眼挂在门口的月份牌，当时就没话了。今天是老娘的生日。他一脸歉意地看着老娘：“妈，是儿子不懂事儿。”

“净说傻话，妈什么时候怪过你。你都在外面多久了，该回来了，妈不招呼你，谁招呼你？再说你姐什么性格，你也不是不知道，她就寻思让你回来，别的没多想。她是调皮了点儿，可不也是为了让你快点儿回来嘛，她怎么会知道你一路上会出那么多的岔子……你那点儿小心眼儿，姐弟俩还真记仇了？”

佟一琮叫了声“妈”，语气软了下来。

佟一琪一见他气势弱了，抡起拳头就捶到了他身上，姐弟俩又打又闹，好像回到了小时候。

“你们姐弟俩都是过三十岁的人了，还像小孩子似的闹。来，儿子，我得给你的平安扣换红绳了，这一回，打个万事如意结。”

安玉尘拧身，从炕上的针线笸箩里取出老花镜，戴好了，接着取出早已准备好的红绳。

佟一琮走到老娘身前，蹲下身子，头伏在老娘腿上。老娘剪断了那根旧绳。佟一琮还是蹲着，抬头望向老娘。老娘把新挂绳系在平安扣上，动作轻柔流畅，小指微跷，打出的绳结又结实又漂亮。佟一琮鼻子发酸，恍惚间回到了小时候。自小到大，这枚河磨玉平安扣没离过身，每一次都是老娘亲手系挂绳，有时对日，有时对月，有时对着灯光。每一次的情景都相似，老娘的笑，老娘的静，老娘的慈祥，老娘的每一个细微动作。唯一不同的是，他从小不点儿长成了七尺男儿，小时候总是不安稳，害得老娘跟在他屁股后面追，现在他只想乖乖地跪在老娘身前，任老娘摆弄。

那块河磨玉的平安扣重新系到佟一琮的脖子上，他的头却不肯抬起，双臂环住老娘的腰。老娘的腰细细的，比穆小让的还细，皮挨着骨，薄薄的，不知不觉老娘竟瘦了这么多？自己咋从来没注意？他想到了这些年，自己在外面东飘西荡，几时把老娘放在心上了？几时想过老娘在家里惦记他了？佟一琪没做错，如果不是她说出那样的话，他会回来吗？能回来得这么快吗？他欠老娘的太多了。他越想越愧疚、越想越难受、越想越自责……

老娘猜透了他的心思，一手抚着他的头发，一手抚着他的肩，轻轻摩挲，那手又小又软又暖。他的后背不断地起伏，不可抑制地发出呜呜的哭声，哭声颤颤巍巍地在空气里飘着，揪疼了安玉尘的心，也揪疼了佟一琪的心，她们的眼底泛起了泪花。

眼泪很快被笑声取代。

可心冲进屋，跟着她进屋的还有佟瑞国和韩风。屋里几个人脸上的泪水迅速被欣喜取代，佟一琮第一个迎了出去，说道：“爹，姐夫，你们回来了！”

“舅，还有我呢！”可心抢着说。

吕秀随后也到了佟家，送来了全羊馆的美食，一再强调，穆小让千叮万嘱不能忘了干妈的生日。这时候佟一琮才知道，他刚上飞机，穆明就变聪明了，给吕秀打了个电话，问明白了事情的来龙去脉。他再联系佟一琮，佟一琮已经在天上了，干脆不急不慌，决定坐着火车慢慢走，多品尝点儿各地美食，为全羊馆再添新项目。

佟一琮不禁为吕秀打抱不平，这边吕秀为家里的生意忙成了陀螺，那边穆明牵着兰瑞儿有说有笑。可夫妻间的事儿，谁能理得清楚，说得明白。也许在吕秀的眼里，穆明就是个贪吃的孩子，家里的饭菜再香，吃多了也会腻，偶尔便会到外面去尝尝鲜。但外面的饭菜再好吃，穆明的心里也永远装着家里的饭菜，吃够了自然会回家。可是，这样的纵容真的好吗？婚姻里的包容可以无底线吗？

想到这儿，佟一琮不免又担心起穆小让，小让的性子倔，尤其在这件事儿上，对穆明的意见非常大，如果不是亲生的哥哥，两人一定会“打”起来。不知道接下来的三人行，会不会又闹出什么不愉快，他的心里倒是希望穆明能早些回到岫岩，也免得兄妹间爆发战争。那兄妹俩的战争，可不像他和姐姐，一旦着火，必定会伤及无辜。

团圆饭吃得欢欢喜喜。

佟瑞国把一只河磨玉的手镯戴到了安玉尘的手腕上，每年安玉尘的生日他都会送给安玉尘一件亲手做的礼物，只是当着儿孙的面儿亲自给老伴儿戴手镯还是有些不好意思，他的脸羞得通红，幸好喝着白酒，红脸更像是酒精闹出来的。他嘿嘿地乐着，遮掩了那份羞涩。佟一琪两口子送的是一套衣服，佟一琪最爱买衣服，这倒是符合她的性格。韩可心送上了刚刚学会的一支拉丁舞。

看着舞动的可心，佟一琮一瞬间觉得她长大了，成了大姑娘，虽然她的动作还不够标准，但那伸胳膊扭胯的样子还真有些味道。佟一琮不知怎的，突然想到了程小瑜跳舞时的样子，心里一个闪念，可心长大了是不是也会像程小瑜一样招得男孩子都围着她转？他很快抽回了思绪，责怪自己，胡思乱想什么呢，可心还是个孩子。

佟一琮没给老娘准备礼物，他的脑子嗖嗖地转着，琢磨着送给老娘什么好，想一个否一个。老娘懂得他的心，说道：“儿子，给妈拉个曲子吧，多少年没听见你拉二胡，耳朵都痒了。”

可心取来了二胡，胡琴盒上纤尘不染。

佟一琮明白，老娘平日里肯定时常擦拭。轻轻打开琴盒，取出二胡，佟一琮习惯性地拿起松香块在弓毛上来回均匀地蹭着，很多的松香粉末沾在上面，弓毛渐渐变白，他才放下松香块，轻轻试拉了几下，觉得声音不够响亮，又拿起松香块，来来回回蹭了几下。

握着琴弓，佟一琮愣了神儿，一时间，他真的没想好给老娘拉个什么曲子，老娘熟知的《长相思》《二泉映月》都太哀伤，不太适合今天的场合，拉《生日歌》《世上只有妈妈好》一类又显得自己太幼稚。他一下子想到了总政歌舞团的二胡首席，著名二胡演奏家陈军的那曲《太极琴侠》。

佟一琮第一次听这曲子是在电视里，屏幕里的陈军没在舞台上演奏，而是在武当山下，太极湖畔，他坐在一把简单的椅子上，一把二胡，两根琴弦。山水之间，琴声激越澎湃，冲天而起，仿佛一层层琴弦激荡起山峦里的古木松风，太极湖水的层层涟漪，音质相撞，万山和鸣，灵感、穿越、天籁、千古、永恒，纠缠反复，无穷无尽。仅仅一次，佟一琮就记住了太极琴侠陈军。

试了试音，找了下感觉。凭着多次听过的记忆，佟一琮缓缓拉动琴弓，将他的情与爱、梦想与志向注入两根琴弦。全家人都为曲子里的荡气回肠动容，老娘老爹不时对视，目光粘在一起又分开，分开又粘在一起，像在商量着什么，决定着什么。

饭后，佟瑞国说出了让全家人吃惊的话：“儿子，既然你喜欢玉，以后你就用心揣摩吧！”

这是一道解禁令，意味着佟一琮可以公开玩玉、碰玉、学玉、琢玉。他的脸上顿时现出惊喜，片刻，又被老爹凝视老妈的凄凄哀哀的眼神击了回去。

老爹不让佟一琮碰玉是为了老娘，但为了老娘什么，他从来不知道。但他知道，如今老爹允许他碰玉是为了他，这他也知道。就像他一进家就没人提起“程小瑜”三个字一样，虽然他们心中都还有疑问，可是包括可心在内的全家人都在小心翼翼地呵护着他，生怕他再痛再苦。

月色下，佟一琮独自坐在院子里，北方的夏夜，微风吹在身上，也有一丝凉意，虽然凉，却是舒服的凉，清爽、畅快。蛙叫蝉鸣蛐蛐吵，争着炫耀乡村好声音。

老娘悄悄为他披了件衣裳。他转过身，拉住了老娘的手：“妈，这么晚了，睡吧！”

安玉尘坐到了佟一琮的对面，手还握在儿子的手里：“上岁数了，睡觉轻，睡不着。”

“累了，是不？”

“儿子，出了那么大的事儿，为啥不告诉家里，都在心里存着？”安玉尘有些鼻音。

“妈……都过去了。”佟一琮的鼻音更重，“别担心，你先睡，我愿意闻咱家菜园子里的青菜味儿，愿意听蛐蛐吵，我一会儿再睡。”

“妈希望有些事儿在你心里是真过去了。别人再怎么说怎么劝，说的都是皮毛，进不进得心，你自己清楚，最重要的是你心里真能放下。心里头放下了，才会真轻松。以后有话有事儿别憋着，啥话啥事儿不能和爹妈说？你记着，爹妈啥时候都在。”

佟一琮用力捏了下老娘的小手，是对老娘的回应。他怕自己一张嘴，话没说出来，眼泪先滚下来，不能在老娘面前掉眼泪，不能再让老娘为自己操心上火了，难过也不能让爹妈看出来。自己是三十岁的人了，得扛事儿了，更得替爹妈扛事儿，扛起这个家了。

“人生一世，说长上百几十年，说短跟做梦似的。桩桩件件的事儿，自己尽心尽力了，就没啥可悔可恨的，啥都是经历经验，都是老天爷在逼着你想事儿做事儿，要是事事都顺着你的心境来，这人还能长大吗？人呀，不在这方面吃苦，就会在那方面吃苦，老天爷长着眼睛，你吃过的苦不会让你白吃，这边苦，那边甜，一阴一阳，一坏一好，一苦一甜，全都轮着来。哪儿有过不去的山，蹚不过的河？以后别自己扛着，妈在，爹在，全家人都在，你到啥时候都不会是一个人。”

那天晚上，佟一琮终于敞开心扉，对老娘讲了自己的经历、自己的打算。“妈，我喜欢玉，我想琢玉，而且现在，我也有了更大的梦想，不仅是做个玉雕师，还要做成一个玉石的平台，想做更多……”

月光下，安玉尘听着佟一琮的话，眼睛里尽是光亮。

那晚，母子俩谈了很久，直到天色微亮，才各自回屋。

进屋后，佟一琮看到老娘一直上锁的樟木箱居然放在了他的房间里，锁也是开着的，他的心又狂乱了。那是老娘的樟木箱，从他记事起就一直锁着。小时候，他好奇里面究竟藏着什么宝贝，曾试图撬开它看看，螺丝刀还没碰到箱子，就被老爹大喝一声制止了，还来了一顿胖揍。

而后，关于樟木箱里存放着什么宝贝的猜想，像只小老鼠一样，在他的心里东啃啃西咬咬，不肯消停。在他眼里，母亲的樟木箱太神秘、太有诱惑力，关于里面究竟藏着什么，他曾做过若干猜想。里面是老娘结婚时的嫁妆，是他和佟一琪小时候的衣裳，是传家的宝贝，是老爹这些年送给老娘的礼物，还是母亲和佟家的秘密？可秘密又是什么呢？

小时候，他因为惧怕老爹的暴打，放弃了对这个秘密的探究。后来，他慢慢懂了，放弃对这个秘密的探寻也是对老娘的尊重。

尊重除了说敬语，顺着老娘的意愿，还包括不去揭开或者触碰老娘不愿意解开的谜，老娘想保守的秘密。

老娘是个谜，老娘有太多的秘密，比如这个樟木箱，比如每逢农历初一、十五的突然消失。

这一刻，樟木箱摆在佟一琮面前，像在对他说："你不是一直想探寻我的秘密吗？来吧，快来吧，秘密现在就在你的面前呢！"

老爹老娘会这样粗心大意，这样不小心？不，他否定了这个念头。或许是老娘故意这样做？一切都是老娘故意安排的，让他回岫岩，让他了解这个秘密。可这仅仅是一个猜测，如果想让他看，为什么不光明正大一点儿，而是采用这种方式呢？难道老爹老娘在这件事儿上也没有达成统一？如果有一个人默许，应该是老娘同意他了解这个秘密。

这时候，他想起了老娘的那句话："是回来的时候了。"

他的心愈发紧张起来，打开？不打？看？不看？内心的挣扎与纠结不停起伏。

欲望与理智，是人类永恒的难题。

他走到樟木箱前，抬在空中的手停住了，觉得像个贼似的翻看老娘的东西实在不妥，理智告诉他，不能这样做。可强大的诱惑力却让他不由自主地伸出手，一寸一寸地伸近，挨上，使出恰当的力道，然后打开箱盖儿。

想了盼了二三十年，要解开的秘密就在眼前，打开樟木箱子的一瞬间，佟一琮的心瞬时跳到了嗓子眼儿，猛烈的心跳声既无秩序，更无章法，乱成一团。他从来没有那么紧张过，手心儿里已经沁出了汗，湿漉漉的，黏黏的。他能明显感觉到自己的手指是发抖的。

足足缓了两三分钟，他定下神，仔细查看里面的东西。

箱子里装着数量不少的岫玉首饰，光玉镯就有七八只，圆条镯、扁条镯、贵妃镯、富贵镯、方条镯、绳纹镯、雕花镯，没一件重样。佟一琮记得老娘戴那只雕花镯的时间最短，老娘说喜欢简单质朴的样式。佟一琪却喜欢得不得了，非要抢着戴。老娘坚持不肯，说只要她活着，老爹送的礼物就要陪着她、伴着她，那是老爹的心。将来有一天，若是她不在了，再分给儿女们。里面还有一些挂件，大概有十几件，观音、平安无事牌、玉佛、如意……一看就都是老爹亲手雕琢出来的。佟一琮记得那件玉如意是老娘最喜欢的，其材质是河磨玉，玉肉白皙嫩滑，样式简单，造型圆润，线条流畅，小巧玲珑。“如意”一词出自印度梵语“阿娜律”，意思是万事如意，事事如意，如各种意。

不过，光是这些个玉件还不足以让佟一琮惊讶，接着看到的物件，才真是完全出乎他的想象。

在各种岫玉首饰下面，是一套满族传统女孩儿的衣服。他猜测可能是老娘或者老姐小时候穿过的，留下来做个纪念。只是衣服的质地样式以及做工的精致，按照现在服饰分类的标准，绝对可以列为国际大品牌。盯着那些衣服，他的脑海中千头万绪，看款式，这些衣服不应该是老姐穿过的。难道，这是老娘小时候穿过的？可这些衣服这么精细，一看就不是平常百姓人家的衣物，这背后藏着什么？是与神秘的姥姥家有关吗？自他出生，便没见过姥姥家的人，更没去过姥姥家。老娘为什么从没带他见过姥姥家的人，老娘的身世为什么连亲生儿子也不能告诉？究竟藏着什么秘密呢？

他再翻下去，萨满服饰和女萨满神帽出现了。他的眉毛拧成了一条线。他不懂，为什么这样的服饰会出现在老娘的箱子里，这与老娘又有什么关系呢？

对于萨满，佟一琮并不陌生。“萨满”一词源自通古斯语“saman”与北美印第安语“shamman”，原词指的是智者、晓彻、探究等意思，后来也被理解成为这些氏族中萨满之神的代理人和化身。满族在漫长的历史时期内信仰和继承着与通古斯人信仰一致的萨满教。

神秘的萨满服饰让佟一琮心里充满了敬畏，他迅速将一切恢复原状。他躺回炕上，深呼吸，想让内心快速平静下来，但是真的很难做到。他闭上了眼睛，久久难以入眠，他相信，老爹清楚老娘在樟木箱里藏着什么，难道这就是佟家最大的秘密？这里面都牵扯着什么？老娘的身世？姥姥家的秘密？除此之外，还有什么？……

就在这样的胡思乱想里，佟一琮进入了梦乡。梦中的情形一片混乱，一会儿是跳舞的萨满，一会儿是各种岫玉，一会儿是穿着格格服的小姑娘站在玉石旁哭泣，一会儿是一位老萨满拉着小姑娘的手，一会儿是老爹给老娘戴上玉如意……

直到第二天早上，饭菜的味道钻进鼻子，肚子饿得咕咕叫，膀胱胀得生疼，他才爬起身，习惯地看了一眼程小瑜送的那块儿除了洗澡不曾摘掉的手表，已经 8 点钟了。

2

老爹说话算数，当天便带他去了一家玉器厂。在那儿，佟一琮第一次领略到什么叫化腐朽为神奇。神奇不仅藏在萨满的神秘里，还藏在玉雕大师的设计和创意里。

玉器厂的加工车间，分区摆放着各种琢玉设备、各种半成品。按理说，一般情况下，这里是不欢迎业内人士参观的。这样的规矩，佟瑞国懂，所以把佟一琮带进去以后，他便张罗着到外面转悠，却被人一把拉住。

“你我之间，跟别人一样？我的活儿别人看不成，你是自己人，难道还看不成？”说话的人是老爹的哥们儿，姓国，是位玉雕大师，也是别人眼中的怪人。

这位国大师喜欢杯中物，笃信酒品即人品，一次偶然的机会，佟国瑞与国大师在酒桌上相遇，推杯换盏间，两人从国际、国内形势谈到岫玉发展态势，从各种玉料谈到琢玉心得。酒至半酣，神至微醉，便从酒友变成了好友。由此才有了佟一琮的这一行。

这位国大师作品怪，风格独特，剜脏去绺到极致，不允许作品的材质有一丝的瑕疵。因为标准高，所以永远对作品不满意，总能给自己挑出毛病。他做人也怪，特立独行，不与人过多交往，不参加任何圈子。国大师在别人眼里分明就是一个独行侠，永远独来独往，自行其是。按照自己的方式做事，在自己的小世界里，心无旁骛。这种创作态度也正是佟一琮最敬佩的地方，人的精力有限、时间有限，自然要做最重要和最紧迫的事儿，要是一颗心东逛西游，还能做成事吗？

对于这位国大师，佟一琮是又爱又敬又畏。爱其才华出众，敬其心无旁骛，畏其性格怪异。

佟一琮曾听老爹讲过国大师的一个故事。说是当年有一块黄白老玉的玉料，高一米多，宽半米多，最初是想设计为观音送福，可雕刻师琢到一半傻眼了，观音的脸上本是黄白的玉肉突然出现了糖色，一共三小块，浓淡不同。佛面必须是净的，绝对不能“花脸”。“完了，料子废了。”雕刻师当时就掉了眼泪。后来，这件别人眼中的废料辗转到了国大师的手里，他围着玉料转了几圈儿，盯了半个钟头，拿起毛笔，饱蘸墨汁，行云流水勾画一番，一幅《二羊开泰》的作品雏形便出现在了众人的面前，那几处糖色恰好做成了山上的枫树。

提起这事儿，佟瑞国的眼里全是惊羡："别人画活儿多是用铅笔，好涂好改，他画活儿用毛笔，不是成竹在胸，能有那气度？"

今日有老爹带着过来，佟一琮想，不知道自己是否能有幸亲眼看到国大师画活儿的一幕呢！

果然如愿。

玉料是黄白老玉，上下左右都有糖色，中间黄白质地上成，美中不足是有脏有绺。国大师观察了很久，前后左右上上下下，每一个细处都看了又看，这才拿起毛笔，在墨水瓶里蘸好墨汁，自上而下，挥洒落笔，中间稍有停顿，片刻又抬手落笔。十几分钟后，设计完成。

旁边的佟一琮瞪圆眼睛，国大师每次落笔，他都在分析，下笔的走向、意图何在。每每都会与大师有所偏差，不由感叹自己与之相去甚远。等到大师放下笔，再仔细观看，整件作品布局不落窠臼，果真是别出新意，自成一家。细微处更是让人称道。国大师告诉自己的徒弟："那些水草要有芯有蕊，要做春天的草，不断有嫩芽长出来。水草的长势要顺着山泉的流势。猴子毛的方向要顺着风向，要让人一眼看出风刮向哪一边……"

佟一琮还想看看国大师创作的精品，但他没敢提，以这位大师的性格，能允许自己看他画活儿已经很难得了，用句小品中的话说："还要啥自行车啊！"

"再让你看看我刚完成的作品。"国大师一脸兴奋。也不管别人是否跟上，自己走在了前面。佟一琮自然是紧跟其后。

尽管在外面的这几年，佟一琮见到了很多玉石雕刻精品，但当看到那三件作品因色取巧、俏色巧用、超越形似、追求神似、自然天成、惟妙惟肖的艺术效果，他还是被震撼了。

这么多年，他都是在看在想在琢磨，根本没有落实到行动中。琢玉是轻轻飘飘拿得起的活儿？他真真切切地感受到了自己的无知和浅薄，要学的东西太多了，无穷无尽。

关于岫玉平台的思考，佟一琮想得越来越多，如果能够把岫岩甚至周边的玉雕大师的资源整合起来，形成一个集团式的运作，会有什么样的发展？他突然又想到了武林，那位福建"书生"会把平台建到岫岩或者鞍山吗？

如果会，那么他和武林会有什么样的合作机会呢？

佟一琮打通了步凡的电话，讲了新疆之行的经历，讲了回岫岩后与一些玉雕大师的接触，又讲了自己的一些想法。

步凡说："真得表扬你了，想法越来越全面，格局越来越大了。方便的时候，经常和福建的武林先生沟通一下，不一定非得谈岫玉平台的事儿。他这样的人精明老到，你不说他也明白你的想法。常沟通是为了拉近感情，感情到位了，一切都会好办得多。这是我的经验之谈。"

佟一琮说："多亏你提醒，要不然我也想不到这方面。总觉得自己太积极主动了，反倒让人家怀疑我是不是有企图。"

步凡说："你这是有梦想，不是有企图。谁都可以有梦想，可以追梦，这并没有错。忘了我跟你讲过的吗？如果你不主动跟人家说，人家怎么会知道你的想法呢？"

佟一琮说："明白了。回来后我们真的沟通过，武先生现在在扬州。"

步凡说："武林去的全是玉雕大师集中的城市，看来，武先生不只是说说，是真的在考察。一琮，你还得注意一下这位武先生的态度，试探着来，说话别太随意。你也可以侧面通过他的小表妹了解他的想法，条条大路通罗马。了解一下武林集团的总体情况，集团主要发展方向，下一步的发展规划，对建玉石平台有哪些构想……暂时就想到这些。总之，了解得越多越好，我这边也帮你收集资料。"

佟一琮精神一振，明白果然姜还是老的辣，步凡想得更周全细致。

步凡说："岫岩那边，多跟那些玉雕大师接触，抓住核心人物。你自己也得抓紧，把自己的名头打响，名头响了才有号召力，这就靠你自己出作品了。"

佟一琮说："明白，有事儿我随时问你。我现在就是担心，人家要是真来了，资金方面我是一点儿办法也没有。"

步凡说："这个担心太早了，走一步看一步，你有你的优势，他有他的优势，合作是把彼此的优势集中到一起。而且你的优势恰恰是他需要的，这点很重要。"

听了步凡的指导，佟一琮的一颗心终于安定了下来。

不论是在家人眼里还是熟人眼里，佟一琮都变了。这个在外面闯荡过、见过大世面的人，变得沉默寡言，变得魔魔怔怔，总之，变得和正常人不一样了。

有时佟一琮坐在院子里呆愣愣地盯着家里的几只鸡，看它们咋伸脖子咋抬脚，咋亲昵咋觅食，一盯就是一整天。鸡不明白咋回事儿，眼睛瞄着他，沿着墙根儿跑。

有时他又站在鱼池边，看鱼咋游水，咋沉入水底，咋甩尾，咋跳出水面，咋吐泡泡。

他会跑到山里，看山脉的走向，看向阳一面的树叶长成啥样，背阴一面的树叶长成啥样，看树叶落在地面啥样，漂在水面啥样。

也会跑到山泉边，看水咋冲过石头，看水草咋顺着泉水扭捏娇羞，看水咋样打旋儿，看水咋样激起浪花，咋样轻缓流过。

忙活了一天，回到家，关上门，对着墙，趴在桌上，佟一琮又开始画画。他没受过专业训练，凭的是年幼时的爱好和现在的观察。画一张不满意，扔到一边，再画一张不满意，又扔到一边，一张又一张……光是一只鸡，画出的废纸就堆得桌上地上全是。

穆小让来看他，拾起纸，说道："画得挺好呀，怎么扔地上了？"

佟一琮说："不好，韵味不够。"

穆明推门进来正好听见，嚷嚷道："不够味儿，加点儿佐料。"

几个人一听全笑了，笑穆明说什么都离不开吃。

穆家兄妹硬拉着他去了全羊馆。"补补身子。干妈说你现在一天只吃一顿饭，你当自己是出家人持午，还是想减肥瘦成人干儿？"

佟一琮既不是出家人，也不想变成人干儿，他只是怕占用时间。眼前的美食还是很有诱惑力的，于是一通神吃海喝。

穆明在旁边看得嘿嘿乐，穆小让皱着眉，叮嘱着："慢点儿吃。"

穆明说："紧张啥，这么大的人了，喝羊汤噎不着他。"

佟一琮不理会那兄妹俩的逗趣。嘴上吃着饭，脑子里还在想着自己画的那只鸡到底差在哪儿，为什么看着就是不够活灵活现，不够生动？问题出在鸡冠子、鸡毛、鸡眼睛、鸡翅膀，还是鸡爪子？脑子里的内容，不小心从嘴里溜了出来。

穆小让听得仔细，旋风似的出去进来，一盘熏鸡便摆在了他面前。

佟一琮看到后愣了，问："店里增加新项目，开始做熏鸡了？"

穆小让说："你念叨半天鸡翅膀、鸡大腿、鸡爪子，我特意到对面给你买的，多吃点儿。"

佟一琮笑了，他没跟穆明和穆小让解释，但他明白自己钻进去了。就像索秀珏和国大师对他的评价："佟一琮，你还真是琢玉的虫。"可他知道，自己不想当虫，想当的是龙，但是从虫到龙的路程长着呢！

眼下，第一关就把自己卡住了。

佟一琮又觉得人生从来没有像现在这样活得有奔头、有念想。他越来越发觉，其实人最幸福的事儿就是心里头有一个坚定的目标，没有杂七杂八的念头。

汤足饭饱，他宣布了一个重大决定："我要去美院学习。"

当晚，他又对着全家人正式宣布了一遍这个决定。

姐姐佟一琪坚决反对："大学毕业多少年了？要是程小瑜肯生，你的孩子都快上学了！这时候去学习，你想当博士？"

佟一琮说："我什么士都不当，更不当近视。琢玉需要系统的学习，没有扎实的绘画功底行不通，我这是缺啥补啥。"

佟一琪没明白，问："什么时候近视的？是不是得配眼镜？"

韩风在一边嘿嘿乐。

佟一琪瞪他一眼："傻笑个啥？"

韩风说："人无远虑，必有近忧。近视指的是这意思，他的志向远大着呢！"

佟一琪说："大志向是啥，难道半路出家还想超过索阿姨，超过国大师，当个全国玉雕大师？"

佟一琮说："可能比你想得还远，我的梦想大着呢，将来说不定会吓到你。"

…………

佟瑞国不理会小儿女打嘴架，眼睛一直盯着安玉尘。安玉尘看看闺女、看看儿子，声音不高不低："学去吧，学费多少钱？"

佟一琮说学校方面索秀珏帮他联系好了。自己手里的钱够，在上海时的积蓄还有点儿。佟一琪知道他在撒谎，他在上海时挣的钱只能勉强维持自己当时的收支平衡，哪儿还能有存款。她私下里问他："学费是不是从穆明那儿拿的？"

佟一琮知道瞒不住，脸上讪笑，算是回答。

佟一琪从包里掏出两沓钱，堆到他面前："你还有个亲姐呢！"

佟一琮心里一热，鼻子酸了。

和当年佟一琮去读大学时不一样，这一次，家人没送佟一琮，送他的人只有穆小让。小让说要送他到鞍山火车站。

佟瑞国和安玉尘自然高兴穆小让从干女儿转正成儿媳妇，支持声保持高度一致。佟一琪小让长小让短的不离口，可心更是早就忘记了当年做程小瑜跟班儿的事儿，转过头对着穆小让，一口一个“小舅妈”，羞得穆小让成了大红脸。

穆小让的爹妈原本不赞成两人在一起，原因很世俗，却不难理解。

穆小让是个大姑娘，工作好、模样好，样样都好。佟一琮人好，又是大学毕业，也知根知底，但毕竟有过婚史，还没工作，没吃饭的手艺，成了家咋生活，难道让穆小让养家？

穆小让不爱听这样的大道理，把刀片放在手腕上：“打小我就喜欢小哥，这辈子就想和他在一起。不管你们同意不同意，我生是他的人，死是他的鬼！”刀落皮绽，血沿着手指滴下，家里人慌了，架着穆小让去了医院。一路上，爹妈两人互相责怪，说来说去都是一个意思：“丫头性子犟，她犟你也跟着犟，就不能让着点儿？丫头要是有个三长两短，我也不活了。”最后穆小让是有惊无险，只是手腕上留下了一道永远也不会消失的疤痕。

每每看到那道疤痕，佟一琮的心里就会发紧，甚至不敢去看，仿佛看上一眼，都会让疤痕流血。但两人之间的进展并不顺利，穆小让热着烫着，佟一琮冷着淡着。从新疆回到岫岩，佟一琮极力回避着两人可能见面的机会，实在避不了，也尽可能用冷面孔对着穆小让，要不就苦口婆心地说：“小让，找个好男人嫁了吧，小哥不是好男人，离我越远越安全……小哥对不住你了，都是小哥的错。”

穆小让和他理论，说他是懦夫，不能直面自己，不敢追求真爱。她问佟一琮：“如果你真不喜欢我，新疆那晚算什么？一夜情，还是一时冲动？”

佟一琮顿时无言，从此不再说让穆小让离他远点儿这类的话。

穆小让说：“这样才是乖小哥，不，是乖老公。你要继续好好表现，表现好了有惊喜。”

佟一琮从此就由着她的性子了。他知道，小让认准的事儿，轻易没人改得了，小让是个一条道走到黑的人，不像程小瑜那么灵活。这样的性子，说好听的是执着，说难听的就是犟种。

有时他也会想，自己心里不喜欢小让吗？喜欢，真喜欢。这种喜欢和当年喜欢程小瑜时不一样。程小瑜对他来说像山上的雪莲，自始至终都觉得像个梦。穆小让不一样，小让的好是能和他同呼吸共命运的那种好，一抬手一动脚就能彼此感应的那种。比如他正想着拿笔，小让已经把笔放到他面前了；比如他渴了，小让已经把水杯摆到了他旁边；即使是他跑河边去了，小让肯定也会追到河边。他问：“小让，你咋知道我在这儿？”小让说：“没原因，我就知道你肯定在这儿。”

新疆发生的事情，让佟一琮明白，他的心里已经装进了穆小让。其实，他是喜欢穆小让在身边时的那份踏实安定，那种细水长流平淡不惊。可他的压力很大，他不住地问自己：能承担得起对小让的责任吗？能给小让富足幸福的生活吗？回答是不能，至少现在不能，他还没有那个能力。他想着，有机会一定要和穆小让仔细认真地谈一谈，让穆小让死心。他还试想过，如果穆小让嫁给别人，他或许会伤心，但更多的一定还是祝福。因为他盼她好，希望她幸福。

佟一琮去美院那天，他们俩坐了两个小时的汽车才到鞍山。火车站外，他们找到一个小饭店，两人简简单单、安安静静地吃了个饭，只是给彼此夹着菜，谁都没说话。

终于，佟一琮先开口了："小让，你年轻漂亮工作好，追你的小伙儿那么多，他们都很优秀，有才华、有财富。你跟着我会吃苦，我要啥没啥，没资格跟人家争。和你在一起，我有压力，我不愿意带着压力活着。我这人闲散惯了，就想轻松点儿。"

穆小让打断他："你爱怎么讲就怎么讲吧，我也不和你犟。你不用争，谁有资格我说了算，我看中的人才有资格。你在上海最苦最难的时候，我没陪着你。现在这段苦，我一定要陪你一起吃，我不能让你孤单一个人。"

"你别犟，现在你觉得我好，那是因为你把心关着，里面只放了我一个人。如果再放进去别人，比较一下，可能我就不那么重要了。你得给别人机会，也是给你自己机会，比较选择之后，你才知道哪个更适合你。"

穆小让挽起衣袖，那条刀疤清晰刺目。"小哥，你觉得还会有其他人值得我不顾生死吗？"

佟一琮终于闭了嘴，拉过穆小让的手，嘴唇落在了刀疤上。

那天，佟一琮没有坐上去往美院的火车，改了车次，他带着穆小让来到了千山温泉。

温泉，也是鞍山的特色之一。千山温泉是一家集度假客房、各式餐饮、高端会议于一体的温泉度假酒店。温泉水以高温、高矿物质、高出水量闻名全国，被誉为"东北第一泉"。佟一琮早闻其名，不知其境，他觉得应该让穆小让享受这些，让她开心，让她快乐。果然，穆小让很快便融入其中，露天温泉让她惊喜，也让她从开始的头晕不适变成了最后的畅快。她像孩子一样，从这个温泉池转到下一个温泉池，佟一琮像个跟班儿，不时给她递上矿泉水，念叨着："多补充点儿水分。"

泡了一个又一个之后，两人才发现，温泉居然还有单间儿，是用木墙木门隔开的相对私密的空间。两人移到单间儿里，此时外面正放着舒缓的音乐，一种情绪在两人心头慢慢升腾，弥散到小空间的所有角落。

穆小让仰头看着佟一琮，眼睛水波一样闪着光，里面装满了真、装满了情，仿佛一不留神就会溢出来，落进温泉水。小让双手放到胸前，像是从胸口取出一件珍宝，托在手心，轻轻放到佟一琮的手里，她说："小哥，接住这颗心，揣进你的心里，暖着疼着护着。日子再苦再难再孤单，这颗心都陪着你。记住了，这颗心不怕穷、不怕苦、不怕累，只怕寒、怕冻、怕委屈，肉做的女儿心像玉石，不禁摔，摔了就碎了。"

佟一琮抱起偎在身前的穆小让，两人一起滑入了温泉池，水溅到他脸上，他觉得那热度像身体的温度，滑到嘴边咸咸涩涩的。

那晚，穆小让送给他一首诗：

斜倚郎身侧，雾蒙妾容娇。
清歌落当归，浓情锁玉妖。
鬓发微散处，巫山云梦绕。
忽闻推门声，惊波一池烧。

成长成熟在很多时候确实需要恰当的时机，一个转念，人生便会由此改变。

佟一琮越来越懂得"责任"两个字。如果说在上海时的学习，他是因为那份单纯的喜爱，现在则加入了对穆小让的责任。他想用自己的努力实现梦想，要给穆小让看得到摸得着抓得住的实实在在的幸福，无论是物质上的还是精神上的。他要让她知道，她的选择和坚持是正确的，是值得的。

在美院，佟一琮遇到了他的"同道中人"，他们是来自全国各地的进修人，他们中有的离开大学多年，有的从未走入过大学，年纪从二十几岁到四十几岁不等。他们安静、认真，每一节课，每一段时光，他们都在学习、探讨，他们心里有一个共识：没有时间可以浪费。他们不为文凭，只为真正学到东西，真正成长。

他们都有一个共同的名字：玉雕师。他们中间不乏一些高手，还有一些人正走在成为高手的路上。

人可能都要经历过什么才能体悟到什么叫珍贵，知道什么应该珍惜。佟一琮把点点滴滴的时间看得那么重，或许因为他已经离开大学校园太久了，四年的大学生活，月夜和操场、啤酒和方便面、自行车和宿舍楼、图书馆和学校外的小餐馆……所有的一切都让他怀念，永远地留在他的记忆中。正是因为这些，看到别人翘课，通宵打游戏，泡夜店，没完没了地谈恋爱，他都会难过。那些大学生还不懂，走上社会以后，谁还会这么耐心地给你讲课？听到别人抱怨食堂饭菜不好吃的时候，他感叹，还有比学校食堂更便宜的餐馆儿吗？

除了画画，除了学习，佟一琮和武林集团也一直保持着联系。他偶尔会打电话给武林，闲聊几句，讲一讲岫玉的新鲜事儿，同时邀请他到岫岩一游。他这样做的目的只有一个，拉近彼此的感情。

他与花雪痕也保持着联系。当然，他与花雪痕之间的聊天就随意多了。从玉石到重返校园，从南北方饮食到对人生的态度，时不时还会有意无意地提到武林集团的一些事儿。有些时候是他先提，有些时候是花雪痕先说。

花雪痕说："不知道岫岩和鞍山当地对于建设玉石平台有没有什么优惠条件和便利提供。"

佟一琮说："当然有了！招商引资、发展地方经济，鞍山和岫岩政府方面是大力支持的。"

花雪痕又问他是否了解一些具体的程序和操作。

佟一琮说自己可以先了解一下，再把情况告诉花雪痕。这样沟通之后，他倒是有了一个新点子，想到了岫岩玉石服务协会的前会长李先生。佟一琮计划回到岫岩后，要试着联系一下他。

时常"打扰"他，让他不安心的人是穆小让。

"小哥，国家天文台施密特 CCD 小行星发现的 1996XY14，被正式命名为岫岩玉星。"星体用玉来命名是从来没有过的事儿，穆小让的一个电话，把他带入了一个神奇的梦境。

佟一琮梦到他走到了星空里，蓝色的星空深邃神秘，他的身体仿佛没有任何重量，在星空里飘荡。这时，一个闪着光的女神走向他，女神的容貌似曾相识，像老娘，像老姐，像程小瑜，又像穆小让……又好像是四个人的集合体。女神走向他，更确切地说是飘向他，拉住他的手，女神的手温润清凉，仿佛一方美玉。女神带他进入了一座宫殿，他惊呆了，那里面完全是一个玉的世界，翡翠、和田玉、玛瑙、水晶……当然岫玉也在里面，鞍山玉佛苑的玉佛正慈祥地看着他。

佟一琮跪拜在玉佛之下，索秀珏送他的那块佛脉出现在他的身前。

3

佟一琮的生活注定不能平静，即使他把自己沉入美院的学习中，即使他自认为做到了心无杂念。

外界的力量、外界的人、外界的事儿，他无力左右，比如穆小让。

之前，两人已经有过君子协定，佟一琮专心学习，穆小让好好工作，两人互不影响。当时穆小让还像小时候一样和佟一琮勾了手指，以示对这份承诺的重视。

佟一琮答应穆小让一有时间就回岫岩看她。他一再叮嘱穆小让："这次是好不容易争取到的学习进修机会，你答应小哥，一定不让我分心，不影响我！"

小让先是支支吾吾，后来在压力之下，才赖皮赖脸地说："你得哄着我，哄开心了我就听你的。"

佟一琮自然是左一句"乖小让"右一句"小让乖"地哄。对于这样的哄，佟一琮早就习惯了。小让的任性不是一天两天了，早在她很小的时候，她就这样在他面前任性，而且他心里也清楚，小让作天作地、撒娇发脾气是因为在意他。何况小让的撒娇发脾气只是小女孩儿的任性，她的年纪小他那么多，她从小就叫他小哥，甚至能为了他不顾生死，相比之下，她的这点儿任性又算得了什么呢！有时候，佟一琮会问自己，这辈子能不顾生死陪伴他的人有几个？除了爹娘，恐怕只有穆小让了。光是为了这份多年来积累下来的情义，他也不会更不能负了这个大娃娃。

有时候，他也会无奈于小让的任性。这种无奈不是出于对小让的反感，而是出于对学习的迫切。他这样的年纪在校园里是超龄学员，他知道学习时间有多紧，知道自己和别人差了多少，更知道和自己的要求、想要达到的标准差了多少。但这事儿光他一个人知道不成，现在穆小让是他的另一半，牵着他的心，扯着他的时间和精力，他要让她明白，哪头轻，哪头重，哪头紧急，哪头可以放缓。他要让她明白，美好的两人同行，是你走你的，我走我的，可以牵手、可以并肩、可以同步，但不能是我走上你的路，你侵占我的道，互相拉扯着影响前行。要不然，最后两人都没有路走，最终闹得不欢而散。当然，最后一句他没敢对她说，估计她听了会又恼又怒，伤心落泪。

经历过人生的分分合合之后，佟一琮心里向往的是两个人牵着手，一辈子不松开，一起向前走，别再有波折磨难，别再为情所困、所伤、所累，感情上的平稳安宁是他心里的真实渴望和向往。或许，经历过感情波折之后，人们才会觉得平淡是真吧！

穆小让给他看过杜拉斯的那句名言："爱之于我，不是肌肤之亲，不是一蔬一饭，它是一种不死的欲望，是疲惫生活中的英雄梦想。"

这位与日本的村上春树、中国的张爱玲同为"时尚标志"的法国著名作家、剧作家、电影编导，她的文笔与独特风格使许多当代女作家为之着迷，把她的作品当作《圣经》对待。对于这位作家的文笔，佟一琮敬佩加欣赏，但就其充满着酷热、暴风雨、酒精和烦躁不安的一生，他的心里却是几多感慨。在他的心里，穆小让不应该过那样的生活，她应该过平静舒服的生活，这样的生活要靠理性来维护和平衡。大娃娃一样的穆小让欠缺的就是一份理性，这与年纪有关，也与性情有关，他知道，即使到了八十岁，她还是会不自觉地流露出单纯和孩子气。

也许这就是男人与女人的不同，男人的思维是方块的，女人的思维是曲线的。男人理性，女人感性。佟一琮要做的是让感性的穆小让理性起来，至少在他学习的问题上理性起来，以便让他能抓住这一年的时光，掌握尽可能多的东西。现在的他，不希望有任何外界的人或事儿来影响和打扰到他的学习，影响他集中精力。

道理穆小让懂，佟一琮心里的迫切她也懂。按照年纪来说，佟一琮已经过了学习琢玉的最佳年纪。琢玉是个功夫活儿，得把自己经年累月地泡在里面，从最初的解石到画活儿，再到琢玉，每一个环节都有太多的细节需要揣摩。

远的不讲，岫岩琢玉的大师们，每个都是从小泡在岫玉堆里，看着学着做着，经过若干次的失败，才制成了后来一件件精美的岫玉雕刻作品。事实上，每一件玉雕作品的问世都不是一下成功的，都要经历反复的琢磨，光是画活儿，就要根据玉石的特点、琢玉过程中出现的情况不停地进行调整，一件作品，少则十几次，多则几十次、上百次，才能做出来。

何况，除了学琢玉，他还得从现在开始为玉石平台的事儿搭架子，打基础。

这样的道理，这样的急迫，佟一琮讲给了穆小让。他还对她讲，岫岩的玉雕师在思维、眼界、细腻、空灵等各个方面还有不足。他和岫岩的玉雕师们都比不了，同外面的高人更比不了。可他心里想超过人家，这样的情况下该怎么办？只能拼了命地往前跑。“拼了命”这三个字，不能光在嘴巴上说说，得落在实际中，落在日常里。就得靠比鸡起得早，比狗睡得晚，比人家更专注！

玉石平台的基础活儿没做好，将来人家武林凭什么跟他合作。人家缺的不就是玉雕大师的资源、原石资源吗？缺的不就是专业人士吗？自己火候不到，人家能信任吗？

佟一琮心里急着盼着，却觉得力气不够、才气不够，精力也不够。玉石的世界太大、太美、太炫，他着了迷，越是着迷，越是愿意往里面钻，钻得越深，懂得越多，就越看到自己的浅薄。

《中国玉雕工艺技术》《罗丹艺术论》等上百本资料摆在他面前，他一本本地读，一页页地看，看得越多越震惊，看得越多越惭愧。尽管他在心里想过很多，甚至一些细节他都会仔细琢磨，但毕竟还没做出一件拿得出手的作品，在这之前一切都是纸上谈兵、空中楼阁。

佟一琮最羡慕最佩服的人是明代嘉靖、万历年间的琢玉工艺家、雕刻家陆子冈。《苏州府志》赞：“陆子冈，碾玉妙手，造水仙簪，玲珑奇巧，花如毫发。”佟一琮一心想成为陆子冈那样的玉雕泰斗，留下传世之作。而这只是他人生规划里的第一步，只有第一步走好了，走稳了，才有第二步——搞一个大的玉石平台。在美院学习也是积累人脉和资源的过程。

当他把所有这些讲给穆小让时，穆小让反过来劝他的一些话，分析起来，倒也很有道理，给他增加了不少信心。

“小哥，咱们为什么不能换个角度看问题呢？你只看到了木桶理论里的短板，却没看到你的长处。岫岩的大师们虽然取得了成绩，但他们的文化基础是短板，而这恰恰是你的长处，你系统学习过大学的文化课程。大师们的眼界还没有完全放开，你却在外面闯荡过，见识了别处玉雕的长处。现在，你要做的只是把你的长处无限放大。优秀的雕刻师不多，优秀的设计师更少。你没发现好多人都是在重复自己或者重复他人吗？创作枯竭是一个艺术家的致命死穴，雕工精细固然重要，设计并且形成自己的风格，更是重中之重呀！你是单纯想做一个雕刻师，还是想做一个集雕刻和设计于一身的人呢？还是像你说的，做一个玉石平台呢？如果是最后一个，那你要的就是发挥自己的长处，再把别人的优势集中在一起啊！”

穆小让的这些道理给佟一琮打开了另一扇门，这大概就是思想的碰撞吧！他意识到，或许，他小看了眼前的这个小女人，她看似娇柔，实际上却有独特的想法和见地。这样一想，也是他观察的眼光有误。这么多年来，穆小让在他心里不就是个小女孩儿吗？可她和他的生活曾经有过几年的时光几乎没有交集。在那几年里，她独自面对一切，承担一切。如藤一样的女孩儿，已经在不知不觉中长成了一株小树，尽管还有些弱小，但她是独立的有思想和智慧的小树。

他想起了曾经有这样一幅画，从一个角度看是一只青蛙，从另一个角度看则是一匹白马。角度不同，结论不同。小让看他的角度全是优点、全是长处，尽管佟一琮心里知道，小让看问题不够全面、不够客观，但这又有什么关系呢？最重要的是他应该明白哪些才是自己的长短板，应该把哪些优秀的才智发挥到极致。何况，小让这样做这样说，于他并不是一件坏事。男人需要的本来就是女人的认可、崇拜和支持。小让给他的不光是小女孩儿的任性调皮，还有小女孩儿的崇拜和信任，而这些足以让他热血沸腾，全身充满战斗力。

佟一琮不能否认，穆小让是他的一个动力来源。他何尝不思念穆小让呢？

他只是把这份思念藏起来，静水深流，内里的波澜，只有他自己感受得到。他会在夜深人静时想穆小让，想新疆的那一晚，想温泉的那一夜，想她的柔情似水、婉转动人，想她的娇喘吁吁，想她与他的呼天应地、天衣无缝、激情狂浪……每到这时，他就恨不得立刻把小让搂在怀里，揉碎了，镶进身体里。可表面上，谁也看不出他和别人有什么不一样，或者说，别人觉得他更认真、更刻苦、更玩了命地学。

只是，穆小让是真的不遵守约定。

开学一个月后，穆小让突然出现在了佟一琮面前。

穆小让对佟一琮的思念自然外露，不藏不掩，刚见面就扑到了他怀里，虽说美院里的学生们多是狂放人士，拥抱、亲吻……花样繁多。更有甚者，还闹出了与校外社会人士的各种传闻。

听说，最近校外经常停着一些豪车，车顶放上一瓶水。女孩子们拿了水，钻进车里，有些人直接坐车扬长而去，有些人从车上走下来，重新放好水。美院的同学对这样的现象，美其名曰“喝我水”（“和我睡”的谐音）。而且，绝对不是一家高校有这样的情况。

这样的现象让他感慨自己可能真是太“封闭”了，可是，原本纯洁的象牙塔变成这样子，难道不让人悲哀吗？

佟一琮骨子里很传统，这与他在深山长大有关，与他从小接受传统教育有关，更与他的性格有关。私下里，他有激情、热情，甚至是狂放、猛浪。可他不习惯大庭广众之下的拥抱，小让的突然“袭击”，让佟一琮心脏狂跳、脸颊滚烫。接着，他又迎来了另一个意外，穆小让问：“程小瑜来看你没？”

佟一琮不知道她突然提起程小瑜是什么意思，难道是对他的试探？

事实上，他已经把对程小瑜的感情默默地藏在了心里，一点儿水花都不让起，说错话都不会提到“程小瑜”三个字。过去的已经过去，再也回不去了，莫不如相忘于江湖，各自安好。悄悄藏在心里最深的一处就好，何苦要惹穆小让不高兴，回头哄着劝着的还得是自己个儿，虽说穆小让像大娃娃一样，哄一哄就能好，那也是多一事不如少一事，他才不给自己惹麻烦呢！

穆小让知道他不明所以，直爽地说了前因。原来程小瑜的电话打到了佟一琮家里，接电话的恰巧就是穆小让，两个女人从争论到和解，最终电波里的战斗才算平息。

“她说要和你结拜为兄妹。”

穆小让并没有谎报军情，她的话进入佟一琮的耳朵不到半小时，程小瑜便出现在了美院的校园里，出现在了佟一琮面前。

如果说当年的程小瑜让佟一琮惊为天人，今天站在他面前的程小瑜则变成了一个全身韵味四溢的精致女人。精致和漂亮不同，精致是后天修炼的结果。天生丽质的程小瑜已经修炼成了一个有自信、有智慧、全身散发着吸引力的女人，完成了从漂亮女孩儿到完美女人的蜕变，那种精致自内而外发散，吸引了校园里的诸多目光。这目光不仅来自男生，许多女孩子也同样是目不转睛。

“一琮，小让，好久不见。”程小瑜大方地伸出手，和面前的两人握手。

佟一琮注意到，程小瑜对他的称呼是“一琮”，而不是以前的“虫虫”，这种称呼，让他或多或少有些失落，觉得两人之间似乎真的生分了。毕竟，那个昵称是他和程小瑜的专属，如今，她却再也不会提及这个名字了，仿佛这个昵称从来不曾存在过。不过他很快释然了，一起走是缘分，放开手是缘尽，能够在最好的年纪里手拉手、心贴心地走过，分开了还能够保持这份平和从容，已经很难得了。试问，有多少曾经你侬我侬爱得死去活来的有情人最后成了老死不相往来的陌生人？很多时候，那份感觉从浓变淡，到最后越来越淡，淡到好像不曾有过。曾经伤过的心，经过时间的修补，再拿出来看，依旧健康地跳动着。这世上没有什么愈合不了的伤，再深的伤口，在时间面前，也显得微不足道。

相比程小瑜，佟一琮觉得自己不够大度、不够坦然。不看别的，单是程小瑜面对他和穆小让的那种气度就不是谁都能有的。他问自己，如果遇到程小瑜现在的那位，他能做到从容自然吗？怕是很难，至少他做不到像程小瑜一样气定神闲。这样一想，他便觉得汗颜，也许这就是气量和气度的差距吧，与性别和年纪无关。他突然意识到，他应该从程小瑜身上学点儿什么。他又在猜想，这几年，眼前的这个女人、他曾经的爱人，究竟经历过了多少风风雨雨，才历练出了这份从容镇定、泰然自若？她的背后又隐藏着多少泪水和痛苦？他不敢想太多。他清楚，程小瑜是一个目的性非常强的女人。

以他对程小瑜的了解，即使在泥坑里打过滚儿，即使吃了再多的苦头、受过再多的伤，即使万箭穿心、抽筋剥骨，现在的程小瑜也不会讲出一个字。她是一个看重结果的人，她得到了想要的结果，过程中的苦与痛、伤与泪，她可以完全淡化，或者忽略不计。也因为这样，她才是程小瑜。

这样的程小瑜是佟一琮又熟悉又陌生的，令他不由自主地想保持距离。

交谈的地点转移到学校附近的咖啡厅。

三个人坐在包间里，程小瑜坐在一侧，佟一琮和穆小让坐在另一侧。这样的座位不是穆小让故意安排的，而是程小瑜主导的。

佟一琮注意到了程小瑜身上散发出的那种女强人才有的气场，指挥若定。说心里话，他欣赏这样的女人，却爱不起来了，或者说，程小瑜给他太大的压力，一种居高临下的压力。他更喜欢娇柔的、小鸟依人的女子，比如此时身边的穆小让。

想到这儿他又笑了，人是多么可笑的动物。

无论是他还是程小瑜，都曾经以为除了彼此，再也不会爱上其他人。可事实却是，他的心渐渐被穆小让占据，尽管这爱里夹杂着兄妹情。而程小瑜呢，她爱上别人了吗？现在的爱也能如以前那样纯粹吗？不，他能觉察得出，程小瑜现在的爱不再纯粹了，随着时间的变化和阅历的增长，爱的纯度越来越低，但那又有什么关系，重要的是，程小瑜幸福了，而且这份幸福是她给予自己的，是她自己想要得到的。

佟一琮隐隐感觉到了穆小让的不安、不自信和底气不足，她有些无所适从，仿佛手脚都不知道该怎么放，眼神也是闪闪烁烁的。坐稳后，他拉住了她的手，轻轻地捏了捏。穆小让懂得那其中传达出的意思。她一下子镇定了，对他抿嘴浅笑。

佟一琮和穆小让的所有动作，全都落在程小瑜的眼里。程小瑜会心地看着他俩，仿佛眼前是一对小弟弟小妹妹，那份大气从容让佟一琮心里又是一动。这一动无关男女情愫，而是一种更高层次的欣赏。

直到这时，佟一琮才仔细打量起程小瑜，觉得用“怒放的花朵”来形容她一点儿也不为过。此时的程小瑜俨然就是完全绽放的女子，原来的长发已经削成了短发，经过精心的打理，利落又不失女人的温婉，妆容精致，身穿绿色的修身连衣裙。本是极难驾驭的色彩，却被她穿出了风情万种。颈间、腕间的精致翡翠首饰，更是让她有了内敛的珠光宝气。

程小瑜开门见山地说：“一琮，小让，我这次来，是专程请你们参加我的婚礼的。”

新郎不是当初从佟一琮身边抢走程小瑜的地产公司老总，至于其他的，程小瑜讲得并不多，她不想说，佟一琮也不想问。

佟一琮和穆小让连说恭喜。只是两人的恭喜里各有各的感情色彩，各有各的滋味。这样的情绪很微妙，无法言说，却真实存在。

佟一琮既为程小瑜有了一个归宿而开心，内心又酸溜溜的，说不出来的滋味，毕竟这个女人是他的初恋，他的第一任妻子，是他曾经的最爱，如果没有感触，那他就不是个男人。他当然是个纯种男人，这一点程小瑜和穆小让最有话语权，他对自己的战斗能力一直引以为豪。他自然也深爱过程小瑜，这一点他到死都敢承认，只不过在穆小让面前，他得藏着掖着，为的是不给自己找麻烦。可事实上，世界上哪个男人不博爱，不希望多些女人喜欢自己呢？可女人总希望男人只爱她一个，所以男人常常要睁着眼睛说瞎话，女人则被谎言哄得心花怒放。佟一琮认为这是人性，由男人的天性决定，至于如何去做，则需要个人的把握，不能无视原则，没有底线。比如现在，他对小让是爱，对程小瑜则是欣赏，二者截然不同，界限分明。

穆小让终于放下了悬着的那颗心，虽然她嘴上没讲过，可她心里始终认为，程小瑜只要有一天不名花有主，佟一琮就处于不安全的频道，她就要随时做好战斗的准备。这方面，她远不如程小瑜想得开、想得透，或许是因为她年纪小、经历少，或许是因为她没有自信。无论男女，都是经历越多，视野越开阔，想得越开，悟得越透。

程小瑜讲的第二件事儿，就是穆小让说的结拜的事儿。

“奶奶去世前，特意叮嘱我，无论如何要和你结拜为兄妹，她老人家总是念着你的好，说你性格好，做菜好吃，会包容人照顾人，心善有责任心……总之，在她老人家眼里，你样样都好。你以后就是我在这个世界上唯一的、最亲的娘家人了。一琮，小让，你们愿意吗？”程小瑜眼里亮晶晶的，闪着光。

“唯一的、最亲的娘家人”这几个字，程小瑜是哽咽着说出来的。

佟一琮、穆小让两人对视一眼，程小瑜的泪光让他们动容。“孤苦伶仃”这四个字从佟一琮的脑子里钻出来了。片刻，他又觉得这四个字用在程小瑜身上实在是荒谬，她是那么强大的一个女人。

这时的佟一琮忘了一个事实，程小瑜再强大也是女人，也需要亲情的呵护，正是因为这个原因，她才会专程来看佟一琮，讲出自己的心里话。

程小瑜将这几年的经历在短短的时间里轻描淡写地向佟一琮和穆小让复原再现。和佟一琮分开的这几年里，程小瑜有了太多的变化。她的事业很成功，在那位地产公司老总的帮助下，她有了自己的公司，生意做得风生水起。

“其实我也变了很多，变得少了棱角，棱角多了，人家咬你方便下口。我现在和生意场的人在一起，变得很世故、很圆滑，不夸张地说，现在我的洞察力非常强，不说能一眼看透，至少两眼三眼总是能看明白的。即使与讨厌的人打交道，看在生意的分儿上，看在钱的分儿上，我也能扮出一张笑脸。”

只是这几年，与她并不亲近的父母双双意外离世，最让她难过的是，抚养她长大的爷爷奶奶在父母离世后不到一年也去世了。程小瑜紧抿嘴角，抽动鼻翼，硬生生地将要滚落的泪珠咽了回去。

穆小让的心立刻软了，她伸出手，握住了程小瑜的手：“小瑜姐姐，我没想到这几年你出了这么多的事儿，我还……”她指的自然是电话里对程小瑜的冷言冷语。

“人经历的事情多了才能成长成熟，渐渐认清什么是最想要的，什么是应该坚持的，最主要的是知道什么样的自己才是最好的。最好的自己才能遇到最好的别人。所谓‘花开蝶自来’。”程小瑜脸上始终带着微笑，“不过，你可不能叫我小瑜姐姐了，我还得叫你小嫂呢！”

穆小让立刻觉得脸颊热了，嘴角却不自觉地上扬，眼角眉梢全是笑意。

程小瑜打开手提包，从里面取出了佟一琮很久没见到的河磨玉凤佩。当年两人结婚时索秀珏送给两人的龙凤佩，随着两人分开而天各一方，一枚跟着佟一琮，一枚跟着程小瑜。现在程小瑜把凤佩郑重地交到了穆小让的手上：“你才是这枚凤佩的真正主人！”

穆小让没说话，她的手抖了一下，河磨玉的凤佩此刻就在她的掌心。

当初小哥和程小瑜结婚时，她虽然因为喝醉提前离开，但也知道，龙凤佩一枚戴到了小哥的颈上，一枚戴到了程小瑜的颈上，她羡慕得要死。不是因为河磨玉的价值高，只是因为那一龙一凤代表着小哥和小哥的另一半，现在，这枚凤佩就在她的掌心，温润细腻，闪着河磨玉独有的光泽。她的手一直在抖，等了、盼了、想了这么多年，她终于真正成了小哥的另一半。穆小让突然就哭了，眼泪止不住地流着，那是开心的眼泪。

程小瑜又怎么会不懂？她拿起凤佩，轻轻地挂到穆小让的颈上，说："这枚凤佩跟小嫂真配。"

佟一琮看到这一幕，有些不敢相信，仿佛在看电影一般。眼前的程小瑜表面上看起来云淡风轻，而她的内心也是如此吗？她真的把自己修炼到这样的程度了吗？如果真是如此，这个女人的内心已经足够强大。时间真是无敌，改变了所有人，也改变了人心。他的内心隐隐作痛，痛里又夹杂着敬佩和欣赏，他心疼她的经历，敬佩她的勇气，欣赏她的气度。但他最清楚一件事儿——这一刻，最需要他心疼的人是身边的穆小让。和程小瑜相比，穆小让太嫩、太软了。他擦干了穆小让的眼泪，动作轻柔细腻。穆小让的眼泪又一次涌了出来，她懂得他在用行动表达对她的爱。她轻轻拉下了他的手，偷瞄了一眼程小瑜，发现程小瑜正在看她，她羞涩地一笑，低下了头。这一低头，倒是让佟一琮生出了更多的怜惜，看似任性刁蛮大娃娃一样的穆小让是个至柔的小女人，会让男人不自觉地生出呵护之心，觉得应该保护她、照顾她。

对面的程小瑜微笑地看着他们，眼神突然跳到了一边。

这个细小的动作没有躲过佟一琮的观察，他的心猛地疼了一下。旧爱新欢都在眼前，佟一琮承认，他做不到心如止水。他或许骗得了程小瑜，或许骗得了穆小让，唯独骗不了的是他自己。不经意的时候，欢喜悲伤的各种心绪，已经将他暴露。程小瑜曾经是他的心头肉，自己曾经扎扎实实地爱过她。虽然时过境迁，可在心底存着的，还是不能碰，一碰就软了，变成了一汪水。

程小瑜和穆小让没发现他内心的起伏。

穆小让的目光落在了程小瑜颈上的翡翠挂件上，这翡翠挂件是清代大号双凤长寿佩，直径六厘米左右，雕工精细。因为是古物，说不清楚价值，但仅从那块翡翠的品质便能猜到价值不菲。如果是出自名家之手，便是绝世之宝。

三个人谈起了各种玉件不同名称的寓意。话题到了这上面，佟一琮也有了兴致，三个人讨论得津津有味、风生水起。

玉石行有句行话叫“玉必有工，工必有意，意必吉祥”。不同的图案有不同的寓意，寄托着人们不同的信仰和愿望，或健康长寿，或姻缘美满，或金榜题名，或财源广进，或子孙满堂。

说是三个人讨论，可聊起玉石的话题，没人说得过佟一琮。穆小让偶尔还可以插上几句，程小瑜基本只出两只耳朵听就成了。佟一琮很快察觉，说道：“说是请你吃饭，结果变成听我念叨玉石了。”

穆小让说：“小哥心里只有玉。”

程小瑜逗她：“不对，还有小嫂呢！”

穆小让的脸红了，接着说出了让佟一琮和程小瑜都想不到的话：“小瑜姐姐，我来做你和小哥结拜兄妹的见证人，好吗？既然你把小哥当成了世上唯一的最亲的人，小哥的亲人也是我的亲人。以后，我家里的东西，除了小哥，什么都可以与你分享。但小哥是我的，也只能是我的，你不许碰、不许惦记，我是醋缸，超大号的醋缸！”

佟一琮哭笑不得，只能低着头不说话。穆小让的孩子气总是不经意地流露出来。

程小瑜爽朗地笑了：“小让……不，小嫂，你应该请我吃饭，好好感谢我，把这么好的男人让给你了。”

佟一琮说：“小瑜，我觉得结拜的事儿就算了，我们可以继续做好朋友、好哥们儿，当然，也可以是亲人。”说话的时候，他又拉起了穆小让的手，使劲儿地捏了捏。

他之所以拒绝和程小瑜结拜，也是经过了考虑，主要还是为了让穆小让安心。既然已经结束了，还是放下吧，别留下太多的牵扯。从此以后，他和程小瑜之间的关系，还是越纯粹越好。

程小瑜当时便流露出了遗憾，倒也没有过多勉强。

当天晚上，程小瑜便返回了上海，佟一琮和穆小让要送她，一个二十几岁的帅哥突然出现了，一米八几的身高，英俊阳光，见到程小瑜，轻轻叫了声“程姐”，两人随后上了一辆轿车。帅哥对程小瑜恭敬有加，程小瑜拉下车窗，回望佟一琮的眼里闪出了泪花。佟一琮认得，那车是保时捷。

佟一琮明白程小瑜的身家已经超出了他的想象。他心里涌起一阵酸涩，接着便是自豪。他记起了《庄子·大宗师》里的那一句：“相濡以沫，不若相忘于江湖。”相濡以沫，有时是为了生存的必要或是无奈。“相濡以沫”令人感动，而“相忘于江湖”则是一种境界，或许更需要坦荡、淡泊的心境吧！能够忘记，能够放弃，也是一种幸福。

那天晚上，佟一琮的舍友找出种种理由，果断而坚决地把小小的空间留给了他和穆小让。穆小让娇羞地躺在他的身下，两人眼睛对着眼睛，心贴着心。她抬手抚着他紧蹙在一起的浓眉，纤细的手指在他脸上身上滑动，一厘米一厘米地侵占、挑逗，佟一琮很快缴械投降……

4

人真的是一个矛盾体，佟一琮一方面心疼着穆小让，另一方面又惦记着程小瑜。

刚刚送走了穆小让，佟一琮便找到电脑，登录已经很久没用的QQ，程小瑜的头像始终是灰的，他盯了一会儿，心绪平静了。想一想觉得这也正常，她那么忙，哪儿有时间上QQ呢？

果然，人，才是这个世界上最奇怪的物种，最矛盾的存在。

胡思乱想了一会儿，佟一琮抽回了神儿，暗骂自己："佟一琮，这样下去可不成，你的时间可不是用来胡思乱想的。要做应该做的事儿！"什么是他应该做的事儿，自然是和玉石相关的一切。他随意地浏览资料，看到了一份资料《一块黄石头改变了一座城》，是关于黄龙石的介绍。

佟一琮愤愤不平，在他的心里，黄龙石无论是品质还是其他方面都无法同岫玉相比，可身价却远在岫玉之上，这是一个让他无法接受的事实。谁都知道，岫玉是四大名玉之一，而今却被诸多的后来者赶超，若是先天不足也就认了，关键是岫玉处处都要远胜于其他玉石，却因种种原因远远落于人后，这种情况的出现难道不值得深思和探究吗？究竟是谁的错？错在哪儿？怎么弥补？人家能凭着黄龙玉改变一座城，咱们不能凭着岫玉改变鞍山？改变从哪儿开始？向着哪个方向？

玉雕师的梦，佟一琮没有隐瞒，大家都知道。

但是成为玉石大亨的梦，只有他的知己和"导师"步凡知道。QQ上，佟一琮把《一块黄石头改变了一座城》的资料传给了步凡。接着他又打出了一堆话，都是些杂七杂八的思考。

步凡的头像突然亮了。对话框显示，文件已被接收。

佟一琮感到惊喜。

步凡发过来一个段子："高原上，再努力也烧不开一壶水，说明环境很重要。骑自行车，再努力也追不上宝马，说明平台很重要。男人女人再优秀，没另一半也生不下孩子，说明合作很重要。一个人再有能力，也干不过一群人，说明团队很重要。想有保障，买再大的水桶都不如挖一口井，说明渠道很重要……知道岫玉差什么了吧？”

佟一琮无语，他还能说什么？他又能左右什么？或许做好自己，一步步实现自己的梦想，才是他真正能为岫玉做的事儿。

步凡知道他的心思，发来“天工奖”入选作品图片，让他从纠结里跳出来。

佟一琮的眼睛立刻亮了。中国玉雕、石雕作品“天工奖”评选活动是中国珠宝玉石首饰行业协会在 2002 年创立的一项专业评比活动。每年的“天工奖”颁奖活动已成为业界同人的年度盛会，各地玉石界的前辈新秀、旧友新朋欢聚一堂，交流心得，切磋技艺，俭朴而热烈。拿到“天工奖”成为全国玉雕、石雕行业从业人员的最高梦想，这个梦张三会做，李四会做，佟一琮当然也会做。为了这个梦，佟一琮关注每一届“天工奖”的评选。

“天工奖”分别设立金奖、银奖、铜奖、最佳创意奖、最佳工艺奖、优秀作品奖。参赛作品材质丰富，翡翠、岫玉、玛瑙、独山玉、绿松石、青金石、琥珀、珊瑚、象牙、煤晶、水晶，以及各类宝石、寿山石、青田石、巴林石、昌化石……一应俱全。不同背景的玉雕师以完全不同的价值标准表达各自的水平价值取向。

在众多的作品中，佟一琮发现了一件岫玉作品《云烟入画》。他推想，接下来肯定还会有岫玉的踪迹，果然，当索阿姨、国大师等一些岫岩玉雕师的名字和作品不断从电脑屏幕上显现时，佟一琮心里有了从未有过的自豪，他好像看到了岫玉像一个闪亮的明星，被人追着、撵着、环拥着，原本消沉低落的心态，也因此好了起来。

佟一琮感激步凡，从相识之初到现在，这位老兄从来没有忘记过他，一直指导他、鼓励他。古人说：“以利相交，利尽则散；以势相交，势去则倾；以权相交，权失则弃；以情相交，情逝人伤；唯以心相交，淡泊明志，友不失矣。”也正是因为以心相交，两人之间的友情绵长醇厚。他和步凡的联络并不多，有时一两个月才会联系一次，可是无论在电话里，还是在网络上，都觉得彼此心意相通，说话办事不用客气、不用拐弯，直接切入主题。

有时，佟一琮会想，人这一辈子称作哥们儿和朋友的人可能不计其数，不同的阶段，不同的人走进生命，又有不同的人渐渐淡出。生命中不断有人走近走远，经过时间的不断淘洗，最后还在身边的，屈指可数。珍藏温暖的记忆，珍惜拥有的疼惜，将阳光挂在嘴角，将春风装入胸中，朝着笃定的方向，向前走。无论亲情、爱情还是友情，都应该懂得珍惜，这一刻在一起，下一秒钟也许就会分离，生命中有着太多无法预见的变数。一辈子其实不长，不过是月落日升，闭目睁眼，能遇到宽厚惦念的亲人、亲密包容的爱人、肝胆相照的友人，是多么幸运的事儿。这样一想，便会彻悟，幸福并不复杂，饿时饭、渴时水、冷时衣、困时眠、爱时牵挂、离时回忆，其实真正属于自己的，只有当下这一刻。

步凡告诉佟一琮："武林的集团实力非常雄厚。建一个玉石平台也是集团长远规划里的一项重要内容，虽然还处在考察论证阶段，不过，看来是势在必夺。"

佟一琮说："前天我还和花雪痕联络了，她的说法和你一致。她太聪明了，看出来我想参与进去，但我没跟她谈太多，毕竟有些事儿现在说还太早了。"

步凡问："她还透露了什么？"

佟一琮说："她说他们家族都知道当年我在上海救她的事儿，她个人希望我将来以一个合适的身份加入进去。"

步凡连续发来三个感叹号。"这是好事儿，看来我们了解的情况是对的。"

佟一琮说："我得抓紧时间了。一来打响自己的品牌，二来尽量把玉雕师的网织得大一些，我也只有这点儿资本了。"

步凡说："这可能正是武林集团想要的。资金方面你不用担心，如果到了合作那一步，我可能也会介入的。"

两人又谈了些具体的想法，才互道晚安。

那天晚上，佟一琮做了一个神奇的梦。梦里他身着唐装，身处一个陌生又熟悉的环境，那儿好像是鞍山，又好像不是。那是一个很大的市场，市场正门对着一条宽阔的大道，远远就可以看到上面写着"玉石"两个字。

佟一琮在梦里笑了，全国的玉石市场他知道的不少，在鞍山，只有玉佛苑附近有些店铺，和专业的玉石交易市场相比，简直是天壤之别。可眼前的一切又是那样真切，他仔细地瞧着，"艺术与市场对接，才华与财富转换"的宣传语格外醒目。一路走一路有人对着他笑，点头问好。他觉得好奇怪，仔细一瞧，索阿姨、国大师，还有岫岩的好多玉雕大师都在其中。

这时，花雪痕突然出现了，对着他笑，却不说话。花雪痕已经不是新疆时的青涩模样，成了不折不扣的白领丽人，略带冷艳。她拉起他的手走向一处古色古香的房屋，还没走近，就远远听到了高山流水的古筝声。他推开门，赫然看到对面墙上写着“佟一琮工作室”六个字。佟一琮愣了，他回望旁边的花雪痕，花雪痕还在看着他笑，示意他接着看，不要分神。

室内的装饰也是典型的中式风格，造型、色彩、图案等方面十分讲究。气势恢宏、壮丽华贵。高空间、大进深、雕梁画栋、金碧辉煌，装饰材料以木材为主，精雕细琢，瑰丽奇巧。

突然，梦里的场景变换成了一间书房，两对书架、一张红木写字台、一把官帽椅，四周是两张中间带小条案的皇宫椅，一对黄花梨多宝格、一张小琴桌、一张明式罗汉床，书房里随处可见河磨、老玉、花玉等不同岫玉作品，其中花玉最多。佟一琮觉得这间书房仿佛蕴藏着一种魔力，好像只要踏入这个空间，便会把外界的聒噪全然抛到脑后，心突然就沉淀下来，头脑变得清醒，内心非常宁静。

穆小让站在书架旁，怀里抱着一个男婴，孩子白白胖胖的，像年画里的人儿。佟一琮细瞧那孩子的眉眼样貌，简直就是他小时候的翻版。

第二天，佟一琮便把梦到的情形一一画了出来。春节回到岫岩，这幅画被他随意扔在了房间里。没想到，某一天，他突然发现画的旁边多出了一行娟秀的铅笔字：

“梦里依稀，求者戚戚，闽者为伴，天地澄明。”

佟一琮愣住了，那是老娘的字。

在他的记忆里，老娘只读过九年书，初中毕业。文化底蕴实在谈不上有多深厚，怎么会写出这样的文字？按字面的意思解释，老娘知道这是梦里的情景，可是关于这个梦，他从来没跟老娘提过一个字，没讲过他对拥有一间属于自己的工作室的向往，关于玉石平台的梦想更是从没提起，老娘怎么会了解得如此清晰？“闽者为伴”指的是什么？闽，是福建的简称，梦里有花雪痕，她是福建人，武林也是。难道花雪痕会帮助他实现这个梦？难道和武林的合作会成功？

可是这一切是不是太可笑了？老娘怎么可能知道花雪痕呢？怎么知道她是福建人，怎么知道武林集团呢？自己可是从来都没说过。

不过转念一想，佟一琮便豁然了。有什么奇怪的，老娘是世界上最懂他的人了，老娘知道他心心念念的都是和岫玉有关的事儿，梦想着成为顶级玉雕师，不，是玉石大亨。所以，老娘写出这几个字，也不意外了。

趁着只有娘儿俩在的时候，佟一琮把问题抛了出来：“您老人家指的什么？直接告诉我得了，省得我又是猜又是想的，惦记着闹心。"他的语气里，有些撒娇的成分。

安玉尘纤细的手指在画上反复地摩挲着："儿子，你的心事，都在我的心里呢。你的梦想远大，可是，得一步一步来。人这一生啊，注定不可能是一帆风顺的，真的是顺得要命了，反而可能会是陷阱。"

佟一琮明白，老娘这是告诉他做人做事的道理，踏实着来，别投机，有机会也别错过。十六个字里，藏着的内容确实已经够多了。他走到老娘身边，双手放在了老娘的肩上，老娘的肩瘦瘦的，摸得到骨头。老娘的眼角、嘴角有了深深浅浅的皱纹，他感到心酸难受。他弓着身子，下巴靠在了老娘肩上，老娘抬手，在他手上拍了拍，说："儿子，凡事都是定数啊！"

定数。

这个词让佟一琮想起了前阵子看到的印度大师关于灵性的四句话。第一句，"无论你遇见谁，他都是对的人"。这意味着，没有人是因为偶然进入我们的生命。每个在我们周围，和我们有互动的人，都代表一些事。也许要教会我们什么，也许要协助我们改善眼前的一个情况。第二句，"无论发生什么事，那都是唯一会发生的事"。我们所经历的事，不可能，绝不可能以其他的方式发生，即便是最不重要的细节也不会。并不存在要是我当时做法不一样，那么结果就会不一样。无论发生什么事，那都是唯一会发生的，而且一定要那样发生，才能让我们学到经验以便继续前进。生命中，我们经历的每一种情境都是绝对完美的，即便它不符合我们的理解与自尊。第三句，"不管事情开始于哪个时刻，都是对的时刻"。每一件事都正好是在对的时刻开始的，不早也不晚。当我们准备好，准备经历生命中的新奇时刻，它就在那里，随时准备开始。第四句，"已经结束的，就已经结束了"。这是如此简单。当生命中有些事情结束，它会帮助我们进化。这就是为什么，要完整享受已然发生的事，最好是放下并持续前进。

老娘的定数，和这四句话完全相符，但更简单、更深刻，难道一切都能归到定数里吗？包括那个真真切切的梦，包括眼前的画？

同样反应过度的还有老爹。佟瑞国看到那幅画，第一反应是，要撕掉！

老娘立刻拦住了："不能撕！定数。"

定数。

两个字又一次从老娘的嘴里说出来，佟瑞国的手垂了下去，眉毛却竖了起来，看向佟一琮的眼神就像面对阶级敌人。

佟一琮不解也不服，心说这是咋了？又惹到老爹哪根神经了？不是让学琢玉了吗？不是让去美院了吗？不就是画了一幅画吗？咋又风雪雷电的……

可心这时候突然推门进来，见着三人的状态，先是一愣，瞬间挎住了佟瑞国的胳膊：“姥爷，我想吃油炸蛾蛹了。你说给我做的，到现在还没做，我都馋死了。我要吃！”说着话，她推着佟瑞国出去了。

佟一琮顶佩服可心这一点，懂得察言观色，调节气氛的本事一流。几年不见，这个小丫头变化特别大，学习成绩和当年的佟一琪差不多，始终在中游晃来晃去、不上不下，模样却出落得比佟一琪还要水灵，据说时常会有些小男生跟在她屁股后面转，她则像个小公主，爱答不理的，高兴了给个笑脸，不高兴就一脸凶相。不过，这丫头的情商高得吓人，用佟一琪的话来讲，“见人说人话，见鬼说鬼话，不吃饭能送人十里地”。

韩风听到这话肯定是一脸不悦：“有你这么说自己闺女的吗？我闺女是情商高，将来肯定会是商界的白骨精，不信你就瞧着吧！”

佟一琮深信这句话，因为他在可心身上看到了程小瑜的影子。

由一个梦引发的风波总算被佟一琮漂亮的外甥女化解了。可他的心病并没有因此结束，他还惦记着他的梦想。

事实上，经过学习和实际操作，佟一琮对玉雕的各类雕刻技法，阴刻线、勾彻、隐起、浅浮雕、高浮雕、圆雕、活环、镂空雕、花下压花、打孔、底子、挖膛、抛光、剪影、汉八刀、跳刀都已经有所了解。

而对于俏色的运用，更有了他自己的心得。

玉料本身就有不同的天然颜色，巧妙地将其琢刻成不同的物件，若能雕刻得恰如其分，则有巧夺天工之妙。俏色是玉雕工艺的一种艺术创造，不同于绘画、彩塑，也不同于雕漆、珐琅，它只能根据玉石的天然颜色和自然形体“按料取材”“因材施艺”进行创作，创作受料型、颜色变化等多种人力所不能控制的因素限制，一件上佳的俏色作品的创作难度是很大的，其价值也是很高的。

薄胎技艺、梁链技艺、镂空技艺等特殊工艺，难度极大，在琢制过程中如果技术不精或稍有不慎，就可能崩裂出纹痕，也就大大降低了整个作品的艺术价值，甚至会前功尽弃。险工能充分体现玉雕大师的胆识、技术和耐心。但对此，佟一琮还是心有畏惧的。

一直利用业余时间在索秀珏玉雕学校讲文化课的穆小让给他提了个醒：“小哥，去看看玉佛吧，想想你的佛脉，也许你能有新的启发。”

或许真如老娘所说，冥冥之中皆有定数。

佟一琮和穆小让在一个飘雪的天气，来到了鞍山玉佛苑。

玉佛苑占地面积约十万平方米，位于鞍山市玉佛山风景区，三面环山，一面临水。玉佛苑以玉佛阁为主体，由天王殿、舍利堂、钟鼓楼、药师殿、地藏殿、罗汉圣地、玉带桥、三洞式山门、长廊、配殿等组成，融玉文化、佛文化和山水园林文化为一体，古朴典雅、气势恢宏。

佟一琮去玉佛苑时，新山门刚刚正式启用不久，山门正中间的垂花门上端悬挂着“玉佛苑”九龙金匾，这是中国书法家协会主席、北京师范大学教授启功亲笔题写的。

穆小让把在玉雕学校上课的劲头拿了出来，给佟一琮做起了导游。

孔子将玉的品质归为十一德：仁、智、义、礼、乐、忠、信、天、地、德、道。玉的品质与中华民族的品质结合在一起，玉也成为中华民族的象征。佛文化是一种引人向善、催人向上的宗教文化，玉文化与佛文化、儒家与佛家的有机结合，完美地体现在世界最大玉佛身上，这既是大自然的恩赐，也是人类智慧的结晶。

第六章 脱胎玉质独一品

1

那天回到岫岩后，佟一琮像变了一个人，整天对着那块佛脉沉思不语。不久，一个定名为《拓》的花玉作品出现了，雕刻的是一位农夫在野外扶犁拓荒的场景。花玉中有大面积的红、黄、黑、绿色。作品中，把红色部分设计成满天朝霞，把黑色部分设计成一个农夫和黑土地，把黄色部分设计成一头牛，把绿色部分设计成草丛树木。整个作品散发着浓郁的田野气息，蕴含着不朽的开拓精神。玉中的俏色运用得干净利落，恰到好处。作品的题材和表现手法，都具有新意。

期间，佟一琮特意找到了玉石服务协会的前会长李先生。能找到这位在岫玉圈里人脉广泛的李先生，还多亏了穆明。

李先生是穆明全羊馆的“铁粉”，用他的话说：“只要有一个星期吃不到穆明的羊汤，就会觉得生活了无趣味。”

李先生是真名，佟一琮刚听到这个名字时也愣住了。

李先生说自己的名字是有由来的。他和弟弟是双胞胎。他先出生，弟弟后出生，他就叫“先生”，弟弟叫“后生”。讲起自己名字的由来，李先生颇有几分自嘲的意思：“爹妈都没文化，取这个名字算不错了，要是真取个‘狗蛋’啥的，我也得叫着。”

佟一琮和李先生在全羊馆里酒意正酣时提到了武林集团的事儿。当然，他没有明说，只是说有个朋友有意做个岫玉平台，但地点可能是在鞍山。

李先生立即表态："小佟，你是穆明的哥们儿，就是我的小兄弟！你要是有啥需要，尽管讲，甭管是想见岫岩这边的领导，还是想和鞍山那边管岫玉的方方面面接触，我都可以帮你。"

佟一琮忙说："求之不得啊！那我得先谢谢您了。您放心，这忙我不会让您白帮的！"

李先生说："见外了不是？咱们可都是为了岫玉，同一个梦想嘛。来，为了梦想干杯！"

当天晚上，佟一琮就把这个情况在电话里同步凡说了。

步凡先是高兴："这确实是个契机，如果能联系到政府方面和相关机构，你跟武林集团合作的筹码就又多了一些。抓住机会，多联系，争取能自己直接接上头儿。"

佟一琮心里高兴得不得了，放下了电话还在兴奋。

第二天，步凡的电话又打来了，这一次，却是给他泼了一盆凉水："一琮啊，事情特别顺的时候，要看看是否有漏洞，是否被人挖了坑，或者有什么陷阱在等着你！"

佟一琮心里一惊，也觉得这位李先生确实答应得太快了。他提醒自己，要小心为上。

家人朋友看到佟一琮的花玉作品《拓》，全都露出了欣喜的神色。可那欣喜里面有水分，三分是安慰，五分是祝福，还有两分是藏着的怀疑。

哪有人能随便成功呢，如果说几句祝福就成功了，成功还能叫成功吗？

穆明也来看了，却耷拉着脑袋提不起精神，只说了两句"挺好的"，便默不作声了。

佟一琮当时没留意穆明的神情，后来察觉出有些不对劲，这种不对劲在穆明身上很少见到。一般情况下，穆明发蔫儿除非是没肉吃了，至于是什么肉，除了吕秀别人懒得追究。"无肉不欢"是大家给穆明起的绰号，但这种情形现在怎么也不可能发生在穆明身上，就算全岫岩只剩下一块肉，估计也会落进穆明的肚子里。还能有啥事儿让穆明无精打采？关于这件事儿，佟一琮才不想浪费脑细胞，并不是因为两人交情不好，而是因为两人交情太好，好到他知道穆明憋不了几天，肯定会找他，竹筒倒豆子似的把这事儿说个清楚、明白。

果然，没出三天，在农历小年的前一天，腊月二十二，穆明打电话给他。

"晚上有空没，喝点儿？"

佟一琮本来想说不去，他的心思不在吃喝上，都在玉上。

这些天，在李先生的帮助下，佟一琮也认识了政府和玉石服务机构的一些人。春节前，正是互相走动、联络感情的时候，佟一琮比平时更忙了。

按照岫岩的习俗，农历小年前一定要剪头发，可佟一琮连剪头发的时间都舍不得浪费，头发长得插进了脖颈儿里。最后，还是姐姐佟一琪拽着、扯着把他弄进了美发店，这才算是清清爽爽地迎了新年。可他在电话里听出了穆明的声音不对劲，穆明喜怒形于色，高兴生气都挂在脸上、露在嘴里。若是平时招呼佟一琮喝酒，穆明说出的话准是："你小子晚上过来喝酒！"哪儿能像这样子有商有量的，从强硬派变成了温柔派。

于是他问道："咋了，这么蔫儿呢？晚上我去你店里。"

"别……别来店里，咱们换个地儿，稍晚点儿，等店里收拾得差不多了，咱俩换个地方喝。"

"大冬天的去哪儿呀，要不你来我这儿，酒菜自带。"

果然被佟一琮猜对了。

穆明手里拎着酒菜，穿着件深蓝色的羽绒服，晃着大身板儿出现了。倒也没看出瘦，就是蔫儿，像丢了魂儿似的。

佟一琮知道穆明的性格，干脆一个字也不问，两人各自夹着菜，喝着白酒。时不时你看我一眼，我瞧你一眼。

穆明到底没绷住："你不问我咋了？"

佟一琮嘴里细嚼慢咽着，还是不说话，他知道，穆明肯定会说。

果然，穆明又开口了："还记得那个兰瑞儿不？"

佟一琮嘴里塞着肉，呜呜地说："混血妹……不，是新疆妹。记着呢，长得漂亮，特有性格，还挺懂事的，一起去新疆那个。"

穆明的眼角突然出现了两滴泪花。

佟一琮愣了，心里一动，拍了拍他的肩："这还是花间浪子穆大少吗？"

穆明这才把事情的来龙去脉一窝端了出来，一五一十说得仔细。

兰瑞儿去英国三个月了，这期间偶尔会给穆明打电话。接到她的电话，穆明能快活一星期，第二星期如果没接到电话，他就像丢了魂儿一样，吃着羊腿，喝着羊汤都觉不出香来。后来他干脆和兰瑞儿定好，每周一和周五固定时间通电话。

"人家漂洋过海和男朋友相会，你掺和什么？不是'总在花间走，片叶不沾身'吗？"佟一琮没给穆明好脸色。

"别插嘴，听我说。我这些话搁心里都快长白毛了！"

“长木耳得了，正好当下酒菜。”

“别闹……再闹我跟你急。”

兰瑞儿为啥去的英国，穆明比谁都清楚。兰瑞儿半个月前在电话里告诉穆明，男朋友另有新欢了，一个英国女孩儿。“他们好半年多了。要是在国内时知道，我就不来英国了。”兰瑞儿说这话时，语气轻轻淡淡的，像说着不相干的事儿。

穆明当时就在电话里急了：“兔崽子，老子飞英国去，卸了他的羊腿！”

兰瑞儿劝他别冲动：“他那么选择是对的，要是跟我在一起，这辈子都不一定能拿到绿卡。人都现实，是我自己太傻了。”

穆明在电话里骂了半天，最后说：“瑞儿，回来吧，我养你。你愿意念书就接着念书，愿意干点儿别的就干点儿别的，愿意待着就待着，我养得起你。”

佟一琮问：“她答应了？”

“没答应也没不答应。我说如果她觉得难受就哭一场，她说没啥可哭的，哭也改变不了啥。我想去英国，去看看她，或者把她接回来。”

“接回来以后呢？”

以后的事儿，穆明没多想，他只觉得兰瑞儿难受他就难受。“我知道我配不上她，何况我家里还有老婆孩子，不能不管，但我的心真的在兰瑞儿那里。”

当初穆明并没觉得兰瑞儿哪里特别，还觉得她是个贪钱的女孩儿。现在贪钱的女孩儿多了去了，在大街上随手一抓一大把，只要有钱，叫爸爸，叫老公，都是脱口而出的事儿。这是个浮躁的年代，有多少女孩儿为了钱而奋不顾身。在那个时间段，穆明眼里的兰瑞儿就是那样的女孩儿。可接触中，穆明渐渐感觉到，她和自己想象的不一样，他是站在自己的角度来看她，不公平也不客观。每个人都有自己的困难，只是兰瑞儿解决困难的方式，在他的思维观念里显得太特别了，特别到让人难以接受，但仔细一想，除了那种方式，她还能找到更好的解决办法吗？谁敢说她没尝试过？直到两人分开了，穆明才发觉，兰瑞儿在他心里扎了根。“瑞儿在英国的费用一直是我出的，我也不图她回报什么，我就是喜欢她、惦记她，希望她过得好。”

兰瑞儿过得好与坏佟一琮不知道，穆明过得不好却是实实在在的。

两人喝完酒的第三天，穆明就戴着超大口罩、裹着围巾出现在了佟家。进屋也不摘，径直钻进佟一琮的屋，这才卸下了行头：“不过了！这日子没法过了！离，必须离！”

佟一琮仔细一瞧，穆明的一张大胖脸成了大花脸，明显是“五齿钉耙”的杰作。不用问也猜得到是吕秀的作品。

“我不就是说了句梦话吗？从后半夜2点开始吵，一直吵到凌晨5点，也不知道她哪儿来那么大的劲儿，要杀人似的！”

“你梦里说什么了？”

“瑞儿，我想你。”

佟一琮实在不知道怎么说穆明好。清官难断家务事。何况他这个婚姻失败者，更断不清家务事，自己的事儿还没弄明白呢！站在责任的角度，他想骂穆明一顿，有老婆有孩子你还玩啥，以为自己是个情圣，结果怎么样，一样陷进去！还不如趁早收了心，跟老婆孩子把日子过好了，甭吃着碗里，看着锅里。

可站在男人的角度，佟一琮理解穆明，穆明和吕秀的婚姻感情基础本来就薄弱。何况穆明本来就是个花心男人。有个大作家说过中国男人有五大梦想，当官梦、发财梦、美女梦、武侠梦、隐士梦。细一想，这五个梦说得一针见血，实实在在，甭管承认不承认，这不就是中国男人的追求和梦想吗？只不过有的人活得虚伪，不愿意坦然承认罢了。所以有些人把这几个梦藏着掖着，装出道貌岸然的样子，一个个都在嚷着：“活得累死了。”佟一琮觉得，不累才怪，一边渴望着，另一边又要装成无欲则刚的样子，装得累死了。

穆明虽然有可恨的地方，可他活得真实、活得可爱、活得洒脱。不过，既然不按套路出牌，就得接受由此引发的后果。佟一琮不知该如何安慰劝导穆明，解铃还须系铃人，这些事儿，还得穆明自己解决。

可穆明又何尝解决得了这些问题？骨子里他从来没想过和吕秀离婚，尽管他并没爱过吕秀，但他毕竟有个家，两人是一起从苦日子过过来的，仔细一想，和谁过日子不是那么回事儿？可平淡的生活里，他总想多些色彩，他看似粗人一个，实际上浪漫着呢，只是在家里他的浪漫劲儿没处使。比如他弄个烛光晚餐，吕秀会说他作什么幺蛾子；弄个鸳鸯浴，吕秀就要质问他在哪儿学来的。弄到最后，他把浪漫劲儿全用在别的女人身上了，这也是那些和他好过的女人对他念念不忘的原因。这其中自然也包括兰瑞儿。

穆明的婚没离成，因为吕秀拿刀架在了自己脖子上威胁穆明：“穆明，你想离婚，除非我死了！”

这个春节，穆家过得充满了暴力色彩。

佟一琮家倒是和和美美，但这份和美在大年初六被程小瑜打破了。

大年初六，程小瑜带着保时捷和帅哥司机登了佟家门，司机拎着大包小包，跟在程小瑜身后。她进门叫起安玉尘："妈……我来给您拜年了！"

安玉尘的脸紧绷着，继而嘴角上翘，眼睛眯成了一条缝儿，从牙齿缝儿里挤出一句话："您叫错人了，我受不起。"

佟一琮的脑壳像是让人敲了一棒子，立马蒙了。

佟瑞国、佟一琪更是不明所以，看着剑拔弩张的两个女人。韩风瞧瞧岳母，再瞧瞧曾经的小舅子媳妇儿，本就木讷，这一刻更是不知道说啥好。

可心反应机敏："小瑜阿姨好！你什么时候来岫岩的？前阵子还和我小舅妈说起你重情重义。你管姥姥叫妈妈叫了那么多年，一时肯定改不了口吧，快进屋坐。"她轻描淡写地用"改不了口"解释了那声"妈"。

程小瑜说："我当一琮是我的异姓哥哥，他的妈自然也是我的妈。"

一句话捅了马蜂窝，安玉尘眯起的眼睛转向了佟一琮，"儿子，这咋回事儿？"

佟一琮半天说不出来一句话。

穆小让看他一脸的难色，说清楚了事情的原委。

安玉尘眯起的眼睛渐渐睁大了，对着穆小让一声叹息，那样子不像在责怪佟一琮，倒像是在责怪穆小让，那眼神落进了程小瑜的眼睛。

"妈，在这个世界上，我已经没有血脉亲缘了。所以，我把一琮当成自己的亲哥哥，我就把你们二老当成了自己的亲生父母，把小让当成了亲嫂子。"程小瑜把"亲嫂子"三个字说得格外重。

安玉尘脸色变了一变，淡淡地说："在这个家，我只认小让一个儿媳妇。既然你和我儿子的缘分尽了，也请你别打扰到他们的生活。保持点儿距离，这样对你、对我儿子、对我儿媳妇都好。"

安玉尘语气淡淡的，字字句句全是警告。

穆小让明白，安玉尘对程小瑜也是有感情的，毕竟曾经也是佟家的一员。现在安玉尘是在为她担着心。佟一琮和程小瑜以前感情那么好，以后真要是以兄妹之情为借口，发展点儿婚外故事，她穆小让能咋办？婚姻又如何能管得住人心？但是穆小让相信佟一琮是掏着心肝儿对她好、实实在在对她好。况且程小瑜也说了，会把她当成亲嫂子。人和人之间不能总是彼此算计，总要有真诚在，要不人间还有盼头？还有真善美？

穆小让望向程小瑜的眼神柔柔的，望向安玉尘的眼神也是柔柔的，望向佟一琮的眼神还是柔柔的，这份温柔暖了所有人的心。

安玉尘的脸色终于不再那么难看了，招呼程小瑜坐下，手却拉住了穆小让的手。

这个动作比说多少话都有力量，那是在告诉程小瑜，穆小让是她的儿媳妇，这事儿谁也改不了。

程小瑜的眼睛莫名就潮了，和佟一琮共同经历的一幕幕突然在脑海里回放。终究，她只是佟一琮人生里的一个过客、一段插曲，穆小让才是佟一琮的最终。什么是最好的婚姻？能走到最后的就是最好的。她当年对佟一琮的爱是真真切切的，可现在，也不过如烟散去。人这一辈子或许就是如此，谁是谁的过客，谁是谁的插曲，早已注定。

那一瞬间，程小瑜的眼神缥缈。

瞬间之后，程小瑜的眼神恢复了惯常的凛冽，脸上是惯常的笑容，她看着众人，把自己此行的目的娓娓道来。

原来，程小瑜去美院看望佟一琮的时候就已经有了一个想法——把玉雕大师明星化。

她的理由很简单，现在是市场经济，国内形势要紧跟国际形势，造星运动不但适用于演艺界，同样适用于作家、学者、玉雕师，适用于各行各业。

“央视的《百家讲坛》捧红了多少学术明星、学术“超男超女”，他们可以，你有什么不可以？而且以你现在的造诣和能力，完全有实力冲击一线玉雕师。你现在缺少的，一方面是个人的升华，另一方面就是一个更高、更大的平台。”

程小瑜的观点听得佟家人全都瞪大了眼睛，佟瑞国的表情最直白，典型的不屑一顾，在他看来，琢玉靠的是硬功夫，能像程小瑜说得那样简单？虽然在某些评奖或评定中有着这样或那样的人情和幕后故事，但玉雕还得靠真本事，还得靠作品说话。

佟一琮也摇头否定，他并不是不接受程小瑜的观点，他接受，而且赞成。时代在发展，各行各业都在改变，都在不断调整，要不然，根本没有生存的空间。玉雕行业、玉石行业当然也得适应发展，不断转变。但他还是坚持认为自己没到那个火候。

佟一琮心里想的话被安玉尘说了出来：“小瑜，你对一琮还能有这样的情分，我们全家都感谢。但现在还没到那个时候，他的功夫还没到家，而且你说的平台也好、包装也好，我不太懂，但我明白，一个人单打独斗不会长久。”

程小瑜说：“我来给您拜年是我和佟家的情分，但在这件事儿上，我是按照一个商人的想法在做事儿。在商言商，我想要建立佟一琮玉雕工作室，投资我来做，利益共享。我的要求就是，佟一琮要做全国顶级的玉雕大师！”

穆小让听得动心了，她盼佟一琮好，盼他成为第一，所以不住地给佟一琮使眼色，示意他答应。

佟一琮也有些动心，但还是拒绝了。

这一次，他不是因为老娘一再摇头，而是因为他知道，真的还没到时候，他相信程小瑜的诚意，但不愿意程小瑜冒这个风险。就像老娘说的，单打独斗难长久，只有大家拧成一股绳儿，抱成一个团，劲儿往一处使，才能成事，成大事。可现实却是各路玉雕师各自为战，更是时而有相互诋毁的言论散布出来。每每听到这些，他就会想到“文人相轻”四个字。仔细一想，不光是文人相轻，玉人也相轻。可这相轻的结果是啥？是自己人伤自己人，自己人害自己人！

而且，佟一琮还有更大的梦，不仅仅是一个玉雕师，这个梦程小瑜可以参与，但做不了主导。原因很简单，实力不够、格局不够。可他不能说出来，这些话他只能装在心里。他想，有一天程小瑜会明白的。这一天，一定不会太远。

程小瑜离开时，一脸的遗憾，低声对佟一琮说了句：“虫虫，我真想为你做点儿啥，欠你的情分，这辈子还有机会还上不？”

这话恰巧入了安玉尘的耳，当天晚上，她便把佟一琮叫到了自己的屋里，教诲了一番：“你要善待小让。程小瑜也是个好姑娘，可你俩的情分尽了，就别硬扯上关系。像穆明那小子一样，弄得自己累得慌。”

佟一琮“嗯”了一声，那晚，他翻来覆去睡不着。等到终于睡着了，却是一夜的梦。一会儿程小瑜，一会儿穆小让，一会儿又冒出花雪痕，再一会儿是穆明的大花脸，隔了一会儿是老娘责怪的眼神……

第二天早上，他联系上了步凡，提起了程小瑜的岫岩之行。

步凡说：“程小瑜的想法是个趋势，这事儿也不要一味地拒绝。也许以后，真的有合作的机会，强强联手不是坏事儿。她要是有这方面的资源和人脉，将来我们都可以一试。”

佟一琮说了最近通过李先生和政府机构、玉石服务机构接触的一些事儿。

步凡问："那位李先生提出什么条件了吗？"

佟一琮说："还是没提。"

步凡在电话那头长出了口气："提条件不可怕，可怕的是不提条件。不过，既然这位有一定的人脉，咱们也可以先走着看。"

佟一琮说："这点确实让我佩服，李先生表面看上去粗枝大叶的，可是和政府、玉石服务机构那些人混得是真熟！我准备通过他，以官方的名义邀请武林来岫岩，再到鞍山转一转。到时候，你能来不？"

步凡沉默了片刻，答："我争取参加。一琮，我倒建议到时候你不妨把程小瑜也请来。各方联手，变数可能会增多，但胜算也更大。"

2

佟一琮记得英国侦探作家 P.D. 詹姆斯（获得过 2004 年艾伦·坡侦探小说奖，著有《灯塔》等）曾说过这样的话："别只是花很长的时间在打腹稿，在脑子里写计划—— 去写吧。只有靠实实在在地写，而不是做写作的白日梦，我们才能培养出我们自己的风格。"

这样的话在佟一琮这里得到了最真实的验证，他告诉自己，去琢玉吧，只有实实在在地琢玉，才能培养出自己的风格。他没把时间和精力放在纠结儿女情长上，也没操心穆明的感情事件。他有更重要的事儿要做，那就是研究他的岫玉，琢磨他的岫玉。

他把整个人、整颗心，完全沉陷在玉石的世界里，用穆小让的话讲，他连睡觉都要抱着他的玉石。这话不是假话，佟一琮真是这样做的。

当然，他并非有意，而是某天晚上盯着那块花玉入了神，干脆抱到床上继续盯，看着那块玉石的色彩，琢磨着要做成什么样的作品。玉有灵性，有它本身的性情，雕刻师要做的不是改变，而是顺着它的性情，发现它的灵魂，展示它的美丽。那晚，佟一琮抱着那块花玉睡着了，也正因为这一抱，他在梦里有了灵感。

在上海见到的那件作品《枯荷》给了佟一琮深刻的印象，岫玉中花玉的色彩、水头，各方面都拥有做同类玉雕作品的独特优势，要创造出什么样的作品，才能与众不同，才能体现岫玉的特色？该找个什么样的花玉最适合？佟一琮成了玉魔。"厚积薄发"这个成语在他身上得到成功印证，他天天看天天把玩着抱着睡觉的那块花玉，就是他选择的认为适合的岫玉。

可那块花玉到他手里好久了，他却迟迟没有动笔画活儿，因为他认为他还没读懂读透这块玉。直到那天晚上，他抱着那块花玉，猛然间仿佛看穿了里面的色彩变幻，耳边也仿佛有个声音在告诉他，那块花玉应该怎么画活儿、应该怎么雕琢……

不久，一件名为“留得残荷听雨声”的岫玉作品问世。自此佟一琮的灵感集中爆发，一批岫玉雕刻作品悄然出世。

农村有句话：“出头的椽子先烂。”换成诗句就是“木秀于林，风必摧之”。

佟一琮轰炸式地推出一系列精良作品，立刻引起了人们的关注。开始是有人登门求买他的玉雕作品，都叫佟一琮找出诸多理由拒绝了，原因有两个：一是他准备拿这些作品参加比赛，用实际的成绩证明自己的水平；二是他觉得这些人给的价位和他心中为这些作品定位的价格有出入，经济价值也是作品价值的直接体现；还有最重要的第三个原因，他想无论将来是和武林合作，还是跟程小瑜合作，这都是他的利器。

关于这一点，别人常挂在口头的一句话是：“这东西创意真不错，雕工也好，可惜你用的全是岫玉，要是用翡翠或者白玉，那价值定是无可估量的！”佟一琮一听这话心里又开始憋气了，岫玉咋了？他看世界上顶数岫玉好！他就想用自己的作品证明，岫玉是个好东西。另外，他心里有个小算盘，同样一件作品，获奖后和获奖前的价值绝对是天壤之别。

经济社会，经济价值也是个人能力和作品价值的直接体现，佟一琮又不是吃了这顿没下顿，干吗急着出手呢？因为有了这些念头，他笃定一个原则：这些作品现在绝对不能出手，真要出手了，也要交给一个懂玉爱玉的藏家，不过，那需要缘分，玉缘、人缘同理。好姑娘应该嫁个好男人，好玉件、好作品也应该找个好东家。

佟一琮琢出的岫玉作品确实件件都是好作品。

这吸引了不少的玉雕师，大家时常在一起互相取长补短，谈谈当下的趋势、市场热点。这倒是给了佟一琮不少的启发，也增进了他和那些“同道”间的情谊。

这样的交往，他是喜欢的，为了提高自己的技艺只是一方面，更主要的还是为了积累自己的人脉。

佟一琮向武林发出了正式邀请。准确地说，应该说是岫岩玉石服务机构向武林正式发出了邀请。

接到邀请，武林立即想到了佟一琮。“让我又惊喜又意外啊！接到邀请时，我还愣了一下，他们告诉我，是你做了牵线人。”

佟一琮说：“以武林集团的实力，这样的邀请才算得上够诚意嘛！”

武林笑说：“看来，我必须得有一次岫岩之行了。只是最近半个月内，我的行程都已经安排好了。这样吧，半个月后，我一定去鞍山和岫岩。”

佟一琮在电话那边差点儿跳了起来，说：“我争取再给你邀请到两位上海的重量级合作伙伴。”

武林说：“那就是双重惊喜了！”

同样，步凡和程小瑜也对佟一琮表示出了这样的意思。

程小瑜说：“虫虫，你快由虫变龙了。”

佟一琮说：“我倒是想变，可还是得借你们的力量呢！步凡已经确定会来了，你能确定下来吗？”

程小瑜答：“当然没问题！不过，我还要给你点儿建议，要充分发挥媒体的作用。我记得小让有同学在岫岩电视台吧？不妨请电视台给武林做个专访，到时候电视台、电台、报纸、网络同步发出消息，如果能推到政府网站就更好了。”

佟一琮把情况和穆小让一说，立即得到了落实。穆小让的同学此时已经从小记者升职为记者部的副主任，恰好负责这方面的工作。

佟一琮逗穆小让：“你这同学算不算以权谋私呢？”

穆小让说：“这算什么谋私啊！这是为岫玉发展‘鼓与呼’！”

李先生也答应佟一琮，玉石服务机构很重视这次武林集团的到来，已经向上面申请了相关事宜，县里的领导到时候一定会出席，现在正争取能不能请到市里面的领导。

佟一琮不禁对这位李先生的交际能力刮目相看。

好东西招人惦记。

有些人，听到佟一琮说不想出售自己的作品，便放手了。这是常理，买卖也得讲个你情我愿，一个愿意买，一个得愿意卖，那才是买卖，总不能硬抢硬买吧！

可有人不是，放话说“我看上了，就得卖给我！”

说这话的，是岫岩县的黑道大哥小马哥。不要以为黑道大哥就是粗人，小马哥不是，他年纪和佟一琮差不多，已经是当地一家企业的老总，985院校硕士生，看上去温文尔雅，说话慢条斯理的，语气却十分强硬，不容允别人反驳。走上所谓的黑道，被人尊为大哥也是有着诸多的机缘巧合的。其实人家并不是什么“黑恶势力”，不过因为作风强硬，才被人这样称呼。

佟一琮并不反感小马哥这类人，甚至觉得他们中的一些人讲义气、重情义，可交可处。和小马哥之间的冲突，说起来也很容易解决，要么佟一琮把岫玉作品卖给小马哥，要么小马哥让人劝服了。结果是谁也不让谁，两人在佟一琮的屋里僵上了，穆明赶过去，好话讲了一箩筐，但小马哥和佟一琮，谁都没给他面子。

其实穆明之所以赶来劝，不光是为了佟一琮，还因为里面掺和着穆小让。

小马哥是穆明全羊馆的常客，当年全羊馆还是家小店时就时常光顾。去的次数多了，也就认识了穆小让，一来二去，对这个冷冰冰的丫头竟有了点儿好感，不远不近、不深不浅地和穆小让相处着。小马哥有过一次婚姻，他看出小让的性格，来硬的不行，寻思小火慢炖，煲出一锅好汤。后来听说穆小让要嫁给佟一琮，心里就窝了股火。实际上，他过来买佟一琮的玉雕作品只是一个借口，说穿了还是男人的自尊心在作怪，他要跟佟一琮见个面，没想到一见面就起了争端。

人都是当局者迷。在别人看来，小马哥做事做人利落，重义气，有品行，而且从不会口出脏话恶言，如果不知道他的背景，甚至会认为他是个学者。各种典籍信手拈来，家境殷实，事业有成，要说真有什么不足，就是那个表面柔和实际火暴的脾气了。但他的脾气也是因事而发，绝对不会凭空无端地乱发。赶着撵着想和他好的女人排成了队，比穆小让年轻的、漂亮的、优秀的大有人在。可人就是这么奇怪的动物，对他好的他冷着冰着，对他若即若离、爱理不理的，他反而当成了宝贝。小马哥觉得，穆小让真要嫁一个事业有成、样样都好的也就算了，可她偏偏要嫁给一个琢玉匠。

她喜欢他啥呢？小马哥想不通。

穆小让当着佟一琮和穆明的面回答了小马哥。

“小马哥，你人特好，我当你是我哥，兄妹的那种。我是在小哥身边长大的，从小我就把嫁给他当成了我的终极幸福。”

“终极幸福”这话佟一琮听着感动，也明白了小马哥对自己不依不饶的原因所在。佟一琮心里倒是多了些感慨，岫岩有几个人不知道小马哥？那么要面子的大哥大，有几个人敢和小马哥这样说话，虽说这话是真话、实话，可也实在是刺耳，而且凭着良心说，佟一琮觉得小马哥除了脾气不如他，哪方面都要胜于他，在这样的情况下，小马哥会不会翻脸？

小马哥比佟一琮想象得有胸襟，脸色还和进来时一样，不温不火。跟他一起过来的几个人的脸色却全变了，眼见着就要动手。穆明狠狠地瞪了穆小让一眼，里面的意思穆小让没明白，佟一琮明白了。那是在骂："你当这是琼瑶阿姨的电视剧啊，非要来个深情的告白？傻丫头，你这是引火烧身呢！"

不过火没烧成。

索秀珏、安玉尘和另外一个同龄的女人同时站到了这几个人面前。佟一琮叫了声"妈"，小马哥也叫了声"妈"。佟一琮冲的是安玉尘，小马哥冲的是另外一个女人。两个妈在，两个儿子也不好惹事儿，事情自然是大事化小，小事化了。小马哥的妈不但化了事，还叮嘱小马哥："安姨对你有救命之恩，以后佟一琮的事儿就是你的事儿。"

小马哥答应了，他是岫岩出了名的孝子，老娘发话，他肯定答应。眼神里却写着惊诧，这都是哪儿跟哪儿啊？救命之恩咋来的？以前怎么没听老娘提起过。再说了，如果真是救命恩人，为啥马家和佟家从来没有走动呢？

佟一琮也纳闷儿，他纳闷儿的可不仅仅是这一件事儿。比如关于索秀珏和老娘的交情，他同样只知道老娘对索秀珏有救命之恩，但这恩咋来的，具体又是怎么回事儿，老娘没说过，索秀珏也没说过，认识的人好像都对这件事儿很回避。

这里面究竟藏着什么秘密呢？

这一次，佟一琮没顾及太多，当天晚上便问了安玉尘："妈，你对小马哥有啥救命之恩，给我讲讲呗！"

安玉尘轻描淡写地说道："哪有那么多的救命之恩，他妈那是怕他惹事儿，往重了说。"

"那你帮过他家啥事儿？"

"没啥，七百年谷子八百年糠的，谁记着？"

"受人帮了就应该记着，他家可够不讲究的，帮了跟没帮似的。这么多年，咱家门儿都没登过一次。"佟一琮想激老娘说出实情。

安玉尘声音提高了："帮人不是为了让人家记着，是为了让自己心安。做能力之内的事儿，成全他人，就是成全自己。"

"妈，你有事儿瞒着我。"

"我一个农村老太太有啥事儿……忙了一天，我累了。"

老娘不再出声，佟一琮自言自语了一会儿，觉得没意思，耷拉着脑袋回了自己房间，心里却还是不安生。不是为了白天小马哥的插曲，而是他突然发现，自他从上海回到岫岩，老娘就变了，变得比以前更寡言了，除了忙家里的活儿，就是直勾勾地盯着他琢玉，或者看可心写作业，再不就是翻弄他和姐姐佟一琪小时候的衣裳。

有一次，佟一琮回头，还看到老娘盯着他掉眼泪，把他吓得不知所措。追问半天，老娘却一个字也不肯说，只是叹着气，拍了拍他的肩，眼泪还是成串地掉。

还有一次，安玉尘翻出了佟一琮小时候的衣裳，拿给穆小让，说："将来你们的儿子出生了，先穿一琮小时候穿过的衣服，孩子好养活，不生病，不招脏东西。这些小衣服、小枕头、小被子，我全留着呢！"

穆小让脸红了，婚礼还没办，洞房也是私下入的。婆婆说这些，是不是早了点儿？

佟一琮也说："婚还没结呢，就着急说这个？"

安玉尘说："领证就是结婚了，小让是我闺女，也是我儿媳妇。"

3

小马哥事件，让佟一琮成了岫岩的名人。

原因是，小马哥都不碰的人，谁敢碰？何况小马哥对岫岩某些人发话了："佟一琮是我哥们儿，如果谁有事儿找他，先过来找我吧！"找他？谁敢？给自己找别扭？这样一来，佟一琮自然可以安心地琢玉，不用去想其他或者担心其他的事儿了。

还有一点对佟一琮来说更实在、更有利，那就是他能够以较低的价格购买到理想的岫玉原料了。这件事儿无论对他还是对其他地区的玉雕师来说，都是一件大事儿。谁都想用最好的玉料，设计最好的作品，琢出最好的玉件，可好的玉料价格上升的速度简直让人吃惊。

比如品质稍好些的岫岩河磨玉的价格是几万元每市斤，成色最好的是几十万元每市斤。究其原因，一是河磨玉产量只有和田玉的百分之一，翡翠的万分之一，且现在原料地河床已翻了几遍，原生料几乎没有，个人手里即使有也不愿出手加工；二是河磨玉玉质黄白、黄绿，很独特，很多人喜欢；三是玉质很硬，品质完全可以同和田玉相媲美；四是我国古老的红山文化玉石基料，很有文化性，通达远古祖先，天地时空，具有唯一性，喜欢红山文化的国内外朋友都很喜欢、崇拜，升值空间巨大。

不过尽管如此，河磨玉同和田玉的价格相比依旧有着天壤之别，曾有新疆、扬州等地的玉雕大师到岫岩专门求购河磨玉。除了稀缺性，大批藏家涌入玉石市场同样助推了玉石价格的飞涨，他们将玉石作为投资的手段，目的在于保值、增值。业内人士套用了一句古诗来形容这种情况："桃花潭水深千尺，不及玉石一半深。"

关于玉石市场的现状，佟一琮曾跟步凡探讨过："为什么岫玉不能仿效和田玉的经营之路呢？说直白了就是炒作之路。在市场经济的情况下，理性的炒作无可厚非，而且非常必要。你看和田玉，在北、上、广、深、苏大规模举办和田玉高峰论坛，邀请国内顶级专家学者、国内外政府大员和各大媒体参加，重新制定和田玉国际标准，在央视一套黄金剧场滚动播出系列大型人文纪录片《和田玉之上下五千年》，在北京、香港数十笔拍卖会上和田玉大把件拍出十个亿的天价，在各大主要城市的玉石原料集散地造成哄抢的局面，剩下的就是各个玉石专卖店高位大量出货。"

步凡笑道："这个将来可以有……"

两人哈哈一笑，都明白彼此所指的是什么，更是共同期待着武林集团的鞍山和岫岩两地"首行"。

所有的准备都没有白做，武林带着花雪痕和两位下属来到了鞍山。

在鞍山和岫岩，武林受到了市、县两级玉石服务机构的热情接待，接触了相关的领导。虽然没有得到具体的承诺和优惠条件，但由此看出了佟一琮绝对不是一个单纯的"玉石匠"。

步凡和程小瑜与武林进行了深入的商谈，也让武林下定了决心。"如果有两位同时加盟，加上小佟的当地资源，我就更有信心把主攻玉种放在岫玉上了。"

佟一琮心里的石头总算落了一半，另一半还悬着。

实际上，为了这次的小范围"会见"，佟一琮费了一番心思。程小瑜建议他把商谈的地点设在鞍山最好的酒店，最奢华的会议室。佟一琮想了想，拒绝了她的建议。

佟一琮想起步凡曾经跟他讲过的，奢华的会议室通常都比较大，武林那边四个人，步凡一个人，程小瑜这边至多两个人，佟一琮这边加上李先生等也不过就是三四个人的样子。这样一来，会议室里会显得空空荡荡的。空间的距离感很微妙，不经意间，就拉开了几方面人士的心理距离。

最终，佟一琮把会谈的地点安排在了穆明全羊馆的包间里。大家团团围坐，一边品尝岫岩特色美食，一边谈事儿，效果居然出奇地好。

武林显然很喜欢全羊馆的美味。“这才是真正的东北特色啊！不瞒各位，刚到鞍山安排的福建菜，我完全吃不习惯，那是东北福建菜，并不是我们正宗的福建菜。”

花雪痕也说：“到了东北，我们最想感受和体验的，当然是正宗的东北风格，所以嘛，还是一琮哥哥的安排最合我的心意！”

程小瑜听到这话，将目光飘向了佟一琮。

佟一琮不接她的目光，继续敬酒。

程小瑜会心一笑，算是把小花妹妹对一琮哥哥的情意，心领神会了。

一切都很顺利，武林满意而归。步凡、程小瑜都在期待着。

佟一琮更是如此，满心期待着最后的结果。

然而他期待的结果却迟迟没有到来。佟一琮打电话问候武林，试探口风，武林却一改之前的坚定，显露出犹豫之意。

他又试探着问花雪痕。

花雪痕说：“从岫岩回来后，表哥的态度确实有些犹豫。毕竟不是小投资，表哥慎重考虑也很正常。他本来也是做事谨慎的人，换成谁都会一样吧，毕竟是真金白银地投进去。他想把能想到的风险一一排除，这是必需的呀！”

佟一琮不好再深问。实际上，他对自己从花雪痕那里打探武林集团情况的做法，还是有些不齿的，这样做好像在利用花雪痕对自己的好感。但除了从花雪痕那里“刺探”情报，他也别无他法了。

这一期间，玉石价格的飙升，也让佟一琮喜忧参半。

玉石的价值得到认可和肯定，佟一琮开心，可是看中的玉石原料又因为囊中羞涩而让他望而兴叹。但总体来说，他还是希望岫玉的价格真正实现物有所值。

佟一琮最心疼别人把好玉雕得没了灵性，好好的一块玉，硬给琢得生硬呆板。说好听了是可惜，说难听了就是糟蹋料子。要知道，玉文化诞生于贵族文化，代表着社会群体中的精英们对世间最早的感悟。玉文化的核心是启迪心境，升华人格，提升思想，直至开悟。关于这一点，佟一琮一直觉得，不论是玉雕大师还是玉雕从业者，都应该提升自己的艺术品位和艺术修养。把传统玉雕工艺上升到艺术的高度，让雕琢出的作品更有思想、更有时代特征、更具个性，立足中国传统文化，与西方文化结合。世界各地都有华人，华商是文化传播的有力渠道，通过这个渠道可以让更多华人了解中国传统文化，并将中国传统文化在世界各地发扬光大。

这些都只是佟一琮的想法，正因为玉石的稀缺性，他在琢玉的时候，遵循的是展现大自然赋予原料的魅力，适材而用。原料好的地方，他会以印象和抽象风格来表现，以保持玉料的珍贵；不好的地方，他会选择用写实的手法来做，放开手脚做工艺，在经过仔细的斟酌和雕刻后，显现玉石的天然艺术价值和经济价值。

人是感情动物，有事有话得有人交流，佟一琮的交流对象是穆小让，他习惯跟她讲心里话，跟她讲他的想法。他知道，她或许不能完全理解，但至少会用心听。

每每听到佟一琮提起这些，穆小让就劝他："我们先做好自己的事儿，别想其他的。"

的确，想了又能如何？佟一琮只能不想。

不过，有一件事儿，他必须想，那便是他和穆小让的婚事。按理说，这事儿不应该再拖下去了，已经水到渠成。可他说，如果不拿出点儿实实在在的成绩，他没资格迎娶穆小让。

穆小让也说："不急，反正也领完证了，二十多年都等了，不差这一时。"

她嘴里说的和心里想的不一样。这点佟一琮心里清楚，安玉尘心里也清楚。

安玉尘便把这事儿说给了索秀珏。

索秀珏说："是得想个法子，不光为了两个孩子的婚事，还有一件事儿，和这事儿一样急迫。一琮无门无派，可是创作出的作品全是精品，风头太劲了、太招风。光是咱们自己说好不成，得拿出实实在在的成绩来镇镇场。另外也是给这孩子多些人脉，玉石行当，也是人的行当。先把一琮带进去，再让他慢慢磨炼吧！"

比赛这种事儿，要参加，自然得参加最权威的。

一年一度的"天工奖"已经成为中国玉器产业重要的风向标，无论是玉器的款式风格还是增值潜力，每一届的"天工奖"都代表着全国玉雕行业质量和工艺的最高水平。"天工奖"评选活动为玉石雕刻人才开辟了一个交流技艺的平台，为优秀玉石雕刻作品打开了一扇展示的窗口，为玉石文化的普及建立了一个高起点的课堂，也为玉石雕刻艺术品走向市场提供了一个重要的渠道。

"天工奖"由中国珠宝玉石首饰行业协会主办，作品初选方法分为两种，一是广东、阜新、南阳、岫岩、浙江、新疆的作品由各地宝玉石协会在当地集中组织报名和接收参评作品，并以实物进行初评。二是未在列名地区范围内的其他地区，将照片、文字说明和报名表直接寄或送到中宝协进行初评。相关事项都登在了各地相关机构及中宝协网站信息公告上。

在佟一琮之前，岫岩玉雕师获得过“天工奖”的不在少数，对于参加比赛，佟一琮既充满斗志，又忐忑不安。那种心情其实和小学生参加比赛的心情差不多，以前都是看人家比赛，如今自己的作品要拿出来亮相，不知道会取得怎么样的成绩。只要是参加比赛，自然都是奔着第一名去的，奔着得奖去的，可哪能那么容易得奖呢？奖项不是自家菜园的黄瓜、萝卜，想吃就摘。

佟一琮给自己鼓着劲儿，可他心里没底儿，这不是不自信，而是一个自警。参加“天工奖”的都是全国的玉雕精英，他能在其中崭露头角吗？他开始有些患得患失，想要参加，却又担心承受不住失败后的打击，他怕失败，他太需要用成功来证明自己了！

玉雕是个苦活儿。

琢玉离不开水，水凳一侧连着水箱，不断通过细管儿向磨具上流水，整个生产车间里水花、石粉四溅。脏不算个事儿，刺耳的噪声也不算个事儿，让人最难忍受的是要穿着水衣、水裤工作。胶皮做的水衣、水裤在炎热的夏天捂得人像放在热锅里蒸焖一样。冬天水衣水裤贴在人的身上又特别凉，加上双手离不开水的冲洗，那种寒冷像缠脚布一样紧紧裹在身上，使人周身都是冰冷的感觉。琢玉还是一项很危险的活儿，琢玉机是以电动机带动转动轴，再带动磨具进行工作的。磨具分为铁铊和金刚铊两大类，转动的磨具能把玉石雕成各种形状的玉件，对血肉之手的威胁那是时时存在的，弄不好就会拉到手上甚至断掉手指。

佟一琮跟玉魔一样坐在水凳前边琢磨边雕刻，手上出血落伤多少次，他自己也记不清楚了。穆小让时常一边给他抹着药水，一边掉眼泪。他也知道疼，可每当看到自己琢出的作品时，他就觉得所有的付出都是值得的。想到自己的作品可能会被人不屑一顾，他的心里又像针扎一样疼。

索秀珏、国大师等很多岫岩玉雕师都来了。名义上是看看他的作品，实际上是给他打气。

“要有信心，不试咋知道咱的东西行不行？”

“摆在一起，才能看出人家强在哪儿，咱差在哪儿，不如人的地方，咱学！超过人家的地方，咱再精细一点儿。”

…………

儿子的心思，当娘的最清楚。佟一琮心不静。一来是因为比赛。对于这次参赛，要说不紧张是骗别人，也是骗自己。二来是因为武林集团的事儿。原来商谈融洽，怎么就悄无声息了？这也太没有道理了。佟一琮安慰自己，凡事尽人事，听天命吧，强求也没用。

可安慰归安慰，佟一琮心里还是放不下。

步凡时常打电话劝他：“有些时候，心里越急，反而越得不到。商场其实就是人与人之间的博弈，你再好好回忆一下，是不是有什么小漏洞被你忽视了？”

佟一琮想了半天，没想出来。

程小瑜也劝他：“不必想太多。武林一直没消息，也可能与咱们这边无关，或许是集团出了些状况。安静等待就好了。”她还补充一句：“别忘了常和那位小花妹妹沟通。”弄得佟一琮哭笑不得。

“我问了，花雪痕好像也不清楚是什么原因。她倒是答应，如果有什么情况，会和我沟通的。”

自此好长一段时间里，佟一琮变得不爱说话、不爱见人，吃饭都是一言不发。一家人受了他的影响，都沉着脸，谁也不瞧谁，谁也不看谁，低头吃着碗里的饭。

晚上，佟一琮躺在床上看书，老娘推门进来，手里抱着一个纸箱。他起身，伸手想接过来，老娘拦下了，说了声“不沉”。

老娘把纸箱放到了床边，顺势坐下，佟一琮坐在了床边的椅子上，和老娘面对着面。

老娘打开纸箱，从里往外拿东西，一样样摆在床上，有他从小到大获得过的三好学生、优秀学生、作文比赛冠军等各类的奖状证书，有他从小到大胡写乱画的美术作品，有他中意过的橡皮泥、玩具枪、弹弓，有他曾经喜欢又扔在一边的唐诗宋词……那些东西一样样地摆在床上，像士兵一样地列队，它们沉默着，可好像又都会说话，它们笑着对他说话，不肯停歇，一个个争抢着向他介绍过去，引导他回忆过去。

佟一琮心潮起伏，他没想到，老娘细心地保留着他这么多东西，有些是他曾经在意的，有些是被他不屑一顾丢在一旁的，老娘全当成宝贝似的留着。也许他不在岫岩的每一天，每个夜晚，这些东西就陪伴着老娘，陪着老娘思念儿子，回忆他成长的点点滴滴。

他明白，老娘是在跟他说话，用这些物件和他说："人生有成有败，不试试，咋知道是成是败呢？结果重要，过程也一样重要，不向前跑，怎么能知道到达终点的滋味呢？"

佛家有顿悟、渐悟一说，佟一琮在这一晚顿悟了，他一下子长大了、成熟了，明白了人生只是一个过程，重要的是在这个过程中，一直坚持向前向上。参加比赛是如此，与武林集团的合作也是如此。

参加比赛的事儿，索秀珏、国大师等人联手帮助佟一琮，初赛、复赛、决赛，每一步都像闯关一样。

冲进决赛后，索秀珏、国大师都告诉他，第一次参赛就能进决赛已经非常难得了，可喜可贺。至于最后的结果，顺其自然。因为凡是冲进决赛的，必是精品佳作。他们还让他有些心理准备，其中虽然也有一些人为操作因素，但总体还是公正的。

佟一琮忐忑着、等待着。终于，结果出来了，他的《拓》获得了"天工奖"！

随后，他和穆小让举行了婚礼。他们的婚礼，简单又隆重，结婚证书和"天工奖"同时成为他们幸福的证明。

步凡特意从上海赶来参加了佟一琮的婚礼。除了厚厚的红包，他还将自己亲手雕刻的一件和田玉挂件作为贺礼送给了佟一琮。

步凡是在前一天赶到的，可是因为婚礼实在是忙乱，两人也没来得及细谈，但步凡将一个确切的消息告诉了他——武林集团的行动已经开始了。

同时把这个消息告诉他的，还有花雪痕，她是在电话里说的。

花雪痕说："一琮哥哥，没能参加你的婚礼，好遗憾哦！不过，我的礼物你一定收到了吧，那是我特意为你选的手表。还有一个你最想知道的消息，表哥已经确定了，在鞍山建玉石平台！"

佟一琮还是有些不解："前阵子是不是我招待不周，或者有什么地方让武林先生不满意了？"

花雪痕"哼"了一声："让人生气的是那个李先生。他竟然问表哥，如果他帮着协调联络，把事情都摆平了，可以给他多少干股！还威胁说，如果不给，他也有他的手段！"

佟一琮顿时明白了原委，也想明白了为什么这段时间有一些玉雕师总是跟自己不冷不热的，最初他还以为只是因为竞争的关系，原来背后还有这样的故事。

花雪痕说："不过啊，表哥还是看好岫玉。所以，一琮哥哥，加油吧！"

佟一琮把这件事儿简单地说给了步凡。“没想到事情不顺利是因为李先生，我倒真是万万没想到。”

步凡说：“正常，商场上什么样子的人没有？为了自己的利益，贪心啊！不过，这位李先生的道行还是浅了点儿，做法也着急了点儿。一琮，很多公司都有背后的‘大哥’、不露面的‘老总’，以后这种事情你一定要小心着点儿！”

4

武林那边的问题算是告一段落了，现在佟一琮终于可以全力以赴地准备比赛了。

按照大赛组委会的安排，评奖结束，要进行全国玉雕石雕“天工奖”作品回顾展。对于佟一琮来说，这是人生中破天荒的第一次。当他背起行囊，踏上驶向北京的高铁时，他知道自己即将看到的是代表中国玉雕、石雕发展缩影的规格最高的一次展览，是荟萃了行业内众多玉石雕刻大师心血结晶的超级玉雕盛宴，而这里面也有他的作品，这是他人生中从没有过的骄傲和自豪，是对他爱玉、迷玉、琢玉的最高奖励！

火车站人满为患，这是中国铁路的特色。这还没到春运，若是到了那时候，除了人山人海再也看不到别的景象，因为人员过多、过挤，还有旅客突发精神疾病跳车、自杀的事件。

佟一琮选择了坐高铁，相对舒适了很多。中国的高铁世界领先，这是所有中国人的骄傲。

坐在靠窗的位置上，他把目光延伸到窗外，把耳朵关上，不去听。心绪却如所处的环境一样，难以宁静。从小到大经历的种种，为琢玉进行过的抗争，一幕幕清晰再现。年少时，大雨天，他冲到山上，臣服在玉石王脚下的情景仿佛就在眼前，那雨就是玉佛的圣水，在点悟他、点醒他，和岫玉的情缘难道就是那个时候定下的吗？不，应该是更早，在抓周的时候，一块河磨玉，一块老玉，此生会做个琢玉匠是那个时候就注定的吗？又或者是在出生前就定下的缘分，让他生到岫玉的世界里。而一路的磨难，都是在逼着他成长，走过弯路、挤过独木桥，拐来拐去，绕来绕去，最后走上的还是琢玉这条路。不，是玉石平台，一条更宽的路！

佟一琮马不停蹄，下了高铁，出了车站，立刻赶到展览现场。现场设在了国家大剧院，远远看去，他就被那种强大的气场镇住了。

中国国家大剧院由法国建筑师保罗·安德鲁主持设计，设计方为法国巴黎机场公司，是亚洲最大的剧院综合体。作为北京十六景之一的地标性建筑，国家大剧院造型独特的主体结构，一池清澈见底的湖水，以及外围大面积的绿地、树木和花卉，不仅极大改善了周围地区的生态环境，更体现了人与人、人与艺术、人与自然和谐共融、相得益彰的理念。

顾不上参观整个剧院的内部环境，佟一琮流连于展馆内一款款精致的玉雕作品。

每一块玉石都需要在大地中蕴藏数亿年，在成为精美的玉雕作品之前，要经过无数次的雕琢，这个过程是人类灵魂与玉石的融合，是人和玉石的那一点灵犀。那种无言无语却真实存在的灵犀让他动容，沉入其中，不会去理会身边的人、物、一切。

外行看热闹，内行看门道。佟一琮看作品主要看几个方面：质——原料，形——造型，寓——内涵，工——雕工、工艺。他个人最关注创意和工艺，看人家怎么点石成金、慧眼独具，如何赋予石头以生命。

金奖作品《薄胎双耳瓶》以碧玉为料，雕工细腻，轻薄若纸，通透晶莹。白玉作品《九龙玉玺》，一方玉玺，九条龙盘在上面，融古代与现代玉雕精髓于一体，大气豪放。佟一琮看得目不暇接。

这时，他心里还惦记着一个人，一个刚刚分开没几天却特别想见的人——步凡。

二人说好在展览现场不见不散。

高山流水，伯牙子期，细细推究，皆因纯粹干净，没有一丝杂质。若是有一人藏了心思，留了念想，怕是这份情早就夭折了。步凡和佟一琮也是如此。

或许真像某位哲人所说，想着什么，就会出现什么。果然，同时给对方打电话的佟一琮和步凡肩撞了肩，没有过多的寒暄，两人边走边看边聊。

步凡认为，应该把玉石推向世界。玉石比国画、油画、瓷器更有优越性。步凡提起老本行，比如说瓷器在国外的拍卖行里面拍得非常好，但都是古瓷器，清代以后的瓷器在拍卖行里面基本就没有价值了。青铜器现在没有了，是一种已经消亡的文化历史。玉器从几千年前一直传承到现在，生生不息。不能把自己的国粹关起门来自己玩儿，中华民族的出路在于融入世界，玉石的出路也是如此。

步凡更是尖锐地指出，现在玉雕行业只是表面繁荣，有玉雕却没有玉文化，好的东西没人认，粗制滥造、仿冒、重复的玉雕工艺品满街都是。玉雕行业的从业者多达几十万，玉雕艺术家却屈指可数。作为一项用珍贵有限的原料制作的工艺，不能以数量计而应该以质量计，收藏中“认料不认工艺”是玉器鉴藏中常见的一个误区。

佟一琮和步凡还达成了一个共识，要超越前人，首先要超越自己。不能站在现有的成绩上原地踏步，要学会把一些自己娴熟的东西放一放，把一些浩瀚如烟的历史传承和现代艺术理念的东西吸取过来。要把自己变成干海绵，吸收古今中外各个方面的知识，最终厚积薄发。玉石雕刻是一种“减法”艺术，玉雕师却应该有“加法意识”，博洽多闻，不断充实，丰富想象力，提升造型能力，才能将玉的气质与人的智慧有机结合，更好地遵循“量料施工，因材施艺”的创作原则，完成用手做玉、用心做玉、用神做玉三个层次的提升。玉文化是中国传统文化的重要基石，也是玉雕工艺和玉雕行业发展的内在动力。

关于玉石平台的各方面，两人也唠了很多。

步凡说：“如果我的消息没错，武林集团的人也在这里。”

佟一琮说：“那我们要不要问一问？”

步凡说：“刻意反倒不好了。肯定能遇到的，他们也会找你的。”

佟一琮一笑，明白步凡指的是花雪痕那个小丫头。

两人又谈到了李先生。

佟一琮说：“是我太轻信人了。他当时还说是为了岫玉、为了梦想，是我太天真了。我原本还想，如果平台真的成了，就用赠予商铺或者其他方式来回报。结果，人家胃口太大了。我这也算是吃一堑，长一智了！”

步凡说：“不要轻信承诺，也不要轻信一个人的觉悟。幸亏这位李先生没沉住气，条件提出得早，要不然，咱们可能真是骑虎难下了！别上火，从另一个角度看，坏事也可能变成好事。至少以后我们都不会犯这样的错误了。”

佟一琮说：“我把这事儿告诉索阿姨、国大师了，他们说，这位李先生是浑水摸鱼的老手了，以前也这么干过。圈子里的年轻人不了解，但老人们都知道。李先生借着那个会长的职务，可没少捞油水。这也是他从会长变成前会长的原因，手伸太长必被捉啊！”

步凡说：“这样的人，走不远！还有个问题摆在眼前，接下来，和政府、玉石服务机构的交往，可能有一些难度了。”

佟一琮说：“我倒是有了一条新渠道，这人叫小马哥，我和他之间的事儿，说起来……算了，不说了，一说这故事就长了。总之，他答应帮我，而且明确提出了条件——让他也加盟平台。”

步凡说：“这才是真正要做事儿的人嘛！把条件摆在桌面上，大家都好办事儿。只是他的实力……”

佟一琮明白步凡所指，说道：“没问题的。李先生和小马哥的实力没法比。小马哥如果介入，原来的很多问题就都不再是问题了。”

两人从边走边谈，到最后坐在了休息区，从一开始的两个人，到后来身边多了一个又一个“同道”。有本来就相识的，也有通过彼此介绍的各地玉雕精英参与其间，说明各自的观点。说来说去，竟变成了各夸各家。

新疆的玉雕师自然夸赞和田玉，河南的玉雕师自然夸赞独山玉，湖北的玉雕师自然夸赞绿松石，福州的玉雕师自然夸赞寿山石，同样来自辽宁的玉雕师中有人夸赞玛瑙。

佟一琮要介绍的不用猜，肯定是岫玉。其实这些人都是行家，他说或者不说，岫玉的大致情况大家都略知一二，大家最关心的还是现在岫玉雕刻产业和岫玉市场的情况。这并不是功利，而是玉雕作品的价值正是玉雕师价值的直接体现。

关于岫玉雕刻产业的情况，佟一琮还能侃侃而谈，说到岫玉市场，他就显得底气不足了，其实这几年岫玉市场发展得已经不错了，特别是国石评选之后。至少在他看来，岫玉是四大名玉之一，名声本比黄龙玉、昆仑玉高得多，但是因为种种原因，岫玉的市场价格不进反退。虽然随着岫玉产地岫岩县决定封矿开始，岫玉逐渐“金贵”起来，可同其他玉石相比还是差太多了。

一个带着南方口音的普通话突然插入了谈话，声音冷淡清脆：“其实做玉和做节目主持人有些像，再优秀的主持人，在地方台工作，也只是地方上的主持人，摆在央视就是全国女主播。平台不一样，结果自然不同。岫玉要的就是一个够大、够强、够专业的平台，一个集原石交易、设计、加工、展销、酒店、商业等为一体的全产业链的专业大平台，这才是岫玉发展的必要因素。”

大家的目光自然被吸引过去，那是个年轻的漂亮女人，气质冷艳，精致干练。佟一琮的目光自然也随着移了过去。

步凡的消息果然准确，说话的人正是花雪痕。

花雪痕是受武林安排专程来看“天工奖”获奖作品展览的，与周围人的三两成群不同，她是单枪匹马。对于她的性情，佟一琮早在上海就看出来了，一个十几岁的小姑娘敢一个人在上海乱闯，她必然是一个不容易被人把握和掌控的狠角色。

花雪痕告诉佟一琮和步凡，这一次，她专程来看作品仍是为了给武林做项目投资考察。“表哥一直对玉石情有独钟，建设一个全产业链的专业大平台是他这几年一直在做的打算。”

“确定地点了吗？”佟一琮脱口而出。

“上次我在电话里就告诉你，表哥准备在鞍山建平台，但是否去岫岩还没确定。一琮哥哥，如果没有上次李先生的事儿，表哥也许就真把玉石平台定在岫岩了。不过，他会以一种玉石作为主攻点，这个方向已经确定了。他喜欢和田玉和岫玉，其实喜欢或不喜欢是次要的，商人不会因为喜欢或不喜欢做事。商人主要看哪一个的上升空间更大，能带来更大的利润。投资不是过家家，肯定要看投入产出，实现利益的最大化。”

在商言商、清醒理智、精确分析、有着极强的掌控欲，是佟一琮对花雪痕最直观的感觉。步凡也是这么认为的。

当天晚上，步凡就要回上海了。临行前，他叮嘱佟一琮：“一定要和这个花雪痕谈得顺畅些，她的话，在武林集团应该举足轻重。”

佟一琮点头称是。

步凡刚走，花雪痕的电话就打了过来，问佟一琮晚上有什么安排，是不是和那个步凡先生在一起。

佟一琮说：“步哥回上海了，我没事儿，在房间里待着呢，准备一会儿去看看伟大首都的夜景。”

花雪痕说：“那我带你出去玩儿呗，怎么样？正好我也是一个人，怪无聊的。”

佟一琮心里本来还犹豫，突然想起步凡的话，便说：“好啊，恭敬不如从命了。”

花雪痕带佟一琮去了一处他从未涉足过的地方——酒吧。其实无论是一线城市上海还是三线城市鞍山，大大小小的酒吧并不少，只是他从来没去过。

在佟一琮的想象中，酒吧应该是一个充溢着灯红酒绿、丰乳肥臀、暧昧情色、群魔乱舞的地方，对这样的地方，他的第一想法是敬而远之。当年，他曾经把这样的想法说给程小瑜，程小瑜笑得花枝乱颤：“那也是一种生活呀，既然存在就有存在的原因。为什么你不能敞开心扉，去尝试一下呢？”

同样的话从花雪痕的嘴里说了出来，只不过，她讲这些的时候脸色依旧很冷，眼神却是顾盼生情。

“人生需要不同的体验，需要切换不同的频道，没去尝试就妄自评论好与坏、是与非、善与恶，是否太过武断呢？”

三里屯酒吧是京城酒吧文化的鼻祖，久负盛名。佟一琮跟在花雪痕的身后走了进去。在这里不光有黄种人，还有白种人、黑种人。不仅许多中国人会把客户或朋友请到这里来，外国人也会成群结队地拥到这里，把这里作为交际的场所。

佟一琮这才知道，酒吧和他想象中的果真是不一样，失恋的人、寻求刺激的人、寂寞的人、谈商业的人……形形色色的人，在那里都有属于自己的小天地。

他立刻被酒吧里震耳欲聋的音乐震慑住了，低音和重金属感充斥着他的耳膜和全身，还有酒吧绚丽的灯光、时尚的酒吧桌，最最重要的是酒吧里琳琅满目的帅哥美女。一瞬间，他觉得自己像农民第一次进城一样。很快，他发现自己的白衬衫和里面的环境格格不入，他担心里面的人会用异样的眼神瞟向他，但事实并非如此，人们都按照各自的节奏，和身边的人或喝酒，或对话，或大笑。

花雪痕的脸凑到他的脸旁，几乎贴到了他的耳边，大声喊：“不要那么木讷，开心起来！”

他对她笑笑，算是回答，也是对她这句鼓励的感谢。

花样美男一样的服务生很快出现在两人的旁边，脸上是职业化的笑容：“请问两位喝洋酒、啤酒还是饮料？”

一个精致漂亮的水果拼盘，一瓶佟一琮叫不上名字的洋酒，两个玻璃杯，很快摆在了两人面前。

环境能够左右人的情绪，并让人不自觉地融入其中，佟一琮很快适应了那种平时他根本不会听的、带着重金属节奏的音乐，并且在花雪痕的带动下，不由自主地随着音乐轻轻晃动着身体，两个人的眼神也在迷离的灯光和音乐声中，粘在一起。

从酒吧回到宾馆已经是深夜了。

出租车上，花雪痕的身子顺势靠在佟一琮的身上，佟一琮本能地躲了一下，花雪痕又向他靠了一靠，佟一琮没再躲，他的腰杆儿却挺得笔直，肌肉全部进入紧张状态。

下了车，走进宾馆大厅，花雪痕说：“一琮哥哥，要不我们再聊一会儿好不？去我房间？”

佟一琮愣了一下，对花雪痕说：“对不起，我有些累了……”

花雪痕嘴角微翘，淡然一笑：“一琮哥哥是个好丈夫。那我们就在一楼的咖啡厅聊会儿？”

一楼的咖啡厅里，花雪痕和佟一琮聊了很久，只是这次聊天的内容与咖啡厅浪漫的情调截然不同。

花雪痕将武林集团的规划向佟一琮和盘托出：“实不相瞒，上次在鞍山和岫岩见面之后，我表哥又悄悄去岫岩和鞍山考察了很多次，还收集了很多资料。”

接着，她从包里拿出了一份资料，递给佟一琮。

佟一琮接过来一看，惊到了。资料上面详细地写着岫玉矿主的名字，国家级、省级玉雕师的名字和联系方式，还有现在的市场形势分析……

花雪痕说：“如果不是已经确定，我又怎么可能把这些资料给你看呢，虽然你对我有救命之恩，可恩情是恩情，合作归合作。上次电话里提到的那位李先生……”她欲言又止。

佟一琮说：“已经处理好了，没问题的。再去鞍山的时候，给你和武林先生介绍几位新朋友，相信我，会有惊喜等着你们。”

花雪痕面露惊喜：“这么快？”

佟一琮点头。

花雪痕说：“那真是太好了！我看得出，表哥想跟你合作。上面的这些人需要你去做工作，由集团统一运作，集团会为每位大师建立工作室。运作方式就像明星签约公司一样……”

最后，花雪痕说道：“也许，下个月我们还会见面。表哥和集团的几位大股东都会去。”

第七章 节外生枝旧时怨

1

回到宾馆房间已经是深夜 2 点了，佟一琮一直处在兴奋的状态。从花雪痕那里，他知道了武林集团更多的情况。做成一个综合性玉石平台，是集团的战略发展方向，这点一直没有改变，上次岫岩之行发生了不愉快，显然并未产生太大的影响。用花雪痕的话说："集团从无到有，由小到大，经历过的事儿，遇到的各种人物多着呢！李先生的道行太浅了，就凭他能掀起多大的浪？"对于集团来说，建设一个大平台，确实是不小的投资，但武林集团绝对有这个资本和实力，毕竟它是全国同行业的百强集团。人家再三考察，迟迟没有决定，恰恰证明了慎重，这正是做大事儿的风格。

花雪痕无意间的流露，恰恰告诉佟一琮，一切还有希望。从内心出发，佟一琮是感激花雪痕的。他当面向花雪痕表达了自己的感谢，说："谢谢你，能帮我这么多。"

花雪痕说："一琮哥哥，当年你在上海时的救命之恩，我会记一辈子的。不过，我绝不是用集团的利益来报答这份情谊。我今天讲出来的情况基本都是公开或者半公开的，绝不会涉及集团的商业机密。这是原则和底线，绝对不能突破。即使对一琮哥哥也不可以，你能理解吗？"

佟一琮当然理解，而且非常欣赏。感情是感情，工作是工作，绝对不可以混在一起，这是规则，也是操守。"把项目往友情上扯是无赖。项目是项目，友情是友情。"

对花雪痕这个重情重义、直率果敢、坚持底线的福建小美女，要说佟一琮一点儿感觉也没有，那是骗人的。可他和她，何尝不是同类人呢？坚守底线，是一个人应有的原则，无论是在职场、商场，还是对待婚姻、感情。

当然，佟一琮也绝对不想走入铁哥们儿穆明的“感情绝境”。穆明对他说：“我每天都觉得自己是架在火上烤的羊腿，烤得外焦里嫩的，究竟有多难受，只有自己知道。婚姻舍不了，兰瑞儿也放不下。”佟一琮说：“这是二选一的答案，只能选一个。”穆明说：“我再考虑考虑吧。”佟一琮说：“接着烤吧，现在是外焦里嫩，再玩下去就过火了。拖泥带水，最终受害的可能是三个人。哥们儿，建议你慎重考虑，本着对家庭、对老人、对孩子负责的态度，处理好这个事儿。”一向玩世不恭的穆明居然很认真地点头答应了。

佟一琮兴奋得一晚上没睡着，脑袋里除了还能与武林集团再洽谈的快乐，还有就是这些杂七杂八的事儿了。直到天亮，才算眯了一会儿，结果又被酒店的叫醒服务从睡梦里“呼唤”到了现实中。

到了上班时间，佟一琮把这件事儿跟步凡和程小瑜做了沟通。他不希望因为这件事儿，影响他们的正常工作。电话里，三个人的意见非常一致，这次的接待和对接一定得弄好，千万不要再有闪失了。佟一琮说自己担心的也是这个，第一次的李先生事件是意外，如果第二次再出了意外，恐怕就再也没有机会了，幸运之神不会一直眷顾的。

从北京到鞍山的高铁上，步凡的电话打来了。他告诉佟一琮，如果再去岫岩，他会带上一位同门师兄一起去，叮嘱他把日程安排好，把细节想全了，随时保持联系。

程小瑜的电话随后而至。她提醒佟一琮：“这次一定不要再碰到像李先生那样的‘臭肉’，不光自己臭，还弄臭了一锅好菜。”

佟一琮说：“你这张嘴啊，还是这么犀利。”

程小瑜说：“我恨得牙根儿痒痒。可这样的人还不能得罪，他成事不足，败事有余啊！”

佟一琮让她放心，说这次的人选是又有实力又靠谱的人。他并不是安慰程小瑜，因为他要找的人是小马哥。

程小瑜一听，又打趣他：“怎么，俩情敌要联手了？”

佟一琮说：“小让又没真和小马哥发生过什么，怎么就情敌了呢？你呀，又拿我打趣。合作才能共赢嘛！”

程小瑜说：“行啊，佟一琮，不知不觉间变化还真不小呢，有胸怀了。

给你打九十五分，剩下的五分先存我这里，要是给满分了，怕你骄傲。”

回到岫岩，佟一琮便联系小马哥，按他的想法，两人得尽快商量安排相关事宜。花雪痕说下个月来，掐指一算，也只有半个月的准备时间，说起来好像一切都来得及，但真正操作起来，把各种细节加在一起，时间上并不宽裕。

花雪痕说，武林在岫岩只能待两天一夜。也就意味着，佟一琮必须在这两天一夜的时间里打个翻身仗，彻底改变武林对他、对岫岩的认知。不，是改变不良印象。他这时候担心的，不仅仅是合作问题，更是人品问题。他希望在武林面前的自己，像在新疆时遇到的那样正直又讲义气。

佟一琮还有自己的心思，小马哥确实曾经向他表示过，会积极参与到与武林集团的合作中，但是凡事都有个万一，万一人家决定不参与了呢？万一人家遇到了新情况呢？不是盼着小马哥不好，可在经济社会里，做公司的看着大厦稳固，可是只要有一个环节出现问题，大厦就会倾倒。对于小马哥公司的情况，他不是内部人士，又怎么可能知道详情。何况公司真正的内情，即使是内部人士，也未必完全知晓。他毕竟从来没有和小马哥共事过，别人说一千道一万，也不敌他亲自合作一把。

他提前做好准备，也是给自己一个缓冲期，如果小马哥不参与了，他得全靠自己了。遇事儿尽最大努力，做最坏打算，总是没错。实际上，如果佟一琮自己来做这个对接，心里是没底的。他在玉雕界的资历尚浅，还撑不起一方天地，所以才想到了借力的办法。

小马哥在电话里听了佟一琮的介绍，说道：“是好事儿。你先准备其他事儿，我现在在北京，两天以后才能回去。见了面，咱们再商量具体的环节。”

佟一琮说：“没问题，我这边先拿出一个大致的方案。”

佟一琮放下电话才意识到，自己太心急了。时间固然很紧，但也不至于慌到乱了手脚，一时问这个，一时问那个，真正的主导人应该是自己才对。这次他得定好调子，有个规划。这事儿指望不上别人，只能靠自己。

穆小让从佟一琮的神情里看出了紧张，知道这是因为他上次落下了“病根儿”，便给他讲了一个寓言。“有位少年拜一位剑术高人为师。他迫不及待地问师傅多久才能学成，师傅说十年。少年又问如果他全力以赴，夜以继日要多久。师傅答那就要三十年。少年还不死心，问如果拼死修炼要多久，师傅答七十年。”

佟一琮伸手在穆小让的鼻子上刮了一下，说：“你呀，是想告诉我，努力是对的，可是欲速则不达。我说得没错吧？”

穆小让得意地一笑，说道：“看，跟聪明人讲话就是不累。小哥一下就明白我的意思了。”

佟一琮看着她，眼睛里全是浓得化不开的爱意。这个小让啊，是最懂他的，最惦记他的，也是最能温暖他的。

内力外力，一起发力，佟一琮的心便沉了下来。他理清了思路，拿出了一个初步的接待对接方案。

这一次，佟一琮想请到索秀珏和国大师同时跟步凡见面。一位是老娘的好姐妹，一位是老爹的好哥们儿，都是长辈，都是力捧他的重量级人物，按正常情况是没有问题的。但是转念一想，还真不好说。索阿姨是真没问题，国大师那个怪脾气，到底能不能请得动，还真是没把握。

果然，索秀珏见到佟一琮亲自邀请，当即答应下来，所有事情都为佟一琮与武林集团的对接让路，为佟一琮助力。

国大师却说：“我最讨厌与不相干的人，说不咸不淡的话，吃不香不臭的饭。我待得不舒服，别人看到我的样子也会不舒服，都不舒服还往一块儿挤干吗？”

佟一琮知道再劝也没用，只好作罢。

好在国大师最后还是给了他一颗定心丸。“你小子好好弄，弄好了到时候我不会在一边卖呆儿的。”

佟一琮连忙给他鞠躬，说道：“那我先谢谢您了。我今天回家就记本子上，您说话可得算数。”

国大师被他逗得哈哈大笑：“你小子啊，我怎么就那么喜欢你这个臭小子呢，开玩笑都能对上路子。”

佟一琮说：“能入您的眼，是我上辈子修来的福气啊！”

国大师说：“我喜欢的是你的专注和踏实。不过，你小子经常纠结，这点你得慢慢改。做事儿再果断点儿。”

佟一琮说：“我记下了。一定按您的要求改。”

上次武林对穆明的全羊馆印象深刻，这次全羊馆也是必选项目。穆明说：“菜式的安排上，不能和上回一样，我琢磨琢磨，再弄出来什么花样吧，交给哥们儿，你放心好了。不过既然人家待两天呢，晚上的事儿也得想好了。”

佟一琮说：“这个我有个初步的想法，到时候再和小马哥商量一下吧！”

佟一琮认识小马哥的时间也不短了，算是不打不相识，可他却是第一次到小马哥的办公室去，心里还是有些紧张。他刚进公司，小马哥就已经在公司正门等着他了。

两人边走边说。

“一琮，着急了吧？我在北京也着急回来，实在是没办法，电话里又说不清楚，只能干着急。我又不能说我着急，要是说了，你得更急，这时候更得稳住。”

佟一琮一笑，显然小马哥在电话里已经听出他的急切了，忙说：“没关系，时间都来得及。还有半个月时间准备呢！”

小马哥拍了拍他，说：“那就好。”两人一前一后进了办公室。

红木大班台、中式沙发、中式茶水间、墙上的山水画……大气又足以显示身份的风格，与小马哥的身份和性格倒是完全相配。

小马哥直接将佟一琮带到了茶台前，问道：“咱俩边喝边聊。喜欢喝什么茶？”

佟一琮说：“随意。我这人不懂茶，你的茶都错不了。”

“那我就真随意了。今天咱们就喝台湾的高山茶吧，养胃。你是不知道，这几天在北京我一直在喝大酒，喝得这个难受啊，不喝还不行。我们这些做企业的，别人看着风光，背后的苦，只有自己知道。”

两人说了几句闲话，便直奔主题了。

佟一琮说了自己的方案。

小马哥赞同道：“饮食上以咱们岫岩特色为主，穆明那里可以晚上安排个烤全羊，不过别在他店里，搬到温泉那里吧，大家边吃边聊，吃完直接泡一泡温泉。这样气氛能更轻松些，而且也能缓解人家的疲惫。不过，穆明那头可能麻烦一些。”佟一琮说：“这倒不是问题，容易解决。玉雕大师这边索阿姨已经确定了。”他没提国大师，既然他已经确定不参加了，说了也没用，倒不如不说。

小马哥说：“老一辈有索阿姨坐镇就可以了，中青年里面我请几位参与一下，官方这边我来协调。”

佟一琮说：“他们这次来是以私下接触为主，如果官方参与，我担心……”他担心的是弄巧成拙，让武林误会。

小马哥明白他的意思，说道：“那就把范围缩小一下，以民间接触为主。不过官方也得见一见，你没做过企业你不懂，如果完全不接触，有些事儿不好办，以后你就慢慢知道了。”

佟一琮讲了上次武林来岫岩发生的事儿。

小马哥说："你啊，是离开岫岩太久了，不了解这里面的事儿。李先生在岫岩可是臭名远扬，你也不用放在心上。以后遇事了，咱们可以多商量。这也是给咱们上了一课，无事献殷勤，非奸即盗。再遇到这样的人，咱们能躲多远躲多远吧！"

佟一琮想叮嘱小马哥这次见面的人选上要慎重，但想到小马哥本来也是慎重的人，说多了，反倒显得不信任人家，所以话到嘴边便咽了下去。

小马哥反过来叮嘱他："兄弟啊，不要着急！这人啊，要想做成事，遇到各色人等，遇到各种坎儿都难免。总之，再叮嘱你一句，心急吃不了热豆腐，咱们稳扎稳打，把功夫做到家。至于结果，交给命运。"

佟一琮笑了。

从小马哥公司出来，佟一琮感慨，觉得人与人之间的际遇真是说不清道不明。曾经以为是敌人，现在却站在了同一阵营，为了同一目标，联手协作。

2

半个月的时间一晃而过。佟一琮和小马哥一直忙着做各项准备，联系好相关的对接事宜，包括准备各种相关的资料，以便作为武林集团原有资料的补充。

这些天，佟一琮在家时话少，笑容少。家里人都知道他在忙什么，自然不去打扰。只有穆小让管不住自己，第一天、第二天没打扰，第三天控制不住了，晚上偷偷溜进书房。她也不说话，就静静地坐在佟一琮身边，或者看书，或者戴着耳机看剧。

佟一琮瞧瞧她，发现她的心思根本没在书上，也没在剧上。她的眼睛泄密了，她眼睛的专注点在他身上。他瞧得明白，便说："小让，你先睡，别管我。忙过这阵子，我好好陪陪你。"

穆小让答道："没关系啦，你要是天天陪着我，哪有时间做正事儿呢？我现在不困，我就在你身边待着，不出声。你就让我待着吧，我向毛主席保证，一定不捣乱，不烦你，也不碎碎念。"

佟一琮无可奈何地说："可你在我身边，我静不下心。"

穆小让嘟起了小嘴，一脸不情愿地离开了。

他心里也明白，她是担心他太紧张，用这样的方式给他做个调节和放松。

夜深时，他还坐在书房里想着各种事情。这一次，他选择用排除法，整理思路。电脑屏上列出的一个个事项，后面都已经标注上“完成”。看着每一个“完成”，他便在心里生出一点点的自豪感。

这时，佟一琮会觉得商场有些时候和下棋颇有些相似，总结之前的布局，观察之后的发展，走好现在的每步棋。至于最终能不能赢，对自己来说其实都是赢。如果真赢了，自然是皆大欢喜；如果输了，也在实战中积累了经验，增长了知识，这些都是属于他的，谁也抢不去，谁也拿不走。这样一想，无论成败，从不同角度来看，他都有所收获，有所得。只要能让自己成长的，便都是收获。

老娘安玉尘轻轻推门进来了，说道：“后天他们就来了吧？这两天你早些歇着，把精神头养一养，这些天东跑西跑加上合计事儿，你可见瘦了，脸色也不好。”

“我一会儿就睡觉，您早点儿休息。他们后天就来了。我这次准备得还算周全，有小马哥帮忙，索阿姨坐镇，基本差不多了。如果成功了，以后我会比现在更忙，要做的事儿太多了。”他的语气里信心满满。

“儿子，凡事尽最大的努力，做最坏的打算。不要老是想着成了之后怎么样，要多想，为了成事，过程中的细节，哪些是容易出现纰漏的，哪些是要时刻注意的。”

佟一琮打断了老娘的话：“放心吧。您也不要过分担心了。是不是上次的失误给您也留下心理阴影了？”

“我这把年纪了，已经留不下什么阴影了。就是想提醒你，即使心里再怎么急，也得稳住，把细处想全了、想透了。另外就是要有一颗平常心，不要急于求成。好多时候，越着急，越盼着成事，可能会事与愿违。好事多磨，老祖宗的话总是有道理的。”

佟一琮原本计划去机场接武林，却被告知不用了。他的心里顿时又起了波澜，猜想武林还是有心结没打开，对他有成见。要不然怎么就不让自己去接站呢？可见，要给人留下坏印象，只要一件事儿，甚至一句话就够了。但要转变过来，却要经历重重考验。那么，是谁去接武林呢？

花雪痕的微信解开了他的疑惑。“一琮哥哥，表哥和我们已经到达沈阳。另有其他事儿。明天去岫岩。请安心等待，保持联系。”

佟一琮这才算是松了口气。这条微信传递给他几条信息。一是武林的行程安排，花雪痕之前也不知道。二是武林对花雪痕也有戒心，这份戒心冲的是花雪痕和他佟一琮的“私交”，担心他了解了公司的商业机密。三是武林集团的布局很大，远超过他佟一琮的猜测和想象。可是他心里仍旧好奇，武林在沈阳要见的人是谁？要办的是什么事儿？

想了一阵儿，佟一琮也没想明白，倒是释然了。他觉得自己担心得太多了，想得太多了。做好应该做的就成了，其他的顺其自然吧！

这两天，穆明一直在跟他碎碎念：“这老天爷是怎么了，每天都下雨，要是这样下去，咱们事先定好的露天烤全羊指定泡汤了，要是改到室内就没意思了，客人亲自动手，亲身参与感受才好玩，这叫互动。如果一直下雨，室外温泉也洗不成了，只能改成室内的。”

佟一琮理解穆明的着急，岫岩已经连续下了几天的雨了，这样的天气让人心里生出不安，还有些憋闷。可他听花雪痕说过，武林有点儿小“迷信”，出门时遇到雨天就会认为非常吉利，生意人哪个不求财，雨就是财，春雨贵如油，雨润万物生。他把这道理说给穆明：“不要担心了，人家就喜欢出门见雨呢！”

穆明说：“反正是伺候他，他高兴就成了。不过，我说这烤全羊要是在室内，味道是不会差，可是意思就差了点儿。就咱那烤全羊，外焦里嫩，肥而不腻，保证让人垂涎欲滴。”

小马哥那边也没闲着，特意请来了岫岩皮影戏传人做表演。虽然表演是民间性质的，但因为是“非遗”项目，所以出来表演也要经过相关部门的批准。因此，也不是那么容易的一件事儿。

佟一琮自然明白小马哥的意图，啥事儿不能做得太直接了，如果直接奔着合作去，反而会让人家心里生出不快。倒不如借着看表演，在一起畅谈，顺道便把正事儿给谈了。再说了，这桩生意可不是小投资，至少得几个亿，怎么可能一次就谈成？单从这一点就能看出，小马哥比他沉得住气。他忙说：“真心佩服小马哥！”

小马哥笑着说：“我这也是这些年自己做企业，跌跟头、吃亏多了积累下的经验。有目的可以，但绝不能只想着目的。生意这回不成还有下回，两座山碰到一起不容易，两个人碰到一起可容易着呢，说不上什么时候就有机会了。所以才说啊，做人比做生意更重要。”说完，小马哥摸摸自己的头发。这是他的习惯，他喜欢或者讨厌一个人时都会不自觉地摸头发。这一点，佟一琮也是在后来才注意到的。这时候，小马哥表达出的潜台词显然是他是喜欢佟一琮的，愿意与他为伍，同坐一条船，而且并不计较这次的成败。这让佟一琮稍稍安心了些。

步凡和程小瑜乘坐同一辆高铁到达了鞍山西站。佟一琮特意去接了他们，见了面，才知道他们是特意订了同一趟车，为的就是方便佟一琮接站，也方便几个人在一起沟通事情的进展。

之前步凡说好带着同门师兄同行的事儿却爽约了。“真是不巧了，车票都订好了，前一天晚上，家里的老人心脏病发作，被急救车送到了医院。他只有一个妹妹在美国，连个临时替他一下的人都没有。”

程小瑜也说：“可不，临时退的票。我们上车了，他还特意打了电话说抱歉。”

佟一琮说：“到了咱们这个年纪，家里的老人身体一天不如一天了，谁也料不到会有什么意外。人到中年，身不由己的时候越来越多了。”

步凡说：“这可能就是中年危机吧。上有老，下有小，中间有工作压力。咱们这个岁数的人，属于父母、老婆、孩子、工作，唯独不能属于自己。”

程小瑜说：“步总，连您这样的闲云野鹤都这样说，我们这些人可怎么办啊？”

步凡说：“真闲假闲只有自己知道，别人看到的都是假象。就像别人看到您程总风光无限，苦不苦也只有您自己知道。”

佟一琮说：“现在啊，就没有人能活得轻松，因为都想生活得更好啊！”

四个人见面之后，私下谈了分工。佟一琮、步凡、程小瑜一起到高速公路出口处接武林一行，小马哥带着众多人留守在温泉等候。

按照佟一琮的想法，步凡和程小瑜是不必到高速公路出口去接武林一行的。他觉得他们舟车劳顿，应该在接洽前歇一歇。

步凡说道：“咱们接或不接是诚意，合作成功不成功是缘分。”

程小瑜说：“做生意，就得站在对方的角度去想问题，想想人家希望得到啥，说白了，是得让人家心里舒服。换成咱们，是不是也希望有一个周到的、舒服的对接呢？”

佟一琮便不再勉强，三个人一起到了高速公路出口。说来也怪，原本一直下的雨渐渐小了。

程小瑜说：“看来穆明不用担心他的室外烤全羊了，老天爷肯定受不了他的碎碎念，把雨停了。”

三个人闲聊了半个多小时，佟一琮接到了花雪痕的电话。

“一琮哥哥，我们马上到高速公路出口了。”

佟一琮忙告知了她自己的停车位置：“在高速公路出口的右手边，一辆丰田吉普，打着双闪。”

一辆“闽”字开头的轿车驶出了高速公路，双方人士碰头后寒暄了一番。

佟一琮这边的三个人武林都认识。武林那边除了花雪痕，还有一位年轻人。武林介绍说他是集团的一位中层，叫周墨。

周墨年纪轻轻，行为举止像一位刚刚毕业的大学生。不过，佟一琮总觉得没有那么简单，因为无论是武林还是花雪痕都对这位周墨客气有加。按道理，应该是周墨对武林和花雪痕客气才对，怎么反过来了呢？

这样的念头在佟一琮心里只是一闪而过，他便专注地在前面开车引导，不到半个小时，一行人便到达了温泉。

停好了车，众人走了下来。此时，雨滴还是稀稀落落的，却已出现了蓝天白云，太阳也从云彩间闪出，分外妖娆。

程小瑜突然说：“快看，彩虹！好美啊！”

众人顺着程小瑜手指的方向看去，果然，两道彩虹挂在天空上，外边的一道较大，颜色较淡，里面的一道略小，颜色明亮。

花雪痕惊讶地大叫：“好漂亮啊，我还是第一次看到双彩虹呢。这是吉兆！表哥，你快看呀！”

武林说：“确实是吉兆！下着小雨，同时出现彩虹，大自然才是最神奇的，岫岩真是祥瑞之地啊！”

步凡说：“出现彩虹代表着圆满，双彩虹内里的是虹，外面的是霓。霓虹同现，是为咱们这次的相会祝福呢！”

众人连连说着确实是吉祥之兆。

双彩虹带来的不仅是大自然的神奇，还有人们的好心情。所有人的脸上都挂上了笑容。

花雪痕趁着人们不注意，悄悄对佟一琮说：“表哥心情超级好，这次肯定会成功的！”

佟一琮点头微笑，他也觉得双彩虹带来了好运，可是事情的进展究竟会怎么样，还得走一步看一步。毕竟，事情没有那么简单。武林也不像花雪痕那样简单。花雪痕的精明是写在脸上、露在嘴上的。武林的精明却是在憨厚的外表下藏着的。

烤全羊晚宴达到了佟一琮和小马哥预期的效果——气氛融洽，众人参与，笑声不断。

吸引武林的倒不是烤全羊，对于走南闯北、见识广博的武林来说，同时烤几只全羊的场合绝不是初见，亲自参与烤全羊也不是头一次，他绝对不会为了这样的小场面而感到惊喜。不过，他实实在在地感受到了佟一琮的用心。接待并不是什么大事儿，但从接待上可以看出一个人的协调能力和细心程度。所谓细节决定成败，便是这个道理。

在武林眼里，岫岩的皮影戏有意思。用竹竿子搭起影台，前面挂上一块白布，在白布的后面挂上一个亮亮的灯泡，拿出影人和乐器，皮影戏就正式开始了。

武林说："岫岩的皮影戏和我在陕西看到的不一样，里面有二人转的味道，是不是东北人都会唱二人转呢？"

佟一琮说："您这一问，倒让我想起刚上大学的时候了。同学们一听说我是东北来的，都让我给唱段二人转，可我哪儿会啊，二人转确实是东北的，却不是每个东北人都会唱。"

程小瑜说："这就和岫岩产岫玉，可不是每个岫岩人都懂岫玉是一个道理。"

众人一听便明白了，程小瑜是要把话题往正题上引了。

武林自然也是明白的，问道："程总，您下句一定是想说，'他山之石，可以攻玉'对吗？"

程小瑜说："这得看是什么石，像武总您这样的钻石才玩得转呀……"程小瑜接下来便说起了上次与武林见面时的趣事和对话的一些细节，仿佛上次见面就是上个星期发生的事儿，仿佛两人是相识多年的好友。

武林一直笑容满面，显然很喜欢程小瑜这种亲切的聊天方式。

程小瑜的注意力不仅在武林身上，还会时不时加入花雪痕的一些细节往事，拉近几个人之间的感情。

花雪痕此时对程小瑜的称呼已经从"程总"变成了"小瑜姐姐"。

佟一琮不禁在心里为程小瑜点了个赞。她太适合做生意了，太适合与人沟通了。一边的步凡和小马哥也向程小瑜投去了赞许的目光。

武林说："程总，如果您不是老总，只是职员，我一定高薪把您挖到集团。"

程小瑜说："武总，您的意思我可不可以这样理解，我可以得到和集团合作的优先权？"

武林哈哈一乐："您的脑子反应太快了。佩服！"

晚宴基本结束的时候，小马哥才领着索秀珏和几位青年玉雕师出现了。这样的安排也是佟一琮和小马哥事先商量好的。

索秀珏说："我上年纪了，平时晚上基本不吃，或者吃很少的素菜，如果参加晚宴一口不动，会扰了大家的兴致。"

佟一琮说："那到时候再安排人接您过来，大家一起谈谈，泡泡温泉，总可以吧？"索阿姨这下答应得很痛快。

小马哥说："既然如此，那不如让其他玉雕师和索阿姨一起同武林见面吧。反正见面也只是谈一谈玉雕行业里的趣事，让武林集团看到一个团结的岫岩玉雕团体比较好。"

佟一琮自然赞同。让他欣慰的是，武林再次与他见面仍旧亲近，仿佛上次见面之后的不愉快从来没有发生过。他向花雪痕投去感激的目光，两人算是心领神会了。

3

佟一琮和步凡、程小瑜几个人都在传递同一个信息：这次一定是皆大欢喜的结局。

索秀珏与武林聊的多是一些玉雕界的闲事和一些泰斗们的趣事。索秀珏说："真没想到，您做生意那么忙，对玉雕行里的事儿还了解得这么多。难怪人们说，做成大佬级的人物都是杂学家，行行都懂，样样都精。"

武林哈哈一笑："您这可是捧杀，我这个晚辈承受不起啊！要说做玉雕，您才是大家，我和咱们福建的玉雕师喝茶时聊起来，他们对您可是赞不绝口。"

几位年轻的玉雕师坐在周围，时不时说上一句。这几个人中，有几位佟一琮是认识的，有过切磋。有一两位他也是第一次接触，看着眼生。但他心里也清楚，小马哥请来的，必然是岫岩玉雕新人中的中坚力量。他注意到，那位叫林叶青的玉雕师一直一言不发，貌似与其他人并不相熟。林叶青看上去瘦瘦高高的，眉清目秀，准确地说是十分精致，这样面貌的男人在东北不多见，倒是与时下流行的男明星们有些相似，阳刚之气不足，阴柔之气有余。从外表就能感觉得出，他应该是一位细致的人。这种性格的人进入玉雕行一定会比其他人更有灵性，因为他有一份与众不同的精细和感性。佟一琮感叹：有些人是祖师爷赏饭吃；有些人注定是从事这一行的；有些人再怎么喜欢也进不了这行；有些人进了，年纪轻轻就有所作为；

有些人做了一辈子也只是普通玉匠。

程小瑜似乎也注意到了这位林叶青，悄悄问小马哥："那位林先生是索阿姨的弟子吗？"

小马哥答道："不是。他是别人带来的，我倒不太熟悉。听说他刚刚有作品获奖了，还被藏家收藏了，也算得上是新晋的玉雕界红人，所以才受邀过来了。"

程小瑜小声说："总觉得这人有些不对劲儿。"她注意到，索阿姨对这位林叶青好像有些冷淡，索阿姨一向对人宽厚，特别是对玉雕新人，更是关爱有加，这样的对待方式颇有些反常。

小马哥说："可能因为咱们对他不熟悉吧，他对咱们也不熟悉。看样子他性格有些内向，短时间内放不开也正常。不用担心，既然都是岫岩人，应该都希望岫玉有更大的平台，更好的发展。"

程小瑜笑了笑，眼睛仍旧瞄着那位林叶青。她总觉得似乎有什么事儿要发生，转念一想，又觉得自己可能想多了，今天看到的双彩虹不就是一个吉祥的预兆吗？自己从来不迷信，但谁不喜欢享受美景带来的愉悦心情呢？

花雪痕来到她身边，夸赞起程小瑜的服饰："小瑜姐，每次见到你，都让人眼前一亮。女人呀，光漂亮不行，还得有气质，这才算是有了好皮相。有了好皮相，已经是十分难得了。偏偏小瑜姐不光有好皮相，骨相又生得好，让人觉得很舒服。"

程小瑜说："雪痕，你再夸我我可要飘起来了。什么皮相、骨相的，你还会相面呢？"

花雪痕盯着程小瑜的眼睛认真地说："我哪有那项古老的技能呀，不过，我说的是真的。多数女孩子都不敢梳大光明，怕露出了短处，只好用头发遮盖上，可你梳起来就特别漂亮。"

程小瑜一愣："大光明？"她一下子没明白花雪痕话里的意思。

花雪痕答："就是把额头露出来，头发梳得光溜溜的，没有一丝遮掩。我就不敢这样梳，我的额头实在是太大了。不怕姐姐笑话我，买来的面膜我用着都短，永远会有一条额头露着。"

一席话逗得程小瑜哈哈大笑，她格外欣赏花雪痕的直爽和敢于"自黑"的勇气。两个年龄相差十岁的女人成了好朋友，连去洗手间也是相伴一起去。

花雪痕说："小瑜姐姐，缘分可真是奇妙，因为在上海时出了车祸，我认识了一琮哥哥，好多年后在新疆重逢，没想到，之后我又能结识一个这么投缘的姐姐。”

程小瑜心里一动，想起了当年的事儿，想到如果自己当年没有打胎，孩子已经上学了吧！可她并没有表现在脸上。“印象中南方女孩儿都是绕着弯儿说话做事，做派就像南方的园林建筑，明明只有十步八步的距离，可绕来绕去，不走上个百十来步，绝对到不了眼前。像你这样直爽的性情真的很少见，我很喜欢你呀！”

花雪痕说：“我呀，就是任性，从小让家里给惯的。用表哥的话说，是刁蛮任性、无法无天。”

程小瑜说：“不知道有多少人羡慕你能这样任性呢。任性也得有任性的资本，你是家里的宠儿，才会有这样的幸运。”

两人正说着，突然都住口了。对视一眼之后，竖起耳朵听着外面的对话。两人都听出来了，是武林和岫岩一位玉雕师的对话。

“林先生，谢谢您告诉我这些情况。”武林的声音不温不火，不急不慌。

“武总，佟一琮根本不够分量和武林集团合作。请您考虑一下，一个婚姻都没有经营好的人，能经营好事业吗？在上海没混好的人，回岫岩就能混好吗？一个半路出家做玉雕的人，真正了解岫岩玉雕圈子吗？能知道人与人之间的恩恩怨怨吗？”

“林先生，您与佟一琮有什么过节吗？”武林突然插了一句。

“您为什么这么问，您以为我是在报复他吗？今天晚上之前，我根本都不认识他。如果不是小马哥的面子，我根本都不会来见您。确切地说，他佟一琮根本没有那么大的号召力。”

“是吗？这么说，他不被岫岩当地的玉雕界认可？”

“也可以这么说吧。虽然他拿到了一些奖项，确实是一个优秀的玉雕师。可岫岩的玉雕界水深着呢，关系也复杂，派系之争从来没停过。凭他，能摆平吗？他能给您在岫岩的发展助力吗？”

“哦。还是谢谢您告诉我这些。”武林的声音依旧平和，并没有对佟一琮和对方做任何的评价。

程小瑜和花雪痕不约而同地走了出去。不早不晚，她们看到了武林和那个人的背影。两人不禁对视一眼，同时皱起了眉头。

程小瑜看清楚了，那人正是引起她注意的玉雕师林叶青。她不禁在心里画了一个大问号，林叶青为什么要这么做？这么做对他有什么好处？他想达到什么目的？

花雪痕的步伐加快了。程小瑜看出她是想赶到武林和林叶青面前问个究竟，忙拉住了她。

花雪痕说：“小瑜姐姐，你别拉我。我得当面问个清楚，那人是什么意思？他为什么要砸场子？”

程小瑜不禁笑了，福建小姑娘说出了“砸场子”这词，看来是真着急了。她忙劝说道：“你现在问，只能起反作用。反而会让武总认为你参与其中了，会让他认为你是一琮的合谋，至少是个助手。还会觉得我们是故意偷听、故意跟踪他。咱们两个女的，跟踪人家到洗手间，这像话吗？”

花雪痕气得一跺脚。“气死我了。岫岩人怎么这样呀！怎么还窝里斗呢？小瑜姐，你不知道，上次那个李先生闹的一出戏，我从中斡旋了多久。表哥表面上随和宽厚，实际上却是很有城府的人，毕竟在生意场上打拼了这么久。如果我不是他的亲表妹，如果他不是从小就让着我，如果他不是知道我是出于报恩，他早就不让我参与了。”

程小瑜也是一声叹息：“我明白的，你不要急。我想这里面一定有什么咱们不了解的情况。一琮应该是不认识这位林叶青，他们之间应该没有什么恩怨。至于其他的，咱们只能再慢慢了解，一步步解决。”

花雪痕说：“小瑜姐，你不知道。表哥到沈阳去见了一位省里的领导，了解了省里对岫岩玉雕的重视程度和下一步规划。如果不摸清情况，这个项目也是做不起来的。今天和咱们一起来的周墨并不是集团的人，是表哥特意请来的，是那位大领导的亲外甥，要不然连那位大领导的面恐怕都见不到。周墨本来不想来岫岩，是表哥特意拉他来的，为的就是方便下一步与领导的联系。”

程小瑜说：“原来你们在沈阳停留一晚，是在做这件事儿？”

花雪痕说：“虽然我不清楚表哥和大领导面谈都说了什么，可我知道，他在面谈之后非常高兴，对投资岫岩也有了十足的信心。我以为这次就能把这个事儿定得差不多了，谁知道又出了这个岔子，这根本是不应该发生的事儿啊！唉，你们不了解表哥，可是我太了解了，前几年他被骗后留下的印记太深了。虽然那个骗子已经受到了法律的惩罚，可是表哥还是落下了后遗症。现在表哥做事儿越来越慎重，我真担心……而且其他地方的人也在和表哥接洽，想拉表哥过去。”她的语速越来越快，显然真的是着急了。

程小瑜忙安慰她：“雪痕妹妹，不要着急。咱们先了解情况后，再慢慢解决。武总不轻易相信我们，同样也不会轻易相信林叶青啊！”

“你说得有道理，只是不知道一琮哥哥会不会因此出局了。如果表哥最后决定投资岫玉，一琮哥哥却不参与，那多遗憾啊！”花雪痕字字句句都惦记着佟一琮。

程小瑜在心里感叹了一句：花雪痕这样着急，看来对佟一琮恐怕不仅仅是报恩那样简单的感情。不过，以佟一琮的性格来看，两人之间绝对不可能有什么风花雪月的故事。合适的时间，合适的人，才会有合适的情缘。花雪痕与佟一琮之间注定没有缘分。

花雪痕回去后，恨恨地瞪着林叶青。如果眼皮能夹死人，花雪痕已经把他夹成碎片了。

林叶青倒是识趣，不久就先行离开了。走时也是彬彬有礼，与众人一一告辞，一副君子的风范。

他走后，索阿姨悄声问佟一琮："林叶青是谁请来的？"

"小马哥的朋友带来的。"

索阿姨说："以后尽量少接触。"

佟一琮一愣，点点头，继续与众人寒暄。

当晚，一切照常进行。武林依然带着笑意与众人交流，虽然流露出一些疲惫，看起来像是舟车劳顿导致的。

程小瑜把武林的一举一动都看在眼里，不禁在心里点了一个赞。遇事不惊，大家气度。只是她为佟一琮捏了一把汗，感觉事情可能会与之前预想的有所不同。她悄声把听来的一切告诉了佟一琮、步凡和小马哥。三人交换了眼神，传递出了相同的意思：一步一坎儿。三人的眼神又迅速望向别处，仿佛刚才根本没有过任何的交错。

能不能过得去这个坎儿，并不是由一时发生的事件决定的。可做不做得好眼下的接待却是要紧的。佟一琮自然还是装出什么都不知道的样子，照常陪着武林，神色如常，心里却已经着了火。他暗想：好不容易跨过了"外忧"的坎儿，武林把项目的"落脚点"定在了岫岩。人家的老家福建、和田玉的产地新疆，哪里没有独特之处呢？武林决定把项目落在岫岩，是天时加地利的结果，可怎么就没有人和呢？外有强敌，一直在盯着武林集团，现在怎么还来了个"内患"呢？内部斗争何时了呢？家乡的这些人为什么不能抱成团呢？自己人整自己人，能占得了什么便宜呢？

生活里有一个规律：谁在背后讲谁的好话，不一定发生作用，但谁在背后讲谁的坏话，一定会起作用。

果然，武林告知佟一琮，因为集团临时有些突发状况，他明天一早就要返回，不能参观正在岫岩举行的玉雕展了。

小马哥再三挽留："明天还有岫岩当地的领导想与您会面，您看能不能等到明天中午再返回沈阳？”

武林考虑了一下，说：“明天10点半我从岫岩出发。早餐我们一起吃，中午就不能陪各位了，还请各位谅解。”

佟一琮已经知道林叶青的事情，花雪痕也悄悄给他发微信告知他：“集团有急事儿，武林明早返回。”所以，佟一琮对武林的决定并不感到意外。而武林的表现，让他更加佩服。按道理，武林可能会表现出一些不悦，但显然并没有，他一切如常。

当晚，送走索秀珏等人，又安排好武林等人休息，佟一琮才回了房间。原本穆小让说要接他回家休息的，开车不过是半个小时的路程，而且是她做司机，正好让佟一琮休息一下。可他担心临时有什么事儿，来回跑不方便，便决定还是在温泉宾馆休息了。

刚进房间，手机就响了。号码显示是步凡。

步凡问：“在哪儿？”

佟一琮说：“刚到房间。我过去找你吧，这心啊，弄得粉碎。”

步凡说：“你别动了，我过去。”说着便挂了电话。

佟一琮自然明白步凡的心意。步凡是想和他说说林叶青的事儿，既是给他出主意，也是为了安慰他。

果然，步凡说：“事情已经这样了，你也不要难过了。做事业，从来不可能一帆风顺。”

佟一琮说：“我只是觉得有些难过。外有强敌也就罢了，省外有新疆，有人家武林的老家福建，省内有阜新，都是各有优势。岫岩内部又是争斗不断。我与这个林叶青在今天晚上之前根本都不认识，完全弄不懂他为什么要对着我开炮。把我弄出局了，对他有什么好处呢？我实在是想不出来。”

步凡沉默了片刻，说道：“一琮啊，别忙着难过。咱们冷静分析一下，你有没有觉得，这个林叶青说得也有道理。只不过，他的手段实在是……还是不评价了。”

佟一琮苦笑道：“他用婚姻这件事儿打击我，武林根本不可能在意；我在上海没混出什么成绩，武林也不会在意。哪个漂在外面的人能一下子做成事呢？但是，他用岫玉圈子说事儿，武林会怎么想，那就不好说了。”

步凡说：“看来，你的思路还是清晰的。眼下，我倒觉得，你不如趁着武林还在岫岩，明天早上就把全部的实际情况向他坦诚相告。无论是你个人的，还是岫岩玉圈的现状。”

佟一琮说："现在说还有意义吗？"

步凡说："我们做的所有事儿都有意义。即使被踢出合作人选，至少也会改善他对你的印象。还是那句话，把目光放远，不到最后，谁也不知道结局是什么，更不会知道谁是最后的赢家。"

佟一琮说："好。明天早上我就去找他谈。"

步凡说："记住，长话短说。知无不言，言无不尽。还有，永远不要在背后说别人的坏话。一琮啊，你要记得一件事儿。所有的隐瞒，早晚会暴露。"

步凡叮嘱佟一琮早点儿休息，可他却无法入睡。他反思自己确实在武林面前呈现的只有岫岩完美的一面。任何事物都不可能是完美的，总有缺点和不足。

4

武林这一晚的睡眠很好。多年来在生意场上打拼，他深知良好的睡眠对于身体健康和在工作中保持精力充沛的重要性。这也让他养成了一个良好的习惯，每天晚上睡前把工作全部在大脑中按下暂停键。躺在床上后，开始二十分钟的阅读，然后进入睡眠时间。

早上，武林刚刚从睡梦中醒来，在床上进行着他自创的"拉伸"运动。手机响了，他瞧见佟一琮的名字，便立即停止运动。他以为佟一琮是亲自为他提供"叫醒服务"，没想到佟一琮说，能否给他十分钟的"两人时间"。武林自然应允，心里猜想着，佟一琮应该还是来讲岫岩玉圈的"大好形势"吧！一直以来，佟一琮、花雪痕和他讲的不就是这些吗？既然想让集团过来投资，这样讲本来是无可厚非的，也是人之常情。而且那位省里领导的指点，更让他对在岫岩发展有了十足的信心。可是听了昨晚那位林叶青的话，他的心里真的产生了一丝担忧。他依旧信任佟一琮，却对岫岩玉雕圈有了新的看法。

佟一琮到达武林房间时，武林已经穿戴整理好了。或许这就是职场中男人的优势，打理起自己确实很迅速。如果是花雪痕或者程小瑜，打扮自己没有半个小时绝对不会见人，化妆、整理仪表对女孩子来说是一项重要程序。程小瑜比花雪痕的时间可能还要长，没有一个小时绝对不会完成"化妆工程"，精致是程小瑜对自己的越来越严苛的要求。武林这样的速度也让佟一琮意识到，自己或许是真的不了解武林，他印象中的武林永远是不急不躁的样子。可一个人如果在十分钟内就能打理好自己的一切，一定是随时做好了各项准备，这不正是一位成功人士应该具备的专业素养吗？他的心里对武林的敬重又加深了一层。他只是遗憾，自己可能就此与武林集团再无合作机会了。但是，能够从武林身上学到这么多，也算得到一份厚重的收获了。既然命数如此，那便顺其自然，只求无愧于心吧！这样一想，他的心情也变得好些了。

武林说："一琮啊，我们这次来岫岩，让您受累了。还有您的那几位朋友。"他将一杯已经泡好的茶放到佟一琮面前。无论走到哪里，武林都会带上福建红茶。私下里，他更喜欢自己的茶。"喝点儿红茶，我们福建的正山小种还是很养人的。"

佟一琮注意到，武林和他谈话用的是"您"，而不是昨天用的"你"，一字之差似乎在拉远两人的距离。"谢谢武总，您太客气了。我们是朋友，尽一下地主之谊是分内之事啊！"

武林心里一动。佟一琮这次说的是朋友，而不是合作，好像要讲的内容也与自己猜测的有些不同。

佟一琮说："武总，既然我们是朋友，我就占用您早上的一点儿时间，向您介绍一下岫岩玉圈的真实现状和前景。"

武林的眼睛睁大了一些，在黑色镜框后面闪了一下。"哦？难道您以前向我介绍的情况不真实吗？"

佟一琮说："以前说的情况也真实，但不够全面。事物总有多面性，作为朋友，我要向您说明我了解的全部情况，供您参考。毕竟真要投资岫玉项目至少要几个亿，掌握得越全面，准备得越充分，胜算才能越大啊！"

武林的嘴角向上翘起，露出了笑意："好啊！我洗耳恭听。"他的大脑在飞速旋转。昨晚林叶青和他的对话应该不会有人听到，更不会有人说给佟一琮。那么，佟一琮今早来，应该是早就有的打算。自己倒是应该仔细听一听，再好好了解一下佟一琮这个人，也好好了解一下岫岩玉圈。

佟一琮从玉矿讲到玉石市场，再讲到玉圈。他三言两语，说出了优势和劣势。"其实说穿了，最重要的环节还是人。石头不会变，但人会变。现在在玉雕师的圈子里，索阿姨是领军人物，自然不必说了。但也不是没有对立面，老一辈之间的恩怨，很多人都不太了解底细，即使知道底细的一时半会儿也说不清楚。新一辈的也分出了不同的派系，明争暗斗从来没有消停过。"

武林一直听得很专注，直到这时才说话：“一琮，我很欣慰你今天能敞开心扉和我说这些。实不相瞒，我迟迟没有下定决心投资岫玉，正是基于这些原因。玉雕师团队是做岫玉平台的中坚力量。但是，一个不团结的圈子、一个相互争斗的团体，能做大事吗？内耗对于项目来说是致命的。”

佟一琮听到“你”这个字，稍稍放松了一下神经。看来今天早上来找武林是对的。他说：“有人的地方就有江湖，玉雕师群体也是一个江湖，大家这么多年纷争，说穿了不过是为名为利。既然为了名利，平台建成了，给他们名利就是了。至于怎么给，完全可以根据他们做出的成绩决定。其实他们也需要这样一个大平台，要是单打独斗，终究难成气候。”

武林问：“你不希望自己成为玉雕师中的第一名吗？”

佟一琮摇摇头，说道：“文无第一，武无第二。玉雕师也很难有真正的第一名，每个人都有各自的主攻方向，有的人做素活儿好，有的人做人物好，有的人只做佛像。岫玉赢个团体赛冠军才更有分量啊！”

武林对他的回答表现出一些诧异，他的眼神微微闪动，说道：“如果岫岩的玉雕师们都这样想就好喽！走吧，我们一起去吃早餐，刚刚收到小丫头的微信了，她要我们一起品尝岫岩的特色早餐。”武林显然已经得到了自己想了解的信息，用花雪痕的微信结束了与佟一琮的谈话。

佟一琮说：“岫岩水好，豆腐脑儿的味道非常好。我在上海时常常想念家乡的豆腐脑儿。”

“好啊，今天我就尝一尝。”

“武总，我还有一句话想跟您讲。”佟一琮诚恳地说。

武林盯着他的眼睛，示意他讲出来。

“无论我是否有资格参与武林集团的投资项目，我都真诚地邀请您投资岫玉平台。还是那句话，玉根国脉，大有可为。”

“好，我认真考虑你的建议！”武林的回答非常果断。一直以来，他以为佟一琮极力拉自己做岫玉是为了成为“单打冠军”，可人家实际上却是想得个“团体第一”。可见，佟一琮与武林集团合作的真正目的不仅仅在玉雕。但是做经济，佟一琮的经验是远远不够的。而自己经过这几年的折磨，实在没有耐心去做师傅、带徒弟了。不过，从上海、新疆、岫岩三地发生的事件来看，佟一琮这个朋友确实值得深交。

吃过早饭，武林一行简单地参观了正在岫岩进行的玉雕展，匆匆与岫岩政府的领导会面后，便与众人辞别，离开了岫岩。

佟一琮和众人把他们送到高速公路入口处。

天气晴朗，蓝天白云，青山绿树格外动人。

武林与佟一琮握手告别，说道："一琮，遇事不要急。事缓则圆是我对自己的告诫，也同样送给你。"

佟一琮连连点头。

一边的步凡听到这话，笑盈盈地看着武林和佟一琮。

当天，步凡和程小瑜随后辞别了佟一琮，不过他们的告别地点是在鞍山西站。一路上，步凡、程小瑜和佟一琮分析了当前的形势，一致认为武林集团投资岫玉的项目可能会暂时搁置。他们感叹一切都是机缘，尽人事，听天命，做好能做的，其他的就顺其自然吧！

佟一琮说："最让我难过的是，岫岩居然有人要对自己人下刀子，如果做成了这件事儿，对所有岫岩玉雕师而言都是有百利而无一害的。我实在想不出林叶青这样做是为了什么？难道又是我不知不觉间得罪人了？"

程小瑜说："你又把责任往自己身上揽了。很多时候，人家坏你的事儿，根本不需要理由。看你不顺眼就说你的坏话，破坏你的好事儿。"

佟一琮说："那是职场常有的事儿，多是因为嫉妒。我和林叶青并没有接触过，哪里来的嫉妒呢？"

程小瑜说："因为你年纪只比他大一点儿，拿到的奖项却比他多，而且还有武林这样的朋友，他当然嫉妒了。那个林叶青娘里娘气的，一看就是个小心眼儿，就怕别人比他强。"

佟一琮说："我总觉得不是那么简单。仔细想想，我也有很多不足。离开岫岩这么多年，我回来后就开始琢玉，对同行里的恩恩怨怨、是是非非，根本不清楚。如果我只是单纯想做个玉雕师，当然没有错，只要专心琢玉就成了，可我……"

程小瑜说："可你藏着心思呢！你呀，可不是大学时的佟一琮了。你的目标可不仅仅是做个琢玉匠，你想做个玉石大佬。"

佟一琮被点破了心事，瞬间觉得脸红耳热，说道："我也就是做做大佬梦，大佬是那么容易做的？"

"话不能这么说，有野心，有梦想，才能一步步去做，最后才能实现。"

"你又拿我打趣了，步哥听到得笑话了。"

步凡一直静静地听着两人的对话，说道："看到小瑜几句话就把你逗笑了，我也就放心了。昨晚我还一直担心你会钻牛角尖儿呢！"

程小瑜说："我可不是为了让他开心。我是希望继续和武林集团合作，那样我也有钱赚。共赢才是王道。”

步凡哈哈大笑。

佟一琮说：“这件事儿是坏事儿也是好事儿，可以让我反省一下自己的不足。有时候想想看，看玉比看人容易。因为玉是不会变的。但人心隔肚皮，而且是随时变化的。”

步凡说：“你能有这个见解，就说明成长了，成熟了，离你的玉石大佬梦更近一步了。”

佟一琮感叹：“梦啊，真的只是个梦罢了。”

程小瑜说：“佟一琮，轻言放弃可不是你的性格啊！跟武林集团的合作不见得一点儿希望都没有了。即使没有了，你也可以自己做啊，从小平台做起，条条大路通罗马，只要做了，就比不做有希望。”

步凡说：“武林最后送你的那四个字，事缓则圆，你可得放在心上。我总觉得是有些深意的，或者说有几层意思。小瑜的建议你不妨试一试，自己做个小平台，给自己做代言，你也是业内有名气的玉雕师了。”

佟一琮说：“不急。武林不是送我四个字吗，事缓则圆。我眼下要做的是调查清楚这个林叶青是什么来路，打的是哪套拳法，再把整个岫岩玉雕圈的事儿摸一摸。”

要查林叶青的底细还真不是什么难事儿。武林离开的当天，小马哥就调查得一清二楚，他在办公室一边给佟一琮讲着来龙去脉，一边拍着桌子大骂。如果林叶青在办公室，肯定会被他揍得鼻青脸肿。

公司里的人听到了老总又是拍桌子又是骂人，完全弄不清楚状况，一个个小心翼翼的，相互小声问着：“谁惹着他了？”

“不知道啊！最近常来的那个佟一琮来了，不会是他惹着老板了吧？”

“不应该呀，两人好着呢，称兄道弟的。”

“可不，而且只听到老板一个人的声音，没听到争吵声。”

“弄不清楚咋回事儿。我劝各位，如果没有特别的情况，别往枪口上撞，能躲多远躲多远吧！”

…………

佟一琮没拍桌子，也没骂人，可他心里特别委屈。他终于明白了，林叶青是让他躺着中弹了，而且是命中十环。

林叶青原本是国大师的弟子，因为对同门师兄弟使坏，被国大师所弃，用武侠小说里的说法是“逐出师门”。对于一位玉雕师而言，在岫岩恐怕是很难翻身了。可林叶青也算是有本事，认了一位扬州玉雕师父，连连拿下几个奖项，算是一雪前耻了。

林叶青重回岫岩后，听说国大师力捧佟一琮，便把一腔的恨意全部撒在了佟一琮的身上。所以他才会在武林面前有了那番言论。说穿了，出发点很简单，他就是想用佟一琮报复国大师，国大师不是捧着佟一琮吗？他就是要坏佟一琮的事儿。他林叶青得不到的，佟一琮也甭想得到。

了解到真相后，佟一琮一脸的无可奈何，哭也不是，笑也不是。

小马哥说道："一琮，你放心。我会让这小子滚出岫岩的。这小子跑得比兔子都快，武林还没离开岫岩，他就先走了。"

佟一琮说："跟小人斗不是你小马哥的风格。算了，估计他一时半会儿也不敢回岫岩了。他怕的人不光是你，还有国大师，以老爷子的性格，指不定要做出点儿啥事儿呢！"说完，他的眼神就飘出去了，好像在想什么。

小马哥看他走神儿，问道："你不生气吗？想什么呢？"

"我是想提醒武林，如果和林叶青合作，一定要慎重。我提醒他绝不是为了报复林叶青，而是既然大家朋友一场，必须以实情相告。"佟一琮回答。

小马哥笑了："你呀，不用提醒。以武林的道行，就是林叶青说出花儿来，武林也不会相信他。武林可没有那么简单。"

佟一琮点点头。确实如此。只是接下来自己该怎么办呢？

第八章 一片丹心梦不成

1

一个人的时候，佟一琮问自己，人真的是越长大越孤单吗？记得年少的时候，他跟着穆明和别的小伙伴漫山遍野地疯跑，每天都开心得冒泡。那时候瘦瘦的穆明只在吃上长心眼儿，在别的事情上都不争不抢。小伙伴们谁也不会坑谁。若是冬天时谁淘气掉进了冰窟窿，大家还会尽力抢救，如果谁遇到危险，大家也会伸出援手。后来出了岫岩读大学，同学们各有各的性格，偶尔会发生一些小摩擦，比如谁嫌弃谁的脚臭，谁讨厌谁的呼噜声，但彼此之间不会给对方挖坑。再后来到了上海，成为海漂，换了一个又一个工作，见识了各种各样的人，进过各种各样的坑，有的是自己掉进了坑，有的是被别人拉进了坑。他学会了发狠，学会了防人，但一直坚持一个底线——绝不害人。这是他佟一琮做事儿的原则，做人的规矩。

越长大，发现周围的坑越多。越长大，对人便越来越不信任。所以说，越长大越难交到朋友，越长大越孤单。时间却过得越来越快。小时候觉得一天天过得好慢，盼着自己长大。现在呢，觉得早上起来还没做什么，就已经到傍晚了。一周、一月、一年……很快就过去了。

佟一琮回到岫岩一晃已经几年了。他成为一名玉雕师，拿到了一些别人眼中很“耀眼”的奖杯，成为穆小让的老公，与父母生活在一起。在别人眼里，他已经是幸福的“人生赢家”了，可是他的心里总是有隐隐的失落。是因为没能与武林集团合作吗？还是连着两次都被“自己人”坑？好像是，又好像都不是。

那是什么？他问自己。是梦想还没实现吧。他给自己打气：振作起来，佟一琮，向着自己的目标前进！别停步，只要向前走，就会离目标更近！

步凡回到上海后邀请他：“你到上海来待一阵子吧，给我的工作室出点儿高招！”

佟一琮明白，步凡是担心他为了武林集团的事情着急上火，或者抑郁低落，让他去散心。实际上，他哪里能给步凡出什么高招，他的高招都是步凡出的。事业上遇到的每一步，步凡都会及时给他建议，指导他、提醒他，如同亲生的兄长。去上海闯荡，结识步凡这位亦师亦友的至交，是他最大的收获，也是他一辈子的幸运。

安玉尘听说这事儿，也劝他去上海待一阵子：“和小让一起去，就当去旅行散心了。我瞧着人家小夫妻经常去外面转一转，你忙着玉雕、忙着学习，根本没陪着小让出去过几次。”

佟一琮说：“就算我的时间能自由支配，她也不行啊！她单位这阵子在准备迎接全省大检查，局长恨不能一下子多出几十个手下帮着干活呢！她天天加班，哪里能请下假来？”

安玉尘说：“我听人说过，事业单位里忙的人忙死，闲的人闲死。她是做具体业务的，闲不着。小让看着不争不抢，实际上性格要强，上学那时候成绩就拔尖儿，参加工作后也怕落后。这样也好，比那些混日子的强，就是挨累太多了。人这一辈子啊，越要强越挨累，越是心气儿高，活得越累。”

佟一琮说：“我知道您是为了我担心，想让我出去散心，可这真不算事儿。您以前不是总和我讲，做事情就没有不受委屈的吗！何况这事儿说到底还是因为我对咱们岫岩玉圈的情况不够了解，才会节外生枝。”

安玉尘说：“那咱就继续琢玉，别为那些杂七杂八的事儿烦心了。”

“这几天，我倒有了一个新想法。”

“有想法是好事儿。”安玉尘的眼神里写着倾听。

“如果我成立间工作室，找几个志同道合的玉雕师，一边打品牌，一边做销售，一边啃技术，您看怎么样？”

安玉尘盯了他一会儿才回答：“想法很好。可是，儿子，你的气色可不怎么好。要不缓缓再说？我不是不赞成，只是怕你太辛苦了！”

“我年轻，恢复得快。多去吃点儿穆明的羊汤，好好睡个觉，就能恢复元气啦！”

安玉尘问："不再想着和那个福建人合作的事儿了？"

"合作也得有合作的资本啊！经过这两次接洽中发生的失误，我也发现了自己不少的问题。"

安玉尘看着他，眼睛里带着笑，用眼神询问他发现了什么。

佟一琮正了正身子，说："看样子今天老娘心情好，我跟老娘好好絮叨絮叨。"

他向老娘细细地剖析了自己的想法。关于武林集团，经过这两次接洽中失误的问题，短时间内恐怕不会再有接洽的机会。原因非常简单，如果给一个人烙下了印记，遗忘绝不是易事。那么，与武林集团的合作就完全没有希望了吗？似乎也不对。因为经常有很多事情，人们以为已经结束了，其实还都在棋局里呢。特别是武林走时送他的四个字"事缓则圆"给了他很大的启示。

安玉尘问："怎么想到这些的？"

"做生意吧，细想想有时候和下棋蛮像的。如果和棋盘太近，常常会看不清楚，如果把自己从棋盘边上拉远点儿，可能就看清楚棋局了，明白走向了。何况之前的我，心情太急迫了，忙中出错，急中出乱。"

"既然觉得还有希望与武林集团合作，为什么又决定要做玉雕工作室呢？一心二用能行吗？这也不是你的性格，从小你就爱专注地做一件事儿。"安玉尘仍有不解。

佟一琮用"曲线救国"四个字解释了建立工作室的决定。一来在实战中积累经验，这么多年，他一直是个打工者，也是用打工者的心态在做事儿，这跟做创业者的心态是不同的，经历、经验、见识都是不同的。二来如果工作室成功了，将来无论是和武林集团还是和其他人合作，都有了自己的资本。

"老娘，经验也是财富啊！"佟一琮感叹道。

安玉尘真的很欣慰。古人说"三十而立"，果然不假。佟一琮成长了，成熟了，懂得了自身强大才有联合的可能，成功的可能。

"儿子，妈相信你。小时候相信，现在相信，未来也相信。朝着你定下的目标去做吧，只要你敢拼，敢做，多想，多琢磨，不傻干，不蛮干，一定能实现梦想的！"

还有一帮亲友支持着佟一琮。

佟一琪将一张银行卡摆到了他面前，一脸不屑地瞧着他，说道："我可不看好你。从小你就不是做大事儿的料，东想西想，贻误时机。不过呢，韩风看好你，是他非要给你投资的。里面是二十万，虽然不多，但对我来说也不算少了。”

佟一琮逗她：“不对吧。我还以为你根本不可能存下钱呢！就你，衣服、化妆品、首饰加上包包！信用卡透支多少了？坦白从宽，抗拒从严。”

“你也太小看我的自制力了吧。我是量入为出好吗？我又不是非大牌不用，何况还有韩风看着呢！不过说实话，钱还真不是我攒下的，我也攒不下。这是你姐夫拿给你的。”

“借我的？”

“算借……不，还是算我和你姐夫投资的，算股份。你要是赚到了，可得给我们分红的。”

“不怕我赔了？”

“就算不相信你的能力，我也得相信韩风同志的眼光啊！他那么看好你，我也只能勉为其难，夫唱妇随了。”

“老姐，你也是奔四的人了，怎么这么喜欢秀恩爱呢？”

提到年龄，佟一琪的眼睛立刻瞪起来了。“佟一琮，我警告你！你再跟我说奔四，我跟你急。我告诉你，我是小仙女，不老仙女！我的档案里没有‘年龄’这个词！”

“行，你是神仙姐姐，你是比可心都小的小仙女行了吧！真弄不清楚，姐夫怎么受得了。人吧，到哪个年纪就得有哪个年纪的样子！瞧你，可心怎么有这么个妈呀！”

佟一琪拿起银行卡，指着佟一琮说：“再说？再说我把卡收起来。”

佟一琮忙两手抱拳，用戏曲腔说道：“臣弟错了，还请小仙女姐姐将银行卡赐予臣弟吧！”

佟一琪这才得意地笑了，说道：“我得去美容院了，定了小妹做个SPA。”

佟一琮说：“水疗就水疗呗，还非得说英文。中文比英文深奥多了，有趣多了。”他突然正色，盯着佟一琪的脸。

佟一琪被他盯得一愣，问道：“怎么了，脸上长皱纹了？”

“没，我就是观察一下，你打没打美容针。姐，我可警告你，做做水疗就行了，千万别打针、做手术什么的。小让有一个同学又是打针又是做手术的，原来挺好的女孩子，现在彻底毁容了。”

佟一琪说：“那是特例。”

"甭管特例不特例。总之，你和小让不能弄。咱就用点儿好的化妆品，做做面膜，吃点儿有营养的东西保养就成了。记住没？"佟一琮问道。

"好啦，知道啦！和你姐夫一样！咱家人都太保守了。不过，在这个事情上，我一定听你们的。放心吧，要不你姐夫又得碎碎念了，跟唐僧一个套路！"

佟一琮不禁哈哈大笑，老姐又开始秀恩爱了。

穆小让把佟一琮的想法说给了哥哥穆明和嫂子吕秀。她想，做生意的事儿她不明白，哥哥嫂子总能有些经验。玉石生意和饮食生意不一样，但既然都是生意，一定有相通的地方。做生意，能赚到钱，能有好口碑，就是王道。自己多听听意见，总会有所帮助的。然后再理一理说给佟一琮，对他有帮助自然是好，退一万步讲，即使对他没有帮助，能带给他一些启发也好。

穆明说："我对佟一琮是无条件支持，无论他想做什么，怎么做，我都支持，要钱出钱，要力出力。"他瞄了一眼吕秀，说道："当然，我是赚钱的筢，你嫂子是装钱的匣，咱家财政大权掌握在你嫂子手里。"

穆小让撒娇道："人家不是让你出钱，是想听听你和嫂子的意见。"

吕秀说："这是好事儿，我和你哥支持，你更得支持。小让，你现在是佟一琮的媳妇儿了，得做他坚强的后盾。"

穆小让说道："知道啦，嫂子！"

吕秀笑着用手指点点她："你不能像以前一样在家里那么任性了，得帮衬着他。仔细想想，成立工作室，和我们经营羊汤馆是一个道理。最开始，我和你哥也就有个小门店，一边研究怎么做好吃，一边研究怎么把店变大，后来才有了大店，然后我们发现一个店不够用，等位的人太多了，我们就多开了几家分店。开了之后呢，我们两人忙不过来了，就再找别人帮我们管。可是，如果只给人家发工资，人家就会觉得只是给我们打工的。于是我们给人家股份，店里赚得越多，人家分得越多。人家也是店主了，管理起来才有劲头。如果没有最开始的小店，怎么可能有现在的几家店呢？如果不把羊汤做得美味，人家怎么会喜欢吃呢？如果不是一直做得有品质，从来不糊弄，人家怎么可能一直认可呢？"

穆小让突然觉得，看着胖胖的嫂子实际上精明着呢，真是天生的生意人。哥哥的羊汤馆能有现在的规模，确实有哥哥擅长做美食的基础，嫂子的功劳也是不能埋没的。或许这样的道理哥哥目前也明白了吧，所以才会彻底和兰瑞儿断了联系。现在，哥哥是真的收心了，一颗心全放在了店里，放在了嫂子身上。这里面虽然有佟一琮连劝带骂的因素，主要还是哥哥自己决定收心了。没错，哥哥和嫂子才是最适合的。

吕秀见她走神儿，说道："小让，嫂子知道这几年你们小两口也没攒下什么钱。我和你哥至少可以拿出五十万做投资。赚了你就给我们分红，赔了你们只还本金就行。"

穆明的胖手在吕秀的后背拍了拍，表示欣慰。事实上，穆明心里清楚，吕秀对他的爱，远超过他对吕秀的。结婚这么多年，无论在父母身上，还是在小让身上，吕秀从来都是大方的，从来不会做出娘家一个样、婆家另一个样的事儿。她从来都是一碗水端平的，不，应该说是更向着婆家的。如果说她对他是爱，那他对她则更多的是感动。爱或不爱都不重要了，经过了一些波折，他已经认定了眼前的这个胖老婆，认定了这一辈子不离不弃。

小让没料到吕秀会主动提出入股。嫂子在钱上精明得很，平常进出都有明账，进了她兜里的钱想掏出来可不是易事；虽然她在父母身上一向大方，可自己毕竟是嫁出去的小姑子了。

吕秀说："嫂子看着你长大，看着佟一琮这些年经历的风风雨雨。你们的人品、能力，嫂子信得过。再说了，佟一琮还有什么亲人呢？除了爹妈，只有你这个媳妇儿了。咱们不互相帮衬着，还指着谁帮衬？你呀，做个贤内助，工作之外帮他把工作室弄好了，以后赚了钱，嫂子也跟着沾光。"

一席话说得穆小让分外感动。觉得当年新疆之行时，自己反对哥哥和兰瑞儿的做法不够坚定，深有愧意。她叫了声"嫂子"，竟然哽咽了。

吕秀说："看你，又要掉金豆子了。如果资金上还有缺口，你就和嫂子说。我在流动资金上挪出一些，不会影响正常经营的。嫂子家大业大，就你这一个妹妹，不帮你帮谁？"

小让这回真的掉眼泪了，平时说大话的多着呢，说感情深的也多着呢，可真到了用钱的时候，能拿出钱来帮助的人少之又少。嫂子的做法比说一千一万句好话都实在、都暖心。

准备成立工作室的事儿，佟一琮不想再麻烦武林和程小瑜了。一来是好钢得用在刀刃上，关键时候再请他们出山。二来经济上他还是想和武林、程小瑜明算账，说白了，他不希望"合伙时是哥们儿，分利时是仇人"，他打心眼儿里希望和他们的友情能长长久久。不过，他也把计划说给了这两个人，得到了赞成和支持的答复。程小瑜甚至直接问他，资金方面用不用她帮忙。佟一琮忙说："暂时还不用。"

和程小瑜之间，从前妻到朋友，平稳过渡，"功劳"得记在程小瑜身上。佟一琮觉得，程小瑜比自己有胸怀。确切地说，程小瑜比他更像个"爷们儿"。尽管她表面上女人味儿十足，处事的风格却是十足的男人作风，不，是"事业强人"作风。即使如此，他也不想在经济上与程小瑜牵扯太多，这里面的真正原因，他是清楚的，因为一个人——老婆穆小让。他想让小让心里踏实，对婚姻安心，对他放心。而且第一次尝试，他也不想把摊子铺得太大，姐姐和穆明的支持，加上他和小让的钱，目前是够用的。

资金上有了着落，佟一琮开始物色合适的人选，岫岩有两位年轻的玉雕师愿意与他合作。佟一琮想另外在美院的同学里找一找，看谁愿意加入自己的小平台。

2

当佟一琮在同学微信群里放出这个消息时，同学们纷纷表示可以临时客串，七嘴八舌地给他出主意，倒是给了他不少启发。让他略有遗憾的是，同学们都表示加盟有一定难度，他的同学都是和他情况差不多的，入美院时年纪都已经不小了。出了校门后各做各的事儿，有的已经有了自己的工作室，有的加盟了其他平台，还有的已经转行了。不能加盟助力，也是实际情况限制，完全可以理解。绝不是同学感情淡了，或者不相信他的为人。

不过，同学们倒是七嘴八舌地给了他不少建议。他们讲了一些自己的亲身经历，他们中有被骗的、被坑的、被误会的，杂七杂八，听得他饶有兴致。他感叹着，实践出经验，经历促成长。想一想，这真要感谢伟大祖国的科技发展，以前同学联系都是电话短信，或者 QQ 群，现在有了微信群。只要手机在手，天南海北的同学都能很快联系到。

当天晚上，同学文彬突然和他私聊。

"老同学，工作室筹备得怎么样了？祝贺你啊！"

"八字还没一撇呢！我是有了想法就和同学们请教了，盼着大家能给我出一些好点子，想一些好办法。"

"点子、办法大家都能出。最终下决定的还在于你啊！"

“创业难啊。资金、人员、地方、技术，相关部门的协调，方方面面，我是个纯粹的‘小白’，什么都不懂。”

“这倒是事实。自己创业就是难，好在你这两年奖项可没少拿，行业内名气可不小。”

“你可别夸我了。我哪儿像你呀，加盟了大平台，你才是真正的业界明星。”

“我特怀念咱们上学的时候，校园的生活就是简单快乐。”

“可不是嘛，每天就是学习，别的啥也不用想。”

“你可不是。我还记得那时候嫂夫人就经常来找你。不，那时候还是准嫂夫人。你是学习、恋爱两不误啊！不像我，傻小子一个，也不知道处个女朋友，还总是丢东西。”

“那时候你确实心大，一个月里又是丢手机，又是丢电脑，还把银行卡给丢了，我记得阿姨骂你骂得可凶了。”

“我妈不光是骂，是断我生活费啊，一毛钱都不给我。幸好你那时候每天都给我打饭，我说让你记账，到时候还你，你还装大款，说不差那几顿饭钱，哥们儿整吃了你一个月。”

“真不算啥。你那时候刚出校门又进美院，我在上海漂过几年，手头还有几个银子。再说了，食堂饭菜多便宜啊，出了校门，就再也找不到那么便宜的饭菜喽！”

“一琮，我到啥时候都记着欠你的情呢！”

“我说了，不用记。咱们是同学，好哥们儿。”

“既然你这么说，我也直言了。佟哥，我不赞成你自己做工作室。”

佟一琮愣住了，没想到许久没联系的文彬突然这么说，便打过去一个“？”。

“第一，工作室太小了做不起来，也根本无力和大工作室抗衡。稍大些的工作室投资太大，做玉石不像其他行业，资金回笼慢。接连几年行情低迷，如今优质原材料价格上涨，很难买到满意的料子。巧妇难为无米之炊，玉雕师靠雕玉生存，买不到好料子，谁都玩儿不转。第二，你缺少操作经验。不说别的，整个儿的流程你都没有掌握，到时候因为利益分配、分工不当，哥们儿变仇人就不值了。第三，你没有固定的客户源，更没有自己的销售网……”

文彬是所有同学中第一个给佟一琮泼冷水的人，倒是让他头脑瞬间清醒。他在问，难道自己想得还不够周全吗？可是即使想得再周全，也得靠实际行动才行啊！“纸上谈兵”再多，也都是“望梅止渴”，终究得落在实际才有意义。

“你有什么好建议？给哥们儿指条明路嘛！”佟一琮问。

“可以像我一样，先在平台上积累经验，等到自己升到一定段位了，再自立门户。”

佟一琮对着手机苦笑。自己不就是想和武林集团合作，成就他人，成就自己吗？可是，哪有天遂人愿这样的事儿呢？

“你要是不急。下周我去岫岩看原料，正好咱们聚聚，我们细谈。弟弟终于有机会报答师兄昔日的赠饭之恩了。”

文彬的话，给佟一琮打开了一扇窗。

穆明的全羊馆是佟一琮的根据地。文彬来了岫岩，接待地点自然也选在了全羊馆，因为美味，也因为说话做事方便些。文彬吃得尽兴，喝得开怀。同去的几位朋友也说久闻大名，味道果然地道。让佟一琮奇怪的是，一顿饭下来，文彬谈的都是上学时的往事，当然谈得最多的还是佟一琮的“赠饭之恩”。

佟一琮说：“这事儿真不用放在心上，食堂的饭是真便宜。你就别一直念叨了，我都觉得过意不去了。要是按你的逻辑，我得欠穆明多少情了？从他开小店开始，全羊馆就是我的食堂，一吃就是十几年过去了。”

说这话时，穆明正好来敬酒，一杯酒下肚，他大声说：“他小子是连吃带拐，光吃不算，还把我妹妹拐成了他媳妇儿。我们穆家可亏大发了。”

文彬这才知道穆明是佟一琮的铁哥们儿加大舅哥，又是连敬三杯：“还是佟哥命好，有这么好的大舅哥，我怎么就没这么好命呢？穆哥还有妹妹吗，分给我一个。”

“这个真没有，幸亏没有。再有一个得折磨死我，我对妹夫只能让着捧着，要不我妹得吃了我。”

文彬只字未提关于工作室的意见，也没提他的“报恩”。佟一琮也不计较，别人说得再多，也只是供他参考，真正拿主意的还是他自己。而且他明白，文彬迟迟没说什么，也许是碍于有旁人在场。

果然，直到晚上，文彬才在宾馆房间里向佟一琮说出了他的意见。

“佟哥，听过东方玉缘吗？”

“听说过。沈阳的，业内名气不小，挺大的一个平台，据说老板人很仗义，十几个有名气的玉雕师都收在了麾下。好像和你现在的公司规模差不多吧！”

“实际情况和你了解的差不多，不过东方玉缘的实力比我现在的公司更强，风头也正劲，根子深着呢！”

“这倒不清楚了。”

“他们的老总叫端木安华，最早是做木业的，这几年才做的玉器。赶上了前些年玉石行情好，狠赚了一笔。”

“他们现在只做玉石？”

“不是。木业是人家的老本行，一直在做。端木是最早来东北做木业的那批浙商。”

“这么说，人家确实有实力。”

佟一琮心头一动，他听得出，文彬像要介绍他加入东方玉缘。按常理分析，文彬应该介绍给他自己现在供职的公司，没有道理介绍他去别家公司。毕竟同行是冤家，再和平共处，也有竞争存在。为了利益，同行间打得水深火热的并不在少数。不过，文彬既然有意介绍，一定有介绍的道理，听一听倒也无妨。

“端木安华本来是通过朋友找到我的，想让我给他们做个副总。说起来算是挖墙脚，而且开出了高薪。可我在现在的公司已经是副总了，从这里到那里，除了薪水高些，实际上并没有太大的差别。虽说人为财死，鸟为食亡。可我在现在的公司已经有了股份，怎么可能再去他家？股份上拿的钱可比薪水更多。”

“这么说，老弟可不是打工的了。是正经的股东，老板了。”佟一琮不禁在心里感慨，同学一别，真是刮目相看了。

“我这是小股东，公司里像我这样的股东有十来个呢！”

“大小那也是股东，是老板。以后我得叫你文老板了。”

“佟哥净拿我打趣，不开玩笑了。说正事儿，这个端木也是厉害了，他找的那个朋友是我最好的哥们儿，而且是父子两辈人的交情。我回绝后，他们就说一定让我帮忙物色一个人，要有一定的知名度，还得有协调能力、销售能力，最关键的一点，人家要咱东北当地人。上次你在同学群里说事儿的时候，我刚接到哥们儿的命令，必须给端木帮这个忙。所以我就想到你了，以你目前的情况，在东方玉缘先做上几年，摸清了路数，积累一定的客户源，可比你直接做小工作室更有利啊！”

佟一琮恍然大悟，说道：“原来是这样。”他觉得文彬确实是站在自己的角度想问题了，忽然心头一热。难怪古诗写道：“喜得故人同待诏，拟沽春酒醉京华。”可见，朋友还是老的好。他说：“老同学就是老同学，感情深，感情真。”

文彬说：“可不嘛，还是老同学的感情最真。不过说实话，佟哥，我也不是对哪个同学都这样。主要是我心里一直记着佟哥的赠饭情。怎么样，佟哥，有想法做吗？”

佟一琮觉得文彬把自己推荐给竞争对手这件事儿，多少有些奇怪，虽然文彬说是碍于两代人的交情，但真是这么简单吗？他直言：“文彬，别怪我说话直。你的公司和东方玉缘也算得上是竞争关系了。你这样帮着对方，可不好啊！”

文彬哈哈一乐，说道：“当然了，除了两代人的交情在里面，我也有自己的私心。我家在沈阳，我也不想离开沈阳。现在看公司运作得非常不错，我的薪水加上股份分红，日子过得也算滋润。可凡事都有万一，再好的公司如果资金链出了问题，或者其他方面出了问题，都会说倒就倒。我这也是给自己留个退路，万一公司出现问题了，我也方便投靠端木了。或者我自己办工作室，也比现在更方便跟端木合作了。毕竟把你介绍过去，他也算欠了我一个人情。钱用钱还，人情用人情还。佟哥，你说对不？”

佟一琮听完后哈哈一乐，文彬这样解释，他便想通了这个道理。他觉得文彬说的是实情，商场如战场，但竞争对手可能不是永远的对手，只要有共同的利益存在，对手也会联手。

“佟哥，这回明白兄弟的用心了吧？你如果加盟东方玉缘，无论对你，还是对兄弟我，都是有利无害的。”

“这样，我再仔细考虑一下。过几天给你答复。”佟一琮已经有些动心了，但没有马上答复。

对于这件事儿，安玉尘和穆小让没有明确的立场，婆媳两人都觉得利弊参半。佟瑞国的态度是儿子想做啥就做啥，只要做正事儿，自己就支持。征求完几人的意见，佟一琮明白，最终还得自己拿主意。

佟一琮深知，打工再好，也是打工。他在大上海漂过，懂得即使成了“打工皇帝”，也终究没有比做自己的事业更符合梦想。

东方玉缘又确实是一个很好的平台，是一个已经运作成功的平台。他可以在这个平台上学到一些更专业的知识，为自己的事业积累经验。要说没有吸引力是假的，可眼下，已经不是刚出校门的时候了，时间对他来说是宝贵的，打工几年后，再开始创业，会不会太晚了？

他问自己：在前期的原料采购上有充足的来源吗？在资金方面做好创业的准备了吗？自己做平台、工作室的经验够吗？有固定的客户源吗？这些问题的答案都很不乐观。

佟一琮的心里是不平静的。

自上海回到岫岩后，他的梦想便从成为一个玉雕师“升级”为成为一个玉石大佬，他把这个梦想紧紧包裹在胸口，和心脏一起跳动。经过和武林集团的几次接洽，他看到自己的不足，这一度让他沮丧，让他不安，又让他充满了斗志。

他向着这个梦想奔跑着，一天也没有停歇。可他清楚，现在自己离实现梦想还很遥远。不是有这样一句话吗？“种一棵树最好的时间是十年前，其次是现在。”同样，实现梦想的最佳时间是多年前，其次是现在。

既然可以用创立小工作室的方式“曲线救国”，为什么不可以用打工的方式“曲线救国”？佟一琮决定，接受文彬的邀请，加入东方玉缘。

将决定告诉文彬之前，佟一琮征求了步凡的意见。“仔细想一想，真是令人感慨。从上海回到岫岩，就是因为过够了打工的日子。结果转了一圈，还是回到打工上。”

听到“东方玉缘”这个名字，步凡给出的答案是肯定的。“此打工与彼打工，皆然不同。前者为谋生，后者为谋业。”

“总之，一定要保持顽强的生命力。不，是战斗力。”佟一琮说出了实话。

“但是，你的打工时间，最多不要超过三年。不，两年就差不多了。你把两年当成三年来用，积累各方面的经验。或者，如果你有机会成为股东，也可以延长时间。到了那时候，你就不是打工者了，而是股东。”步凡提醒他。

人隔两地，心灵相通。步凡，佟一琮的人生和事业导师。步凡说出的，恰恰是佟一琮所想的。如果不能与武林集团合作，那么，成为东方玉缘的股东何尝不是快意人生呢？虽然实力确实不同，但是作为第二选择，谓尝不可。

佟一琮把这个决定告诉了文彬。

电话里，文彬叫了一声“好”，接着又说：“佟哥还是信任我的。我真是又欣慰又自豪。这样，我争取一周内给你安排见面。”

佟一琮放下电话，觉得文彬说话有些怪。怎么还谈到了信任，人家帮助了自己，自己感激还来不及，又怎么会不信任人家？怎么像自己帮了他似的？不过，文彬说话一向夸张。比如“赠饭之恩”在佟一琮看来不过是举手之劳，用“恩”来定义，实在是有些过了。

3

一周后，佟一琮按照约定到了沈阳。

一路上，他的脑子一直没闲着，种种所见所闻、所知所感不停地浮现。小时候只担心分数，青年时为梦想打拼，中年时在事业与家庭间奔波。人生兜兜转转、起起伏伏，总有意想不到的，不断得到，不断失去。有时候要前进和坚持，有时候要转弯和妥协，有时候必须接受和放弃，千帆已过，终究人在路上。他仔细想了想，这些年自己好像很努力，却没有太多的长进，至少没有达到他想要达到的高度。

车窗外绿意正浓，阳光正艳。佟一琮突然有了精气神儿，过去的时光里，经验、知识、思考都是收获啊！老娘常说，人活着比的就是心态，不过是一呼一吸之间。想想真是如此。和过去比，现在的每一刻都是新鲜的，都值得爱护。他豁然开朗，打起精神，准备接下来的“面试”。

文彬亲自开车接站。车里，文彬说了具体的安排。

“佟哥，我已经联系好了朋友带你去见端木。那个朋友就是跟我有父子两代情的那个大哥阮刚，在金融系统工作，他和端木也有多年的交情，具体事宜他会办好的。”

“你不去吗？”佟一琮不解。不管从哪方面讲，这个中间人都应该是文彬啊，哪有他不去的道理呢？一手托两家，两家都领情的好事儿，文彬没有理由不去啊！佟一琮突然觉得头疼，眉头微微一皱。

“我的哥哥呀，你是不是傻了？我去了，必然就会有人看到。沈阳的玉石圈子才多大呀，不，就算把东北全算上，玉石圈子才多大？用不了几天就会传到我公司这边，老总怎么看我？”

佟一琮对文彬的解释颇有不快。既然口口声声说报恩，又一再申明说帮忙，这是什么意思？“要是你实在不方便，我今天就先不去见这位端木先生了。我也再想一想。说实话，我还是想自己开间工作室，哪怕小呢，至少是自己的事业。你说是不？”

文彬面露急色，说道：“佟哥，别啊。怎么临时变卦了？你是不是介意我没亲自陪你去？弟弟我有难处。而且阮刚大哥是银行的信贷部主任，在端木面前可比我有分量多了。”

“端木之前既然想请你过去，肯定还是信得过你，也想和你见一面。这样的情况下，你们见一见也没什么关系吧！就算传到你公司老总的耳朵里，一句应朋友之邀也就能解释过去了，同行难道不能见同行了？你不必这么小心吧。你小子和上学时可不一样了，谨慎过头了吧！”佟一琮用开玩笑的语气说了出来，态度却表达得很明确。

文彬突然叹了口气，说道：“佟哥，本来我是不想跟你吐苦水的。咱们都是大男人，谁不愿意风风光光的，特别是在老同学、哥们儿面前，可是，我现在的公司里人际关系复杂着呢，十来个股东里一半是老总的七姑八姨，我们这几个高管级股东，充其量不过是个高级点儿的打工仔，时时处处都得小心翼翼，哪怕让人家起了疑心的错误都不敢犯。佟哥你在上海待过，你能理解我吧？”

一席话，说得佟一琮心软了。是啊，文彬说的是实情，给人打工哪里可能没有难处？老板如果性格宽厚，不介意这些事儿，倒也罢了；如果介意呢？即使解释了，就能真的消除误会吗？这恐怕还真是一件因人而异的事儿。更何况，老板站在老板的立场，打工者站在打工者的立场，想法和格局都是不一样的，结局自然也是不一样的。这样一想，他的嘴角便泛起了笑意，神情也柔和了很多。

文彬接着说：“佟哥，那位阮刚大哥的父亲和我父亲是战友，从一个战壕里出来的，感情深。我和阮刚大哥从小就在一起玩，说白了，我从小就是人家的跟屁虫。这么些年来，只要是不违法乱纪的，他没少照应我。他和端木怎么认识的，你也能猜出来，做企业的哪儿能离得开银行。所以，阮哥介绍比我有分量多了。”

“你的人脉关系可比我广多了，以后还得多拉佟哥一把。”佟一琮客气道。

“佟哥，资源共享。现在就是共享的社会，咱们哥们儿可是老同学，更得共享了。你放心，这个阮哥完全可以信任，人品、能力那绝对都是一流，将来佟哥如果想自己做工作室了，资金方面有问题，也可以找阮哥。”

见到阮刚，佟一琮有些惊讶，在他的印象中，军人子女大多壮实精干，东北男人的身材也大多高大。但是这位阮刚个头不到一米七，瘦削到感觉风大点儿就会被吹走。两条细细的腿支撑着身体，仿佛没有屁股一样，直接用大腿支着上身。一张脸呈现黑紫色，好像气血不足，嘴唇是紫红色。

佟一琮以前读过《黄帝内经》，上面写道：“脾开窍于口，其华在唇。”看样子阮刚的身体有些问题。阮刚脸上戴着的一副金边眼镜起了较好的修饰作用，减去了几分病意。衣服样式简单，仔细一看，原来都是国际一线品牌阿玛尼。佟一琮不禁想，银行的信贷办主任果然有经济实力，权力与金钱是近亲啊！转念又觉得自己有失偏颇了，或许人家的家境殷实并不是因为工作关系，如果人家的夫人是做生意的，经济条件允许，为什么不穿大牌呢？……

佟一琮刚才想到的这些都不过是他瞬间的念头，很快就被寒暄盖了下去。

文彬介绍两人认识之后，突然说：“佟哥，我想了想，在端木面前，还是不要提到我是介绍人了。”说着他面露难色。

佟一琮有些意外，说道：“你本来就是介绍人啊，一手托两家，成全了端木老总，也成全了我。怎么做了好事还不留名，你要当雷锋叔叔？”这话说得很轻松，听起来更像是开玩笑。

“佟哥，商场上的一些事儿，妙就妙在这个牵线搭桥上。我也是刚刚想到的，既然端木托的人是阮哥，先前找的我，我没答应，现在却又介绍你过去。我想，他会不会多想呢？比如我故意敷衍，或者我另有图谋。”

“不会吧，一个老总的气量会这么小？即使他多想，也只会觉得你是个热心之人，可交之人。没准还会遗憾没能把你挖到麾下。”

阮刚说：“文彬说的也不是没有道理，如果人家真有这样的想法，也不能说人家气量小，只是谨慎而已。凡是做到这个级别的老总，大多疑心重，防备之心时时刻刻都有。端木二十多岁就开始打理家族生意，见过不少大风大浪，可是正经的买卖精。不如索性直接说这个中间人就是我，也免得他东想西想，节外生枝。”

事已至此，佟一琮不好再反驳，只好听从文彬的安排，转到了阮刚的车上。阮刚介绍着东方玉缘和端木的情况，说东方玉缘比较多，说端木比较少。

佟一琮知道，阮刚介绍的这些，差不多是在网上都能查到的情况，说或不说，其实没有差别。对端木的个人情况，说的可以忽略不计。佟一琮猜测，阮刚应该也不希望司机听到太多吧。阮刚说端木防人之心重，他阮刚何尝不是如此呢？对此，佟一琮是理解的。防人之心不可无。阮刚做银行信贷部主任，是扎扎实实的实权派，权力甚至超过某些副行长，防人自然在情理之中。

他无法理解的是文彬前后意思的矛盾，让他心里很不舒服。挺好的事儿，挺好的安排，好像弄得有些“夹生”了。没错，这个词最准确了。这个可能只有北方人才懂的词——“夹生”，原本是指饭没煮熟，或者食物没做好，外熟内生。生活中经历了一些事，让佟一琮感觉这词实在是太妙了。事儿没办好也可以用这个词来形容，办了“夹生事儿”。人没做好，也可以用这个词，生活中太多人活成了“夹生人”。

文彬平时什么样，佟一琮还真说不清楚，毕竟从美院分开后，两人只见过几次，彼此都有了太多的变化和经历。可在这件事儿上，佟一琮分明觉得，文彬办得实在有些“夹生”，或许只是性格使然，又或许真是有难言之处吧。权且多体谅他人吧，毕竟这个世界上，哪一个人活得容易呢？

文彬说得对，端木安华确实非常重视阮刚的到来。阮刚的车到达时，端木亲自在公司楼下等候。

一见端木，佟一琮便觉得莫名的舒服。没错，有种感觉叫舒服。端木有让人觉得如沐春风的本事。

一瞬间，佟一琮倒觉得端木的风格和武林颇有些相似，或许这是成功人士身上的共通之处？

从外貌上看，端木一点儿也不像南方人，和佟一琮差不多的身高，一米七八左右。身材适中，仔细一看却很健硕，隔着衣裳都能看到肌肉块，五十岁左右的年纪还能有这样的身材，应该是经常运动健身的成果。五官说不出有什么特别，严肃之中又略带笑意。

一番介绍之后，端木将阮刚和佟一琮带到了办公室。

上楼梯的时候，佟一琮恍惚觉得，不像是在接受面试，倒像是朋友小聚。后来一想，这也没什么不妥。一来端木要的人是副总，二来介绍的人是阮刚，自然与平常的招聘不同。再说了，平常哪有老总亲自招聘的，人力部门岂不是成了摆设？

端木安华的办公室在私企老总中不算大，吸引人的是办公室里的家具和玉器，无一不是精品，无一不高端。

三人在茶台前坐下，端木先是唠了几句最近沈阳天气、新闻之类的闲话，又和阮刚聊了聊新的金融政策，接着便把重点放在了与佟一琮的对话上。

“听阮主任说，小佟在上海待过？我的老家绍兴和上海很近啊！”端木的口音接近北方人，仔细一听却也仍有明显的江浙口音。

“绍兴是个好地方，乌篷船、乌毡帽、社戏、绍剧、越剧都是绍兴的。”

“霉干菜焖肉、醉蟹，还有我们绍兴黄酒都是全国之最啊，忘不了的家乡味道。小佟在上海是求学还是工作？”

“我大学毕业就去了上海打工，后来回到岫岩老家学习玉雕。”佟一琮三言两语介绍了一下。

“小佟平时有什么爱好？”

“关于玉雕的就不说了。我小时候喜欢剪纸、拉二胡，大学时喜欢打篮球、打羽毛球。最遗憾的是游泳一直非常差，只会东北人说的狗刨儿，那姿势……一言难尽。”

“羽毛球你用什么拍子？”端木问。

“说起来不怕您笑话，我上学时用得最好的拍子是李宁的，还是我攒了生活费才买下的。再之前，我用的全是杂牌儿，便宜，从几块钱到十几块，再到几十块的都有。要不怎么说穷学生呢！”

“没穷过的人生是不完整的，哈哈！”

“您呢，用什么拍子？”

“过去我和你一样，这两年开始用德国奥立弗羽拍了。”

“德国技术确实精良，现在排名第一的羽拍好像是尤尼克斯？”

“尤尼克斯确实排名第一，可是，我家先人就是被日本人……往事不提了。虽然我喜欢日本的庭院，喜欢日本的唐宋建筑，可我们家族人都坚决不用日本人的东西。”

“历史不能忘记！”佟一琮端起茶杯，以水代酒敬端木。

阮刚没料想，端木和佟一琮会先聊绍兴再聊羽毛球。他更没想到看上去普通得不能再普通的佟一琮知识面很广，爱好也多。再看看两人的表情，他觉得这个中间人自己是当成了。他也举起茶杯，说道：“我也参与一下，咱们共同铭记历史，珍爱和平，开创未来。”

端木说：“领导开口就是高屋建瓴啊！”

阮刚说：“端木老总又拿我打趣了不是？你们继续聊正事儿。”

端木说：“小佟，你觉得玉石平台哪些方面是重点？”他把话题带到了正事儿上。

“玉石平台也是企业，既然做企业就要有战略、有管理。战略自然是老总拿，长期的、中期的、近期的。管理方面，资金、原料、技术、客户、销售，这些都是重点。现在还得把网络这块儿加上去，中国的互联网发展得太快了。网络销售这一块儿，可以和南方翡翠经营的路子学一学，加强电子商务这一块儿。线上线下联动，可以做响一个品牌或多个品牌。当然，我们也可以和其他行业学。”

“其他行业？”端木插嘴问道。

“对，其他行业。有句话叫创新在业外。其他行业的创新和创业可能是我们这个行业没有的，完全可以借鉴。”

端木安华听得十分专注，佟一琮正是他需要的人，他要的是一个有想法、有担当也有执行力的人。通过谈话，他还不能完全看出佟一琮的担当力和执行力，但佟一琮的具体想法着实吸引了他。而且，他从佟一琮的业余爱好中可以看出，眼前的这个年轻人有着健康的生活状态，自律，会坚持，有着极强的学习能力。这样的人即使存在一些小问题，也不妨碍整体。人无完人，世界上就没有完美的人。人可以通过训练和培养得到成长。眼前看到的佟一琮的特质，对于东方玉缘已经够了。

端木问道：“你以前加盟过其他玉石机构？”

“这个真没有。不过前阵子我是准备自己开间工作室，算是自主创业，后来接到阮刚大哥的邀请，就放弃了。”

“原来如此。”

“阮刚主任，我得感谢您啊，为了我费心了。”

阮刚说：“客气了不是？我这也是成人之美，主要是你们相互欣赏，现在不是有个词叫‘共赢’吗？”

三人哈哈大笑。

那天，走出端木的办公室，佟一琮明白，这事儿成了。他的推测是从步凡那里得来的，当年在上海，步凡招聘他时的“套路”和今天端木用的“招数”颇为相似，看似漫不经心，东拉西扯，其实每句发问都有深意。佟一琮也又一次认识到了知识面和业余爱好的重要性。他想，如果端木和自己提起品酒，无论是白酒、红酒，自己都是一窍不通。

果然，阮刚在车上便接到了端木的微信：阮兄，感谢您为我送来了一位优秀的助手。

4

一周后，佟一琮出现在了东方玉缘公司里。

端木亲自主持召开了公司高层会议，既是表示欢迎也是交代分工。会上，端木把销售这个重头戏放在了佟一琮身上。“我希望你能够顾全大局，站在一定的高度，对所有事儿有个清晰的判断，成为在销售领域开疆拓土的好副总。”这句话充分表达了端木对佟一琮的厚望。

佟一琮感受到了端木对自己的信任是由衷的，他到任三天内，东方玉缘的整个销售情况全部交到了他手上。按道理说，端木完全可以慢慢来。这样做的原因，一方面是在两人的交流中，端木赞同他的观点，另一方面是端木的心情比较急迫。

时代的变化太快了。在佟一琮的印象中，很小的时候，山里小城岫岩最早连电都没有，晚上人们照亮靠的是煤油灯。那时人们常常挂在嘴边的话是“楼上楼下，电灯电话”，那是当时人们的理想生活。后来，这样的理想成了平常日子。再看看现在，生活环境变化何止千万倍，扫地、擦窗都有了机器人。在这样的大趋势之下，公司的整体框架和模式都需要不断调整、更新，甚至换代，需要认认真真做企业，踏踏实实经营，积极地投身学习中，提升认知，才能跟得上时代，才能不被淘汰。

他在深入了解公司的情况后，更加明白了端木的焦急和忧虑。他也知道了一个真相，在他之前，端木已经换过两位销售副总，他们都因为没有起色和变化被“请走”。这让他觉得身上的压力更大了。

一直以来，公司采用的都是传统的销售模式，说白了就是等客上门。能够一直保持相对稳定的销量，源于公司的一些固定大客户，这其中端木个人的朋友圈子就占了一半。如果在十几年前，或者几年前，这样的销售模式自然是没有问题的。但到了互联网时代，这样的销售模式显然就无法适应时代，更谈不上发展。

佟一琮先是找公司的销售人员单谈，一个接一个谈，摸摸底，听听不同的声音。他之所以没有集中开会，是因为他明白集中开会征求意见更不可能听到真话，销售都是和人打交道的人精。即使单谈，也不一定能听到太多的实话。但至少他可以剥茧抽丝、顺藤摸瓜，找出一些存在的问题，从而找到对应的解决办法，找出新的途径。

不过，他的做法却在公司引起了一些议论。

“这是销售副总吗？怎么像个谈心专家？”

“一点儿也没有副总的派头，倒像个心理咨询师。”

“在办公室里能研究销售？销售不得走出去找客户吗？把东西卖出去，赚到钱才是他的本事。”

…………

这些议论自然也传到了端木的耳朵里。端木却不急不躁地说：“办成什么事儿都需要时间，这世界上没有一蹴而就的事儿。”这一次，端木给了佟一琮充分的信任和时间。

佟一琮没有辜负这份信任，将一套整体的销售方案拿了出来。

端木看完方案便发邮件给各个高层，并在当天组织召开了高层会议讨论。会议上，高层们却炸了锅。

“这不是要变天吗？咱们现在的销售渠道很稳定很正规，如果改成这种模式，会不会让人误会咱们是骗子？歪门邪道不能走，还得稳扎稳打。”

“咱们历来走的是高端路线，打的是高端品牌，如果做出这种改变，是不是会给咱们的品牌打折扣呢？”

…………

也有一些支持的声音夹杂其中。

“全新的观点，咱们可以尝试一下。”

“玉雕工艺、首饰制作在变化，销售当然也得跟上变化才行。”

“我觉得这里面多数办法可行，现在市场竞争太激烈了。要想把咱们东方玉缘的品牌推出去，搞火了，网络销售这块儿是场硬仗！”

…………

一切都源于佟一琮的“N+ 模式销售理论”，所谓的“N+ 模式”就是线下旗舰店加线上电商，大品牌高端玉器加小品牌百姓消费，直接销售加经销代理，精准客户加流动客户，品牌曝光加网络口碑。在方案的最后，佟一琮重点强调，将来可以尝试网上直播形式。

端木看完方案后就问佟一琮：“这些都是到公司后想出来的？”

佟一琮说：“不瞒您说。之前，我曾经有过自己做玉石工作室的想法，这些内容中的一部分是那个时候想出来的，还有一部分是到公司后，通过跟销售们面谈，走访客户，调查市场之后得出来的。”

他这话不算骗人，但也不全是实话，这些思路只有一小部分是他为自己成立小工作室时想出来的，更多的内容，是他准备和武林集团合作时就悄悄写在电脑里的。因为，这样的销售方式更适合大公司运作，对于小工作室来说，无论是资金还是人力方面都难以落在实际操作中。

“盘子很大，个人的工作室运作起来怕是难度不小。”端木一针见血地说道。

佟一琮一声感叹：“您说到我的痛处了。”

“你是一直想做大，我们东方玉缘正好给了你施展才华和能力的机会，好好干！”端木鼓励佟一琮。

端木没有自己决定，而是把这份方案递交到公司高层面前，一则是为了听一听不同的声音，二则是为了向各部门提出要求。“相关部门，积极配合佟副总做好销售工作，‘N+ 模式’在东方玉缘正式启动。”

从方案推出，到一步步推进，佟一琮把自己钉进了公司和市场，回家的次数明显减少。从原本的一周回去一次，改成半个月回去一次，最长的一次竟然有近两个月没有回岫岩。

原本和穆小让定好的每晚 9 点微信语音聊天也变成了不定时的。每每小让对他说：“老公，陪我说说话。”都被他的一句“我在忙”给搪塞了过去。

小让每天都闷闷不乐，在家里也是蔫蔫儿的。

安玉尘看在眼里，自然明白原因，打给佟一琮的电话里态度明显变了。“儿子，咱是去打工，签的不是卖身契，什么工作要忙到两个月不回家？你心里还有没有这个家了？”

佟一琮一愣：“两个月没回去了吗？我一天天忙晕了，就觉得时间过得飞快，也不知道这么长时间没回去了。妈，忙完这阵子我就回去。”

安玉尘说：“你不回来看我，我不怪你，可你不能把小让扔在一边不管了！打电话你也没时间，微信你一时半会儿也不回，你是故意让她胡思乱想是不？”

“哪儿能啊？您替我好好安抚一下小让，让她不要胡思乱想。忙完这阵子，我一定好好回家待上一段时间，陪陪你们。”

“你可别骗我了。你能回来住上两晚我们就知足了。这样吧，我让小让明天去看你，再给你送点儿好吃的。”

佟一琮原本想说“先别来了，来了我也没时间陪”，转念一想，还是别这样说了，说了反而更会引起怀疑。小让真见到自己忙碌的样子，也就不会怪罪了。小让的性子就是这样，典型的小女人，爱吃醋，爱耍小性子，可是又是懂事儿的。他更明白，这是小让和老娘两个人的主意。老娘相信他，又心疼小让。小让一定是起了小性子，有了小脾气，老娘是为了让小让安心。

几天后，穆小让来沈阳看佟一琮。公司的司机把她接到公司为佟一琮提供的公寓，扔下几袋水果、零食和各种好吃的就告辞了。

穆小让细心地检查着公寓里有没有留下女人的长头发，检查一番之后，明白是自己太疑神疑鬼了，老公对婚姻绝对是忠诚的，而不像她猜想的一样。

佟一琮打来了电话："小让，你先休息一会儿，等会儿司机去接你，我带你吃好吃的去！"

"可是我一个人待在公寓里好无聊。"

"我实在没时间陪你，要不然无论怎么样我都过去接你了。"

小让撒娇道："老公呀，要不我去公司里陪着你？我向毛主席保证，一定不添乱，就在一边静静地看着你。我都快两个月没见到你了！"

佟一琮答应了。他觉得这样也好，小让看到他忙碌的样子，"警报"自然就解除了。

他还真是一眼看到穆小让的骨子里。

没有看到他忙翻天之前，小让心里确实七上八下的。尽管佟一琮对天发誓，自己绝对像"小葱拌豆腐"一样一清二白。小让嘴上说着信任，心里还是有些忐忑。

在他看到佟一琮的瞬间，这样的念头全被打消了，心里又生出了心疼，她说道："老公怎么累成这样了，人也瘦了，眼睛里也有红血丝了。"

穆小让是理解佟一琮的。佟一琮把东方玉缘的事儿当作自己的事业来做。一来是为了证明自己的能力。他告诉过她，其实他并没有想到端木那么快就决定用他，毕竟他没有任何销售经验；二来他想在实际工作中增加自己的"战斗力"，他能拼的只有努力和上进。

这一晚，佟一琮算是提前收工了，忙到了晚上 11 点多。他说要带穆小让去吃夜宵，感受一下沈阳的夜生活。小让却坚决不肯，两人一起回了公寓。

小让打算依着佟一琮的意思，第二天白天去逛街。

"喜欢什么就买什么。"佟一琮把银行卡交给穆小让。

"我自己选不好，眼光不如你。你有空陪我的时候我再买，我先回去，也免得你分心。"

佟一琮知道，小让的心结打开了，她又变回了那个懂事的、乖巧的大娃娃。

小让走的那天中午，文彬突然打来了电话："佟哥，怎么样？还那么忙吗？"

"说实话是真忙啊。怎么样，最近好吗？有什么吩咐？"佟一琮问。

"就是想和佟哥、阮哥喝点儿。怎么样，今天晚上没问题吧？我可是诚意满满啊！"

说实话，佟一琮真想拒绝，吃盒饭都没有时间，哪里有时间喝酒？可这两个人他又无法拒绝，便说："要不咱们改天，我请！不过喝酒就免了。"

文彬说："我主要就是想和两位聚聚，喝不喝都在其次。谁有事儿就先忙着。我就是想两位哥哥了，见不到心里惦记着。"

话说到这程度，佟一琮只好答应了。

佟一琮到东方玉缘后，按照之前文彬的叮嘱，从来没有在公司里提到过文彬。两人私下只见过几次，前两次是佟一琮为了感谢文彬和阮刚，结果第一次阮刚临时有事儿，刚喝了一杯便离开了，佟一琮便又请了一次。

佟一琮让司机拐了几拐才找到文彬说的江南私房菜馆。到了之后才发现，那里竟然是一处曲径通幽的好地方，里面小曲悠悠，让人感觉十分宁静。

"阮哥又放我鸽子了！人家是领导啊，一天天有吃不完的饭。告诉我今晚要大喝一场。"文彬说道。

佟一琮不想做过多的评价。不过，他倒也明白了为什么阮刚的脸色和唇色那么难看，恐怕多半与烟酒过量有关。

两人聊起了新闻和公司中杂七杂八的事情，佟一琮有个原则，涉及公司业务范围的都用只言片语带过。

文彬问："这么说来，佟哥进入状态很快吗？"

"不敢不快啊，竞争激烈，一步晚，步步晚。"

"这倒是实情，我们公司这边也是一样。看来，端木对佟哥很信任啊！"

"端木老总格局大，境界高，我很佩服，在他身边确实能学到很多东西啊！"佟一琮说出了肺腑之言。

"那他一定把公司的合作伙伴、大客户都交给佟哥了吧？"文彬漫不经心地问。

佟一琮心里一惊，眉头不禁皱了一皱。按道理，这涉及公司机密了，文彬不是业内新人，怎么会问出这样的问题呢？他呵呵一乐："交给我什么，我就接什么，我就是个打工仔。"

"佟哥不跟我说实话了，咱们哥俩生分了。给兄弟点儿信息，我这边也有销售指标，压力大，就当你还兄弟一个人情了！"文彬嬉皮笑脸的，意思却一分不差地表达出来了。

"工作是工作，咱们兄弟感情是感情，不能弄混了。欠你的情，我一定会还的，你放心吧！不过，可不是这种还。"佟一琮的脸上仍旧带着笑，心里却有了几分不悦。他很讨厌把工作往感情上扯，这和耍流氓如出一辙。

文彬继续嬉皮笑脸地说："佟哥，你就把这些告诉兄弟呗！现在业内都知道端木有了大动作，你是他手下的第一员大将。佟哥放心，兄弟绝对不会让你白说。”他将一个没有封口的信封放到了佟一琮面前，信封上写着两串数字，一串是单个数字，后面若干个零。另一串是六个“一”。“上面是卡里的钱数，下面是密码。”

佟一琮看了一眼，笑了笑，说道：“文彬啊，这事儿不大符合规矩啊！”

“佟哥，规矩都是人定的。你是不是觉得钱少？”

佟一琮还是笑着，心里却已经是“万马奔腾”。如果换到十年前，不，换到五年前，他都会揭竿而起。可现在他不会了，他只会笑着、看着，却不应答。原因很简单，宁得罪君子，不能得罪小人。因为你不知道小人会记恨你多久，会在什么时候张开血盆大口，狠狠咬向你。他只是突然明白了，为什么文彬会介绍他进东方玉缘，会坚持不让他在端木面前提到“文彬”这个名字。而阮刚和谁是真正的朋友，现在看来，绝对不是端木。难道是文彬？不，他们之间应该算不上朋友，只能用利益交换来定义。

文彬见他笑而不语，说道：“佟哥，我在公司里也不能完全做主。这样吧，我明天和老总商量，看能不能分给你一些股份，那样你就可以神不知鬼不觉地收钱了。”

佟一琮沉吟了一下，说道：“卡你先收回去，容我考虑一下，回头再答复你。老弟你看怎么样？”

文彬连说了几声“好”。

回到公司，佟一琮又加班到很晚。回到公寓，他没有像往日一样倒头就睡。他本来想直接发微信或者打电话回绝文彬。最终决定还是过两天再说，即使拒绝，也别立马发声，要让人家觉得不那么生硬。

他已经下定了决心，那些钱绝对不能收。对于那些钱以及可能会有的股份，佟一琮怎么可能不动心？谁都和钱没仇，何况他是真缺钱。如果自己有足够的资金开工作室，何必拿老姐和穆明的钱呢？可是，人真的什么钱都能拿吗？

子曰：“富与贵，是人之所欲也，不以其道得之，不处也。贫与贱，是人之所恶也，不以其道得之，不去也。君子去仁，恶乎成名？君子无终食之间违仁，造次必于是，颠沛必于是。”人活着总得有点儿底线，不能什么钱都赚，什么钱都收。说得高尚点儿是操守，说得通俗点儿是不能昧着良心。

佟一琮问自己，人家端木待自己怎么样？薪水、待遇都没的说，最难得的是那份信任。端木让他放开手脚大胆去干，资金、技术、人员各方面都全力支持。对于一家企业来说，任何的改革和转变都有风险。他认为自己的想法和做法不一定成熟，自己都不敢完全肯定的事儿，人家端木却能完全信任，人家难道看不清这些变数吗？凭人家的本事，自然能看清，可人家信任了。是因为人家期待公司有更好的发展，也对他的人品和能力十分信任。自己如果辜负了，就是不仁不义。

现在东方玉缘的格局变革正在进行，即将完成。文彬这时候高价收购精准客户信息，显然是为了争夺经济利益。或者……佟一琮心里一紧，或者文彬的老总和端木之间有什么恩怨。这时候的报复一定是最有力量的、最残酷的，能一击命中的。

精准客户大多是端木的朋友，这些客户的信息，也只有端木、佟一琮等不超过五个人知道。显然，文彬以前也曾经做过手脚，不过没有得逞罢了。由此不难看出下属对端木的忠诚以及端木的为人，所以文彬才会对他下“诱饵”，期待他这个新人能够被成功“捕获”。

“细思极恐啊！”佟一琮冒出了冷汗。

接连三天，文彬都打电话试探佟一琮，佟一琮都是以“再想想”暂时回绝了。

第四天，佟一琮再接到文彬电话时说：“抱歉了！”他没有解释太多，无论说自己有底线，还是有原则，或者其他，这人都是得罪定了。不，应该说是把文彬的公司也得罪了。可是，事已至此，他实在找不出什么好办法解决这个问题了。他想，大不了与文彬就此了断吧！至于介绍之情，以后有机会，一定会还。

宁可得罪君子，不可得罪小人。这句千古流传的名言简直就是真理。

一个月后，佟一琮被端木请到了办公室。和之前不同的是，端木的助理没有像以往一样称呼他为“佟总”，而是说：“佟一琮，端木老总请你到办公室。”

佟一琮从称呼的改变里似乎觉察到了什么，果然，端木安华愤怒地对他下了“逐客令”。

佟一琮解释道：“端木老总，请您听我解释，我真的没有窃取公司的商业机密。我还拒绝了他们的利诱。”

“把反的说成正的就是你的套路吗？证据都有了，你想说什么？”端木安华把笔记本电脑转向佟一琮。

电脑屏幕上正在播放着一段视频，那是佟一琮和文彬在那家江南风格的餐馆儿用餐的场景，视频一直播放到文彬将一个信封推到佟一琮面前。

佟一琮气愤到了极点。他明白了，这是文彬为了陷害他而设下的陷阱。

“端木老总，您一定是误解了。文彬是我在美院时的同学。他约我，确实是想用利益诱惑我答应他把公司的精准客户资料提供出来。可是我并没有答应啊，而且这明显是别人安排好的，要不怎么会这么巧被拍到呢？”

端木盯着他，顺手拿起一只杯子，重重地摔到地板上，杯子应声而碎。“你还辩解！事实的真相是你太贪婪了，除了要钱，你还要股份。人家是为了防备你才不得不拍了证据。文彬是你同学，你们应该彼此了解吧！那你更应该知道他的岳父是谁吧？我告诉你，就是他的老总，我的死对头！”

佟一琮愣住了，这些他完全都不知情啊！“不可能啊！他老婆和他老总都不是一个姓。”

端木冷哼了一声：“因为他岳父当年是倒插门儿，女儿随的母亲的姓。行了，佟一琮，你不要再辩解了，也不要再演戏了。”

“端木老总，您说的这些，我真的不知情，我也确实没有泄露公司的机密。”佟一琮急得一身汗。

端木厉声说：“我不仅知道了这些，还知道你以前曾经和业内臭名远扬的李先生一起骗南方的投资商，我说的是事实吧？”

听到“李先生”这个名字和被歪曲的事实，佟一琮气得肺都要炸了，辩解道：“这些都是谁对您说的？这完全是歪曲事实。我才是被骗的人，是被蒙在鼓里的人！”

“打住！”端木打断了他的话，“不要解释，所有的解释都是掩饰。佟一琮，我警告你，玉圈并不大，如果你继续这样下去，很快就会在这个圈子里混不下去的。人品比能力更重要！请你从东方玉缘离开，马上，立刻！”端木手指着门口，目光生冷。

一瞬间，佟一琮觉得自己全身是嘴也说不清了。他站在端木对面，深深地鞠了一躬，说道：“端木老总，无论您怎么做，我都要声明，我从来没做过这样的事儿，也不会犯这样的错。因为我在上海时跟的第一个老总就是这么教导我的。”

佟一琮离开了端木的办公室，身后传来重重的摔门声。那一刻，两行眼泪在佟一琮脸上滚落。

现实狠狠地给他上了一课：他曾经一手帮助的人，会抛弃他、陷害他、坑他。但他相信，曾经帮助过他的人，还会帮他。

第九章 国玉匠心总关情

1

佟一琮回到岫岩，把自己关在书房里。

第一天，家里人看着他，谁也没作声，全都由着他的性子。第二天，家里人还是没作声，依旧由着他。第三天，穆小让绷不住了，推门进了书房，一屁股坐在了他身边，盯了他半天，见他还是不作声，开口说话了。

“小哥，你不能这样，会把自己委屈坏的，你好歹说句话呀，你得出去见见人，不能把自己关起来。离了谁咱都一样活，何况咱对得起天地良心。不能拿别人的错误惩罚自己，错的是那个文彬，他就是个浑蛋。”结婚这么久了，她还是习惯叫佟一琮“小哥”，偶尔才会叫“老公”。

佟一琮不耐烦地说：“不用说了，道理我都懂。”

穆小让叹了一口气，又说：“离开了东方玉缘咱还找不到别的公司了？再说了，现在谁找咱，咱也不去了，咱自己做工作室。一琪姐和我哥都支持你，我给你做助手。索阿姨和国大师也会帮你的。”

佟一琮皱起眉，说道：“姑奶奶，我求求你，让我一个人静一静行不行！”

穆小让说：“你不听，我就去找一琪姐，找我哥，找索阿姨他们来。我的话你听不进去，他们的话你总听得进去吧？”

佟一琮发火了：“小让，我说了，让我一个人静静，我谁都不想见！”

穆小让说：“小哥，你怎么这样！”她的声音顿时带了哭腔。

…………

佟瑞国听到小两口的吵闹声，叫回了正在外边忙碌的安玉尘。“去看看你那宝贝儿子和媳妇儿吧！怎么还闹起来了？以前也不这样啊，有商有量的。这个臭小子，这身本事都用在媳妇儿身上了。”

安玉尘笑着说：“行啦，你就别添油加醋了。有我呢！”

安玉尘把穆小让拉了出来，开导了一番：“小让，他是男人，不像咱们女人有话喜欢说出来，他不想说，就让他自己静静吧！咱们不用搭理他，也不用跟他生气。过几天他想通了，自然会跟咱们说。”

穆小让说：“妈，我不是跟他生气。我是心疼他，想劝解他，可他……”

“妈知道。你呀，现在离他远点儿，走，跟妈上你姐那儿一趟。”

穆小让心不甘情不愿地跟着安玉尘去了佟一琪家，一路上，安玉尘又是一通开导，算是做好了儿媳妇的工作。

知子莫若母，安玉尘是懂佟一琮的。她懂佟一琮不是在使性子，他是在找“症结”，这个结得他自己解开。小让做媳妇儿的多陪伴，她这个做母亲的多开导，佟瑞国这个老爹不损不骂就算是支持了。最终的关口还得靠他自己过，有些路只能他自己走，失败、痛苦、欺骗和欢乐、幸福一样，都是人生的必经之路。这世间没有绝对的坏事儿，就看从哪个角度去看，如果能从坏事儿里得出经验，那也是有所得。至少，以后不会掉进坑里，会绕过去再走，或者把坑填上再走。

那天晚上，安玉尘把一副对联写在纸上，悄悄放到了书房里。

“人生哪能多如意，万事只求半称心。”

佟一琮看完立即明白了，老娘是在用这副出自杭州灵隐寺的对联跟他交心，劝他要宽厚、豁达，把眼界放宽，心平气和地追求“半称心”的生活。

他不禁感叹，现实生活中，“半称心”怕也是难以实现的，要不怎么会有“人生不如意之事十之八九”？在东方玉缘的经历，狠狠地伤害了他。他原以为，自己捧着一颗真心，拿出一腔真情，使出全身本事，兢兢业业，就会得到别人的认可，得到施展才华的机会。可是太难了。

他记不清楚在哪里曾经看过这样一句话：“世上有两样东西不可直视，一是太阳，二是人心。”文彬是曾经被他信任如兄弟的同学，他曾经真心帮过文彬，并且不求回报。但文彬为什么要利用自己的信任呢？竟然亲手为他挖下一个连环陷阱，而他还傻傻地跳了进去，还对人家掏心掏肺地说感谢。

这世界上还有可以相信的人吗？老乡左越、玉石界前辈李先生、老同学文彬……是自己眼瞎，还是自己的心瞎了？心瞎比眼瞎更可怕！

他难过，来自陌生人的伤害或许还可以承受，而来自朋友的伤害是真扎心。为什么有些人为了利益什么都可以做？难道不想想道德？不想想法律吗？易涨易退山溪水，易反易覆小人心。现实就是这么残酷，不会慢条斯理地给人讲道理，只会在狠狠打上一棒子之后嘲笑：佟一琮，你就是个傻瓜！

他问自己：佟一琮，你真的好傻啊，要不然怎么会一次次被骗？他的内心回答：别人怎么做是别人的事儿，你要坚持你的底线。如果连底线都没有了，你不配做人！

他问自己：一次次的失败，问题是自己不够努力吗？他自己回答道：有些事也许努力了也不会看到结果。做事情，天时、地利、人和，各方面条件都具备了，又用得恰到好处了，才会有水到渠成的成功。

他问自己：自己的问题是什么？自己做到了三思而行，每一步都想了很多，不，还是有疏漏。最关键的是，少了三思而行之后的一意孤行。

佟一琮终于想通了。一个人能使自己成为真正的自己，比什么都重要。

他拿出纸笔，在纸上写了四个字：国玉匠心。这是他为自己的工作室取好的名字。

步凡的电话这时候打来了。“一琮，怎么一连好多天没有你的消息，回岫岩了？”

佟一琮答：“你都听说了？”

“听说了，是从端木那里。”

佟一琮愣住了：“你们认识？”佟一琮原以为是小让把这事儿说出去的。在端木那里发生的事儿，他并没有告诉步凡，并不是怕丢脸，而是这一次，他想靠自己解出答案。

“玉石圈子才多大啊，何况端木也算是其中的佼佼者。”

“他……”佟一琮迟疑了一下，“他一定跟你说了我窃取公司精准客户情报的事儿吧？”

“是啊，他气坏了。他可是业内出了名的稳将，一向喜怒不形于色。能把他气成那样子，还不是因为触碰了他的底线。”

“步哥，我没有，真没有！”佟一琮在步凡面前特别急于解释自己的清白。

“我当然知道你没有了！我把你的情况和他说了，他说会调查清楚的，还你一个清白。”

佟一琮的鼻子突然一酸，眼泪在眼眶里打转。他就像一个委屈的孩子，终于找到了为自己做主的大人。“清不清白的有啥用，我都离开了。”

“不要这么说。还是那句话，目光要放远。他证明了你的清白，将来可能会有大作用。很多事儿，不到最后，谁知道会是什么结果呢？”

“步哥，谢谢你。”

“客气什么。我打电话是想请你的，来上海帮我吧！最近公司的事情太多了，你要是闲着，来公司给我撑一撑，也让我自在些，可以分出些心思研究琢玉。”

佟一琮立即明白了步凡的意思，步凡是真惦记他，也真心疼他，怕他闲下来受不了。“步哥，我明白。我不去了。这次我下决心了，自己开工作室。”

“不动摇了？”

“不动摇！”

“确定？”

“确定！”

“那好，只要你自己真心想做的。我都支持。”

“名字我都想好了，叫‘国玉匠心’。”

“‘国玉匠心’，这名字取得好！”

回到岫岩不过一周，佟一琮便马不停蹄地忙起了工作室的事儿。办理相关手续，和原有约定的两位岫岩玉雕师签订正式合同，在自己和老爹原有的设备基础上又添置了新设备，租门店，找销售，建立工作室网站，在各个网络平台注册账号。

老爹佟瑞国竟然也一反常态，主动做起了儿子的“技术总监”，这个职务是佟一琮给老爹定的。佟瑞国说：“我才不要什么总监的职务呢！我这是不放心你们这些后辈们，相玉、设计、画稿……十几道工序呢，一步错了就没办法补救了，我是怕你们糟蹋了玉石！”

佟一琮在旁边嬉皮笑脸的，既不接话，也不辩解，由着老爹碎碎念。他心里明白，这一次老爹是真正从心里支持他了，转念又觉得自己这个当儿子的真没出息。本来老爹都已经退隐玉雕界，安享晚年了，现在还得为他操心。他暗暗下决心，至多不超过三年，他一定不再让老爹为自己操心了。他要让老爹老娘天天带孙子们玩儿，开开心心地安享晚年。孙子，是啊，他和小让是时候应该要个孩子了！

网络上的事儿，原本是穆小让帮他做的，后来程小瑜听说了，便联系了小让。“我公司里有现成的网络能手，别看他们这些年轻人刚刚大学毕业，做网络可是绝对的行家。脑子快，手也快，观念也新。除了玉石专业他们不懂，其他的比咱们强太多了，我让他们帮你弄。”果然，网站做得新颖又专业，古韵古风，又有时尚创意。

索秀珏、国大师、步凡等几个人联袂做了国玉匠心玉雕工作室的名誉顾问，给佟一琮的小工作室提格了不少。

忙碌起来，时间便过得飞快。不到三个月，国玉匠心玉雕工作室的筹备工作基本完成了。

按照穆小让和佟一琪的想法，成立仪式得隆重热烈点儿。佟一琮和老娘、老爹的想法却是低调点儿，等将来扩大规模了，再隆重也不迟。

最终，安玉尘拍板儿：“就按儿子的心意来，他是主将，听他的！”

一琪逗他：“对啊，以后我们可得叫你佟老板了！”

佟一琮哈哈一乐，他感慨，老姐也是奔四的人了，却一直不见老，这与她开朗的性格和乐观的心态有直接关系。以后自己也得向老姐学，不是为了减缓变老的进程，而是为了活得更好。

选定好了日子，在简单的仪式之后，国玉匠心玉雕工作室正式成立了。佟一琮没有大办仪式，即使如此，岫岩当地也有好多亲友同行都来祝贺，远在上海的步凡、程小瑜人没到场，却也是定好了礼物送来。礼金更是直接打到了佟一琮的银行卡号上，根本没经他本人同意。

一切终于走上了正轨。

佟一琮走的路线，基本上和他在东方玉缘时制定的差不多，就是缩小了范围，减小了规模。即使如此，也是收效颇丰，远远超出了他的预期。

他原本想，工作室成立后，少则半年，多则一年，生意一定是惨淡的，自己得做好硬撑下去的各项准备，无论是心理上的还是资金上的。没想到，无论是品牌销售还是来料加工，都有所进项。当然，主要还是以来料加工为主。品牌打响需要时间和过程。

这样好的开始让佟一琮信心满满。他想，那就按照原计划，一步步来，先把前五年计划落实好，规划再美好，也得踏踏实实走下去才行。

就在佟一琮为工作室忙碌的时候，端木却突然出现在了岫岩，将电话打到了他的手机上。

端木的突然联系，佟一琮觉得既在意料之外，又在情理之中。工作室忙碌的这半年，他对外界的关注一直没有停过。他离开东方玉缘并没有影响到端木的生意，公司的生意反而越来越好，甚至可以用“突飞猛进”这个成语来形容。

以前佟一琮在东方玉缘时关系比较好的销售后来跟他闲聊说：“公司现在的操作完全按照佟哥你提出的路子走，可以说没有佟哥你的规划和安排，公司就没有现在的效益。没想到……总之一言难尽。不过，现在都是人走茶凉，有几个人还会念及当年佟哥的好呢？佟哥是我见过最体恤手下的副总，是最有人情味儿的副总。”

对于这些，佟一琮怎么会不懂呢？他在东方玉缘做销售副总时，那些销售们都围着他转，嘘寒问暖自然不必说了。他离开东方玉缘后，与他一直保持联系的也只有这一个人了。这个反倒是在公司时与他走得不是最近的那一个。

早在上海时，佟一琮便经历过人走茶凉，这些年来更是风波不断，自然是想得开的。在他看来，人走茶凉，各自安好是正常现象。只要没有落井下石、过河拆桥、忘恩负义，便无可厚非。你在位高时，自然有人与你交好，生怕全世界不知道你们关系有多亲近。为的并非是与你的真情，更多的是个人的利益。你在位低时，人们纷纷散去，如同《桃花扇》里的那句唱词：“眼看他起朱楼，眼看他宴宾客，眼看他楼塌了！”当一个人身在高处，总觉得众星拱月。只有落在低谷时，才最见人心。不过，他已经把这些看淡了。来来往往，冷冷淡淡，这才是生活啊！想开了，便会明白，人生不过一呼一吸之间。

从各方面得来的信息都向他传递着同样一个事实：他的销售理念、规划是被端木全盘接受的，而且确实给东方玉缘带来了效益和成果。虽然他已经离开，自己并没有得到收益。但从另一个角度来说，这却是对他能力的认可和肯定。没错，他的想法、做法都是对路的。既然端木已经实践成功了，接下来自己的工作室完全可以这样运作下去。

佟一琮想到这里，精神一振。佟一琮认为，端木的到来是查明了真相，想还自己一个清白。

事实证明，佟一琮只猜对了一半。

端木与佟一琮见面后，先是参观了国玉匠心玉雕工作室。

佟一琮说：“我这工作室和东方玉缘没有可比性，您别见笑。”

端木哈哈大笑：“万丈高楼都是一个个砖头垒成的，东方玉缘的今天也是一点点积累出来的。小佟，咱们俩找个没人的地方喝喝茶、聊聊天儿？”

佟一琮说：“我也正想呢。您得多指导、提携我这个新人。”

“新人？”端木摇头，“你新开工作室是不假，新人却不是。”

佟一琮把端木请进了工作室里自己的那间小办公室，与端木品茗畅谈。

关起门，端木郑重地向佟一琮说明了来意。

“小佟，我这次来岫岩，对别人说是为了看原石。真实的目的是向你道歉。之前的事情我已经查清楚了。文彬确实给你下了连环套，阮刚算是他的助手吧！”

“都过去了。我当时不懂您为什么那么生气，那么不相信我。后来我想通了。”

“你不怪我？”

“不怪。”

“能告诉我你是怎么想通的吗？”

“想听实话？”

“当然。”

“站在你的角度想，打江山的人最怕什么？最怕丢了江山！”

端木哈哈大笑：“小佟，你比我想的有胸怀。”

佟一琮也笑了：“我也是想了很久才想明白的。”

端木感叹一声：“小佟啊，你应该也听说了吧！你人离开了公司，可你的理念和规划没离开。正是因为采纳了你的建议，现在公司才有了大起色。我来的第二个目的就是向你致谢的。”

“您又客气了。在其位，谋其政，那是我应该做的。我倒是没有想到，您还愿意相信我的那些方法。”

“当然相信，所以，我今天来的第三个目的，就是邀请你重回东方玉缘。这次不是做销售副总，而是总经理。你看怎么样？”

最终，佟一琮拒绝了端木的邀请。这次，他已经下了决心，要把国玉匠心玉雕工作室做好，做到底。

端木也只好遗憾地离开。“小佟，如果有什么需要，来找我。”

佟一琮和端木的手紧紧地握在了一起。

2

在家人朋友眼中，佟一琮专注地打理着工作室，全身心地投入。可老娘安玉尘知道，他的心分出了一部分在武林集团。她原想，时间会冲淡佟一琮的这份执念。可是事实告诉她，执念依旧。

终于，佟一琮一个人在工作室做设计的时候，安玉尘点破了他。

佟一琮问："老娘，您怎么猜到的？"

"不是猜，是观察，你手机的天气预报管理设置了咱们岫岩，还有上海和福州。你关注上海，是因为那里有步凡和……"安玉尘没有提及程小瑜的名字。她不愿意再提及程小瑜的名字，不是因为对程小瑜有什么偏见，而是希望佟一琮真正放下，真正幸福。"你关注福州是因为那是武林集团的总部所在地。"

佟一琮惊讶于老娘的细心，开玩笑地说："您翻过我手机？老娘，我在您面前可是没有一点儿秘密了！"

"我不用翻，你看手机时，我随意就瞧见了。还有，你看到听到关于福建的新闻总会特别关注，偶尔还会在电脑上查一查武林集团的网页。那个是叫网页吧，这些新名词，我经常弄错。现在的新词实在是太多了，可心说叫什么网络语言。正常说中国话不就行了吗？还得会说网络语言。年轻人真是精力足啊，愿意给自己找事儿。"

佟一琮哈哈一乐："不光您弄不明白网络语言，我也不懂。意思明白得差不多就成了。我看的是武林集团官网，集团有了会议或者重大举措，或者取得了什么成绩，都会在上面发布。不过也都是事后才发布，发布的内容都是集团想发布的，那里面没有什么秘密。"

"既然是事后才发布，咱看不看又能怎么样呢？总关注他们，多分心啊！人心就那么大的地方，放得下东，就得挤走西。已经没有希望了，为啥你还放不下呢？"

"老娘，我相信一个人只要真心喜欢什么，或早或晚都会进入这个领域。同时，在武林的行事上，我更懂得了一个道理，投资要慎重，特别是涉及几个亿，甚至十几个亿的投资。"

"唉，人家的投资再多，事业干得再大，也是人家的事儿。不让咱参与就与咱无关了。儿子，你明知道经过前几次的事儿，你和武林合作的可能性已经很小，为什么还放不下呢？你要知道，这世上的事儿，来不得半点儿强求。强求即便得来了，也未必是好事儿。以前的事儿，你都忘记了吗？"

"这些我知道，恐怕我这辈子与武林集团再无交集了，即便如此，我还是盼望着武林集团能把最终的目标锁定在岫玉上。如果武林集团投资运作了，那必然是全国数一数二的大平台。"

"舞台越大，成就越大。这是必然的。可咱眼下做好自己的事儿，不也很好吗？”

“老娘，您放心吧！我的心思就在咱的‘国玉匠心’上，我不会再分心了，不会再跑去给别人的公司做高管了。您看，端木来请我，我不是都没去吗？”

“我倒不在意你去不去做什么高管，我知道端木和武林不是一个分量的人，他们的公司分量也不一样。我就是不希望你在武林集团的合作上落下病根儿，谋事在人，成事在天。应该做的咱都做了，不成咱就坦然接受，接下来的路，还得咱自己走。”

佟一琮点头说是。可眼下，他心里真的没有完全放下，老娘还是那个最懂他的老娘，也是最能发现他状态有变化的老娘。

武林集团真的有了新变化，佟一琮并不知道如何处理才最稳妥。这事儿与他无关，却又与他相关。

花雪痕一直和佟一琮保持着联系，在微信上偶尔问候，聊聊近况。她对于他在东方玉缘的经历也知晓一些，只是其中的内情佟一琮倒是没全说。他不是刻意隐瞒，只是觉得既然事情已经过去了，放下就可以了。

而后，端木请他重返东方玉缘，更让他觉得，当初没把这些事情张扬出去是多么正确。

事事皆有变化，世间莫不如此。

花雪痕某天中午突然发来了这条消息：“集团投资岫玉有了新进展。一琮哥哥，我心里特别难受，我一直希望你能参与的，可是……”

佟一琮第一感觉是自己真的出局了。第二是好奇，合作者是谁？

“一琮哥哥，我现在在沈阳君悦酒店，明天回福州。你要是方便，今天晚上能过来沈阳吗？我们见一面。”

佟一琮心里动了一下，想起了往事，那次在酒店花雪痕也是拉着要他陪，便动了拒绝的念头。“我可能去不了。我现在……”

他的字还没打完。花雪痕的信息又出现在微信对话框里。

“一琮哥哥，我想了想，我们不能在酒店见面，我也不熟悉这里。这样吧，如果你能过来，你定地方。晚上我争取偷偷溜出去一个小时。咱们见面谈。”

佟一琮删除了还没发出去的信息，问：“怎么了？发生了什么事儿？”

“表哥一直瞒着我，之前我一点儿消息都不知道。他这次来沈阳是和你们岫岩的一个人谈合作的，他们好像已经接触一段时间了。”

佟一琮的心跳猛烈了起来，却假装平静："集团投资最终花落岫玉，是好事儿。"

"不是，你没明白我的意思。一切都太完美了，太无可挑剔了。表哥深信不疑，可我总觉得哪里不对劲儿。"

"中间人是谁？"

"是省里的一位领导。名字我不能说。表哥要求知情人保密，原因你明白的。"

佟一琮想了一下，觉得武林要求知情人保密很正常。又问："岫岩那人叫什么名字？"

"左越。"

那位头顶变成了地中海的小老板左越，胸脯拍得山响的左越出现在了佟一琮的脑海里。顿时，佟一琮气血上涌，这个名字他永远不会忘记，人生中的第一次被骗就是被这个名叫左越的岫岩老乡骗的。

"雪痕，这位左越头发很少，年纪比我略大些？"佟一琮想再确认一下。

"对，不是头发少，是基本快没头发了。一琮哥哥，你认识这个人？"

佟一琮的声音提高了几度："雪痕，这人是个骗子，我曾经被他骗过，言而无信之辈！"

"什么情况？跟我细说说，我再转告给表哥。"

"三言两语在电话里说不清楚，这样，我马上开车去沈阳。君悦酒店就在沈阳万象城，万象城有家星巴克咖啡，我们在那里见。我快到的时候联络你。"

"要不，你坐动车来？安全些。"

"你不用管了。总之，我们见面谈。"

"一琮哥哥，要不我们在微信里说？我又觉得你匆匆忙忙的，太累了。"

"一句半句说不明白，这个左越你不了解，估计武林也不了解实情。你等着我消息，无论如何今天我们要见一面，见面了，才能把事情讲清楚。"

"那好吧，不过，你别自己开车。"

"好，我让朋友开车。咱们见面细谈。"

穆明又一次成了佟一琮的专职司机。佟一琮原本是和他打个招呼，借他的车。穆明新提的越野车性能好，安全系数高些，坐着也舒服。佟一琮的计划是当天去当天回，车上时间就是休息时间了。工作室还有一堆事儿等着他处理，实在是分身乏术，可花雪痕也是一定要见的。

穆明说："你开还是别人开？实话告诉你，谁开我都不放心。而且，现在本人唯老婆与车不外借。谁都不行！这车我亲自开。我已经连着几天没沾酒了，天天坚持健身，身体状态一级棒！"

佟一琮相信他说的是实话。世事都在变化，人也是一样。穆明自从把心思从男男女女的那些事儿上撤了回来，除了继续研究他的美食事业，又多了一个新爱好，便是喜欢车，最爱越野车。还别说，他的块头和越野车真是般配。

穆明的这个新爱好，得到了老婆吕秀的大力支持。第一个原因是他戒了让她深恶痛绝的"嗜好"，彻底改邪归正。第二个原因是穆明自从享受开车带来的乐趣后，基本不再沾酒。

之前吕秀一直因为穆明的"三高"忧心忡忡，经常对佟一琮和穆小让说："才三十多岁，体检指标样样都高，现在是脂肪肝中度接近重度，他还三顿必须有肉，晚上必须有酒。再严重就是肝硬化，到时候想逆转都没有机会了，之后就是肝癌了，他要是有个差池，这个家怎么办？老人孩子怎么办？别的事儿我都由着他了，身体这事儿，我不能由着他胡来了。"

劝解的话穆小让没少说，急了还会跟哥哥大吵一通。佟一琮也没少劝，急了也会连损带骂，没一句好听的。穆明答应得痛快，却是三分钟热度，嚷嚷着减肥、健身，几天后又恢复常态。一家人气得不行，又没有什么法子，守着全羊馆，还能拦住他吃喝？

自从穆明自己迷上了开越野车，这性子是真转了。用他自己的话说："我这肚子也太大了，顶在方向盘上根本喘不上气。不行，老了必须得减肥了。"控制饮食加上运动，成果丰硕。现在的穆明体重减轻了二三十斤，体检结果显示只是轻度脂肪肝，自己觉得身轻体健，非常愿意给家人做司机。

陪佟一琮去沈阳的路上，穆明听说了他赶去见花雪痕的原委。听到左越的名字，他气得大骂："左越这小子就是个人渣，当年要不是你拦着，我早报仇了。"

"是咱们自己疏忽了。再说了，我当时是想，宁得罪君子，不得罪小人。放过别人就是放过自己。"

"你要是来气，我再想办法研究研究他也行。"

"咱们还是先弄明白事情的来龙去脉再定吧！"

"话说回来，人家道行确实深，才几年的工夫，从无名小子变成了知名的玉雕师，知名的企业家。一些行里的人知道实情，对他敬而远之；可外面的人不知道，全被他忽悠了。”

佟一琮回岫岩后，听好几个人提到过左越。如今的左越已经不是当年的小老板了，不但拿了不少国内玉雕界大奖，还成了颇有名气的企业家。虽然有人说左越的作品大都是“剽窃”之作，是把拿钱买来的作品和设计安在了自己头上，可是谁有本事戳穿呢？再说了，戳穿了又如何，想得的奖人家得了，想得的利益人家也得了。人家是没在设计上用心思，可是人家“功夫在诗外”，别的方面功夫可没少下，本钱也没少花。

佟一琮原本是不想参与这事儿的，与烂人纠缠没个头儿。而且事情已经过去那么久了，自认倒霉吧，谁让自己当时轻信了左越呢？

生命里，有些人是躲也躲不掉了，既然躲不掉，也只好迎上去，直接面对。

他突然觉得头疼，闭上眼睛轻轻地揉着太阳穴。这世界究竟怎么了？老老实实琢玉，踏踏实实做事儿的，一路上全是坎坷；满嘴跑火车，到处坑蒙拐骗的主儿，反而春风得意，呼风唤雨。善良究竟对不对？老实究竟对不对？

穆明盯着前面的路，说道：“你别胡思乱想了，脑子用太多也不行。小让说你最近头发掉得严重，别将来像左越一样成了地中海。”

佟一琮不禁一乐：“知道了。我头发好着呢，不会像他一样。”

“有些话可不能乱说。我年轻那会儿，瘦得跟竹竿子似的，谁能想到吃成了死胖子？”

佟一琮哈哈一乐，也只有穆明这么乐于自黑了，平常也是一口一个死胖子自称。“行啦，你现在不胖了。我眯会儿，你可别犯困。”

“没事儿，精神着呢！”

佟一琮闭上了眼睛，脑细胞仍在转动中。既然知道左越是这样的人，告诉花雪痕是一定的。那么要不要跟武林见一面说一说？不，不能见武林。一来是把花雪痕给夹在中间了。她到现在才知道集团投资岫玉一直在进行中，可见武林就是不想让她把这些情况告诉自己。那就只见她吧，把实情跟她讲一讲。至于她能劝武林到什么程度，就是他们的事儿了。

自己这算是多管闲事儿吗？既然已经不再和武林集团合作，有必要掺和吗？之前自己与武林集团的事儿，岫岩圈子里的人或多或少都听过一些，左越不可能不知道。这次又是省里某位领导做中间人，可见左越是下了本钱。如果左越知道自己这样“搞破坏”，以后自己的国玉匠心怕也会遇到更多的“绊子”。这样做值得不值得呢？

站在自身利益的角度，百分百不值得。做这件事儿对自己没有任何益处。

站在岫玉的角度，十分值得。不能因为左越影响了岫玉大平台的建设，不能因为一条鱼腥了一锅汤。

可是，怎么做才能让武林相信自己说的是真的？仅以自己受骗为例，可以吗？

3

佟一琮进到万象城星巴克咖啡厅，在一处角落里见到了花雪痕。好久不见，花雪痕瘦了些，依旧是着装时尚，气质出众。当然，最显眼的仍是她的大额头。

"一琮哥哥。好久不见。"

"是啊，好久不见。你好像瘦了些。"

"现在都追求骨感美嘛。何况我是大骨架，稍胖一点儿穿衣服就难看。"花雪痕听到佟一琮夸她瘦，脸上的笑意明显增加，"我刚刚给你点了杯拿铁和一份小点心，估计你一直赶路，肯定没吃东西。"

"你想得太周到了。"

"你认识左越？"

"说来话长了，还是我在上海时候的事儿。"佟一琮把当年怎么被左越欺骗，连累步凡，之后寻人不见的过程讲了出来。"我不知道你把这件事儿讲给武林老总听，他会不会相信，也许还会以为我在故意诋毁左越。"

花雪痕一直安静地听着，眉头紧皱。"表哥会相信这件事儿。但是，他仍然会相信左越。"

"为什么？一点儿怀疑也不会有？"佟一琮不解。

"因为左越把这件事儿当着我的面儿说给了表哥。"

"他亲口说的？他还好意思说出来？"佟一琮觉得很无语。

"亲口说的。还说那时年轻，就想一夜暴富，有房有车有钱，太年轻，太冲动，也太不负责了。后来经历得多了，知道做人无论如何得有底线，做生意要讲诚信，要相信天道轮回，坚守道德底线，更不能触犯法律。总之，说的比唱的都好听。"

佟一琮捏紧了拳头，脱口而出："这个浑蛋，巧言令色，真是天生的骗子。当年跟我也是，说得特别诚恳，说什么害别人就是害自己。很多人就是这样被他骗得信以为真，结果……”

“确实。我也见到了那位领导，对左越赞不绝口。按道理，他不过是一个玉雕师，或者是一个县上的中小企业主，放在省一级至多算个小企业主。他跟那位领导不应该有这样的交情，我不明白其中的原委，只是越想越奇怪。我说给表哥听，他却坚信左越绝对是个实在人，是个扎实做事儿的人。还说那位领导阅人无数，怎么会看不透人？”

“这事儿不怪武林老总相信，左越确实有这样的本事。他倒是像张仪的徒子徒孙了。”

“张仪？”花雪痕愣了个神儿，便立刻明白了，“一琮哥哥说的是战国时‘连横’的张仪？”

“可不，最擅长游说了。”

“这倒真是。不过，左越哪有张仪刻苦？张仪折竹，那是历史典故。左越不过是个小人中的小人。所以说，现在我再拿你被骗的事儿提醒表哥，只会引起表哥更大的误会。”花雪痕一脸的无奈。

佟一琮感叹：“再用这事儿提醒就不只是误会了，是反感。不仅反感我，也会连累到你。”

“那怎么办啊！万一……”

“我明白。你回去尽量想办法把事情往后拖。我回岫岩后，摸清了左越的底细，咱们再想办法解决。”

“一琮哥哥，谢谢你这么帮我。”

“我们之间不用客气。有些时候，帮人就是帮己。”

回岫岩的路上，佟一琮在想，自己在帮的并不是花雪痕，而是武林集团。不，是为了岫玉，为了自己的心结。

佟一琮决定调查清楚这个左越的来龙去脉。摸清了底细，才能找出解决的办法。

穆明说：“这事儿啊，你还真不一定是最佳人选。”

“那让小让调查一下，她单位好像和左越公司还有点儿业务上的关系。”

穆明的眼睛立刻瞪成了灯泡：“哎哟喂，佟一琮，你还真拿我家小让当枪使啊？你还是她老公不？”

佟一琮立即明白了穆明话里的意思。可不是吗，小让在事业单位工作，是为企业做服务的，哪有背地里去调查的道理？真要是调查过程中生出了枝节，反而会给小让引来无数的麻烦。“我虚心接受批评，是我想得太简单了。光顾着急了，没想到小让的处境。”

穆明的眼睛这才恢复了正常的大小："我告诉你，可不能让我们家小让受到任何的牵连。"

"明白。我错了还不成吗？"佟一琮连连认错，"那我真得好好琢磨一下怎么调查这件事儿。"

"琢磨什么？有现成的人选啊。"穆明一脸得意。

佟一琮没想明白："谁？"

"我家吕秀啊！"

"嫂子还兼职做私家侦探？"

"这都不用兼职，顺便就调查清楚了。咱家几个全羊馆，每天客人来来往往，常客跟吕秀处得都像朋友似的。她最近还弄了个微信VIP客户群，过年过节的时候给大家发发红包，常来的老铁们过生日还给人家发私包，如果人家来吃饭，又是长寿面，又是小礼物，总之热闹得很。我都奇怪了，咱家吕秀就是初中毕业，这套生意经是跟谁学的？"

"这呀，是天生的。和你天生喜欢美食一样。那这事儿就拜托嫂子了！"

如果不是通过吕秀，佟一琮还真不知道出入全羊馆的客人们会这么八卦。他原本特别不习惯人们把"八卦"这个中国道家文化的深奥概念，变成了非正式的小道消息的专属名词。不过，既然全社会都在这样讲，他也只有接受。

佟一琮也从这件事儿里发现，他和穆小让真是活得太封闭了，原来人们对小道消息是这样津津乐道，原来有那么多所谓的小秘密早已经不是秘密，而是漫天飞舞着，有声有色，有滋有味。

也就是在一条条的八卦里，左越这个人越来越形象生动，越来越立体丰满。

左越不是岫岩本地人，四处打工时遇到了一位岫岩姑娘，算是倒插门"嫁"到了姑娘家。姑娘的姐夫连襟是个玉匠，他便跟着连襟学起了琢玉，学了没两年，觉得琢玉天天坐水凳，腰酸背痛眼睛花，实在是太辛苦，便和连襟合伙开起了小作坊。连襟负责干活儿，他负责外面的业务，几年下来，倒也赚了一些。小日子过得有声有色了。

可是左越突然变得有些"魔怔"，大约小半年的时间里，说犯病就犯病。犯了病就说自己是魔不是人，还说自己除了某处的某人，谁都不怕。左越的媳妇儿只能搬出左越的爹来，左越嚷嚷道："就是那个左浑蛋也治不了我！"媳妇儿说："真是犯浑了，那是你老子！"左越说："他是个啥？他还管得了老子我？！"

媳妇儿一想，完了，这是真病了，能骂亲爹的如果不是有病，还能是怎么回事儿？媳妇儿便领着左越又是看精神病医生，又是看心理医生。得出的结论都是：一切正常，无任何疾病。

按道理，应该相信科学、医学。可媳妇儿想，既然科学、医学解决不了，便再想别的办法吧。她寻思着左越总念叨“除了某处的某人都不怕”，便请来了“某处的某人”。“某人”还真给开出了“药方”：“只有媳妇儿净身出户，一年之内，两人不能见面，一年后再复婚，这病才能好。”

“媳妇儿真信了？”佟一琮和穆小让听到这里都愣住了，“他媳妇儿是不是傻啊？”

吕秀摇头：“不傻。是太相信他了，太怕他出意外了，太盼着他好了，说句浪漫的是太爱他了。刚开始哭着闹着，后来含着泪办理了离婚手续。”

然后左越的媳妇儿成了前妻，带着女儿净身出户了。她隔三岔五还趁着左越不在家，去给左越收拾屋子，洗洗衣裳。直到孩子看到了左越和别人在家里热火朝天地过起了小日子，一切才真相大白。可是又能怎么样呢？左越说自己的病离婚后就好了，是因为媳妇儿不贤惠才得的病。

吕秀说：“跟我讲这些的时候，那位大姐是破口大骂。说他左越不配做人，不配披上人皮。”

小让说：“听着怎么像小说呢？像电视连续剧。那位大姐是编的吧！这左越办得也太不是人事儿了。想离婚了就直说，为啥还要骗人呢？”

吕秀说：“当然是为了钱，为了让媳妇儿净身出户。话说电视剧和小说都编不出来这么精彩的故事。你别不信，小说和电视剧也都是根据生活里的事儿编出来的。那位大姐给我讲时，指着灯说，要是自己编瞎话，不得好死。敢情大姐就是左越前妻的亲姐姐。”

穆明骂道：“这个浑蛋！对自己老婆能使出这么下作的手段，太不仗义了！他还是个人吗？这么说，他当初骗我们的时候，还没离婚呢？”

吕秀说：“那时候应该没离。不过，那位大姐也感慨，幸亏这个姓左的只是动了让媳妇儿净身出户的念头。如果他暗地里给媳妇儿吃点儿慢性毒药，一两年之后人没了，谁能怀疑呢？”

小让说：“人心太可怕了！”说着瞧了一眼佟一琮。

佟一琮皱眉：“你不用看我，那不是人能办出来的事儿。我是人！”

吕秀说：“可不，后来的更精彩呢！”

左越又一次“入赘”，这次“嫁”的是位富姐，从此身价大增，之后又组建了一个“青年玉雕师联盟”，聚集了一些想走近路、急于求成或者无门无路的年轻人。之后的事儿，大家差不多都知道了。他的好创意、好作品一个接一个，拿到了一些奖项。

佟一琮冷哼了一声：“左越倒真是聪明人，广采博集，为他所用。”

吕秀说：“这倒是真的。这些创意和设计还真不能完全说是别人的，里面也有他的用心，他很少照抄照搬，总会有所调整和改动。更高明的是，他太会利用媒体和文人了。”

穆小让问道：“嫂子指的是炒作？”

吕秀说：“就是这个词，你们常玩儿的那个网络，左越玩儿得比谁都溜。现在什么宣传能比网络上来得快？成为网红是分分钟的事儿。不过，左越好像也有一个麻烦一直没能解决。”

几个人都把目光投向了吕秀。

“这世界上总有为了梦想坚持的人，像你佟一琮一样的人。”

4

当两个小伙子和一个中年人紧张地坐在武林的办公室，准备痛诉左越的“罪行”时，武林感到非常意外。武林万万没想到，会有人因为左越到集团总部“讨说法”。更没有想到，左越已经自封了集团的股东。

武林接到助理的报告，脑子就没停止过思考。毕竟岫岩和福州相隔两千多公里，如果不是受了天大的委屈，又怎么会来到这里？而在他们心中，武林集团又与左越是怎么样的关系？左越如果有什么不当行为，会给集团带来什么样的负面影响？

集团从小到大，从弱到强，经历了多少坎坷和起伏，武林是最清楚的人。他更清楚，有些时候一些小风波会直接影响到集团的大转变。之前，自己差点儿陷入绝境，最初的导火索也不过是一件小事儿，后果却是不可想象。有了前车之鉴，他自然是时时小心，每日都是如履薄冰，不敢有一丝大意。

所以，当得知有三个人专程从岫岩赶来，为了左越“行骗”之事到集团讨说法，武林当即决定：“马上接见！”招呼助理准备好茶水。

见到武林态度和蔼，助理又送上了茶水，三人紧张的姿态比刚进来时明显放松了。武林仔细瞧着，两个小伙子一个个子高些，看上去也精明些。另一个看起来比较憨厚，一脸朴实。那个中年人则是一脸的老成持重，身体倒是有些瘦小，与东北男人普遍的高大身材不太一样。

高个子小伙子一张口便是标准的东北口音："董事长您好，太冒昧打扰您了。但还是得请您理解，如果不是没地方说理，我们也不会大老远从岫岩跑到福州了。"

武林说："大家这么远来到我这里，先喝杯茶，我们再聊。我不知道你们想讨什么说法，但我想向大家声明一点，左越绝对不是我们集团的股东。"

高个子小伙儿说："怎么可能不是你们的股东呢？他自己亲口说的，好多人都知道。"

憨厚的小伙子也是东北口音，语速有些缓慢："就算不是股东，左越总和你们有关系吧，现在我们那里的人都知道！"

武林听得出，憨厚小伙子有些口吃，语速缓慢便是这个原因。他习惯性地推了推眼镜，慢条斯理地说："我现在说左越和武林集团没关系，你们相信吗？"

三个人一齐摇头，又一起点头。

武林沉思了片刻，说道："不管你们是不是相信，也请你们不要急，你们大老远的过来，咱们有话慢慢说。如果非要说集团和左越有什么关系，也不过是有合作的打算。而且，最终是不是能合作都是未知数。"

更年轻的小伙子说："您别跟骗子合作，左越只会骗人。他看你们财大气粗，想骗一把大的。"

武林说："好吧，谢谢你们提醒。也请你们相信，我是有诚意要见你们的。你们想一想，如果不经我同意，你们能见到我吗？既然我让你们进到了这间办公室，我就认真听一听左越的事儿。你们三个人，一个一个讲，可以吗？"

小伙子说："我们三个人有三件事儿。我叫齐山，我先说。"

三个人的事情，说来倒也简单。齐山是左越"青年玉雕师联盟"的成员，他最初是左越的爱将，创意经常受到左越的夸赞。可是当他拿出一个得意的玉雕创意之后，却被左越"批判"得体无完肤，弄得他每天都很沮丧。两个月后，左越的玉雕作品获得了奖项。齐山这才知道自己的玉雕创意被人家"剽窃"了，正是凭借了自己的创意，左越才能获奖。齐山自然向左越讨说法，可是却被踢出了联盟，还说齐山是想跟着"蹭热度"。

说话有些迟钝的小伙子也是岫岩人，名字叫纪念。

纪念和齐山算是同病相怜，纪念是被欠薪了。

齐山说："纪念嘴笨，可心灵手巧，他算不上是个好的设计师，但绝对是一个巧手的琢玉师傅。左越有不少的玉雕活儿，包括拿奖的作品，都是纪念坐在水凳上，一点点给做出来的。纪念也没有什么野心，只想赚点儿辛苦钱，没想到结果还是这样。”

纪念说：“他欺负我嘴笨，可我都是记在账上的。他的算法和我的算法不一样。最可气的是……”

齐山说：“左越诬陷纪念偷了他的原石，然后威胁纪念，如果再追要工资，就把纪念送进大牢。”

武林眉头皱起：“你们慢慢说。”

吴侬软语从中年男人的嘴里说了出来。“武林董事长，实在抱歉打扰您了。我叫李宏文，苏州人。我和左越的事儿，说起来是一场骗局。”

武林说：“良匠虽集京师，工巧则推吴郡。李师傅是苏州玉雕师？”

李宏文说：“正是。您对玉雕行业很了解啊。我们苏工，小、巧、精、灵，很有特点。”

武林不住点头：“李姓可是苏州的老姓了，苏州拙政园便是李宅，那可是著名的园林。”

一句话拉近了武林和李宏文的距离。李宏文说：“难怪您有这么大的集团呢，果然是见多识广。”

李宏文是在一次玉雕获奖作品展上与左越相识的。同行相惜，提到现在和田玉籽料难求的情况，左越便向李宏文强烈推荐岫岩河磨玉，李宏文原本也比较喜欢河磨玉，两人便一见如故。接下来，左越主动请缨，愿意帮李宏文采购河磨玉精品原石。

武林问：“结果被骗了？”

李宏文说：“是的。钱不多，只有三十万。对于我们这些苏州玉雕大师傅来说，算不上大数目，可是心里委屈。人家说，骗子有高招，环环是圈套，果然不假。在左越身上，我们三个人是真真切切地体会到了。”

武林问：“你们三位为什么不通过法律途径解决呢？左越这样做，总会留下一些证据吧？”

齐山说：“要是真有证据，我们还用得着到处找说法吗？实不相瞒，只要听说左越和哪个公司有合作，或者和谁有经济上的往来，我们都会去试一试，万一能通过这种方式要回来一些呢？即使要不来，也想揭露他的真面目，希望少一些人上当受骗。”

武林说：“三位的心情，我都能理解。三位的遭遇，我也深表同情。可是集团和左越只是有合作意向，并没有真正合作。至于下一步，集团会非常慎重。只是实在帮不上三位了，还请你们理解。”

三人这才告辞。

花雪痕刚刚听完分管业务汇报，便接到了武林的电话。“马上到我办公室来。”她答了一声“好的”，心情格外愉快。

从这天早上开始，花雪痕就在等着武林的电话，她知道他一定会找她，也知道他一定会发脾气，不过她是不怕他的。虽然武林是董事长，可在她眼里，他就是表哥，和亲哥哥一样的表哥。即使家中长辈一再强调，工作和亲情要分开，可谁能完全做得到呢？何况她可是全家族最宠爱的宝贝。

花雪痕是蹦着进到武林办公室的，却见武林绷着一张脸，眼睛在眼镜后面直直地盯着她。

“干吗呀？又有人惹你生气了，要拿我撒气？”

“坐下！”武林的口气是命令。

“哦！”花雪痕老老实实地坐在了武林对面。

武林仍旧盯着她，老半天不开口。

花雪痕也回看他，说道：“再不说，我走啦！”说着便假装起身。

“站住！我问你几件事儿，你老老实实回答！”武林的语气仍旧严肃。

“第一，上次去沈阳时你和佟一琮说了什么？”

“你怎么知道的？”花雪痕瞪大了眼睛，“你派人跟踪我！表哥，你学坏了！”

“你一个女生，在陌生的城市大半夜出去，不派人跟踪，如果出了意外，我怎么跟家里长辈交代？”

花雪痕不敢看武林，小声嘟囔着：“能说什么啊，就是叙叙旧，喝了杯咖啡，吃了点儿小点心。我习惯吃夜宵了。晚上饿了，正好一琮哥哥也在沈阳，所以……”

“你都快成编剧了！我问你，左越的事儿是不是你告诉他的？集团的投资目标一直是岫玉平台，是不是也是你告诉他的？我私下调查左越，也是你告诉他的，对不？今天这三个人为了左越的事儿来到集团，也是你和佟一琮一起引来的，对不对？”

花雪痕瞪大了眼睛，问道：“表哥，你在调查左越？你们不是达成合作意向了吗？”

“别发问。回答我的问题。”武林绷着脸孔。

“左越的事儿是我告诉佟一琮的，集团的目标一直是岫玉平台也是我说的。可是，你为什么要调查左越呢？”

“你说我为什么调查，我被一个合作者骗过，难道还想掉进同样的坑里？不过，你还有没有一点儿职业操守？集团的商业机密，你怎么可以告诉佟一琮？就算你想报恩，可以有一万种方式，这种却是最不可取的。我跟你讲过多少次了，工作是工作，感情是感情，拿工作往感情或者恩情上扯全是无赖！”

花雪痕点点头，突然笑了：“表哥，你这点和佟一琮很像哦，他也和我说过这样的话，他说的是，拿工作往感情或者恩情上扯是耍流氓。”

“别往别的上面说，今天这三个人是怎么回事儿？”

花雪痕说：“这三个人也不是一琮哥哥逼着来的，他们确实是听到左越是集团的股东，所以才找来的。他们这三个人也算是执着了，一直在到处找说法。左越也拿他们三个没办法，一琮哥哥不过是提醒他们，可以试试看集团是不是能帮上他们。一琮哥哥是好心，他都已经知道你把他踢出局了。他根本没有参与的机会了，还想着提醒你，怕咱们上当受骗。”

武林脸上终于有了些笑意：“也难为佟一琮了。现在的人，多数都是无利不起早。或者是事不关己高高挂起。一个人，如果真心为一个人好，才会不计成本，不计回报，非常难得。”

花雪痕仿佛听到武林在夸自己，说道：“表哥，你知道吗？李先生和那个林叶青真是伤透了一琮哥哥的心。后来一琮哥哥又被老同学文彬下了圈套，被东方玉缘的老总端木怀疑。总之，一步一个坎儿，要是换个人，早被打垮了。”说着，她的眼里竟然有了泪花。

武林的心立即软了，骂了一句：“傻丫头，他的这些事儿，我都知道。”

花雪痕说：“表哥，你怎么知道的？”

“想知道的事儿，自然就会知道。等我处理完左越的事儿，再细细给你讲吧！”

第十章 功成名遂不负勤

1

佟一琮在电话里听完齐山的讲述，总算放下了一颗心。显然，武林相信了齐山三人的经历，集团应该不会与左越那个骗子合作了。即使退一万步说，合作的可能性也会变得很小。毕竟，为了集团的整体利益，武林会非常慎重。网络时代，一条负面的新闻，就足以将一个集团置于水深火热之中。个中利害，如武林这般经过大风大浪之人又怎会不知？

但转念一想，佟一琮的眼神又不免黯淡下来，他觉得自己实在可笑。纵使左越与武林集团再无合作的可能了，可自己不也同样出局了吗，又哪里来的放松和快乐呢？也罢，但行好事莫问前程，做了该做的，能有利于人，自己至少也顺眼心安了。

齐山去福建，是佟一琮给指的路子。现在看来，也不过是揭露了左越的真面目，对齐山三个人倒是于事无补，佟一琮不免心生愧疚。不过齐山倒不这么认为，他说："这个世界上，总要有人做不同的事。我们三个人做的，就是揭开骗局。我们本来也只是想去武林集团讨个说法，原本也知道不一定能给出什么解决办法的。毕竟这些孽事是左越做的，与人家集团其实没有什么关系。如果不是佟哥帮着联系，我们就算到了福州也是乱闯一通，可能连董事长的办公室都进不去……无论如何，都谢谢佟哥了，也谢谢那位花女士。"齐山对他的称呼已经从佟总变成了佟哥，这让佟一琮觉得亲切许多。

佟一琮想，国玉匠心工作室将来如果扩大规模了，不妨把齐山、纪念都拉进来。这两个人的性格都有些执拗，这样的性格做起事来虽难免有些偏激，但同样也容易出成果，何况两个人一个擅长设计，一个擅长雕刻，都是玉雕界的人才，只要好好引导，发挥各之所长，将来定能做出一番成就。所谓人无完人，用人之长即好。至于李宏文，倒真是和苏州玉雕界联系的窗口。虽然现在自己的工作室还是个不起眼的小平台，但谁知道将来的发展会是什么样呢？交流、沟通，形成一张围绕自己的关系网，也是做生意不可缺少的重要内容。

想到“关系网”这个词，佟一琮不禁感慨，多年以前，自己曾经最鄙视的就是“关系网”这个词，总觉得一个人的成功就应该靠自身的真本事，所谓“关系网”，都是些不正规的“旁门左道”。不过经历了这么多事，现在他已经懂得了辩证地去看待这个词，亲人是“关系网”，朋友是“关系网”，商业伙伴也是“关系网”，只要还在这个社会上，人人都脱不了关系网，这也是人的社会属性决定的。“关系网”其实是个中性词，只不过是当年的自己太偏激了。只是，这所谓的“辩证的思想”对佟一琮来说，究竟是算进步了，还是油滑了呢？

佟一琮告诫自己，与武林集团的瓜葛到此结束吧。就像老娘说的，人心就那么大的地方，放得下东，就得挤走西。已经没有希望了的事，还是放下吧。再大的平台，再强的人脉，都不如个人能力的强大来得实在。还是继续努力，扎扎实实地把国玉匠心工作室做好吧。

佟一琮本想着花雪痕应该会向自己反馈一下之后的情况，可是放下齐山的电话很久了，仍旧没有花雪痕的任何消息。他暗想，难道这三个人到集团去，把火引到了花雪痕身上？如果她受到了武林的批评或者猜忌……佟一琮突然觉得内疚，觉得是自己利用了她的报恩之情。自己这样做是不是太卑鄙了？在这件事上，他的确为她考虑得不够周到。

电话在这时响了，屏幕上赫然显示“花雪痕”三个字。

佟一琮接通电话，花雪痕欢快的声音从手机里传出：“一琮哥哥，你得奖励我了！”

听到花雪痕的笑声，佟一琮的情绪这才放松下来，看来，花雪痕并没有因此事而受到牵连，事情也在向着好的方向发展。

“奖励可以啊，那得看你要给我什么好消息了！”

“你可听好了——表哥邀请你来集团呢！你知道这意味着什么吗？”

佟一琮顿时脑子里灵光一闪，可是他不敢确定，他怕再度失望。“意味着武林董事长要兑现在新疆的承诺了？我记得当初我们第一次见面时他就要请过我。”

“那不是重点，重点是表哥要真的跟你合作了！”

“什么？”佟一琮激动得音调都提高了，“这是怎么回事？”

“表哥接见完齐山他们之后才告诉我，其实他也一直在调查左越，虽然不像齐山说得那么详细，但也了解得差不多。所以上次从沈阳回来之后不久，他便已经决定不再跟左越接触了。他现在跟左越还有一些事情要处理，具体情况他没说我也不好问。”

“那武林董事长又是怎么想到我了呢？”

“不是‘想到你了’，是一直没忘了你！你去东方玉缘的事，拒绝当商业间谍的事，自己成立工作室的事，表哥都知道。”

佟一琮这倒有些意外了。“这些事武林董事长都知道？可我们一直没有接触过啊？”

“表哥的脑回路清奇，关系网也是奇奇怪怪，跟各路神人都有交道。总之，这其中的过程很复杂，就跟下棋时候一样，他总能一下子算计出十步开外去。”

“确实，人家自己创业，能做成这么大的集团，当然不是一般人。自然是万事都想于人前，处处周密细致。”

“那倒是，这回我对表哥是更佩服了！他想让你和穆小让就在最近几天来趟福州，你看可以吗？正好他下周的日程安排相对还算宽松，再晚些他便要出国谈事去了。”

“没问题，我现在就订机票，订好后再通知你。”佟一琮答应着。

佟一琮订的是第二天下午的飞机。他从工作室拿了一件素净的玉坠和一个摆件，作为送给花雪痕和武林的礼物。

第二天到了飞机上，佟一琮才注意到穆小让脸色煞白。

“怎么了，是不是行程太紧没休息好？还是晕机了？”

穆小让展示出尽可能灿烂的笑容，应道：“没事，最近这几天一直觉得不舒服，休息一会儿就好了。”说完便安安静静地靠在他的肩上，紧闭着双眼。

佟一琮向空姐要来了毯子，盖在穆小让身上，紧紧拉着小让的手，感觉她的手有些烫，又摸摸额头，确定不是发烧，才安下心来。

佟一琮忽然发现，自己好些天没有关心过小让了。细细想来，最近小让的状态确实不太好，胃口一天好一天坏的，倒是更贪睡了，时常犯困打瞌睡。

佟一琮看着小让长长的眼睫毛，略带婴儿肥的小脸，心里突然软绵绵的。他告诉自己一定要努力，要让身边的这个大娃娃过上幸福的好日子！把持好自己，永远不要伤她的心，不辜负她的情义！

他们这一行的航程时间不算短，佟一琮闲来无事又睡不着，忍不住把花雪痕的话又梳理了一番。

武林对自己的经历全都有所了解，由此可知，武林是一直关注自己的。可是他关注自己的目的是什么呢？难道他早有合作的意图？可为什么又要将他“踢出”局外呢？现如今又特意邀请他到集团总部，这其中究竟有何深意？

他记得花雪痕曾经说过，她的表哥可能不单单是想投资建平台，武林的计划远比她想象的要大得多。所以，武林究竟是在设计一盘多大的棋局呢？

佟一琮左思右想，不得其解，就这样在杂乱的思绪中迷迷糊糊地睡过去了。

傍晚时分，飞机落地。佟一琮和穆小让刚出机场便见到了花雪痕接机的身影，三人寒暄几句便上了车。

一路上，司机专注开车，一言不发，花雪痕则热情地向两人介绍着福州。

福州福州，有福之州，放眼望去，山水花草，光影线条，皆是美景。

穆小让喜欢福州的建筑风格，忍不住连连赞美。佟一琮的心思却是完全放在了与武林的会面上，对花雪痕的介绍一句也没听进耳去。

他想起步凡，后悔自己居然没和步凡商量一下。只是此时花雪痕就在身边，再和步凡商量只怕也不方便了。佟一琮突然发现，从端木到武林，再到左越，自己似乎越来越没有那么依赖步凡了，不知从什么时候开始，他竟也开始渐渐习惯一个人面对、处理和解决问题了，或许，这就叫“成长”吧！

车子停好，花雪痕带着佟一琮和穆小让走进集团大厦。佟一琮是第一次来到武林集团，虽然之前他曾经不止一次地在集团的网页上浏览，可亲眼所见，还是更加真切地感受到了武林集团的风格和实力。

武林是亲自在电梯口迎接的，见到佟一琮，依旧操着一口不标准的普通话道：“一琮，你们一路辛苦了，快请！”

进到办公室后，武林更是亲自为佟一琮、穆小让倒茶。

佟一琮忙作势接过茶壶：“这可使不得！哪能让董事长倒茶，还是我来吧！”

花雪痕和助理也抢着要倒茶，却被武林拦下了。

“我亲自来。贵客理应如此相待！”

几个人闲聊了一会儿，时间已不早了，武林看了花雪痕一眼，后者便心领神会地张罗大家去吃饭。

席上自然是摆满了福建的特色美食。誉满中外的佛跳墙、枸杞开边虾、红糟醉香鸡、醉排骨……都是闽系名菜，味道自是与北方完全不同，另有特色，倒很对佟一琮的胃口。只是小让的胃口不太好，只吃了几口。佟一琮以为晕机的缘故，便没有特别放在心上。

倒是武林细心，问小让是不是菜不合口味。

小让忙解释道：“不是的，这菜味道很好。”

武林不信：“我记得当年在新疆的时候，你的胃口可是好得很……要不这样，你看喜欢吃什么，我让他们现做。”

小让的脸倏地红了：“不用了，真的不用，这菜很合我胃口！”

佟一琮也在一旁解释：“让董事长担心了。小让只是有些晕机，现在是还没过那个劲儿呢！”

“原来是这样，”武林听罢安心了些，“那你选一些清淡的菜尝一尝吧。”

接下来的饭局上，几个人除了寒暄就是谈论谈论工作室的事，末了又回忆起当年的新疆往事。佟一琮一直在心里嘀咕着，想着武林或许会在饭后再单独与自己详谈。

不料武林却在结束时说：“今天你们赶飞机也累了，佟夫人又身体不适，我看我们今天就到这里吧！一琮，我明天早上安排人接你到公司，到时我们再细谈。至于佟夫人……明天让雪痕陪你四处逛逛吧，什么三坊七巷、森林公园、芍园一号都挺不错的，尤其是老仓山，那里面的幽深小巷、精致洋房，有股怀旧和文艺的气息，我猜你一定会喜欢的！”

话已至此，几个人便在武林的安排下各自回去休息了。

2

晚上，佟一琮和小让回到宾馆后，小让感叹：“真没想到武林做事和说话那么周到，让人觉得特别舒服。以前也有一些感受，却也都没有这次的感受明显，真是好性格，南方男人性格都这样吗？”

“这不是性格问题，是人家的个人修养。能做到集团老大的，都不是一般人，这正是我得学习的地方。咱们待人接物通常是以个人好恶作为标准，喜欢的、对脾气的，待若上宾；讨厌的、性格不投的，看都懒得看一眼。人家却不会，人家是既喜欢所有人，也让所有人喜欢。”

“怎么可能喜欢所有人呢？有些人明明就是讨厌，还得装成喜欢不成？那也太违心了。”

“能做到这样确实有些难，但这正是武林高明的地方，他总是很擅长发现别人的优点，并让别人的优点得以发挥。武林喜欢所有人，不是违心的喜欢，是发自内心的喜欢，这也正是人家阳光、厚道的地方。人家的好性格就是这样慢慢调整出来的，这其中的道理深着呢，我还得慢慢学啊！”

穆小让直直地看着他，说：“小哥，我觉得了你变了好多。”

“更黑了？还是胖了？”佟一琮故意问道，他当然明白她指的是什么。

“嗯，你这两年确实胖了些，但还是很好看，反正我喜欢，你变什么样我都喜欢！不过，我指的是性格，看事儿和做事儿的风格。怎么说呢？就是越来越大气、宽厚了。”

“你能感觉出来我变了，看来，我可能是真的变了。”

“越变越好是好事，小哥是做大事的人！”穆小让的语气里丝毫不掩饰对佟一琮的崇拜之情。

“小让呀，也就是你，总拿我当成宝。说到底，我就是个琢玉匠。”

“小哥是个琢玉匠，可也是个玉商啊！总之，我相信你将来一定会大有作为的。你就算不信自己，也要相信我的眼光啊！”

佟一琮笑了，说：“你今天怎么了？对我又是鼓励又是夸赞的。看来，为了不辜负你的信任，我还得更努力才行啊！行啦，咱们不聊了，累了一天了，早点儿休息，明天你就跟着花雪痕好好观光一下福州，给自己添添福气。我呢，还得接受武林的大考呢！”

第二天早上，花雪痕特意赶到酒店，陪着佟一琮和穆小让共进早餐，饭后又把佟一琮送到了集团总部。

分手时，花雪痕说：“一琮哥哥，我要带着小让姐姐去玩了。有了好消息随时骚扰我们啊！”她用手比了个打电话的姿势。

佟一琮笑道：“辛苦你这个美女高管了，还得给小让做导游。”

花雪痕一脸得意：“这可是我求之不得的美差！整天又是项目又是各

种报表的，烦都烦死了。别看我住在福州，可也好久没有好好逛逛这里了。我这还是沾了小让姐姐的光呢！”

佟一琮笑了，又叮嘱了小让几句：“累了就歇着，别光顾着玩儿，注意休息。”小让连连点头。

花雪痕便在一边打趣道：“不要再秀恩爱了，让人羡慕嫉妒恨！”

三人告别后，集团工作人员把佟一琮带去了武林的办公室。

佟一琮坐在武林对面，两人共品香茗。他总觉得自己好像依稀在梦里出现过相同的场景，仿佛这一刻自己已经等了很多年了。他希望这次真的能等到一个明确的答案了。

武林先给他的杯子倒上茶，又给自己的杯满上。“一琮，一晃儿我们认识也有几年时间啦！之前想没想过，咱们会在集团总部这样面对面地谈事情？”

“是啊，时间真是快。真的很荣幸，能有今天这样的机会，在集团里和您面对面。”

“我也一样啊！之前，我一直在等待时机成熟，也是在等你成熟，如今终于让我等到了。”

佟一琮不明白武林话中的意思，武林则不紧不慢地开口，将从他们认识到现在所发生的事情娓娓道来，逐一解开了佟一琮心中的困惑。

原来，武林与他初相识的时候，集团刚刚从一场危机中挣脱出来，仍有很多问题没有完全厘清，需要时间和精力去解决。虽然武林早有规划，可一方面是资金有些紧张，另一方面也是因为他分身乏术。

“咱们的老祖宗讲究天时、地利、人和，这是真理。当时的武林集团表面看上去风平浪静，一团和气，实际上，却是外部危机四伏，内部纷争不断。多少次，就连我都想从办公室打开窗子纵身一跳，结束一切。那段时间真的太累了，累的不光是身，更是心！”

“说实话，如果不是您今天讲出来，我真不知道当时集团处境那么艰难。我还记得咱们在新疆第一次见面时，您给人的感觉云淡风轻的，就像普通的观光客一样，自在快乐。却不想，您当时身上竟有着那么大的压力。”

“位置越高，责任越大，压力自然也是越大。你一点儿都没看出来，说明我伪装的本事还不错嘛！”武林笑道，又给佟一琮续了杯茶。“话说回来，成年人的世界里，谁能没有压力呢？谁的压力又比谁的小呢？”

佟一琮点头称是。

“一琮啊，你有所不知，那时在新疆，我便下定了决心要做岫玉投资，当时我也很看好你。你正义、厚道，这是一个人很重要的优秀品质。不过……”武林沉吟片刻，“当时的你，智慧和经验还是不足。”

“我的资历太浅，修为也不够。惭愧了！也让您失望了。”

武林摆了摆手道：“你说的这些都是可以通过时间和经历来磨炼的。在我看来，人品、性格和忠诚，这些比能力更重要。”

“其实，你个人的原因只是一方面，还有更重要的一层，那时集团对岫玉的整体情况掌握得还不够全面。这就像带兵打仗，如果不掌握对方情况，我又怎么敢贸然进军？”

“确实。不过现在您对岫玉的了解绝对算得上是行家了！”

“那倒也不见得，比如在玉矿这一块，我一直没能深入进去，当然，我也听说了，即使是你们当地人，也不一定能了解得全面。”

“确实如此。玉矿这一块的水太深了，我……”

武林拦住了他的话：“我明白，玉矿这一块，如果不知根底，还是不要冒进的好。这世上任何事情都需要时间，才能慢慢看清楚，你说是不是？”

“的确，时间最能展示真相。”

“时间不光能让人看清楚真相，更能帮助人不断地调整目标和方向。”

佟一琮注意到，武林说出这话时，眼睛里闪着光。

“所以，您想将平台扩大？”

武林轻呷一口茶：“我现在的想法也是在这两年才逐渐成形的。我在想，我们可不可以将平台做大，最后走资本运营，做成上市公司？”

佟一琮挺了挺身体，资本运营这一块他还从未想过。

“一琮，经过了这许多事，你的人品和能力让我不得不点赞。你能通过齐山他们告诉我真相，说明你不再像在新疆时那般直来直去，懂得了运用计谋，知道想办法了，这也是我下定决心，把你拉进集团的决定性因素。”

“您相信我的能力？”

“如果是在几年前，我当然不会相信，但是现在，我深信不疑。我听端木说过，没有你，他的东方玉缘也不会成为沈阳的头一号了。”

“您和端木也认识？”

“嗯，我们也算认识几年了，跟你和他认识的时间差不多。我认识的人，杂七杂八，全国各地、各行各业的都有，有机会，我会慢慢介绍一些人给你认识的。”

佟一琮心想，武林一直有意进军玉石圈子，端木自然也会找机会结交这样重量级的人物的，他们两个相识倒也是情理之中。

武林又问起佟一琮的工作室：“国玉匠心也步入了正轨了吧？在实战中积累经验是最好的。”

“我的只是小平台，难得还能入得了你的眼。”

“以后可不能说是小平台喽！我特别喜欢‘国玉匠心’这个名字，如果你同意，咱们的岫玉平台也用这个名字，如何？说白了，其实我就是想把你现在的工作室做大了。”

佟一琮难掩惊喜：“您说的是真的？”

武林点头。接着便把如何将平台做大，最后走资本运营，成功上市的总体布局大致地说给了佟一琮。

佟一琮越听越惊喜，越听越佩服。他真的感到庆幸，庆幸自己通过了武林的“考验”，拿到了属于自己的那张加盟券。

武林说：“做金融我不是专家，做玉石我更不是。但是，我会找专业的人来做专业的事。一琮，我要把平台的建设交给你。名字就是国玉匠心，总部就定在鞍山，这主要是考虑到知名度和交通上的优势，还有政府的扶持力度。就像几年前我们说过的，岫岩虽是岫玉产地，可确实也有不少的不利因素。好在这些不利因素现在也都得到了好转。”

“我明白，您是想将平台与旅游产业结合在一起。”

“没错。我会把雪痕和一位副总调去配合你。在鞍山，你是主导，那位副总主要帮你协调政府方面和集团方面的事。不过他每个月也只过去几天，因为集团下面有一家公司还得由他管着。雪痕在那儿的时间可能会多些，毕竟她没有家庭的牵绊，又喜欢岫玉，和你个人关系也不错。”

“想必公司的具体地点您也考察好了吧？”

武林笑了。“果然，还是和聪明人说话办事痛快！在玉佛寺的东边，离千山不远，以前是一家公司的旧址，现在我已经买下来了……”

佟一琮点点头。原来武林的计划一直都在悄悄地进行着。能同这样的人一起做事，何尝不是一件快事呢？

临别前武林叮嘱他：“一琮，别忘了我们的宗旨—— 国玉文化，天造地化，传承发展！”

两人以茶代酒，举杯同饮。

此时，佟一琮的手机突然响了，他一看，是花雪痕。

"一琮哥哥，你和表哥谈得怎么样了？"

"我们谈得基本差不多了？你们呢，要不我们一起午饭？"

"你们谈完了我就放心了。我要跟你说，其实我们分开没多久，小让姐姐就突然吐得不行了。我现在正在送她去医院检查，马上就到中心医院了……这样吧，你让表哥接下电话！"

佟一琮把电话给了武林，心里却有一股火烧了起来。小让昨天的状态就不好，不，是最近的状态一直都不太好，加上一路的奔波，看来她是真的病了。

武林对着电话说道："你直接带她去中心医院，我和一琮马上赶过去。你不要急，交给医生处理。"挂了电话便冲着一琮道："我们马上去医院，电话里再问也说不清楚。"

"您别去了，让司机送我过去就可以了。"

"在我这里有了事，我怎么能不去呢？"

一路上，佟一琮不断都在心里默念着：老天啊，保佑小让，可别让她有什么闪失。佟一琮和武林还没到医院便又接到了花雪痕的电话。

"一琮哥哥，告诉你个好消息，小让姐姐怀孕啦！恭喜你要做爸爸啦！"

这边佟一琮还没反应过来，旁边的武林倒是先恭喜上了："这是双喜临门啊！看来，这孩子是来为我们的合作祝贺的！"

3

穆小让怀孕的消息，让佟一琮家里人欢喜得不得了。

佟瑞国无论见到谁，都是笑盈盈，感觉全世界都变得顺眼了。但是这一次，他下令，在小让没被人看出双身子之前，全家人谁都不能对外说出去。

佟一琮知道，这是当年程小瑜给老爹留下的"病根儿"，他也知道，小让肚子里的孩子能把老爹的病彻底治愈了。

安玉尘很早之前便开始着手缝制小娃娃的衣服了，现在得知小让怀孕，更是做足了各种准备，变着法儿地给小让做各种好吃的补充营养。

佟一琮看到老娘太辛苦，便劝她别累着，安玉尘说："我也是当妈的人，知道十月怀胎的辛苦，也懂得小让这时候情绪肯定是一阵欢喜一阵悲，所以呀，只要我能想到的，就尽量做。实在做不到就没办法了。”

“您做得够好了！小让天天跟我念叨，您比她亲妈做得都细致。”

“亲家母是顾不过来，穆明两口子得忙着全羊馆，一大一小俩孩子都是亲家母照顾，白天晚上都是她一个人管着。要不然，女儿有喜了，当妈的怎么也会照应的。”

“那倒也是。妈，我还得拜托您一件事。”佟一琮犹豫着要不要说出来。

“你不用说，我明白。放心吧！我会叮嘱你爹，不会再让他整天把大孙子这话挂在嘴边。”安玉尘一语点破了佟一琮的心事，“你爹是老观念，他有时候就是说了，你也劝小让别放在心上。生啥都好，男孩儿女孩儿妈都喜欢！”

佟一琮这才算放下了心，家庭大后方安定，他才能更好地工作。

佟一琮跟步凡和程小瑜先后通了电话，把福州之行的结果告知了他们，这也是落实好武林部署的一部分。之前，武林跟步凡、程小瑜都有过接触，对这两人也是颇为欣赏。佟一琮也提出了能否请他们助力。武林的态度很明确，不是助力，是加盟。做事业，可不是靠一个人的能力就能成的，得是一个团队。

步凡知道这个消息非常兴奋。

佟一琮说：“按照武林总部的安排，我们俩负责玉雕大师进驻平台这件事。岫岩这边我来操作，上海和扬州那边就得靠你了。”

“明白。我们同时进行，随时沟通。难度肯定会有，但事在人为。”

“嗯，你也别有太大压力，毕竟上海和鞍山不同，鞍山不过是个三线小城市，那边的大师们不愿意加盟也在意料之中。”

“不，你想错了，这些大师们的格局还是很大的。现在他们更看重的是哪里有利于事业的发展，我们只管去做，去努力就是了。”

程小瑜听到这个消息后更是兴奋得不行：“网络这一块，我没有问题。经济界、地产界的人士，我也可以马上开始联络。一琮，祝贺你！”

“得说祝贺我们！”佟一琮纠正道。

三人各自联络好后，佟一琮又电话向武林汇报了进展。

“没想到你推进得这么快！也告诉你一个消息，雪痕这两天就会去鞍山，负责平台硬件这一块，鞍山的装修得马上开始进行。你们几个各方面的工作同步进行，咱们争取在一年内完成前期的各项准备工作。”

佟一琮为花雪痕准备的接风宴在千山脚下的一家庄园进行，陪同的人只有穆小让和国玉匠心的几位年轻玉雕师。佟一琮这样安排是想让她能放松些。

席间，花雪痕大大咧咧地说："我的工作要比一琮哥哥轻松太多了！我是花钱，说白了，我说了算，主要是选好设计，管好质量。一琮哥哥就不一样了，不说别的，单是那些大师们，恐怕就不容易搞定。凡是搞艺术的，个性都强着呢！"

花雪痕果然说到了点子上，这正是佟一琮眼下遇到的最大困难。

一回到岫岩，佟一琮便开始按照武林的部署进行，第一件事便是玉雕大师的加盟。技术就是生产力，才华就是财富。怎么能把更多的重量级大师邀请到国玉匠心是平台的第一步。

索秀珏是第一个支持佟一琮的。"我是有自己的玉雕学校，也有自己的工作室，但不会影响我对你的支持。"

国大师仍是像过去一样，跟佟一琮打太极。他总是说："不用急，到时候再看一看，你先干着，我不会看你笑话的。"

还有几位大师了解到新国玉匠心是佟一琮现有国玉匠心的升级换代，便立即表明了态度——

"只要有利于发展，有利于赚钱，当然能加盟。只要把条件摆在桌面上，话说到明处就行。"

"团队作战是好事，团结就是力量嘛！这些年，咱们岫岩的玉雕师单兵作战的多，团队合作太少了，是时候适应时代的发展了。"

"索秀珏大师看好的事，咱们跟着就是了！"

佟一琮很快便与几位国家级、省级的玉雕大师达成了初步的协议。

不过并不是人人都是这般想法。

"'国玉匠心'这名字取得倒是好，可那也只是他个人的工作室，咱们难不成还要给他这个玉雕界的新人打工去？"

"他佟一琮说升级就升级了？他也只是个玉雕师，真的会有人愿意跟他合作弄大平台吗？"

"还是观望观望吧。不能不相信，也不能全相信。那个武林集团是来过几次，我也参加过。可是，总觉得不能轻易说加盟就加盟吧！"

一次次地碰了钉子，佟一琮也是一筹莫展。每每晚上回到家时，佟一琮总会一个人在书房待上很久。

那天晚上，穆小让站在书房门外，看到了佟一琮的侧影，他的肩向下耷拉着，神色有些倦怠。在小让的眼里，他很少有这样的形象。

小让轻轻走了进去，佟一琮看到她，立即起身，挺直了身板。“怎么半夜起来了？是不是孩子把你踢醒了？”

“是我刚去了洗手间，看你还在书房就过来看看。是不是累了？”

“累倒不是，就是遇到点儿小问题。”

“那就说出来，说不定我这个臭皮匠能给你出点儿馊主意呢！”

“你这身板儿了，还是别为我操心了，再把你累着了，回头爹娘可饶不了我！”

话是这样说，可佟一琮抵不过小让的执拗，还是同小让讲了玉雕师们背后的议论。

“站在他们角度去理解，他们有这些想法很正常。可我该怎么破解呢？”

“小哥，你可以‘曲线救国’呀！”小让眨着大眼睛看着佟一琮。佟一琮顿时恍然大悟。

他的办法便是针对每个人不同的情况，采取不同的办法，逐个击破。按他自己的说法是——曲线诱惑。

曹大师是出了名的怕老婆，佟一琮便走起了“枕边风”路线，放弃曹大师，转而去跟曹夫人谈；闻大师最近正为老母亲的病焦头烂额，恰巧佟一琮有个大学同学的舅舅是这个领域的专家，便帮着联系治疗……

如此一番下来，效果果然颇为显著。

步凡那边倒是比佟一琮进行得顺利许多，师傅陈睿一句“同门情谊，携手共进”便为步凡拉来了上海的同门师兄们。就连扬州的玉雕师也是对步凡家族信任有加，已经有几位表示愿意加盟了。

武林听完汇报，极是欣喜，让佟一琮和步凡两个人分别负责专业人才和品牌研发两个部分。“记着，咱们的国玉匠心，就是要做中西结合的产品，走国内、国际两条路线，推广中国传统文化。”

程小瑜的能力更是让佟一琮刮目相看——跟武林申请之后，她直接把有意参与平台的地产界、经济界朋友带到了福州总部。

“她的能力，远超很多专业人士。”这是武林对程小瑜的评价。

4

佟一琮越来越相信一个道理，当自己变得强大、自信、充满激情的时候，生活和事业也会随之越来越顺利。

数月以后，佟一琮的儿子嘟嘟出生了，乳名是佟瑞国取的，他说嘟嘟就是一个白胖胖、肉嘟嘟的肉蛋儿，摸哪儿都是肉，软软的、滑滑的，咋摸都不够！嘟嘟很招人喜欢，就是淘气，还有些磨人，大人抱着的时候就呼呼大睡，一旦放下便醒，倒也不哭，就是总要找人陪着他玩儿。

安玉尘说："这股子劲儿，比他爸爸小时候可淘气多了！"

穆小让说："都是让爷爷奶奶还有姑姑给惯的，我看就算他要天上的星星，估计爷爷也会搭个梯子上去了！"

"可不能再这么惯了！惯子如杀子，男孩子就得皮实。"佟一琪打趣道。

安玉尘说："这孩子是他爸的福星，从小让怀上他起，他爸的事业就越来越顺。这回，公司就要正式成立了，一琮的梦想终于要实现了！"

国玉匠心股份有限公司共有四大股东，分别是武林、佟一琮、步凡和程小瑜。武林作为最大的投资人负责总体把控，佟一琮、步凡负责专业人才和品牌研发，程小瑜则负责资本这一块。

国玉匠心股份有限公司的成立仪式在鞍山玉佛寺旁、千山脚下隆重举行，共二十位玉雕大师的工作室启动仪式也是同时进行。

整个仪式非常热烈，政府领导和商界同人来了不少。程小瑜是真的厉害，居然找到了一位高端媒体的朋友帮忙联系，全国的相关媒体都应邀而来，电视、电台、网络、微信、微博、直播平台同步宣传。

佟瑞国和安玉尘也来参加了，他们对佟一琮的工作室很满意，两人的脸上都带着笑，那笑里有欣慰、有自豪。仪式上，安玉尘目不转睛地看着自己的儿子，仿佛一眨眼他就会消失似的。

走过安玉尘身边时，佟一琮环住了她的肩："老娘，等忙完了，我好好陪陪您！"

安玉尘拍拍他的手："忙去吧，我会一直看着你的。"

佟一琮这才安心地招呼别人去。

安玉尘盯着他的背影，眼里泛起了泪花儿。

小让见着了忙问怎么了，安玉尘说：“妈是高兴的。”

那一天，佟一琮开心得无以言表。当所有人都离开之后，他一个人走进属于自己的工作室，忍不住潸然泪下。从大学生、打工仔，到玉雕师，再到最终成为玉商，一路走来，一路坎坷，同时也是一路的成长和收获。

佟一琮工作室的装饰风格，一切的一切，都和佟一琮当年梦里所见别无二致，这就是所谓的“梦想成真”吧！

念念不忘，必有回响。

那天晚上，佟一琮走出工作室，发现老爹佟瑞国一个人在外面。他有些意外，又感觉温暖。爹娘始终是最疼自己的人，也是最懂自己的人。如今他的梦想终于实现了，也总算没有辜负爹娘的期望。

佟瑞国见儿子出来，说：“走，咱爷俩喝点儿！”

佟一琮重重点了点头。

菜是家常菜，但是很可口。酒是佟瑞国藏了很多年的茅台酒，味道醇厚绵长。父子俩碰了一杯。

“儿子，爹为你高兴。今天，爹也给你讲讲当年你老娘的故事，你不是一直想听吗？”

佟一琮眼睛里闪出了光。

“你老娘，那可不是一般人，她是皇族之后！据说她出生时长着尾骨，看相的人说，那是异相，是灾星。其实那叫返祖现象，正常着呢！可他们狗屁不懂，愣是狠心把她扔了出来，而且扔到了玉石王那里。”

佟一琮心里一惊，玉石王在深山里，近无人烟，一个婴儿被扔到了那儿，哪里还有活路？不被山猫野狼吃了才怪！

“也该着你老娘命大，一位老萨满去山上，就看着你老娘躺着的地方在深夜里闪闪发光，那光就像玉石的光，炫眼睛。他走近了一瞧，就看到了你老娘，在你老娘身边放着的包袱里找到了信，知道了她的身世来历。按说一个婴儿被扔在野外，见着人了还不得哭得稀里哗啦的，可你老娘倒也怪，她愣是对老萨满笑，那笑容就像个小仙女一样，于是老萨满就收养了你老娘，你老娘也就随了他的姓，姓安，名字叫玉尘，因为是在玉石旁捡着的。老萨满说，你老娘的笑，能把世间的尘都扫得干干净净……再后来，老萨满升天了，你老娘也嫁给了我，只是按照老萨满临终前的嘱咐，你老娘每逢初一、十五，必须得到山里辟谷，不能见人。”

老爹的话说得轻轻淡淡，像是在讲旁人的故事，只是鼻音越来越重。

“知道我当初为啥坚持不让你学玉吗？因为当年老萨满说过，如果有一天你玉神合体了，你们娘儿俩就必须分开……”

佟一琮大吃一惊，来不及多想就急着跑出去找老娘，可房间里早没了老娘的身影，只剩下老娘的小箱，箱子里原有的衣物也都不见了，里面放着一块花玉。

佟一琮当即便要跑出门去追，却听老爹在身后招呼：“别找了，她不想回来，咱们谁都找不到的……”

2018 年 9 月 28 日